詹志芳 著

北京娃

在一个好了伤疤忘了疼的年代，唤回和恢复记忆，是一种能力。没有记忆的民族，容易在现实的灯红酒绿中狂欢。

WUHAN UNIVERSITY PRESS
武汉大学出版社

图书在版编目(CIP)数据

北京娃/詹志芳著．—武汉：武汉大学出版社，2012.1
黄土地之歌
ISBN 978-7-307-09370-6

Ⅰ．北…　Ⅱ．詹…　Ⅲ．长篇小说—中国—当代　Ⅳ．I247.5

中国版本图书馆 CIP 数据核字(2011)第 275077 号

责任编辑：张福臣　　责任校对：黄添生　　版式设计：马　佳

出版发行：武汉大学出版社　(430072　武昌　珞珈山)
(电子邮件：cbs22@whu.edu.cn　网址：www.wdp.com.cn)
印刷：武汉武铁印刷厂
开本：880×1230　1/32　印张：12　字数：329 千字
版次：2012 年 1 月第 1 版　　2012 年 1 月第 1 次印刷
ISBN 978-7-307-09370-6/I·477　　定价：25.00 元

总　序

叶　辛

40年前，中国的大地上发生了一场波澜壮阔的知识青年上山下乡运动。“波澜壮阔”四个字，不是我特意选用的形容词，而是当年的习惯说法，广播里这么说，报纸的通栏大标题里这么写。知识青年上山下乡，当年还是毛泽东主席的伟大战略部署，是培养和造就千百万无产阶级革命事业接班人的百年大计，千年大计，万年大计。

这一说法，也不是我今天的特意强调，而是天天在我们耳边一再重复宣传的话，以至于老知青们今天聚在一起，讲起当年的话语，忆起当年的情形，唱起当年的歌，仍然会气氛热烈，情绪激烈，有说不完的话。

说“波澜壮阔”，还因为就是在“知识青年到农村去，接受贫下中农的再教育，很有必要”的指示和召唤之下，1600多万大中城市毕业的知识青年，上山下乡，奔赴农村，奔赴边疆，奔赴草原、渔村、山乡、海岛，在大山深处，在戈壁荒原，在兵团、北大荒和西双版纳，开始了这一代人艰辛、平凡而又非凡的人生。

讲完这一段话，我还要作一番解释。首先，我们习惯上讲，中国上山下乡的知识青年，有1700万，我为什么用了1600万这个数字。其实，1700万这个数字，是国务院知青办的权威统计，应该没有错。但是这个统计，是从1955年有知青下乡这件事开始算起的。研究中国知青史的中外专家都知道，从1955年到1966年“文革”初始，十多年的时间里，全国有100多万知青下乡，全国人民所熟知的一些知青先行者，都在这个阶段涌现出来，宣传开去。而发展到“文革”

期间，特别是1968年12月21日夜间，毛主席的最新最高指示发表，知识青年上山下乡，掀起了一个前所未有的高潮。那个年头，毛主席的话，一句顶一万句；毛主席的指示，理解的要执行，不理解的也要执行；且落实毛主席的最新指示，要“不过夜”。于是乎全国城乡迅疾地行动起来，在随后的10年时间里，有1600万知青上山下乡。而在此之前，知识青年下乡去，习惯的说法是下乡上山。我最初到贵州山乡插队落户时，发给我们每个知青点集体户的那本小小的刊物，刊名也是《下乡上山》。在大规模的知青下乡形成波澜壮阔之势时，才逐渐规范成“上山下乡”的统一说法。

我还要说明的是，1700万知青上山下乡的数字，是国务院知青办根据大中城市上山下乡的实际数字统计的，比较准确。但是这个数字仍然是有争议的。

为什么呢？

因为国务院知青办统计的是大中城市上山下乡知青的数字，没有统计千百万回乡知青的数字。回乡知青，也被叫作本乡本土的知青，他们在县城中学读书，或者在县城下面的区、城镇、公社的中学读书，如果没有文化大革命，他们读到初中毕业，照样可以考高中；他们读到高中毕业，照样可以报考全国各地所有的大学，就像今天的情形一样，不会因为他们毕业于区级中学、县级中学不允许他们报考北大、清华、复旦、交大、武大、南大。只要成绩好，名牌大学照样录取他们。但是在上山下乡“一片红”的大形势之下，大中城市的毕业生都要汇入上山下乡的洪流，本乡本土的毕业生理所当然地也要回到自己的乡村里去。他们的回归对政府和国家来说，比较简单，就是回到自己出生的村寨上去，回到父母身边去，那里本来就是他们的家。学校和政府不需要为他们支付安置费，也不需要为他们安排交通，只要对他们说，大学停办了，你们毕业以后回到乡村，也像你们的父母一样参加农业劳动，自食其力。千千万万本乡本土的知青就这样回到了他们生于斯、长于斯的乡村里。他们的名字叫“回乡知青”，也是名副其实的知青。

而大中城市的上山下乡知青，和他们就不一样了。他们要离开从小生活的城市，迁出城市户口，注销粮油关系，而学校、政府、国家还要负责把他们送到农村这一“广阔天地”中去。离开城市去往乡村，要坐火车，要坐长途公共汽车，要坐轮船，像北京、上海、天津、广州、武汉、长沙的知青，有的往北去到“反修前哨”的黑龙江、内蒙古、新疆，有的往南到海南、西双版纳，路途相当遥远，所有知青的交通费用，都由国家和政府负担。而每一个插队到村庄、寨子里去的知青，还要为他们拨付安置费，下乡第一年的粮食和生活补贴。所有这一切必须要核对准确，做出计划和安排，国务院知青办统计离开大中城市上山下乡知青的人数，还是有其依据的。

其实我郑重其事写下的这一切，每一个回乡知青当年都是十分明白的。在我插队落户的公社里，我就经常遇到县中、区中毕业的回乡知青，他们和远方来的贵阳知青、上海知青的关系也都很好。

但是现在他们有想法了，他们说：我们也是知青呀！回乡知青怎么就不能算知青呢？不少人觉得他们的想法有道理。于是乎，关于中国知青总人数的说法，又有了新的版本，有的说是2000万，有的说是2400万，也有说3000万的。

看看，对于我们这些过来人来说，一个十分简单的统计数字，就要结合当年的时代背景、具体政策，费好多笔墨才能讲明白。而知识青年上山下乡运动中，还有多多少少类似的情形啊，诸如兵团知青、国营农场知青、插队知青、病退、顶替、老三届、工农兵大学生，等等等等，对于这些显而易见的字眼，今天的年轻一代，已经看不甚明白了。我就经常会碰到今天的中学生向我提出的种种问题：凭啥你们上山下乡一代人要称“老三届”？比你们早读书的人还多着呢，他们不是比你们更老吗？嗳，你们怎么那样笨，让你们下乡，你们完全可以不去啊，还非要争着去，那是你们活该……

有的问题我还能解答，有的问题我除了苦笑，一时间都无从答起。

从这个意义上来说，武汉大学出版社推出反映知青生活的“黄土地”、“红土地”和“黑土地”系列作品这一大型项目，实在是一件大好事。既利于经历过那一时代的知青们回顾以往，理清脉络；又利于今天的年轻一代，懂得和理解他们的上一代人经历了一段什么样的岁月；还给历史留下了一份真切的记忆。

对于知青来说，无论你当年下放在哪个地方，无论你在乡间待过多长时间，无论你如今是取得了很大业绩还是默默无闻，从那一时期起，我们就有了一个共同的称呼：知青。这是时代给我们留下的抹不去的印记。

历史的巨轮带着我们来到了2012年，转眼间，距离那段已逝的岁月已40多年了。40年啊，遗憾也好，感慨也罢，青春无悔也好，不堪回首也罢，我们已经无能为力了。

我们所拥有的只是我们人生的过程，40年里的某年、某月、某一天，或将永久地铭记在我们的心中。

风雨如磐见真情，

岁月蹉跎志犹存。

正如出版者所言：1700万知青平凡而又非凡的人生，虽谈不上“感天动地”，但也是共和国同时代人的成长史。事是史之体，人是史之魂。1700万知青的成长史也是新中国历史的一部分，不可遗忘，不可断裂，亟求正确定位，给生者或者死者以安慰，给昨天、今天和明天一个交待。

是为序。

1

1968年12月22日的《人民日报》，发表甘肃省会宁县部分城镇居民到农村安家落户的报道中加编者按，引述了毛泽东的指示："知识青年到农村去，接受贫下中农民的再教育，很有必要。要说服城里干部和其他人，把自己初中、高中、大学毕业的子女，送到乡下去，来一个动员。各地农村的同志应当欢迎他们去。"

几天后的一个下午，阴暗的低气压笼罩着北京火车站。站台上锣鼓喧天，彩旗飘扬。低年级的中学生起劲地敲着锣鼓，男生汗湿的栽绒帽子护耳前后翘着，女生的围巾和脖套也粘在了脖子上。中学红代会，军宣队、工宣队的旗子一字排开，"热烈欢送知识青年接受贫下中农的再教育"的横幅在寒风中翻卷。锣鼓声震得车上车下的同学听不清对方在喊些什么。灰暗的天空，衬着红旗和横幅，让人觉得很不协调。

火车"咣当"一声向后退了一步，又缓慢地向前开动了。送行的人群向火车前进的方向拥去。有些老人已经哭昏过去。知青的家人、同学们都热泪盈眶。那逐渐加速的列车带走了他们生活的一部分，对老人们来说，带走的简直是生命的一部分，这些家庭被生生地撕裂了。

火车逐渐地加快了速度，车窗口挤满了告别的脸孔。有些男生大胆地把上半身探出窗外。萧南紧咬着嘴唇，一动不动地站在车窗前。她是一个瘦高的姑娘，面目清秀，齐耳的短发梳着一个小歪辫，一身发白的蓝布学生装。她从人缝中望着妈妈、弟弟远去的身影，痛苦的心紧缩在一起。在她的身上有一种谜一样的气质，说不清是清高还是坚强。离她不远处有一双好奇的眼睛正在观察着她。

火车远离了车站，萧南正要坐下来。突然，她看到关淑兰已经瘫在地上，几个女同学正在把她拉回到座位上。萧南关心地拉着淑兰的手。淑兰已经哭肿了眼睛，她是平生第一次坐火车，大串联她家里都没让她去。她个子不太高，还略有点儿胖，圆圆的脸，梳着两个小刷子辫，她靠在车厢壁上，像是睡着了。她一直不安地想，她这一走奶奶、姥姥如何受得了这样的打击。她有三个哥哥，最小的哥哥也比她大四岁，是老高三的学生，前几个月去内蒙插队了。那次，奶奶哭得几天不肯吃饭，对妈妈说："这是怎么啦？我不要你们好吃好穿地待我，一家人能团团圆圆在一起，我就知足了。"奶奶是说叔叔先去了外地，爸爸支持三线建设去了兰州，现在她的孙子孙女又走了，奶奶哪里受得了。奶奶没有女儿，只有两个儿子。她一辈子生过十一个孩子，有两个姑娘，可都没活，男孩子也只活了两个。孙子辈有两个孙女，另一个还在外地。所以，淑兰是奶奶的掌上明珠，从小由奶奶一手带大。奶奶手里有点钱不是给她买零食，就是给她买花布做衣服，要不是受布票的限制，奶奶可是要好好打扮她了。哪个哥哥欺负她，只要她一叫奶奶，奶奶准会帮着她。小哥哥最讨厌她了，常常趁奶奶不在家时，逗哭她。淑兰和奶奶住一个屋，现在屋里只剩奶奶一人了。想到这里，泪水又从她闭着的眼睛里流了出来。

姥姥更可怜，只生了一儿一女，舅舅已经去世，舅妈带着一个严重脑瘫的儿子和姥姥，靠她一个人的工资生活。淑兰妈妈每月给姥姥十元钱。每次去送钱，妈妈都带着她。姥姥总要哀声叹气地哭一通，说自己命苦。淑兰总是哄姥姥说，等她长大了，要给姥姥买这买那，最终姥姥总是被她逗笑。她真想像大哥那样，过年能买个点心匣子给姥姥送去。现在她去农村了，如何孝敬姥姥呢？谁又能哄姥姥高兴呢？这不是要了姥姥的命吗？

萧南安慰着她。她们的座位旁围满了人，认识的人都劝她几句，还有人送来了橘子、苹果等。淑兰慢慢地停止了哭泣，人群逐渐地散开了。淑兰对萧南小声说："张老师真坏！非要让我去农村，不就因为我奶奶是个房产主嘛。早就抄过家了，我奶奶那点东西早就抄没了。我爸爸可是靠劳动吃饭的小职员，她凭什么和我过不去呀?！幸亏我爷爷提笼架鸟游手好闲的，把家产挥霍得差不多了，他也死了，要不这次更要倒霉。我奶奶说，以前她可恨我爷爷了，现在她还挺感谢他的。"

萧南也忍不住说："昨天我去看我爸爸，告诉他我要走了，我看他脸色很难看。造反派在旁边守着，我爸爸说要我向贫下中农学习，但不要放弃文化学习，要我自己珍重。他屋子的窗户全都用报纸糊上了，这么冷的天也不给暖气，我真怕他病了，他要是病了，造反派可是不会让他去看病的。至少你奶奶，姥姥还有自由，有病还是可以去看医生。"

淑兰听了萧南的话，心里好受多了。于是，又开始关心起萧南来了，说："你爸爸被打坏的腿好了没有?"

萧南阴沉着脸说："昨天他还一瘸一拐的呢，我知道他尽力装出没事的样子。"她比较会克制自己，她父亲在五七年就被打成了右派，那时她还没上学呢。萧南很爱她的父亲，看父亲这样受苦心里很难过。但是她绝不会在造反派面前流露出来，她始终坚信父亲不会是特务，更不会反党。昨天，父亲目不转睛地盯着自己，好像要把她深深地印在脑子里，他知道以后难得见到女儿了。

谭卓娅那夸张的笑声从车尾部传过来，她和一伙人聊得正带劲儿。谭卓娅串联时去过兰州，她说有个男生一气儿吃了六大碗兰州拉面。吃过之后，大家起哄让他跳一跳，他说一跳拉面就从嘴里出来了，这已经成了一个典故。谭卓娅每次都要拿这事开心。他们抢着说起在大串联时去过的地方。去过四川的说，橘子便宜得像白给，甘蔗只五分钱一根。去过广州的说广州的香蕉一毛五一斤。到过海南岛的说，几个人五块钱包下一棵荔枝树，吃得直流鼻血。谭卓娅说她在四川大邑县参观《收租院》时买了一双草鞋，学着红军的样子，可只穿了两个小时脚就磨出了水泡。

坐在一起的这几个人，都是干部子弟。自从那副把阶级斗争的理论趋于极限的对联一出现，学生就自动分成了许多阶级，即使是“老子英雄儿好汉”的干部子弟也是等级森严。“不征不将，不抗不校”，意思是在军队里，没有长征过的没有资格当将军，没参加过抗日战争的没有资格当校官。父母的官阶也是子弟的等级。干地下工作的不如当兵的，打游击的不如参加新四军八路军的，渡过江的不如打过日本的，打过日本的又不如爬过雪山的……谭卓娅的父亲是“三八式”的干部，虽是没有长征过，可是去过延安，也是可以炫耀一下的了。

那时，女干部子弟一身军装或一身蓝布中山装，两边的头发压住耳朵，号称鸭尾式。一条拉毛大围巾外加一个雪白的大口罩是最标准最时髦的打扮了。谭卓娅正是这样一身标准的打扮。在这伙儿人中间她父亲级别是高的，所以她非常的自在，说话笑声都带着得意，给人一种居高临下的感觉。她说着如何在上海资本家家中吃他们的罐头，如何通过父亲的战友弄到了长江顺流而下的船票，去韶山时又找到一位阿姨住进了省委招待所。总之，她像《八十天环游地球》里的路路通，因为她父亲有良好社会关系，她走到哪儿都没困难。她喜欢专车，喜欢招待所，喜欢高高在上与众不同的感觉。夸张的笑声不仅说明她的身份，也有吸引男生的注意力的成分。她已经到了少女怀春的年龄，希望有更多男生注意她。

谭卓娅高大结实，有干部子弟的优越感，看她那气派就知道她爸爸至少是十一二级的干部。她穿一身褪色的黄军装，头发又多又硬。这时，她坐下来，一只手揽着淑兰的肩头，另一只手拍淑兰的胳膊，劝她别哭。淑兰不想听，说：“我去农村就回不来了，我可没有你那样好的爹妈。”

谭卓娅说：“我的老爹老娘已经靠边站了，老爹每天去掏垃圾，老娘也每天穿得像讨饭婆似的去听工宣队的训。”谭卓娅愤怒地讲着。她的父亲进城以后步步高升，家里住房越来越大，电话、沙发都有，出入常有小汽车，绝非普通人家能比。她妈妈是人事处副处长，多少次她看见那些普通干部找她妈妈，她妈妈总是拿出一副冷面孔，把人教训一顿，最后说："你回去吧，组织上会考虑的。"她以为她们家会平步青云永远地升上去，可没想到来了个"文化大革命"。不仅打碎了对将来的幻想，甚至连现实都保不住了。她家电话被拆掉，沙发被搬走，四间房子也被别人占了两间。

从1966年6月2日《人民日报》发表评论员文章《欢呼北大的一张大字报》那天开始，学校就停课了。大字报铺天盖地。谭卓娅异常兴奋，以前她以为她们这一代再也不会赶上那种轰轰烈烈的大革命了。当急风暴雨似的"文化大革命"来临之际，她狂热地参加进去。她抄过家，打过人，还给"地富反坏右"剃过头。可她真的以为这些人贼心不死想变天。毛泽东说："革命不是请客吃饭，不是做文章，不是绘画绣花，不能那样雅致，那样从容不迫，文质彬彬，那样温良恭俭让。革命是暴动，是一个阶级推翻另一个阶级的暴烈的行动。"她参加了红卫兵，还是红卫兵纠察队的成员。从刻蜡板到印传单，从每天散发传单到维持秩序，她忙得都顾不上回家。经常睡在课桌上，在北京火车站的地毯上也睡过。直到有一天，红卫兵纠察队的头儿叫她去，她才知道她父亲已经被审查，她没有资格再当红卫兵，她就像一块烧红的熨斗被丢进凉水里，心里撕撕拉拉的，难过极了。她伤心地摘下半尺多长的印有"西城纠察队"的红袖章。红卫兵总部这些朝夕相处的战友竟没有一人向她表示同情。她一直以为自己属于那著名的对联的上联——老子英雄儿好汉，没想到一小时之后她竟成了下联——老子反动儿混蛋。

一开始，谭卓娅真难受，在家里哭了好几天之后。她贴出坚决支持群众革命行动的大字报，表示要和父亲划清界限。后来，受到批斗的人越来越多，这些人的孩子凑在一起才发现，中央文革里面多数成员搞的原来是一套贼喊捉贼的把戏。

这时，火车早已开出了北京，车站上悲痛的人群被远远地甩在了后边。萧南轻声地劝淑兰："你走了，我也走不了。"淑兰鼻子囔囔地说："好吧，咱们俩做伴。"

火车进入了河北省，谭卓娅打开她的军用小书包拿出几个一毛钱一个散发着啤酒花香味的圆面包，一大包猪头肉，还有一包粘着辣椒糊的绿色榨菜头。萧南也赶快拿出小泥肠和法式尖面包。淑兰拿出的是家里烙的芝麻酱糖饼和一饭盒肉末炒土豆丝。

车厢的喇叭里播送着《延边人民热爱毛主席》。有人在车厢那头拉起了手风琴，还有人吹口琴，一群人大声唱着苏联歌曲"告别了，亲爱的故乡，告别了，可爱的姑娘……""请你吻别你的儿子吧，再见吧，妈妈，别难过，莫悲伤，祝福我们一路平安吧……"有些男生喝着新年才供应的啤酒，以为自己已经是大人了，脱离了家庭，他们有些兴奋。还有的在座位上打起了扑克。

天阴沉沉的，大块的乌云汇集在空中。这样的天气使大家压抑的心情更加难以舒展。窗外开始飘起了雪花。荒凉的土地上什么庄稼也没有，偶尔有几棵树也是光秃秃的，电线杆子飞快地向后退去。萧南看着《中国地图册》，仔细地研究着要路过的车站。

萧南为了不吵醒已经睡熟的同学，把头往淑兰那边伸了伸说："睡一会吧，明天还不知道会不会拉练呢。"淑兰心里别提是什么滋味了，她最害怕背着一个大行李走路了。她后悔不该带那么多的东西。

她们在热烘烘浑浊空气中一会儿就都睡着了。列车有节奏地行驶着，将这一车学生带向漆黑的远方。

2

淑兰被萧南推醒了，她双手揉着眼睛，小刷子辫也散了一只，系头发的玻璃丝也不知道丢哪儿去了。周围乱哄哄的，火车已经停下来了，人们忙着从行李架上、座位底下拿出行李。淑兰穿上已经发白的蓝棉猴，那是小哥哥穿不下给她的，又从座位下拉出她的脸盆和手提包，身上挎着黄帆布书包，臃肿笨重地走出车厢。萧南帮她提着剩下的东西。

车厢外的天空阴沉灰暗。从车上下来的人，乱七八糟地站在站台上。淑兰她们是女校，所以，又分了一个男校和两个普通校在这个县。

这时，来了一些县里的干部，用铁筒喇叭招呼着学生们按学校站好队。接着县委领导致欢迎词，不过是反复地说着毛主席的最高指示，只是口音变了，听着怪怪的。县里的干部都穿着中山装、棉大衣，可款式欠标准，看起来有点奇怪。一个有点军人风度，穿着军大衣的人走过来，他是人武部的王部长，四十多岁，红红的大圆脸庞，大衣披在身上，可能他觉得那样比较像首长。他喊着号令，把败兵似的一队人领到了县中学的大操场里。他那正规的号令挺直的腰板和臃肿、邋遢的队伍形成了鲜明的对比，县城街道上挤满了看热闹的人。

县中学里临时搭起的棚子已经准备好了早餐，热气腾腾的大白馒头和胡萝卜猪肉煮凉粉，上面漂着一层红辣子。每人两个馒头和一碗菜。有些女生故意撒娇，也有的是真的不能吃辣椒，她们端着碗，吵得大师傅头都痛了。大师傅只好又做了一些炒白菜。

谭卓娅也跟着叫不能吃辣椒，是想让人注意她。淑兰朝着萧南说："这里的馒头比北京的白。这菜是怎么回事呀？凉粉怎么能够煮？这是夏天，凉拌的，这儿的人真怪的。"

谭卓娅开始卖弄起来："你听过宁波人吃肉芽吗？肉生出蛆，有客人来时，在肉底下放盆水，用棍子打，蛆掉下来，再用油炒，那是当地的好菜。"淑兰起了一身鸡皮疙瘩。

萧南也说："我们串联到广州，都想吃当地的风味菜，十五个人凑了点钱去吃'龙虎斗'。"

淑兰问："什么叫'龙虎斗'呀？"

谭卓娅说："龙就是蛇，虎就是猫。"

淑兰张着嘴，瞪大了眼睛。

萧南接着说："我们问服务员还有什么特色菜，服务员说还有'八仙过海'。我们要了八仙过海，还点了蚝油牛肉、烧鹅。菜一上来，我们全呆了。原来'八仙过海'是八只老鼠，吓得两个女生不吃了，有一个男生也说肚子疼赶快走了，就剩我们四男三女。"

淑兰着急地问："你吃了没有？"

萧南说："当然吃了，花了那么多钱哪能不吃呢？你别忘了，我是广东人。"

谭卓娅问："'八仙过海'好吃吗？"

萧南说："还真好吃，肉又细又嫩。广东人说自己，是四条腿的桌椅不吃，两条腿的人不吃，剩下的都吃。"

等这些人吃完饭再看看操场，满地是挑出来的胡萝卜、肥肉片、辣椒还有凉粉。大师傅们心疼得直摇头，这些城里的娃真不懂事，糟蹋这么好的东西。

这时集合了，宣布各村的人名单。淑兰还没听够，揪住萧南说："到了村里你再给我讲一讲，啊？"

她们村一共七个人。除了她们三个，另外四个是男校的学生。谭卓娅忙着和人告别，在有小镜子绿塑料皮的小本上记着公社和村名。整个大车就等着谭卓娅一人了。

大车穿过县城，她们仔细地看着街两旁的人。这些人虽说住在县城，可看起来还是像乡下人。男人、女人、老人、孩子都两手一揣，面无表情，眼睛直愣愣地盯着看。脸好像从来没有洗干净过，孩子们鼻涕拖得老长，手黑得像猴爪子。突然，车上抱着小提琴的小个男生叫起来了："你们看呀，那棵树上有鸡。"果然，树上站着好几只鸡。那树有一丈多高。萧南看到过日本长尾鸡站在树上的照片，在照片上也看不出那树有多高。眼前的情景真有点奇怪。三年困难时期，许多家都养过鸡，她家的保姆也养过几只，可没见过鸡会飞，她问赶车的大爷："大爷，那些鸡是怎么上树的？"

大爷说："飞的呗，这地方的鸡都会飞。"

这下车上可是热闹起来了，都议论着“飞鸡”。这时，那些鸡又扑啦啦地都飞下来了，这些鸡个头小。“这可能是原鸡的后代吧?”萧南这样说着，只觉得车尾有一双眼睛在看着她，回头一看，那是一个高中男生，已经有了成年人的体魄。他们的眼光只对视了一秒钟，就都局促地分开了。萧南可以感觉到他眼光里的坚定和成熟，这是在女校的学生里从没有看到过的。

大车出了县城走在土路上，周围景色有些像秋天。路两旁种着大杨树和一种不知名的树，问了赶车的大爷，才知道是泡桐树。焦裕禄在兰考带领当地老百姓种的不就是泡桐吗？他们越发地兴奋。地边上长着红褐色的草，黑绿色的麦苗一垄一垄整齐地伸向远方，土坡上偶尔有人放着几只羊，羊毛一坨一坨的，脏脏的。坐在大车上，一眼望去能看出十几里地。淑兰从来没有看到过这样的景象，她真的很兴奋。这样辽阔的土地，这样的地貌让她觉得新鲜。在北京她最经常走的是胡同，最宽敞的地方也就是天安门了。

赶车的大爷拿出了黑黑的比烟盒略长一点的烟荷包，往烟袋锅里装烟，又细心地用拇指把烟末压实。然后，把烟袋叼在嘴里，不知从哪儿揪出一小撮黄黄的棉花，用两块黑石头狠命地打了几下，棉花被引着一点点火星，大爷小心地吹着，棉花有了一点红红的火。他把棉花放在烟袋里，吸足了一口气，两个腮帮子都瘪进去了。烟锅里的烟末子红亮起来，车把式才心满意足地抽起来。学生们像是在参观周口店北京猿人纪念馆，看猿人取火似地看着他的每一个动作。

“老乡，抽支烟。”剃光头的男生递过去一支大前门，大爷接了过去，看了看，很小心地夹在了耳朵上。“老乡，你抽吧，这儿还有呢。”光头男生又递过去一支烟。

过了一会儿，淑兰身上开始发冷，腿也有点儿麻。“大爷，还有多远呀?”

“不远了，还有十二里地。”

“大爷，停下来，让我们活动活动吧。”淑兰请求道。

“吁……”大车停下了。谭卓娅首先跳下车，男生比女生动作灵活得多，纷纷跳下车，他们走上了田垄，发现了一条水渠，水边上的草长得生机勃勃。这里比北京纬度低，冬天草还活着。小个子男生往远处扔了许多的小土块儿，其他几个男生也跟着扔，只有坐在车尾的男生没有扔。赶车的大爷从车上拿下了一条旧麻袋放在地上，卷起了口袋边，露出里面铡好的麦秸，马从容不迫地吃了起来。

他们终于到了，远远地看见一个黄土建成的村庄，墙是黄土的，房子也是黄土的，只有房顶上的青瓦被雨水冲刷成了黑色。村外用白灰抹的场院墙上，写着“农业学大寨”的标语。色彩太单调了。

这个村子形成了多少年？这些人在这里住了多少代？他们是一些什么样的人？一种陌生、恐惧、孤独的感觉袭上学生们的心头。

赶车的大爷把车停在了大队部门口，大家都下了车。大队长、大队支书、大队会计已经迎候在那里。旁边还有一些小学生，看来他们已经等了很久，有些人冻得在地上跺脚了，脸蛋鼻头红红的，男生女生都像小大人似的双手插在一起。大队长是个四十开外的中年人，他代表全村的贫下中农欢迎学生们到刘张村插队落户。他说的话，北京学生十句里只能听懂两三句。他说话这会儿，周围又围上了许多村民，多数是抱着小孩的中年妇女和孩子们。这些人的衣服，比县城里那些人要脏一点儿、破一点儿，色彩少一些。他们眼睛发直，张着嘴巴好奇地看着北京学生。他们对这些学生的穿戴、长相都感兴趣，媳妇们一手抱孩子，一手不经同意地轻轻翻看着学生们的衣服。这让学生们非常尴尬，他们知道农民没有恶意，可他们还是觉得不自在。谭卓娅使劲扭动着身体甩掉了翻看她衣服的手，其他人也知趣地住手了。旁边还有几个四五岁的小孩背着抱着弟弟妹妹，也在傻呆呆地看着知青们。弟弟妹妹的口水流到了他们的棉袄上，他们身上的棉衣像从酱油缸里捞出来又晾干的，又黑又亮，还露着棉絮。

大队长讲完话，把学生们带进他们的房间，女生一间，男生一间，都紧挨着大队部，这两间房是临时腾出来的。

屋里生着火，新砌的炕，铺着一张新席子，还有一张桌子和两只凳子，桌子凳子都是枣红色。桌上放着煤油灯，墙上贴着毛主席语录，东墙写着“千万不要忘记阶级斗争”，西墙写着，“领导我们事业的核心力量是中国共产党。指导我们思想的理论基础是马克思列宁主义。”门的玻璃上贴着一张心形剪纸，里面是一个忠字。萧南、谭卓娅和淑兰把行李一放，都赶快凑到火炉旁烤火。在火旁边谭卓娅看见一壶热水，她们马上拿出了脸盆把一路上的尘土洗掉，又把头发梳了梳。淑兰坐在炕上，从手提包里取出了一些山楂片和水果糖请谭卓娅和萧南吃。她们都有一种过集体生活的兴奋。男生屋里传来了小提琴的声音。

谭卓娅出去倒水就没回来，她和站在门外的男生聊开了。

一会儿，谭卓娅满脸兴奋、一蹦一跳地进来了，她上了炕，神神秘秘地告诉淑兰和萧南。大个子的男生是老高三的，叫李大伟。发现飞鸡的小个男生是他表弟，老初一的，叫林明。另外两个都是老初二的，一个戴眼镜的叫王聪；另一个剃光头，穿着将校呢裤子的叫张河生。林明是干部子弟。李大伟家是高知，他爸爸妈妈都是留美的。王聪的爸爸是中学老师，张河生是部队子弟。她一口气把打听到的一点儿消息，全都告诉了淑兰和萧南。萧南心想，也许男生对她们的了解比这些还要多一点。

谭卓娅还告诉她们一个新发现：供销社就在前面一点儿。淑兰兴奋得马上要去看。她们仨人走出去，谭卓娅领路，来到斜对门的一幢红砖大瓦房前面，供销社的窗楞和门是天蓝色的，屋子倒挺大的，就是货架上没有什么东西。她们看见男生已经先来光顾了，正背对着她们在买烟和火柴，只有三个人，李大伟没有来。张河生付了钱，一转身看见了她们，三个人都朝谭卓娅笑笑。

谭卓娅明知故问：“你们买的什么呀?”

张河生赶快抢着说：“没什么，没什么。”

她们仨人走进柜台，首先看卖食品的货架，水果糖和饼干都是黑黑的，包糖的蜡纸也比北京的黑一些。几瓶水果罐头摆在明显的地方。再看卖布的柜台，除了蓝、白、绿色，就是红底绿花，蓝底紫花，城里很少见而乡下人又很喜欢的花布。杂货部分的锅、勺都是铁做的，还有几摞大海碗，也都是在城里从没见过的。剩下就是农业生产工具了，没有什么可买的，她们只好往回走，都有点失望。

下午，大队会计带着他们七人去地里转转。他们穿过村庄，这里的街道，横平竖直，还很宽阔，也很干净。路旁都种上了泡桐树。

大队会计在北京当过几年兵，他说的话还可以听懂。他一边走一边告诉他们，这村有一百多户人家，五百多口人，五千多亩地，人均十亩地，分成四个小队，小队单独核算。这些地多数都种上了麦子，远处有些人在干活，他们在没有种麦子的地里，用锄头在地里一边敲一边走。谭卓娅好奇地指着问："他们在干什么呀？"

大队会计告诉她："那是在打土疙瘩，明年那块地要种棉花。"

田野里的空气格外新鲜。天上排成一字形和人字形的大雁正往东南飞去，一群常常有十几只，甚至几十只。萧南她们只在书本上学过大雁，可从未见过真的大雁，都觉得很新鲜。谭卓娅又指着村头的几棵树，问大队会计："那几棵是什么树呀？"

大队会计转头一看："噢，那是柿子树，明年你们就可以吃到咱村的柿子了。"

大队会计带他们走上黄土高坡，指着那有二三十丈深的沟，说："这里是黄河故道。"他们七人顿时有了一种说不出的感觉。啊！那母亲河在远古的时候，曾经从这里流过，兴奋、激动、英雄、伟大，他们不知该用什么来形容这种感觉。

"那现在呢，黄河哪去了？"学生们七嘴八舌地问。

"黄河已经改道到了西边，离这儿十二里地。"大队会计说道。

男生马上用双手拢在嘴边，做成喇叭状，大声地喊："黄河，你在哪儿？"没有他们想象的回声，只有一只被惊吓的兔子在沟里奔跑。他们已经很满意了。黄河，那波涛汹涌、泥沙俱下的黄河，曾经流过这里。谭卓娅与萧南都坐火车看过黄河，那么的宽阔，那一泻千里的气势，她们都还记得清清楚楚。多么让人兴奋呀，她们要写信告诉家里人，告诉同学朋友。

"这里有狐狸和狼吗？"淑兰问。

大队会计说："有，莲香爹几个月的时候，让狼叼去了。村里的人在后面追，狼跑不动了，就扔下跑了。所以，莲香爹小名叫狼娃，现在他腰上还有狼牙的咬印呐。"

几个女生瞪着眼睛，嘴巴紧闭，身上起了一层鸡皮疙瘩。男生倒是无所谓。

吃完晚饭，因为他们的行李还没到，被分别领到社员家去休息。萧南、谭卓娅和淑兰分到一户贫农家，那家只有三口人，一对年轻夫妻和三岁的孩子。这家人很热情，她们第一次看见炕台上放着煤油灯，物理学教科书说蜡烛的光是一烛光，煤油灯顶多有三四烛光，离灯两米以外的东西就看不清了。农民睡得早，一会儿就从旁边的屋里传来了异乎寻常的鼾声。她们仨人在暗自嘀咕，农民真是辛苦。躺在暖烘烘的炕上，她们很快就睡着了。

第二天早上，此起彼伏的鸡叫声把她们吵醒。昨天火车上的疲劳，经过一夜的热炕，全都消失了。可是，却口干舌燥的难受。那异常的鼾声还在响。她们懒洋洋地在炕上又躺了半天，等天已经大亮了，仨人穿好衣服走出门，看见男主人正在垫猪圈，难道是那年轻的女主人还在睡觉？她们昨天以为是男主人打呼噜，没想到女人也会有这样响的鼾声。男主人看见她们就热情地招呼："起来了，昨晚睡得咋样？"

"睡得好极了。"她们回答着。

"来洗脸吧。"女主人在她们背后说道，她们仨人惊奇地看着女主人，她不可能这么快就穿上衣服出来，难道屋里还有别人？她们洗好脸，被女主人请进了屋，屋里没别人，只有那个孩子在安安静静睡觉。这是怎么回事呀？她们一肚子的狐疑，又不好意思问。

女主人端来了早饭，显然她早就做好了饭在等她们起来。女主人坐下陪她们吃早饭，男主人端着一个大碗出去吃，他不好意思和她们一桌吃饭。早饭是面煮的粥和黑馒头，一小碟切得很细的咸菜和一碗辣椒。吃过饭女主人手脚麻利地收拾了桌子，看看孩子还不醒，就又坐在炕上摇起了纺车。啊！原来那鼾声是这纺车发出的，萧南她们不约而同地笑起来。她们都想试试纺棉花，那是延安大生产运动中人人都会的。

在回大队部的路上，她们看见李大伟带着另外三个男生在跑步。后面，许多小孩左胳膊扛一个大板凳，右胳膊夹一个小板凳，左边挎一个用碎布拼的书包，右边挎一个装满水的葡萄糖瓶子。孩子的妈妈还在他们身后大声地嘱咐："快些上书房。"他们狼狈地拖着这么多东西去上学，有的小男生的两管鼻涕都要流过嘴巴了，也顾不得擦。萧南她们三个好奇地站着看这帮孩子，从小学方向传来了唱歌一般的读书声，那是高年级的学生在上早自习。

男生也回来了，林明站在门外刷牙。几个小青年在一边好奇地看着，心想刷什么呢？又没有吃屎。回到她们自己的屋里，火已经熄了，屋里冷得不能呆。谭卓娅和萧南家住楼房都有暖气。淑兰家虽是平房，可用不着她管炉子，那是妈妈和奶奶的事。她们去厨房找来了木柴和煤，又去供销社买来火柴，就乌烟瘴气地生起火来。木柴的浓烟熏得她们眼泪直流，她们把窗子和门都打开，让烟快点散去。可等浓烟散去，炉子里的木柴也烧尽了，煤可没着。气得淑兰把报纸一摔。

这时，门外有人问："可以进来吗？"

"请进。"三个女生异口同声地说。

四个男生鱼贯而入，谭卓娅赶快张罗着让大家坐下，萧南和淑兰往炕里挪了挪，把炕沿儿留给进来的男生坐。李大伟坐在桌子旁边的凳子上，另一只凳子谭卓娅坐着，其余的三个男生坐在炕沿上。李大伟身穿一身棉蓝布中山装，脚上是高帮白回力鞋。分头，眼睛不大不小但很明亮，鼻子挺直，他的嘴棱角分明，看得出他是个性格相当成熟的人。他与其他几个男生明显不同的是，他已开始长胡子，而那几个小男生还是一副娃娃相。他清了一下嗓子，开始说："我们自我介绍一下吧。我是科大附中老高三的，我叫李大伟。"谭卓娅立刻就对李大伟有了好感。

发现飞鸡的小个男生接着说："我们三个都是一个中学的，我叫林明。"他指着戴眼镜的瘦瘦男生说："他叫王聪。"

剃光头的男生，已经变声了，瓮声瓮气地说："我叫张河生。我和王聪是老初二，一个班的，林明是老初一的。"

谭卓娅很想充当她们三人的老大，其实，淑兰比她大两个月。她马上说："我们都是初二同班，我叫谭卓娅，她叫关淑兰，她是萧南。"淑兰和萧南只微微地笑了一下，并没有讲话。

李大伟接着说："我们都是来自五湖四海，为了一个共同的革命目标，走到一起来了……一切革命队伍的人都要互相关心，互相爱护，互相帮助。以后你们有什么困难，我们能帮忙的，请不要客气。"

"行李来了。"屋外有人在喊。林明和张河生，立刻冲出屋去。谭卓娅也赶快跟着跑了出去。剩下的人都不紧不慢地往外走。

大队部门口停着一辆带斗的卡车。林明和张河生已经在上面了，正往下扔行李。淑兰指着最大的用绿塑料布包着的行李说："那是我的。"又指着一只用草绳捆着，印有"大海航行靠舵手"的大木箱说："这也是我的，轻点放。"萧南的行李是一道黑一道白的帆布强盗囊、一只木板箱和一只旧皮箱。谭卓娅是一只柳条箱和用军用雨衣包着的行李。

行李放在地上一大堆，卡车开走了。男生搬完自己的行李，又来帮女生搬。淑兰和萧南还有点不好意思让人帮忙，一个劲儿地说："自己来，我们能行。"因为她们一直上女校，已经不大习惯和男生接触了。谭卓娅可是从停课以来，就和外校的男生一起串联、下厂，她是半点儿也不拘束。她甚至更喜欢男生殷勤点。张河生扛起萧南的木板箱就走，李大伟和林明抬着淑兰的大木箱。

行李都放好了。谭卓娅突然叫起来："昨天晚上，忘了早请示晚汇报了，咱们现在补吧。"于是，三个人站在炕前，人手一本小小的《毛主席语录》。谭卓娅带头说："祝毛主席万寿无疆！万寿无疆！祝林副主席身体健康！永远身体健康！"然后，背了知识青年到农村去的毛主席语录。

谭卓娅拿出《毛泽东去安源》的画像贴在南墙上。萧南把自己用塑料窗纱绣的毛主席侧面像，也钉在了桌子的上面。

躺在炕上，萧南说："谭卓娅，讲讲你们抄家的事吧。我一直纳闷你们怎么知道谁家解放前是干什么的？"

谭卓娅说："我们成天上学，知道什么？那是派出所提供的。一有任务，就是派出所又整理出一批'地富反坏'的名单，就叫我们去，那会儿觉也睡不好，饭也不能按时吃。"

淑兰躺着问："你们看见'变天账'了吗？"

谭卓娅说："没看见，我也没听说哪所学校有人看见。我们总是和一个男校一起去抄家，他们先把人赶到院子里，让人都撅着，坐飞机。然后就开始摔盆砸碗，齐白石、陈半丁的画'呲'一声就撕了，还有一些古字画，我也不知道是谁的，都烧了，玉器瓷器'啪'地就往地上摔。我看见过'十字架'，还有人穿着国民党军装的照片。有的男生还踩小脚老太太的脚。我见识过鹿茸，一片一片的、白白的有点小窟窿。可连一点金子也没有见着，更别提金条、金砖了。有一次，我们正在派出所听介绍，就有人来报告，有个小车司机在胡同口把成天坐他车的老民主人士给勒死了。"

淑兰又问："你们打人吗？"

谭卓娅痛快地说："打，主要是男生，听说他们学校打死了好几个呢。还有，剃'阴阳头'，往人头上浇浆糊，坐飞机……有一次，也不知道从哪里带回来一个女戏子，说去抄她家时，她把衣服都脱了，为了不让人抄她家，男校的红卫兵就把她带到咱们学校，那天也不知道从什么时候就开始打她，一直打到晚上。刚开始她还叫'妈呀，别打了，求求你们了，姑奶奶。'"

淑兰问："怎么打？"

谭卓娅抡起右手比划着："就是用皮带抽呗。一个人累了再换一个，我还打了几下呢。我打的时候，她都不哼哼了。后来，我就走了，第二天听说她半夜就死了。"

萧南和淑兰听得毛骨悚然，都说不出话了。可是，谭卓娅没有一点感觉，继续说："我们有时是晚上去抄家，为了让他们没防备。可是，我有几次看见十七八岁的姑娘只穿一件小背心和一条小三角裤，真想让她们穿上衣服，我也不敢说，怕人家说我立场不坚定。抄家的男生也是十几岁，挺不合适的。有个被抄家的女孩还嘴硬说中央早就知道她爸爸的事，她还拿出她爸爸和中央首长的照片。我真怕，男生急了把人家衣服给扒了。后来，我爸爸也被打倒了，就不让我参加了。”

“有一次，我们去抄北京饭店后面的一个高干公寓，有个大将的儿子骑在一位全国知名的教授身上，让教授在地上爬。他坐在教授的身上，老教授有七十多岁，那个大将的孩子大约十岁左右。上百名红卫兵围在边上看，哈哈大笑。”谭卓娅接着说：“我们南下到了曲阜，看见许多学校在砸孔家店，把孔子的石碑都砸了。”

谭卓娅最得意的是她抄过中国最大的资本家的家：“我告诉你们吧，我们去上海抄家，那些资本家家里都是花园洋房。我去的那家是中国最大的资本家。他们家的地下室里都是进口的罐头，我们把他们家的人都赶到地下室去，用椅子把地下室堵死。我们就在他们家的餐厅吃他们家的罐头。”

谭卓娅十分得意地讲着，引起了萧南和淑兰的反感。

淑兰没有好气地问：“你们把抄的东西送哪儿去了？”

谭卓娅想了想：“送到一个什么仓库，我没有去过，只是听说。一个红卫兵押送抄家的东西，偷了十块抄来的手表，都带在胳膊上，被红卫兵开除了。”

淑兰又问：“你们给抄家的人家开清单了吗？”

谭卓娅不屑一顾地说：“哪里顾得上呀，有许多东西也不知道干什么用的，当然也就不知道怎么写了。有时，一天要抄好几家，我们根本就忙不过来，常常饭都来不及吃，还写什么清单。屋里的霉味，多年的灰尘，别提多恶心了。给他们写清单，也不知道东西弄哪儿去了。很多人被轰到农村去了，有清单也没用。可是，这些人真贼，他们还是会把东西藏起来。所以，在火车站还要抄一遍，还能抄出一些东西。他们把钱放在袜子里，把手表带在脚腕上。那时候，北京站西边全是剃着阴阳头的人。晚上，我们就睡在大厅的地毯上，男校、女校各一张地毯。有时传单来了，我们就到顶楼去散发，底层的大厅里，地上睡的都是人。我们的传单一飘下去，人们都去抢，没有醒的人，就被抢传单的人踩了。后来，就不许我们在顶楼散发传单了。”谭卓娅一人沉醉在1966年那个夏天。

萧南和淑兰虽然已经听说过无数的抄家事件。可是，谭卓娅说的这些事还是让她们很吃惊。

萧南好奇地问：“‘八一八’毛主席接见‘红卫兵’那天，你去天安门了吗?”

淑兰说：“她肯定去了。”

谭卓娅得意地说：“去了。”

萧南又说：“你看见毛主席了。”

谭卓娅老实地说：“什么也没看清，离得太远了。拿着我们家看戏的三倍望远镜也没有看清。”

淑兰高兴地说：“我看清了，串联学生住咱们学校，让我们帮忙。毛主席最后一次接见他们，我跟着去了，是11月20日，那天我们等了六七个小时，外地学生像疯了似的拼命挤。”

萧南难过地想，只有她没有见过毛主席。

“到北大看大字报，你去了没有?”谭卓娅问萧南。

“去了，大字报太多了，几乎每棵树上都拉了绳子，绳子上再挂满各色大字报。人挤人的，我没有找到那张马列主义大字报。我记得有个什么‘牧羊书记’”。北京工业大学斗争校长宋硕那天，我也去了。我们早早从学校出发，骑车去的，离北工大还好远呢，就谁也找不到谁了。人多极了，黑压压的只看见脑袋。前进不了，后退也后退不成。天又热，后来我看什么东西都成了黄绿色的了，直想吐，快要站不住了。一个好心人，把我拉到旁边的玉米地里，我在那儿坐了两个多小时才好了一点。会散了，斗争宋硕也结束了。我连校门都没有看见，听说咱们班其他人也没有进去。我差一点就中暑了。”萧南讲着自己的经历。

淑兰说：“谭卓娅，你们这些‘老兵’真够会整人的，拿着木枪逼着我们写什么材料，揭发家里，叫我们‘狗崽子’。你们现在一个个家里也都倒台了，你们是什么崽子，怎么就不用写了，这事我永生难忘。你们当时骂人的口气好像是我们剥削过你们似的，你们有什么资格这样做。你现在是不是也应该被踏上一只脚永世不得翻身呀？我那时才十四岁，做什么啦？这样对待我！”

谭卓娅不吭气，她知道班上“出身不好”的同学对她们这些红卫兵的行为很有意见。

3

第一天，下地劳动。淑兰带一条花格头巾；谭卓娅脖子上系一条新毛巾；萧南戴着毛线织的脖套儿。她们扛着锄头，跟着社员们一起下地。姑娘们看着她们吃吃地笑，这些姑娘几乎都穿着粗布的花格棉袄，每人一条红色或粉色为主的方格头巾。最奇怪的是，每人的衣袖上又长出一节比袖子窄的小袖子。男孩子们和老头老婆儿一样，都穿一身黑色粗布衣裤。老婆儿们有些虽然只有四十几岁，可也是小脚，这要比北京小脚女人的年龄小十到二十岁。

到了地里，人们一字排开，用锄头的反面敲打大些的土块儿。这活儿叫“打胡基”。她们仨人戴着手套，干起活来别扭极了。她们这才看出来，那些姑娘们长出一截的小袖子的妙处。袖子盖到手面，只露几只手指，又防寒又灵活，她们的锄头也都磨得光亮轻巧。

有些人已经到了地头休息了，她们仨人还有好大一段呢。那些姑娘们看着她们，叽叽喳喳地议论着。萧南她们有点儿不好意思了，加快了速度。可是一快就出错，淑兰动作不协调，锄把杵到自己的肋骨上，痛得她眼泪都要掉下来了。萧南和谭卓娅赶快过去，把她扶到地头坐下来。这时，姑娘们纷纷过来帮忙。

休息时，老婆们和姑娘们都从口袋里拿出了馍和要干的活计。吃的吃，干的干。有拐线的，有纳鞋底的，有绕线的，有的用自行车的幅条磨成的毛衣针织毛袜。一个姑娘递给她们两块白薯。她们在北京很少吃到白薯。谭卓娅把她们仨人的名字告诉了姑娘们，并在地上写出来。又逐个问了姑娘们的名字，原来带头帮她们干活的姑娘叫莲香。谭卓娅问："是不是你爸爸被狼咬过？"

休息的人们都笑开了，说："莲香，你爹的事都传到北京去了。"

姑娘们这时凑上来，看女知青胸前的毛泽东像章。谭卓娅她们大方地摘下来给姑娘们看。姑娘们的脸上都透出羡慕的神情。

又干了一会儿，就收工了。虽然，活儿没干多少，还真有点累了，肚子也开始在叫。进了村，淑兰站住不走了，她看着放了学的小学生背着书包，嘴上拖着两条黄鼻涕，就往她妈妈怀里钻。孩子的妈妈用拇指和食指捏着小孩的鼻子，把那两条"大黄龙"给拧下来，抹在墙上，然后，将孩子拦到怀里去吃奶。谭卓娅问："你看什么呢？"

淑兰指指那母子说："我奶奶说穷人养娇子，你们看见没有，这么大的孩子还吃奶。"

谭卓娅和萧南一看。果然，一个七八岁的孩子正站着在吃奶。可能农民觉得没有什么好东西给孩子，就让他这样无期限地吃奶吧。

进了院子，她们看见男生正在往灶房挑水。她们想去帮忙，可男生说不用了，缸已经快满了。进屋她们就躺在炕上，觉得太舒服了。

吃过饭，淑兰占据了桌子给家里写信。信写完了，她跑出去买邮票，可供销社里没有，售货员告诉她，要去镇上的邮局买，淑兰满脸颓丧地回来了。萧南赶快从箱子里找出信封和信纸，看着贴好邮票的信封又想起了妈妈。

“淑兰，给你。”她递给淑兰一个贴了邮票的信封。

她们每人写了一封信。莲香和几个姑娘趴在窗外朝里张望。她们立刻热情地把姑娘们请进来，姑娘们东看看，西看看，什么都新鲜。姑娘们最觉得新奇的是萧南的半导体收音机。这个村子虽然没有用上电灯，可是有手摇电话、有线广播和电磨面机。只是，这么小还能说话唱戏的半导体收音机，姑娘们还是第一次看见。

看看天不早了，莲香请她们仨人晚上去她家。她们高兴地答应了。

吃过了晚饭，她们仨人往莲香家走去。农村的巷子里没有路灯，家家都有院墙，连煤油灯的光都泄不出来，只能靠星星和月亮，可今天刚好没有月亮，手电筒的光线能照到的地方有限。狗不停地在叫，淑兰胆子小，十分害怕谁家的狗会跑出来。

到了莲香的家，院里的狗拼命地叫起来，淑兰只往萧南身后躲。莲香大声叫着狗，一溜儿小跑地来开门。

进屋后，只见昏暗的灯光下，屋里有三个老人。萧南她们亲热地叫着大伯大娘。最老的老太太说：“叫娃娃赶快上炕，天凉哩，把人都冻硬了。”

老人家又问她们：“吃了吗?”

她们说：“吃过了。”

老人家还不放心又问：“吃的啥?”

她们用北京话回答：“馒头和菜。”

老人家耐心地教她们：“馍和菜。”

老人家问她们：“吃得惯不？吃美了吗?”这下她们听不懂了。莲香当着翻译。

她们明白了之后回答：“吃得惯，吃饱了。”几位老人家哈哈大笑，笑得她们丈二和尚摸不着头脑。

笑过之后，莲香告诉她们，在这里牲口才说吃饱了，人说吃美了。

莲香告诉她们，老头儿是她爹。最老的是她奶奶，另一位是她妈。四十几岁就已经像六十岁的农民，一生的辛苦全都写在了脸上。

莲香的爹个子高大，黑红的脸庞，一看就知道是个能干的庄稼汉。一身黑粗布的对襟棉袄，嘴里叼着一支旱烟。他蹲在椅子上，吧哒吧哒地抽着烟。莲香的妈是中等个子，蓝布的大襟棉袄，头上一条蓝边的白毛巾，正在纳鞋底。老奶奶一身黑色的棉袄棉裤，很瘦小，盘着腿露出两只小脚，放下纺的线。老奶奶和莲香妈都坐过来，翻看她们穿的衣服，说："美，真正美。有钱哩。"莲香奶奶拉着萧南的手问："寻下人家了吗?"

萧南被问得脸都红了，连忙摇头。

莲香奶奶又说："这哒女娃，十三四岁就寻下人家了。"

忽然，萧南发现淑兰怎么没进来，问谭卓娅，谭卓娅摇头，莲香也说不知道。

她们赶快下炕去找，没有呀。她们又站在门外的台阶上呼喊。

"我在这儿呢。"淑兰的声音很小，好像从地底下冒出来的。

"快去拿手电。"萧南边说边跑。

"她掉到白薯窖里啦。"莲香大声说，也跑回了屋里，叫来了她爹。

手电、马灯儿都拿来了。一照才看见地上有一个直径一尺多的洞口，淑兰正站在下面，莲香爹告诉淑兰窖两边都有脚窝，蹬住，几下淑兰就上来了。

莲香爹冲着莲香说："这女子，毛毛躁躁的，你咋不把窖盖上呢?"

原来，莲香今天见她们仨人那么爱吃白薯。就想让她们到她家吃个够。天黑前，她下窖，拿上来一篮子，窖盖也没盖。

莲香奶奶过来，问："这娃，吓着没有?"淑兰摇摇头，大伙才放心地笑啦。

进了屋，莲香的妈骂莲香，淑兰她们仨人怪不好意思的。

听见这屋这么热闹，莲香的嫂子挺着大肚子也过来了，手里还拿着一手巾的烤白薯，香味弥漫了整个屋子。

大娘和奶奶招呼着她们吃白薯，莲香端来了油辣子和咸菜。她们蘸着辣椒油，就着咸菜，吃着香喷喷的烤白薯。淑兰说："只要能吃上烤白薯，我情愿每天掉一次白薯窖。"莲香家人全都逗笑了。

吃完白薯，莲香小心地把白薯皮收到一起，拿出去喂猪了。

莲香爹自豪地告诉她们，这里是中国的乌克兰，主要产小麦、棉花、油菜。在解放前，过年时要饭要的都是白馍。

看看天太晚了，她们仨人告辞出来。谭卓娅突然说："我想出了一个好主意，明天就是新年了，咱们把主席纪念章送给他们，他们一定会高兴的。"

"对呀，我还带了几本主席语录，我要送给莲香一本。"萧南说。

第二天吃早饭时，女生们看见男生的门口扔出几只烧糊的棉鞋。

原来是男生在封了的炉子上，烤汗湿的鞋，王聪把自己的鞋放在炉子上，林明非给他拿下来，硬说是他先放的，王聪好脾气就让着林明。张河生打抱不平地说："你先放上的，为什么让他。"

王聪说："无所谓了。他小嘛，就让着他一点吧。我在家里也老让着我哥哥，他也霸道着呢。"当时，李大伟正在厨房和大师傅聊天。

可是，煤炉没有相当时间的使用经验，很难控制。结果，半夜里火烧上来了，火苗有半尺高，把张河生和林明的鞋给烧着了，李大伟放在炉台上的一双尼龙袜子也引着了。男生全被呛醒，林明第一个跳下炕，大家七手八脚地把几个半盆洗脚水都倒到鞋上，火是灭了。王聪和李大伟没有烧着的鞋，也都灌了一鞋壳的水，满屋子的烟只好开窗。

中午，李大伟跟女生们说："今天是新年，吃过晚饭，咱们开个联欢会怎样？"

"好哇，在哪屋？"谭卓娅问。

"就在我们屋吧，我们屋大一点儿。"李大伟说。

农村从不过新年，只过旧历年。所以，这天照样上工，她们是接受贫下中农再教育的，农民不休息，她们哪里敢休息。

到了地里，她们仨人问清了，这些人里没有"地富反坏"，就把带来的毛泽东像章发给社员们。当她们说今天是新年时，大部分社员竟然不知道。

她们以为伙房一定会改善一下，没想到还是煮胡萝卜。谭卓娅说："咱们每人出五毛钱，去供销社买点东西吧，不然晚上什么也没有，多没劲儿呀。”

“行，没问题。”萧南说着，拿出了钱。淑兰虽不太情愿，但也把钱交给了谭卓娅。

她们到供销社买了一斤饼干和一些水果糖。

吃过饭，女生来到男生住的屋子，男生屋里还挺整齐的。看得出他们是特意打扫过的，地上还有洒过水的印儿。桌子上放着一瓶白薯酒和两个肉罐头，有些糊味还飘散在屋里。

一看她们来了，李大伟赶快招呼她们坐。她们觉得气氛有些异样。李大伟看大家都坐好了，就开始说：“今天是一九六九年的第一天，我们应该庆祝一下。同时，张河生明天就要回北京去参加中国人民解放军了，今天也是欢送他。为了一九六九年，也为新战士张河生干杯。”

她们仨人一时没有反应过来。停了一会儿，她们才明白过来，朝着张河生表示祝贺。

张河生满面春风，谭卓娅心里很不是滋味。张河生说：“王聪，你是上大学的料，‘文化大革命’是坑着你了。这次来山西，又是我要你来的，我欠你的情，你每次考试都送我两道题，我不是那种没心没肺的人。”

林明说：“河生，咱俩可是战斗友谊，六六年夏天为了革命咱们淋了多少次雨，咱俩写了多少‘打倒刘少狗!’（奇字躺下来，就是狗字）又跟着老高中的去抄家，他们打人真狠呢。你们那些军队子弟就是比干部子弟厉害，连女生都敢打人。‘八一八’那天，激动得我眼泪都流下来了。江青讲话，我真适应不了她的颤音，起了一身的鸡皮疙瘩。不管怎么说，咱们也参加了一场轰轰烈烈的大革命。十年后的‘八一八’咱们天安门见。”

李大伟用手揪揪林明的衣服，示意别说过火的话，林明却是不吐不快。

王聪带头唱起来：“人们都说你就要离开故乡，我们将记住你的微笑，要记住××县你呆过的地方……”

歌曲一唱，大家的情绪都变坏了，每个人都联想到自己的命运。

萧南对张河生说："请你帮我带一封信到北京去寄，行吗？"

张河生说："让我送去都没问题。"

淑兰和谭卓娅请张河生去一下家里。谭卓娅说："明天我和你一起去县城，我要去看同学。"

时间过得很快，可能已经过了九点，女生们不好意思再呆下去了，便告辞。

谭卓娅离开北京的时候，就和妈妈讲了，想去当兵。妈妈当然想满足她的要求，可她和谭卓娅的父亲正在受审查，部队怎么可能收这样的孩子呢？政审就通不过。谭卓娅的妈妈当然明白这个道理。谭卓娅跟妈妈撒娇地哭了，说："我不能在农村呆一辈子呀？"

妈妈皱着眉头说："人在屋檐下，不得不低头，懂吗？"想到这儿，泪水流到了枕头上。她喜欢拔尖，但是，现在却一点希望也看不见。哭累了，她也就睡着了。

萧南从没想过当兵的事，自从父亲成了"右派"，就再也没有任何非分之想。

淑兰只是在想，奶奶告诉过她的话"好男不当兵，好铁不打钉"。所以她并不羡慕张河生，只是又开始想家了。

男生这屋没了女生，说话更随便了。林明的爸爸是老干部，妈妈是大学生，五一年参加工作，组织动员嫁给他爸爸的。所以林明有干部子弟出言不逊的特点，又有知识分子的聪明。

李大伟的父母都是知识分子，解放前从美国回来的，属于书呆子型。他们总是弄不明白那变幻莫测的形势。随着"文化大革命"的深入，李大伟的父母亲打成了里通外国的美国特务、反动学术权威，被关起来了。林明的妈妈是李大伟的亲姨，比大伟的妈妈小十岁。她和这个姐姐的感情很好，"文革"前，两家经常来往。林明也常住大伟家，特别喜欢这个大表哥。知道大伟的爸爸妈妈给关起来了，林明和妈妈就把大伟接到家里。可是现在，林明的父亲也被打倒了，每月只发生活费二十元。林明妈妈便和大伟商量，要去就去个好一点儿的地方，大伟的学校分在雁北，林明的学校分在晋南。大伟就和林明的学校一齐来晋南插队了。林明还有三个妹妹在北京。大伟家只他一个孩子，父母为了事业连孩子都不想多要。

王聪的父亲是一名兢兢业业的中学数学教师，妈妈是学校的会计。他父亲被学生往头上倒过墨汁，戴过高帽子游街，罪名是培养修正主义的苗子，走白专道路。他爸爸被斗过之后，人一下子老了十岁。王聪的爸爸是从那种本本分分的小户人家长大的，但是自尊心特别的强，待人诚实有礼貌。在他们家的那条胡同里，他童年时的伙伴都是工人、店员。只有他靠自己的努力当了中学老师，进了知识阶层，没有想到会被自己的学生这样斗。他想到过死，可又丢不下四个孩子，只能郁郁寡欢。

张河生不能喝酒，一喝酒脸就红了，瞪着眼睛大骂："他妈的，江青只不过是个三流的电影演员。"

李大伟惊恐地看看窗外，制止他们别喝了。张河生不答应："我们还不知道哪天才能再聚在一起呢？我到了部队再也没有这样自由了。李大哥，你让我喝痛快了，说痛快了。我知道部队是怎么一回事，那些部下见我爸都跟孙子似的，我爸见他的上级，也跟孙子似的。我在部队是最小的兵，是他妈的孙子的孙子。"

李大伟看看制止不住，说："小点儿声，好吗？"

李大伟的担心是多余的，农民不管这些闲事。另外，他们有早睡的习惯。农民在中国是最不爱告密的人群。在那个年代他们关心的是口粮够不够吃，其他，都不重要。

4

谭卓娅早早地就起来了，按照北京学生最时髦的打扮穿戴好。她要在路上问一问张河生，怎么办的当兵手续，哪个兵种的兵好当。

门外，男生已经有动静了。她们赶快出门，村里的几个小伙子也来了，还推着自行车。张河生的行李捆在了车上，大队会计也来代表大队给张河生送行。

女生注意到男生都换成了塑料底的懒汉鞋和解放鞋，觉得挺好笑。大家和张河生告别，知青们一直把张河生送到村边上。

看着他们消失在黄土坡后，剩下的几个人才慢慢地往回走。林明说："张河生一走，我这心里空落落的，真恨不得也跟他回北京。"

李大伟说："天下大势，合久必分，分久必合。"

上工的人已经走了，他们只好放假半天。萧南打开木箱子找出书，靠在被子上看起来。淑兰去洗衣服，她把萧南的脏衣服也都泡上了。萧南不好意思，跳下炕，帮着淑兰把衣服都洗干净了。她们将行李绳拴在两棵树上，把衣服一件一件全晾上。

俩人躺在炕上，心情好极了。

"萧南，你有没有感觉，谭卓娅总想在男生面前显示自己，我真有点儿烦她。"淑兰说。

"她不就是那样吗？"

"萧南，告诉你吧，我们家祖上也做过尚书呢，相当于现在的部长。可是，你知道汉人一直不满意满人夺了他们的江山。我舅爷告诉我，汉人里有一个叫洪承畴的大官，假装归顺了清朝，他上奏皇上，让八旗子弟生下来就有口粮。看起来好像是为满人着想，实际上，想让满人没有奋斗精神，全都变成纨绔子弟，只会提笼架鸟游手好闲，好把大清朝的江山再交还给汉人。他老谋深算，还真成功了，大清江山丢了，满人才明白是他设的计。当初他连汉人也骗了，都相信他归顺了清朝，骂他是汉奸。我舅爷说，满人斗不过汉人，看看各家的皇陵就知道了。汉人的皇陵，地上盖的房子和地下的陵寝根本就不是一回事。可是，满人的陵寝是一个大土包，正下方就是墓穴。秦始皇墓几千年都没被盗，可我们满人的墓，才几十年，有人看着，还是被盗了。我舅爷是大学的教授，在我们家亲戚里最有学问。我爷爷活着那会儿，祖上还有些钱。家里有点买卖，可都让张勋的辫子兵给抢了。家里一乱，我爷爷的心腹，知道我家的银票放在哪儿，偷了跑到南方去了。我们家后来就不行了，爷爷又没有什么本事，还老讲排场。他把房子一间一间的都卖了，剩下的就只有我们住的那个小院子了。你去过我们家，那个大院儿原来都是我们的。现在我们住的那几间屋是原来佣人住的房子，就这几间房还成了房产主了。抄家那天，我奶奶还以为我父母得罪什么人了呢，后来才明白是因为这几间房。我奶奶说，要是我爷爷会过日子，咱们就得像对门似的挨皮鞭了。”

萧南觉得，淑兰的奶奶有些幽默，淑兰性格里也有像她的地方。她笑着，跟淑兰说：“什么时候回北京，我要去跟你奶奶好好聊聊，她一定是个很有趣的老人。”

“我奶奶故事可多了，她没上过学。她要上了学一定很了不起。”淑兰得意地说。

萧南也想起了串联时去广州老家时，她堂伯伯和她说的一件事。

“不知我们的哪代祖先在京城做官儿。一次，他回广州省亲。他的一位同窗也在广州做官，官做得比他大。不知为什么想污辱他一下，就让人在地上泼了大粪汤。因为我的祖先官比他小，去了一定要给他下跪，那就只能跪在粪汤上。可没想到我的那位祖先是拿着圣旨回去的。结果，他跪在自己泼的粪汤上。”

说完，她们俩人哈哈大笑。没有谭卓娅，她们好像更开心一些。萧南翻着箱子问淑兰：“你看哪本书？我这儿有《中国文学史》、《在人间》、《我的大学》，还有柳青的《创业史》……”

“就要《创业史》，到了农村就看点儿写农村的书吧。这书挨批了没有？批得太多了，我都记不住了。你还记得那本杂志封底画上的反动标语吗？”淑兰问。

“我没看见，那几天我正在发烧，没去上学。”萧南还记得很清楚，几天后去上学，同学们在传看那32开本的小杂志，上面画的是芦苇。同学都在传说芦苇叶子拼成了反动标语。

“农村的阶级斗争特别复杂，电影《苦菜花》你看过吧，农村也有特务，咱们可得小心点儿。”淑兰煞有介事地说。

“我们家的保姆就是地主的小老婆，解放了，她就出来做保姆。可我看她也不像《半夜鸡叫》里的地主婆，对我和我弟弟可好了，成天给我们补袜子做鞋。”

淑兰问：“她做饭也好吃吧？”

萧南说：“你怎么知道的？”

淑兰说：“我奶奶说的，她说地主婆做保姆，会做饭会管家。”

萧南说：“你奶奶真聪明。‘文革’一开始，我家保姆就被赶回了农村，她已经没有家了，也不知道她现在怎么过的？我们家属委员会的主任是个格格，她挺积极的。不知是装的，还是改造好了。”

“我知道格格是清朝公主。我奶奶说大栅栏瑞福祥的绸缎，只要格格们买过，就涨价。城里有些有钱人也做善事，有家药店每到夏天，就做些治痢疾的药，免费发给穷人。我奶奶说不论穷人、富人，都是好人多，恶人少。但是，恶人虽然少，能量可大。”

“还真是的，一个希特勒发动的第二次世界大战，全世界毁坏了多少城市？”萧南同意这种说法。

这时，有人敲门。萧南去开门。李大伟站在门外，他微笑着对萧南说：“大师傅做饭没水了，咱们去绞点吧。”

萧南和淑兰马上跟着往外走，她们光顾了洗衣服，把做饭的水都用光了，实在太不好意思了。

林明在门外挑着水桶等着。因为不是太熟，萧南想叫林明回去，可是没开口。她们来到井房一看，井口被一个大树根给盖上了。李大伟问了人才知道，井绳和桶放在队长家里。他和林明去取，淑兰和萧南在井房里等着。井台是用一块很好的石碑改造的。墙上的石碑还写着这井的历史，哪朝打的井看不清，最后一次修井在清朝，可以看见。萧南并不懂石头，但是她从石头的细润、颜色的均匀和它上面花纹猜测，一定是某地主的石碑了，碑文已经被人踩得看不清了。井口上是一架轳辘，它的支架伸到屋子的墙壁里。把手是铁的，已经被磨得光光亮亮的。墙壁上还有一个放油灯的墙窝窝，煤油灯的黑烟把上边的墙熏黑了一片。一个石槽横对着门，槽口用一个玉米芯包上布塞着，防止水流出去。

李大伟扛着一大捆绳子走来了，后面跟着林明，他手里提着一只铁的尖底水桶，看样子不轻。水桶样子很古怪，桶把是铁条十字形地焊在桶上。队长的老父亲也跟来了。

李大伟把绳子撂在地上。萧南她们才看清楚，绳子竟然和学校里拔河的绳子一样粗，是麻拧成的。这井多深？萧南问队长的爹，真吓了她一跳，竟有十五丈！

队长的爹认真地系好桶，又把绳子整理好，他示范着一手扶着轳辘上的绳子，一手控制着摇把，摇把自己在转动。他两脚一前一后，身体向前倾斜，稳稳当当地把绳子放下去。又晃晃绳子，认为满了，才叫李大伟绞，林明也上去帮助，看来相当的重。原来吃水这么不容易，萧南她们怎么也没想到。

一桶水绞上来倒在石槽里，正好装满两水桶。萧南和淑兰都抢着要挑，最后萧南抢到了扁担，她小心翼翼地挑起了水桶，想像农民那样上下悠着，轻松地挑着水桶。可水桶压得她的肩膀生疼，她只好两只手帮着抬扁担，好减轻一点儿肩头的压力，她知道这样子难看极了，可也没办法。水桶压得她的脊椎好像都没有缝隙了，两只水桶就好像天文台里的伯克摆，按它自己的规律各摆各的，实在难以控制。到伙房的路只有两百米，却好像永远也走不到。她咬紧嘴唇，尽量控制着水桶不让水荡出来。她终于到了伙房，可是连怎么弯腰放下水桶都不会了。大师傅赶快接过扁担，把两桶水倒进缸里。萧南看看那水才不过半尺多深，要挑满大约要五六挑水呢。

挑着水桶回来时，萧南看见几个小伙子正在街上学她挑水的样子，她很生气地斜了他们一眼。

井台上，淑兰已经换下了李大伟，她和林明一起在绞。这桶水眼看就上来了，他们慢慢地绞着，因为井口小，水桶碰了井台，水就会洒出来。这次是李大伟挑水，淑兰和萧南绞水。萧南一个人往下放着空桶，摇把有惯性，并不太重。可是随着水桶越来越往下，惯性越来越大，萧南把不住摇把了，队长爹一把抓住了摇把，这时水桶也到了井底，从遥远的地下传出沉闷的声音。她和淑兰吃力地绞着水，装满了水的铁桶格外重，队长爹帮她们拉绳子。水桶上来了，可是只有半桶水。原来，她们用力不匀，水桶碰在井壁上，洒了不少。萧南很生自己的气，挑水不行，绞水也不行，她把嘴噘得老高。队长爹看出她情绪不对，说："姑娘别恼，这是男娃干的活儿。你们歇歇，我来。"

队长爹往两只手上吐了口吐沫，一只手扶着轳辘，任摇把自己在转，铁桶很快到了井底。他一人动作协调地把水绞上来。右手拉着摇把，左手提着水桶，左脚向后退了一步，水桶正好靠在槽边，顺势就把水倒在了石槽里。他已经五六十岁了，可一桶水绞上来，并不像萧南她们那样的狼狈和气喘吁吁。

这天，他们绞了六担水，缸才满了。她们再也不敢大手大脚地用水了。

饭打回来，萧南和淑兰已经累得吃不下了，躺在炕上，拿着馒头一点儿一点儿揪着往嘴里送。

"我原来觉得，我们家的那条胡同那么脏，现在想起来还挺亲切的。我最想我们家那边的小合作社了，有大米花、果丹皮，还有小儿酥……"淑兰说。

"知道我最想什么？我最想北京的京白梨和脆柿子，还有……"萧南一下子跳下炕，打开箱子，拿出了两块小小的巧克力，递给了淑兰一块。她笑着说："你不说吃，我都忘了，妈妈给我放在箱子里的巧克力。还有几块等春节再吃。"

这时，莲香来找她们玩。告诉她们，她嫂子昨天晚上生了一个儿子，她奶奶可乐了。淑兰说："我们去看看吧。"

莲香赶快说："不行，不出满月不能看。"淑兰伸了伸舌头。

莲香呆了一会儿就走了，家里添了人口忙多了，她不赶紧回去，会挨骂的。

淑兰点上灯，靠着被子问萧南："萧南，你是不是抱来的?"

萧南惊奇地睁大了眼睛："你从哪儿看出来的?"

淑兰以为自己猜对了："我听咱们班同学讲的，而且，你很少谈论你父母。"

萧南半天说不出话来，因为爸爸在她上学前就成了右派，她不愿意让人知道，所以尽量少谈她父亲。过多地谈母亲而不谈父亲也会引起别人的怀疑，所以她也避免谈母亲。这个问题她知道迟早要让人发现，看来今天回避不了啦。淑兰和她同学四年，她知道淑兰没有坏心眼儿。萧南看着淑兰说："我是我父母亲生的，我父亲是右派，虽然已经摘了帽子，可是我不能在班里讲。不然，红卫兵会整我的。"

淑兰一直以为萧南被一个家里有钱可没孩子的家庭收养，没想到她竟然背着这么重的家庭包袱，而且从没上学就背上了。她不清楚什么是右派，可她挺同情萧南的。她声音轻多了，关心地问萧南："你爸爸为什么成了右派?"

萧南说："我也不太清楚，只听我妈妈说，爸爸单位第一次打右派没打够百分比，上面批评了，第二次把我爸爸打进去了。"

萧南她记得那年秋天的一个星期日，她家保姆天不亮就穿上棉袄带上小板凳去排队买肉。等她买肉回来，在一座楼前看见一个人躺在血泊里。她赶紧夹着小板凳，因为是小脚，只能用两个脚后跟跑着回了家。回来后，她向母亲叙述时，人还在哆嗦。那天人心慌慌的，谁也没注意，萧南自己下了楼。她看见院子里停着一辆大卡车，上面放着四张席子卷成的卷儿，只有一个卷儿可以看见有一双脚。大人们严肃地谈论着，谁也没有注意她，可她却听得清清楚楚。那个男人被打成了右派，想不通，晚上先用大石头把他爱人砸死，又将两个不懂事的儿子砸死，最后自己爬上七楼跳了下来，听说他家血流成河。那天下着毛毛雨，刮着小风，萧南不知在外面呆了多久，大人们一遍又一遍小声地说着，那印象实在太深了。

以后，在幼儿园从老师的只言片语里她听出来，爸爸和那个跳楼的叔叔一样也是右派。她很长时间都在暗自担心爸爸，怕他也会跳楼。

还有一次，她和弟弟还有保姆睡下之后，听见爸爸和妈妈在另外一间屋里小声地说话，说什么她听不清，可后来妈妈的声音大起来，很激动地说："不，我不同意，我不会离婚的，我不在乎你是不是右派，我要等着你回来。"保姆叹了口气，翻过身去，她知道保姆全听见了。

妈妈和爸爸的感情很好。萧南曾经记得，妈妈给爸爸端茶的情景。妈妈左手端着茶，右手搂着爸爸的脖子。爸爸也放下工作，抬头吻妈妈。

没多久，她爸爸就去下放劳动了。等爸爸再回来的时候，又瘦又黑，黑得像黑人。爸爸迫不及待地带着她去幼儿园接弟弟，弟弟吓哭了，大声叫着："你不是我爸爸，我不要你抱。"她拉着弟弟的手，告诉他这是爸爸，真的是爸爸。爸爸眼睛里的忧郁，她至今记得清清楚楚。上学后，她努力地学习，想让爸爸妈妈少操心。因为她看得出爸爸的沉重和妈妈的沉默。她的好成绩会暂时使爸爸忘记沉重，使他阴沉的脸上会露出阳光。妈妈也会重新变得活泼和快乐。可是，萧南再也没有了童年，她喜欢自己思考，不喜欢和同学过多地交往，她担心过于亲密以后，同学会要求到她家去，也担心别人会问她家里的事。她在父母的眼睛里是乖孩子，可她心理上的创伤，改变了她的性格，她不可能像别人一样开怀地笑，她夜里时常会做噩梦，她有不安全的感觉，这样的重负她要背到哪一天呢？她也不知道。在北京时，她担心会影响她上高中和大学，她不止一次地听说因为出身不好上不了大学的事。现在，到了农村她有一种如释重负的感觉，反正大家都没有了上学的机会。

淑兰拉着萧南的手说："我不会告诉谭卓娅的。"

萧南苦笑着说："谭卓娅早知道，她爸爸就是我爸爸的上级。"后面的话她就没说了，她的父亲就是谭卓娅的父亲给打成右派的。可谭卓娅为什么没在班里讲过，她也想不明白。

谭卓娅确实知道萧南的父亲是右派，她是听她的父母讲的。她母亲曾为这事和她父亲大吵，她都听见了。她妈妈说：“人家冒着生命危险掩护过你，你却把人家打成了右派，你真是六亲不认呀。”

她父亲却说她母亲党性不强，立场不坚定，不能分辨是非，这样下去很危险，要犯错误的。

她妈妈说：“人家提意见是为了克服官僚作风，为了更好地工作。”

她父亲却说：“那是恶毒攻击，是他阶级出身的烙印。”

谭卓娅站在妈妈一边，她认为萧南的父亲既然掩护过革命同志，就不会是坏人。所以她从来不在班上讲萧南父亲的事。

可是，谁也不知道萧南父亲被打成右派的真正原因是他太能干了，他已经受到了好几次表扬，谭卓娅的父亲感到了危机，他怕萧南的父亲超过自己。还因为萧南的父亲上过名牌大学，能力也比他强，有一次去苏联学习，领导安排了萧南的父亲。所以，这是一次机会，把他打成右派，自己就安全了。

5

谭卓娅过了几天才回来，她兴奋地告诉萧南和淑兰，她赶过集了，集上什么都有。这么冷的天竟会有西瓜，那西瓜不是切开来吃的，而是开一个洞，把汤汤水水挖出来一碗一碗地卖，还有许多东西，说也说不完，最好等下个集，一起去看看。镇上的集按阴历算，是逢二逢八，公社的集是三、六、九，县里是初一、十五。到了农村，不知道阴历是不行的，在村里从没见过谁家有日历，这些看起来不太聪明的农民，是怎么知道哪天初一哪天十五的呢？莫非他们看月亮？

谭卓娅兴致勃勃地讲，她去了县里，原来那个武装部王部长是她爸爸老战友的部下。她告诉王部长，爸爸的这位老战友每次到北京开会一定去他们家。一是要让王部长知道她父亲和这位战友关系不一般，二是间接地让王部长知道她父亲的级别不比这位战友低。有了这样的铺垫之后，她鼓足勇气问王部长每年招兵的情况。王部长明白她要知道什么，就告诉她，什么兵种都招过，可就是没招过女兵，女兵通常都是在城市招，不过以后有事可以去找他。他暗示谭卓娅如有招工一类的事情他可以帮忙。谭卓娅泄气极了。

谭卓娅还说了一些北京的情况，下一批知青是去陕西，元旦毛泽东又发表了“清理阶级队伍，一是要抓紧，二是要注意政策”的指示。萧南说她们已经从广播里听到了。

第二天，她们干的是拉粪的活儿。拉粪要用小车，她们没有，队长让她们去借。她们很怕人家不借，姑娘们告诉她们，用谁家的车一次给谁家记三分，没人会不愿意的，她们去借，果然很顺利。

她们跟着姑娘们来到粪堆旁，几个老汉给她们装车。农活儿看起来粗，可干起来样样有技术。就拿装车说吧，装得太靠前了，两个把太重，胳膊总往上抬会很累。装得太靠后了，车把又总往上翘，需要用力往下压，弄得不好会把整个人都吊起来。装得合适的话，双手只需轻轻地拉着就是了。车装好了，车横梁中间系一根绳子，挂在肩上，她们仨人觉得自己有点儿像牲口。

姑娘们也装满了车，轻快地一溜儿小跑地走了，下坡儿时还靠车的惯性自己滑下去，她们把车把高高翘起，人在上面吊着，既起到了车闸的作用，又省去了奔跑。她们边玩儿边干，回来要是遇上大车，她们就把小车挂在大车上，挂上长长的一串，然后，又嘻嘻哈哈地上了大车，车把式也赶不走她们。

萧南她们仨人还有城里人的矜持，不会跑也不会玩儿，当然也不会挂在大车上。所以她们没有村里姑娘们的轻松，也没有占了小便宜的快乐。

日子过得很快，转眼到了腊月二十二，队里派大车送大伙儿去赶集。她们仨人天刚亮就来到牲口棚等着套车。赶集的妇女都换上平时舍不得穿的细洋布衣服，头顶上的蓝边毛巾也白多了。车套了有几十分钟，好不容易才上路。

大车走得实在慢，那些骑自行车带着人的小伙子、壮年人，一个个从她们的车旁赶过去。车上的人都是采购年货的，她们仨人是想看看集市。淑兰有张包裹单，顺便去取包裹。另外，她们也希望能买点儿好吃的东西，肚子里的油水越来越少。

大车停在了集市的南面，只见满街都是人。她们先到邮局，看到黄绿色的信箱，觉得亲切极了，整个镇上只有这个信箱和北京的一样。淑兰取完包裹，就迫不急待地打开了，是一斤小孩酥和一斤动物饼干，分给萧南和谭卓娅一些，三个人一边吃一边往外走。

街道的南头是一大车一大车的萝卜白菜。粮食是不准买卖的。但是有粉条，粉条要比北京的黑。还有许多工具，如铁锹、镐、镰刀，各种柳条编的筐和篮子，买卖这些东西是男人的事。这里人挤人，真正是摩肩接踵，熙熙攘攘，满地的黄土被人踩得飞扬起来，远远看去烟尘滚滚。

往北走，道路两旁有了商店，街上也没有那么尘土飞扬了。妇女们在地上铺上布，摆上自己手工制作的布鞋、布袜，土毛线织的毛衣、毛裤，还有粗布，从做抹布的到做衣服的都有。淑兰她们觉得眼睛都不够用了。妇女们一边看着东西，手里还不停地在织毛线纳鞋底。最有趣的是那些小孩的鞋子和帽子，猪娃鞋上绣着两只大猪眼睛，鞋头做成猪嘴样子，还有两个猪耳朵，五毒鞋上绣着蝎子、蛇，帽子的花样也很复杂。萧南她们认为这些东西，都可以放在王府井大街的工艺美术商店去卖。

在十字路口，她们看见了饭馆，便进去了。在饭馆里碰见了她们学校的同学，大家非常高兴。分开才一个月，每个人都有了一些变化，大家都晒黑了，有个女生穿着农民的土布衣服和鞋，她说是拿北京带来的衣服和老乡换的。

她们点了一个过油肉，一个溜肉片，用全国粮票买了一斤馒头。到下乡一个月第一次吃到肉，她们吃得香极了。饭馆里桌子下的几条大狗不停地走来走去。吃饱之后，她们发现集开始散了，淑兰还想去找西瓜，谭卓娅怕大车走了，不让她去。

找到大车后，发现就差她们三个了，车上坐满了人，还多了一些东西。有的买了两棵白菜，十斤胡萝卜，有的买了一小捆黄粉条和一些变黑了的菠菜。因为这里菜少，白菜用麦草仔细地捆着，可能是怕把菜帮子碰掉了，看起来比北京的白菜精致多了。

这样的年货和北京凭本供应的死鱼和死鸡一比又差多了，劳动了一年的农民就这样过年呀？萧南她们才知道中国的多数人原来过得是这样艰苦。其实，能到集上采购年货的人家，不到全村的一半。

乡亲们问她们都去哪儿了？她们虽然有些不好意思，但还是说了实话。乡亲们告诉她们，羊肉泡馍比炒菜要便宜，还好吃，那是本地区的风味。淑兰她们后悔没有先走一圈儿都看看。

回到村上，李大伟交给她们两封信，一封是淑兰的，还有一封是谭卓娅的。淑兰和谭卓娅没有看见萧南脸上的失望，可这都被李大伟看得清清楚楚。李大伟喜欢萧南，虽然她不是太漂亮，可在她身上有一种气质。从她身上可以看得出她受到过良好的家庭教育，但是同时也可以看出她背负着很重的思想包袱，她家里一定有什么事。

萧南慢慢地走回屋里，淑兰一会儿就看完了一页信，她眼睛不离信纸地把那张交给萧南。萧南问可以看吗？淑兰大方地说："这是我哥哥的信，没什么秘密，你看吧。"

那信是用红色双线纸写的。

淑兰妹：

首先敬祝伟大领袖毛主席万寿无疆!!!

你好！知道你去山西插队了，不知道你们那儿条件怎么样？请你尽快写信告诉我。

我们这里非常冷，每天鞋冻在地上要用棍子打，水也要用斧头敲，因为冰冻得很厚。这里的牧民可能一辈子也没有洗过澡，经过他们身边就有一股羊膻味儿。

在这里，常吃白水煮羊肉。你来就糟了，你不吃羊肉，还要成天闻那些羊膻味。

我们这里有个男生和他姐姐一起来的，骑马从马背上摔下来，把腿摔断了。这里又没有医院，我们赶大车把他们送到火车站。大家给他们凑了十二块钱，可是也不够买车票的，他们只好先买一段的车票。后来，从他们的来信中得知，他们坐过站后被赶下了火车，姐姐背着弟弟，没吃没喝，冰天雪地的，真是惨极了。过了八个小时又来了一辆车，碰上一个北京的列车员，才把他们带回北京。

你一定要注意安全，千万别生病呀！不要乱买零食，有钱一定不能乱花，要留着万一有事儿回北京的车票钱。

保重！

哥哥　万成

1969年1月12日

萧南看完信，谭卓娅又从她手里把信拿走，看后，她开始大骂："他妈的，咱们响应毛主席的号召，到了农村，病了都没人管。他们县里太他妈的混蛋了。走，和男生说说去。"谭卓娅"文革"前不骂人，虽然她爸爸经常骂不离口。可到了"文化大革命"好像不骂人就革命不彻底了似的，一开始她张不开口，以后想改就像改结巴一样困难了，说到生气的时候，就会顺口溜出来。因为，骂人的痛快、解气，是无法用别的办法代替的。

她们几个人来到李大伟他们屋，谭卓娅把淑兰哥哥的信递给李大伟。李大伟已经在这伙儿知青中建立了一定的威信，他办事稳重，带头干重活儿，首先男生都服他。

李大伟他们几个把信传看过了，李大伟想了想开始说："我们现在不能指望有了病谁来管我们了，最好的办法是自己爱惜自己，全国那么多学生下乡插队，国家根本管不了。兵团还是会有人管的。”

谭卓娅急了：“大家都是人，凭什么他们有人管，我们就没人管了呢？”

李大伟的嘴紧紧地抿着，他在考虑说还是不说，最后他决心不论多残酷还是告诉大家，让大家有个心理准备：“其实，从下乡的那天开始，我们就分成了三六九等了。你们学校也有留在北京分配工作的吧，他们每月有工资，有公费医疗，有探亲假，还可以报销路费等等。兵团的呢，发衣服发工资，医疗也有人管，也有探亲假可以报销路费。插队的这些好处就都没有了，我们唯一有保障的是口粮，每年不论收成好坏，口粮五百二十八斤。还有每人二百元的安家费，听说这是周总理定的。厨房的那些灶具，咱们的桌椅板凳，都是安家费买的。”

听到这儿，大家忍不住议论开了，同是一个班的同学，凭什么有这样大的区别。

李大伟双手往下一按，大家都没有了声音，他一字一顿地说：“既然大家都在这儿，那咱们干脆商量一下，咱们要不要大师傅帮咱们做饭了？”

大家听得丈二和尚摸不着头脑，林明说：“王聪，你去看看门外有没有人？”

谭卓娅她们更是不明白了，瞪着眼睛看着王聪回来。林明压低了声音说：“有时候，村里也有人来和大师傅一起吃，你们知道他们吃谁的粮食？咱们的！大师傅每月交三十斤粮，吃多少不限。像这样不要半年，咱们的口粮就吃光了，后几个月咱们喝西北风呀？家里也救不了我们，他们的粮票也不富裕。”

听林明一说，女生都傻了，李大伟接着说：“你们仔细想一想，到底是咱们自己开伙，还是继续让大师傅做下去。明天晚上到我们屋咱们再进一步地商量一下。”

谭卓娅她们万万没想到，她们不但医疗没保障，连吃饭也会成问题。

谭卓娅是急性子，她听了这些话已经呆不住了。她想自己做饭，不要大师傅，可她们又不会做饭。要是这样下去，粮食吃光了怎么办？萧南和淑兰也在绞尽脑汁地想。

好不容易天黑了，大师傅收拾完也回家了，她们又聚到男生屋里，谭卓娅着急地对李大伟说："你有什么好办法就说吧，我们都听你的。"

萧南、淑兰还有王聪、林明也期待地看着李大伟。李大伟痛快地说："我想了一下，让大师傅做下去，出现问题不好办，咱们是接受贫下中农再教育的，闹出矛盾咱们人少力薄不是对手，最好在没出问题前先制止住，而且咱们每天上工，家里出了问题根本不知道。害人之心不可有，防人之心不可无。马上让咱们做饭，也有一些问题，咱们在家里会做饭的也不多，而且这饭又和家里的不一样，蒸馒头发面就够学一阵子的。我想，咱们先轮流帮厨，熟悉一下，另外有咱们的人在厨房，也就不会有那么多的人来吃饭了。估计一两个月下来，咱们就会做饭了，到时候就可以提出来自己做。你们看怎么样？"

"同意，我看行。"淑兰、谭卓娅异口同声地说。

"大家如果同意，我和王聪、谭卓娅代表大家去感谢一下大队一个月来对我们的关心。为了更好地接受贫下中农的再教育，每天一个人去帮厨。看看大队长怎么说？"

"我觉得行。"林明说。

他们走了以后，林明告诉萧南和淑兰，他看见过大师傅拿粉条回家，而且灶上换的豆腐比街上卖得贵。萧南和淑兰听得都傻了，她们从来不注意这些事，没想到问题还挺严重的。

林明又拿出了张河生的信，他已经把大家委托的事一一办到了。他到了武汉，正在进行新兵训练。问各位好，还说快过年了，要给大家寄两斤糖。没想到张河生看起来粗粗拉拉的，其实还挺细致。

一个多钟头过去了，萧南他们觉得时间过得真慢。李大伟他们终于回来了。一进门，谭卓娅就忍不住地说："非常顺利，李大伟首先代表我们大家感谢大队，大队长乐得合不拢嘴。然后说为了更好地向贫下中农学习，我们要求下厨房。大队长满口答应。”

李大伟接着说：“那从明天开始轮流下厨房，大家用心点儿。我看先从女生开始。就这样吧，不早了，明天还要上工呢。”

6

第二天，谭卓娅留下帮厨，她很卖劲儿地干着。萧南和淑兰去上工，发现出工的人没几个，家家都在准备过年了，队长派的活儿也比平时少，她们拉了两趟粪，也早早地收工了。她们也去厨房帮忙，馒头上了锅，谭卓娅坐下来拉风箱，萧南和淑兰帮着大师傅洗胡萝卜。

谭卓娅为了省事添了一大把麦秸到灶里，用双手使劲地拉风箱。“嘭”地一声，火，从灶塘里冲出来，把谭卓娅的头发眉毛都烧着了。幸亏放的是麦秸，火软，否则，会把脸皮燎出泡的。谭卓娅被吓得心在狂跳，她站起来，让萧南她们看，脸有没有被烧坏。萧南仔细地看了看，有些头发和眉毛烧成了灰，用手一碰就都掉了。

大师傅在一旁说：“添柴一定要慢慢地添，要留出半个灶口。风箱也要悠悠地拉，不然一会儿就累了。”说着大师傅坐下给她们示范。

这时，院里传进来许多人的说话声，淑兰走出厨房马上又回来了，告诉厨房里的人，有个女生来找李大伟。萧南和谭卓娅走出来，她们看见一个北京打扮的女生，正向几个带着孩子在院子里玩的妇女打听李大伟，就走过去告诉她李大伟还没下工，接着帮她拿着手提包，带她到她们的屋子。

谭卓娅问那女生："你是哪个村的？"

那女生说："我不是插队的，我刚从北京来。"

看那女生穿一身八成新的四个兜的军装，谭卓娅便判断，她父亲是师级左右的干部。这个女生长得很秀气，身材修长，两条小短辫整整齐齐地贴着耳朵，眼睛露出了疲倦和颓丧。

萧南看她很累的样子，就拉开自己的褥子，对她说："你路上累了，休息一下吧，下工还要等一会儿呢。"淑兰倒了一缸子的开水放在桌子上。

她们仨人就又回到厨房，大师傅笑着说："这一定是李大伟的对象。"她们仨人极力地帮着解释说，不一定是这种关系。大师傅可不管这套，继续拿李大伟开心。她们只好竖起耳朵听着院子里的声音，希望男生早点下工。

好不容易听见放铁锹的声音，谭卓娅第一个冲出了厨房，大声地叫着："李大伟，有个北京来的女生找你，在我们屋里呢。"

李大伟眉头皱了起来，手也没洗就向女生宿舍走去。

大师傅看见有客来，比平时多做了一道葱炒豆腐。淑兰怕打搅李大伟他们大声叫着："开饭喽。"看见李大伟一人出来了，她们仨人才端着碗往屋里走去。

她们进屋看见了那位女生正在擦眼泪，仨人都有点儿不知所措，互相对视了一下，假装什么也没看见。淑兰把饭递过去，叫她快吃饭。那女生显然心事重重，只吃了半个馒头，大师傅特为她做的菜，她连一筷子也没动。

吃过饭，她的情绪稍微好了一点儿。大家开始聊天才知道她叫张小云，和李大伟同班，在班里李大伟是学习委员，她是文体委员。她们家住在部队大院里，她马上就要当兵走了。萧南她们仨人都看出来了，她很喜欢李大伟，但是为什么看见李大伟还哭呢？她们谁也不明白，又不敢问。

到了上工的时间，淑兰和萧南都去上工了。大师傅还没来，谭卓娅在屋里陪张小云坐着聊天。

有人在轻轻地敲门，谭卓娅说："进来。"李大伟走进了屋，对谭卓娅说："她今天在你们这儿住一晚上，行吗？"

"没问题，住几晚上都行。"谭卓娅大方地说。

李大伟又向张小云说："出去走走，好吗？"张小云点点头，就和李大伟出去了。

李大伟一边给张小云介绍，一边走向了黄河改道的后沟，在一个避风又没人看见的地方坐下来。

张小云上中学时就在暗恋李大伟，想象着他们考上同一所大学，甚至工作以后成家。李大伟对这些全然不知。在准备考大学时，张小云问他要报哪些学校，并告诉他自己准备和他考同样的大学，李大伟才意识到她爱上自己了。李大伟从没有仔细地想过这个问题，他认为这种事应该在大学毕业以后再考虑。而且，"二十三条"发表以后，班上同学之间也开始分阶级出身，张小云当然是最得意的。李大伟虽然不是最红的，可也不至于挨整，他已经感到了和张小云的区别。

"文化大革命"初期，张小云因为出身好当了红卫兵头头，带人去抄家，站在台上批斗校长老师。有几次，她用宽宽的铜扣皮带把腰扎得细细的，旧军装的袖子卷得高高的，竟然当着全校师生的面，左右开弓打校长和主任大嘴巴，真是不可一世。李大伟下乡插队，没有告诉张小云。他没想到张小云会来找他。既然，人家千里迢迢地来了，起码的礼貌还要有。所以，李大伟才带她出来走走。

饭前，张小云一见面就告诉李大伟，她父亲不同意她和李大伟建立朋友关系，还告诉李大伟这几年虽然他们见面少了，可她心里一直有他。李大伟同意她父亲的观点，认为他们不合适。张小云知道自己表现太"左"了，有些后悔，希望李大伟能够理解她。李大伟很明白在她身上干部子弟的优越感是永远也去不掉的，他们根本就不是一种人。

张小云看着李大伟，眼泪又流下来了，她想用悲哀和真诚来打动他。可她的眼泪一点儿也打动不了李大伟，他劝张小云："你冷静一点儿，不要想入非非，这事没有可能，你爸爸是对的。在部队里你前途远大，我可能要在农村呆一辈子。”最后这句话震动了张小云，李大伟真要是在农村呆一辈子，我还会爱他吗？如果在北京听到这样的话，她可能会冲动地说：“无论怎样也爱你。”现在，她亲眼看见了李大伟要呆一辈子的地方，那是她不能呆一辈子的地方，她为爱情而来，但还没有胡涂到不顾一切。同学这么多年，李大伟了解她，知道怎样可以使她放弃纠缠。

张小云还告诉李大伟，她开了校革委会的介绍信，去李大伟父母的单位了解情况。李大伟的父母在北京郊区的一个农场劳动，问题还没有定性。李大伟一点也不感激张小云，他觉得张小云又一次地在显示她的优越地位。李大伟到山西之前去看过父母亲，给他们送去棉衣棉裤。父母亲老多了，父亲因为牙周炎吃不了多少东西，人瘦了。李大伟听说“黑帮”买饭不许买好的，“忆苦饭”买一次够吃两天的。他妈妈看来还行，女人总比男人经折腾。他的父母从来不会照顾自己。“文革”前，家里的事全交给保姆，每月给保姆一定的钱。除了早饭在家做，剩下两顿全去食堂打，打什么他们吃什么，从来不挑。保姆就是管家。李大伟不知道他的父母亲在农场将怎么劳动……李大伟抬头看看天，深深地吸了一口气，又大声地吐出来，然后抓起一块石头狠狠地向远处扔去。唉！想也没有用。

天色渐渐地暗下来，他们往村里走去。在院子里，李大伟和张小云说：“明天早上我送你去搭车。”张小云点点头，回女生宿舍去了。

这天晚上，张小云睡得很好，她太累了。昨天在火车上各种各样的人都有，在他们中间她觉得紧张，所以一夜没睡。想到她明天就要回到北京，回到她熟悉的地方她就轻松了。她和李大伟的事情也只能算了，她也开始同意父亲的意见。她的前途是明确的，可是，李大伟的前途非常渺茫。

第二天清晨，李大伟借来了一辆自行车，吃过早饭，就带着张小云上路了。

谭卓娅在厨房里问林明：“唉，张小云是你表哥的女朋友吧？”

林明瞪大了眼睛说：“谁说的？他们只是一般同学。”

谭卓娅不服气地说：“算了吧，她那么老远跑来看他，一见面就哭，那是一般同学吗？”谭卓娅已经有些吃醋了。

林明认真地接着说：“爱信不信，我昨天晚上问过他，他说一点儿可能也没有，他们根本就不是一类人。”

谭卓娅将信将疑，心里却也暗自高兴。李大伟的父母关起来，问题还没定性。张小云家里是最受重用的革命军人，悲剧迟早要发生，晚疼不如早疼。她也由此想到了自己，她在大串联中认识了一个男学生，后来他们一起下厂劳动，她去过那个男生家借书，被男生的妈妈看见，他妈妈知道谭卓娅的父母在受审查后，便不许他们来往。谭卓娅很喜欢那个男生，那可是她的初恋呀，那一段真是吃不香睡不熟，不知流了多少眼泪，好几个月才缓过来，她当然懂得张小云的感情。

今天，大师傅开始准备年菜，炸了很多麻花、豆腐，又发了一大盆白面。谭卓娅也跟着忙，从大师傅那儿她知道了一些村里过年的习惯。过年前，蒸好十天的馍，过年那些天就不用动火了。肉煮熟，切成薄片放在碗底，上面再放炸豆腐，上笼一蒸，等熟了，扣过来，好像一大碗肉。麻花是零食，可以待客，放几个月也不会坏。

这几天，走在村里的街上总能闻见炸东西的香味。人们走动得也勤了，不过，是把自家蒸的一些馍馍送给亲戚家，这也是一种礼节，利用过节互通一下消息，看望并问候一下。这时的馍比平时的白，用的面，在农村这叫头茬面，北京叫富强粉。在农村磨面，首先出来的面最白也最有劲儿，越往后越黑，最后就剩麸子，只能喂猪，换豆腐、粉条。

过年的前几天就不出工了，知青们除了帮厨，就是去串门。他们认为这是了解贫下中农最好的时机，可是，串过几家以后，她们再也不敢去了。这时，每家都在蒸白馍、炸麻花，小气一点儿的人家躲躲藏藏的，大方点儿的人家给你又不好推辞。

可是，让她们非常感动的是，农民虽然没有多少东西，但是他们也能把年过得有声有色的。比如，做馍，他们就能做出无数的花样来，有鱼馍、兔馍、花馍……在做鱼馍时用梳子在鳍的地方狠狠地按下去，美丽整齐的鱼鳍就显现出来了，做刺猬时，用剪子在面上剪出刺来，再用黑豆做眼睛，蒸出后还用各种染料涂上颜色，实在是像工艺品。

这天正好是男生帮厨，女生无事做。淑兰突然想起她们应该去帮助五保户，队里的两三家五保户可能没人管。于是，她们先去了狗娃老汉家。一进门，差点儿，把她们仨人熏出来，屋里说不清是什么气味，不知多长时间没有洗的衣服堆了一堆，被子褥子已经看不出原来的颜色。老汉没有洗衣粉和肥皂，谭卓娅回去拿她们自己的。淑兰打开窗子，把要洗的衣服泡起来。然后，用条帚把房上的蜘蛛网扫下来，她们不时地冲到院子里，喘口气。多少年没有打扫过的土，被她们赶到了空中，半天落不下来。老汉的衣服实在太脏了，她们用尽了力也还是洗不干净，但总比原来干净了。谭卓娅又去买了几张窗户纸，打了一点儿浆糊，给老汉换上新窗户纸。屋里亮了一些，干净了一点儿，屋里的那股气味，并没有散尽。眼看太阳到头顶上了，她们把衣服包了一大包，拿回去，准备下午再洗。

饭前，仨人用毛巾把身上抽打了好几遍，并将脸和手认真地洗了几次，心里还是很别扭。但是，谁也不好意思说出这些感觉，她们认为说贫下中农脏，就和反革命差不多。

下午，她们在池泊边上，看见村里的妇女都用棒椎在石头上敲打衣服，真使人觉得又回到了远古时代。

回来时，她们看见大队长在大队部外，对站成一排的地主富农训话。地主富农们都低着头，只有猫娃爹，不肯低头，民兵队长上去就打，直到把猫娃爹打倒在地。大队长让他们过年这几天，都要出来扫街。她们仨人并没有把这当做什么了不起的事，近几年这类事情她们看得多了。

萧南她们坚持把剩下的两家五保户也打扫了，还给老人们每人买了一条新毛巾，让他们过年时可以戴在头上。

最后，她们仨人晚上烧了一大锅水，好好地把自己洗了洗，心里才好受了。

萧南有点儿感冒的症状，就找出《农村医疗手册》翻看。淑兰拿着一本《革命歌曲大家唱》，只要会的都挨着唱，唱到《白毛女》还跳下炕去跳一阵，因为她没有受过正规的训练，所以跳得很不标准，不过她很投入，谭卓娅笑得肚子都疼了，萧南听出谭卓娅的笑声并不完全是善意的，就对淑兰说："别跳了，男生听见还以为咱们在干什么呢。"淑兰兴趣正浓也只好停下来。

仨人吹灯睡下。

第二天天刚亮，她们就被院子里热闹的人声吵醒了，谭卓娅动作最快，第一个穿上衣服跑到院子里。过了大约五分钟，她脸冻得红扑扑的回来了，告诉萧南男生买了一条狗。萧南和淑兰梳好头，走到院子里，看见林明最兴奋，正和几个半大小子在捆那条狗，狗很大，有一米多长，王聪在帮忙。李大伟只站在一边看，萧南过去问哪来的狗。李大伟笑着说："林明早就馋肉了，买猪太贵，又不允许。今天，从后坡来了一个农民带了一条狗，和林明开玩笑，问他五块钱要不要，林明马上答应下来，农民认为亏了，想涨到十元，林明哪里答应，最后讲好五元钱就买肉，皮还给那农民。"这时，林明和几个半大小子把狗吊到了门梁上，萧南看看太残忍了，就躲回屋里。谭卓娅和淑兰还站在院子里看。

萧南觉得头有些疼，嗓子也不太舒服，就靠在被子上看《趣味数学》，可是脑子怎么也集中不起来。院子里的声音不断地传来，因为不上工，男人除了绞点水就没事干了，听说学生买了只狗都来看热闹，老汉们两手揣在袖子里说："造孽呀，会报应的。"林明根本不信这一套。有些后生就吓跑了，剩下的也不下手帮忙了。最后，只剩下一个中年男人，他老婆配中药需要一副狗肝，他和林明说好，他帮林明把狗杀了剥好皮，狗肝归他，林明大方地说："没问题，心、肝、肺都归你。"谭卓娅她们看看狗老是不咽气，越站越冷也回到屋里。

萧南已经迷迷糊糊要睡着了，谭卓娅进门就说："听说大戏台在排戏呢，咱们看看去呀。"她们仨人戴上围巾手套，淑兰穿上她的大棉猴，往戏台走去。

7

她们仨人离开戏台还有一百多米就听见热闹的锣鼓声，再近五十米就听见有人在唱戏了。在戏台后面的屋子里，十几个农民兴致正高地在排戏。她们轻声地问是什么戏，才知道是《沙家浜》。这个戏她们再熟不过了，可竟然听不懂，原来农民们唱的是眉户戏。阿庆嫂是莲香扮演的，看见她们仨人来了，莲香高兴地向她们挤了挤眼。锣鼓声震耳欲聋，农民文艺爱好者苦于成年没有什么文化生活，这时真想使出浑身解数，所以不论水平怎样，都认真拼命地敲打。萧南被吵得头更疼了，看看淑兰她们俩人不想走，也就没说话。

排练告一段落，休息时，莲香高兴地跑过来拉着她们的手，小个子领班也走过来叫她们也出个节目，谭卓娅抢着答应："行！淑兰舞跳得好，我和萧南伴唱，就演一段《北风吹》吧。"淑兰又想跳又怕出丑，半推半就地也就答应了。小个子领班大声地宣布："那好，你们就在大戏开演前加一个小节目。"说完，又自言自语地嘟囔着："工分怎么算呀？"

谭卓娅大方地说："不要工分，宣传毛主席的革命文艺路线哪能要工分呀？"

"还是人家学生娃觉悟高，要工分做啥吗？"扮演刁德一的演员怪声怪气地说。

莲香狠狠地捏了捏淑兰和谭卓娅的手，嘴凑到谭卓娅的耳朵边小声地说："晚上我去你们屋。"

休息够了，锣鼓又响起来了，看看时间不早该吃饭了，她们往回走。淑兰一路上埋怨谭卓娅不该说她会跳舞，谭卓娅说："你本来就会跳，昨天晚上你还跳来着呢。"

到了院里，一看狗没了，一地的血，狗皮钉在一块木板上。她们人到厨房一看，狗肉已经剁成块下锅了，王聪正在烧火拉风箱。饭菜放在案板上都快凉了，萧南和淑兰端着饭菜回屋了。林明进来了，手里提着一个灌满酱油的大瓶子。看见谭卓娅在就笑着说："晚上等着吃狗肉吧。"

谭卓娅自以为知道，还问："谁请客呀？"

林明说："李大伟。"

谭卓娅纳闷地说："狗不是你买的吗？"

林明非常得意地说："对，我买的，他出钱。"

谭卓娅有点儿不忍地说："一会儿吃完饭，我来帮你们烧火。"

林明不客气地说："那太好了，干脆你负责煮熟吧。"

谭卓娅痛快地答应说："行。"就回屋去吃饭了。

吃过饭，谭卓娅和淑兰去厨房，替林明和王聪烧火。

萧南因为头痛没有去，看书也不能集中，就一人在屋里听半导体。她越躺越冷，就拉开被子。熟悉的音乐使她想家。她来农村前是憋足劲儿想让造反派知道，她是压不垮的。到了农村她没时间想家，她努力地使自己每一块肌肉和骨骼都能经受住考验。可现在这么安静这么空闲，她想爸爸怎样了？放出来了吗？腿好了吗？妈妈呢？一个大小姐出身的人，从来都有人伺候，都有孩子了家里还每年从上海给寄吃的穿的，长这么大连饭也不会做。保姆走了以后，经常是萧南做饭买菜洗衣服。妈妈很坚强，她努力做着自己不会的事情，有时把饭烧糊了，有时菜里忘了放盐。萧南知道妈妈很不容易，不仅要在班上接受批判，还要独立支撑这个家。爸爸的工资被扣发，外婆的家被抄，妈妈每月不仅要给爸爸一月十五元的伙食费，还要每月给外婆寄二十元，她和弟弟就剩下三十几元。萧南插队要准备东西，没有钱，妈妈就把家里的电视机、皮大衣拿到委托商行卖了。

插队的被褥也是萧南自己缝的，好几次都扎到了手，因为被子太厚，手抓不住，缝好了一叠，才发现，有几处连褥子床单也缝在一起了。弟弟很聪明，虽然比她小好几岁，棋下得比她还好，画也画得好，现在谁陪他玩？他和妈妈谁照顾谁呢？妈妈开会回不来，他会去买火烧吃吗？萧南越想越躺不住，她把相册拿出来看，眼泪顺着面颊流了下来。

淑兰一脸不高兴地进来了，靠在炕上说："有这样的吗？她说她烧火，拉着我去帮忙，还没五分钟呢，她就跑去和男生打牌，到现在也不回来。我在那儿一人拉风箱，胳膊都酸了，刚洗的头又落了灰。"她本来指望萧南帮她说几句抱不平的话，可萧南没有声音。她回头仔细一看，萧南流着眼泪，一本相册摊在被子上。她爬上炕，问："你怎么啦？想家了吧？"

她拿起相册翻看起来，"这是你妈妈吗？她真漂亮。你弟弟也好玩，一定很淘气吧。"

萧南紧锁着眉头，眼泪又涌出来了，声音有点儿哽咽地说："也不知道他们现在怎样啦？"

淑兰很想帮她，可想又想不出办法来，只好说："那你写封信问一问嘛？"

萧南为难地说："妈妈不会告诉我坏消息的，她怕我担心。"

淑兰眼睛一会儿看看顶棚，一会儿看看四周。忽然她两手一拍："有了，让我大哥去你家看看，再把情况写来不就行了吗？我今天晚上就写信。"

萧南一听这个办法的确不错，沉重的心情好转了许多，她擦干了眼泪。掀开被子，和淑兰说："我去帮你烧火。"

淑兰和萧南到了厨房，满屋子飘着狗肉的香味。萧南带了一条毛巾包在头上，坐下来拉风箱。淑兰打开锅盖用大铁勺捞了一块，尝了尝说："还有点儿硬。"把勺子伸到萧南的嘴边，让萧南尝。

萧南尝了一口说："太淡了，应该加点儿盐。"淑兰拿起盐罐子就往里倒，萧南急忙说："慢点儿。"话还没说完，微黑的粗盐已经倒下了不少。萧南赶快站起来，用勺子在淑兰倒盐的地方舀了一大勺汤，倒到泔水桶里，幸亏是粗盐，要是北京的精制盐早就化了。

淑兰一边拉风箱，一边拿两个馍放在灶口，火苗被风箱吹出灶口把馍燎出一些麻麻的泡，她做这事很有经验，因为她们家是用煤炉取暖，她奶奶常常给她烤馒头或窝头片。她一边翻动馍一边说："我能烤三个，可我就烤两个，咱俩一人一个，没有谭卓娅的分，她已经玩饱了。"萧南笑笑不说话。

"萧南，你妈妈真漂亮，她来开家长会时，我见过她。告诉你吧，我觉得她比电影明星都漂亮。一件泡泡纱的连衣裙，一条素花手绢把头发扎起来，白色的高跟鞋，我觉得她美极了。"

"现在可不美了，剪个运动头，穿着我爸爸刚解放时发的中山装，脚上一双解放鞋。"萧南说。

"你妈妈家一定很有钱吧？"淑兰问。

"我外公是上海的资本家，可我舅舅参加了新四军，外公恨日本人，新四军打日本，他就出钱支援新四军。五几年外公去世，上海市委还给他送过花圈呢。上海就剩我外婆一人，她又不习惯北京。原来有个老家的亲戚照顾她，"文革"后把那人赶走了。妈妈也不敢把她接来，不知我们家以后还会出什么事，舅舅也受冲击了。外婆又那么讲究，什么鸡呀鱼呀都要活的，蔬菜也要鲜的，北京哪里有？有一年，她来北京，把我们家保姆可累坏了，每天去西单菜场排队，她还嫌这不好那不鲜的。她住了一星期就去舅舅家了。她一走，我们家保姆对我说：'可走了，她再不走我就活不成了。这老太太真不好伺候。'我外婆来信说：'北京除了凉爽一些，公园好玩，其他都不好。'要我妈妈以后带我们去上海，我妈妈出差去过一次，她让我妈妈带了好多城隍庙的小吃给我和弟弟，还有舅舅一家。妈妈从来不挑剔，我家保姆做北方饭，她照样吃，不过保姆知道她爱吃米饭，大米尽量留给她。"

"看看肉烂了没有？"淑兰对萧南说。

萧南拿起大铁勺盛起一块尝了一口："烂是烂了，就是太咸了。"淑兰尝了一口也觉得咸，两人对看着，怎么办？没办法只好再放点儿水了，放了两瓢水，萧南坐下猛拉风箱，几下子锅又开了。"叫他们吧。"萧南对淑兰说。

"不玩喽，吃狗肉啦！"林明的声音，跟着他一阵风似地进了厨房，谭卓娅和王聪紧随其后。

"真香呀，我的口水都快流下来了。"林明端着一脸盆的狗肉往外走，"王聪拿几个馒头。"他大声地招呼着。

谭卓娅看着萧南笑着说："你真像偷地雷的。"说完端着她们的那半盆往宿舍走去，淑兰给萧南一个烤得黄黄的馍，自己拿一个，又拿了几个凉馍。

她们围着脸盆刚要吃，莲香进来了。她们招呼莲香一起吃，莲香推辞了一会儿，就坐下了。她从怀里拿出三根麻花给她们仨人每人一根，淑兰递给她一个馍，让她就着狗肉吃。谭卓娅啃着一块腿肉说："怎么这么咸呀？"

"你凑合吃吧，能做熟就不错，我们俩人胳膊都快肿了。"淑兰没好气地说，她看看萧南只吃馍不吃肉就说："不吃白不吃，你别想就吃进去了。"

萧南说："我不是怕狗肉，我头有些痛，想睡觉。"

"这是谁弄的呀？"大师傅在院子里大吼，她们停止了咀嚼，互相对视着。知道厨房弄乱了没收拾，锅也没刷，大师傅当然火了。可她们谁也不敢出去。

这时，院子里传出李大伟的声音："对不起，今天弄乱了，我们还给您留了一碗狗肉，我来帮您收拾。"

大师傅不好意思地说："不用，不用，我不是这个意思。"声音越来越小，大师傅大约没气了。

她们又恢复咀嚼，莲香一边吃一边说："你们干嘛不要工分呀？我们排节目每天十分呢。你们最少也要六分。"

"算了，算了，我们排节目不费事，张嘴就唱，抬腿就跳。"谭卓娅并不领情。

淑兰说："我们演出是自愿的，要是拿了工分，人家还以为是队长派的活儿呢。"

萧南有些支持不住了，她只吃了半个馍，就躺下了。

淑兰热心地问莲香，她嫂子的娃像谁？什么时间可以去看？……萧南刚开始还听得见，一会就睡着了。

不知过了多久，也不知道莲香什么时候走的，只听见淑兰和谭卓娅叫她脱了衣服再睡，萧南才迷迷糊糊地爬起来。她觉得浑身骨头酸疼，嗓子也疼，只想喝水。

有人在敲门，淑兰打开门，王聪递进来一封信和一个包裹单。信是谭卓娅的，包裹单是萧南的。

萧南请淑兰帮她倒点水，淑兰递给她，顺手一摸，她头烫得厉害，"哎呀！你发烧了。谭卓娅快去请大夫。"

谭卓娅自知今天没烧火理亏，什么话也没说，抓起围巾赶快往外走。外面刮着小风，风一个劲儿地往棉衣里钻。她有些害怕就去敲男生的门，王聪开的门，屋里已经吹灯了，黑洞洞的。王聪一听请大夫，就赶快穿上棉衣，拿了手电筒跟着谭卓娅走。

萧南拿出钥匙，让淑兰开箱子，找体温表。淑兰找到后，使劲儿摔了摔，放在了萧南的腋下，又拿过闹钟看着时间。村子里此起彼伏狗叫声不断，淑兰忽然感到一种凄凉，他们在这里举目无亲，萧南又病得这么厉害。她看时间够五分钟了，拿出表一看，不得了，三十九度一！

有人在敲门，淑兰问："谁呀？"

"是我。"淑兰听出是李大伟的声音，"进来吧。"

"太晚了，我不进去了，你们有什么需要的，随时可以来叫我。"李大伟说。

"谢谢，一会儿医生就来了，有事我会去叫你的。"淑兰这会儿心情好多了，也踏实了许多。

萧南昏昏沉沉地睡着。外面一阵乱糟糟的脚步声，淑兰知道医生到了。王聪没进来，直接回了男生宿舍。

王医生问了一下情况，淑兰把表递给他，扶萧南起来，王医生又看了看萧南的嗓子，听了听前胸后背。最后，决定打一针青霉素，又服了退烧药。告诉她们要让萧南多喝水，如果温度下不来就用棉花沾酒精擦胸前腋下和大腿根。王医生看见盆里剩下的狗肉，问萧南吃了没有。王医生说："幸亏没吃，狗肉是发物。"

医生走了以后，淑兰忙着给萧南擦身，还用凉毛巾冰头。

萧南很过意不去，让淑兰赶快睡。谭卓娅说上半夜她值班，三点以后再叫醒淑兰换班。萧南不许她们这样，她说有人值班，她睡不着，让大家都睡，她说："我难受会叫你们的。"大家才都躺下睡了。年轻人一睡下就不醒，萧南半夜几次想喝水，推推淑兰，淑兰就是醒不了。最后，萧南自己又昏昏沉沉地睡着了。

第二天，淑兰一起来，就摸萧南的头，萧南的脸烧得红红的，头发粘在脸上，嘴巴干裂，她把温度表插进萧南的腋下，叫醒萧南，她烧得眼睛都红了，脸上的血管都清晰可见，谭卓娅马上把自己的被子顶在她背后，告诉淑兰："三十九度三。"

淑兰想，怎么没降还升了？就对谭卓娅说："你去叫李大伟咱们商量一下吧，这样下去可不行。"谭卓娅没有经过这样的事，一改平时都要她说了算的劲头，只能听淑兰的。淑兰忙着给萧南喂水，问她想吃什么？萧南无力地摇摇头。

李大伟进来了，看看萧南的样子，又听了淑兰介绍的情况。他紧闭着嘴巴想了一下，就说："你们别急，我去想办法。"

过了大约半小时，李大伟回来了，他说："赶快给她穿上衣服，准备去公社医院，车一会儿就来了。"

原来，李大伟去找了队长儿子，问他王医生是哪儿毕业的？到底能不能看病？队长儿子告诉他，王医生只上过半年地区卫校，村里人生大病都上公社或县里，有些人还去西安。听说公社有个省医学院毕业的医生。

李大伟马上决定去公社医院。他拉着队长儿子找到队长，队长答应马上套驴车送萧南去公社。

驴车来了，淑兰拿出自己包行李的绿塑料布垫在车上，又铺了条褥子。李大伟对淑兰说："拿上毛巾牙刷，说不定要住院。"

大师傅从厨房出来端着两碗面糊糊说："你们得先吃饭，再带上点儿馍。"

王聪和林明还有一群半大后生围着车，几个抱着孩子的小媳妇和老婆婆，眼睛直直地看着发生的事情，互相议论着。淑兰和谭卓娅搀着萧南出来了，萧南躺在车上，头上枕着头巾包着的换洗衣服，身上盖了两条棉被。

李大伟说："关淑兰和我去，剩下的人就留下。"大师傅拿粗布手巾包了五六个馍递到淑兰手里。

队长赶来了，让他娃一块儿去，还拿了一个篮子，顺便去看一下他舅舅。

大家送他们到门口。

8

驴车不慌不忙地走着，李大伟和队长儿子坐在车辕把上。淑兰坐在车帮上，她穿着那件大棉猴，为了不进风，脖子上用方围巾把帽子紧紧地系住。

队长的儿子只有十七岁，两只大眼睛透着聪明，脸蛋老是红红的。他上完初中，刚回村参加劳动一年，他对北京来的学生有一种发自内心的佩服。

灰色的天空阴沉沉的，路两旁地里的麦苗儿黑绿黑绿，尖部发黄，看不出一点儿生气来，好像已经被冻死了。柿子树只剩下黑色枝叉张牙舞爪地伸向天空，大地一片寂静。远处弯弯曲曲的土路上过来一辆驴车，和他们的车相距还有好几丈，他们车套的驴就叫起来了，吓得淑兰赶忙跳下车，发现一只脚麻得难受，便一瘸一瘸地跟着走，她问还多远呀？队长的儿子说："不远了，过了前面的村就有五里地。"

进了村，空气里弥漫着炸麻花的香味，家家户户的门框上贴着对联，内容都是形势大好和祖国山河一片红之类的。人们忙出忙进，准备过年，鸡、狗、猪在街上乱走。淑兰才想起明天就是除夕了，家家在做着过年的饭菜，他们却走在荒凉的土路上送萧南看病。

淑兰这时感觉到肚子饿了，就掰了一块馍嚼起来，顺手递给队长儿子一个整馍。队长儿子说他自己带着呢，拿出篮子里的馍，比淑兰递给他的黑多了。篮子里还有些很白的馍和麻花那是带给他舅舅的。淑兰觉得这么冷的天让队长儿子出门，有些过意不去，在淑兰的坚持下，队长儿子才不好意思地吃起来。

好不容易到了公社医院，进门一打听，才知道杨医生回太原过年去了。淑兰急得眼圈都红了，那种委屈的感觉就别提了。李大伟说："别急，别急。"找看门的师傅问了一下，知道剩下的最好的大夫是一位五十多岁的令狐大夫，因为家就住在村里，所以还在。李大伟去找令狐大夫。淑兰把萧南扶进屋，李大伟走出屋，让淑兰陪着萧南。队长儿子把驴车交给李大伟，就要上他舅舅家去。李大伟叫住他，小声向他交代着什么，队长儿子一个劲儿地点头。李大伟又塞给他什么东西，他们推让了一会儿，队长儿子显然没有李大伟坚决，攥着那点儿东西走了。

令狐医生检查完，说："她已经转支气管炎了，好得快点儿需要输液，她要住院可以。但只能住一夜，因为明天开始放假，医院就没人了，到正月十五以后才有人。"淑兰急了，忙去叫李大伟。

李大伟一听是这种情况，只好问医生回村可不可以带些药，医生说："没问题，吃的药、打的针我都给你们开够。初三我要去你们村走亲戚，到时候我再去看看。"

说着，带他们去后面的病房。病房里就一张木床，一把椅子，还有一个铁炉。李大伟和淑兰把车上的被褥拿进来，铺好，扶萧南躺下。李大伟说：“我出去一下。”他是为了让萧南脱了衣服睡舒服些。

他回到病房时，淑兰正在生火，萧南的点滴已经打上了。李大伟到其他屋子找了两把椅子。他叫淑兰出来商量，他说：“也就一天，我看这么办，我今天晚上借一辆自行车回去，明天一早我来接你们，就委屈你在这儿陪萧南，行吗？”

“那没什么，一晚上好办。”淑兰说。

“明天看看情况，如果烧退了，咱们就回去，如果不退，咱们留在这儿，反正令狐医生住在这个村，跟他好好说说我看问题不大。你的意见呢？”李大伟说。

“行，就这么办。”淑兰答应着。

这时，队长儿子提着一个钢精锅和一个暖水瓶进来了，还拿了两个碗。原来李大伟给了队长儿子两块钱和两斤全国粮票。让队长儿子请他舅妈做了一锅面条，并把今晚和明早的饭也给安排好了。

萧南在打点滴，吃饭不方便，淑兰喂她。

李大伟带着队长儿子出去，三毛钱买了两碗羊肉泡馍。队长儿子说在舅舅家刚吃完，吃不下了。李大伟真是饿了，一口气，把两碗泡馍都吃了。

队长儿子把驴拴在了舅舅生产队的牲口棚里，小车就放在院子里。这时，萧南的体温已经降到了三十七度七，李大伟请令狐医生多关照点儿，令狐大夫点头答应着。萧南探起身非常感激地对李大伟说：“谢谢你。”他们的眼睛对视了一下，李大伟笑笑说：“你好好休息，明天好了就接你回去。早点儿休息吧。”

李大伟骑着队长小舅子的自行车，带着队长儿子回村了。

李大伟心里特别高兴，有一种“英雄救美人”的感觉，这是他从没有的感受。一路上，他和队长儿子聊着村里的事。队长儿子也以有李大伟这样的一个朋友而感到荣耀，他毫无保留地介绍着。天上飘起了小雪花。

到了村里，李大伟朝大队部走去。进了宿舍一看，谭卓娅也在，还多了一个人，仔细一看原来是他的同班同学宣磊。宣磊一改学校的样子，胡子也不刮，简直就像《智取威虎山》里的李勇奇。

“嘿，你怎么来的?”李大伟惊喜地问。

“坐火车呗，还能怎么来？我没给你写信，我想信比人走得还慢。”宣磊等了好几个小时，李大伟终于出现了，当然高兴。

宣磊是高干子弟，但是他没有高干子弟的架子，在班上他和李大伟最好，俩人无话不说。宣磊人长得魁梧，性格豪爽，特有男子气，在他身上有一种理性和野性的结合，而在李大伟身上很少能看见非理性的话语和行为。谭卓娅一眼就看上了宣磊，所以一直呆在男生宿舍不肯走。

“你的信。”林明递给李大伟一封信。李大伟看了一下信封就把信揣进了兜里。

“李大伟，萧南怎么样了?”谭卓娅总算找到了机会。

“她在医院输液，体温降下来一些，明天再去接她。”李大伟说。

“开饭喽。”大师傅在喊。

谭卓娅也不好再呆在男生屋里了，她回去打饭。

李大伟趁着王聪和林明打饭的工夫，跟宣磊说：“张小云来过了。”

“她来干嘛?”宣磊一脸严肃地问。

“你小子装傻。”李大伟笑着击了宣磊一拳。

“嗷，她还在纠缠你呀?”宣磊也笑了。

“我跟她说，我可能要在这儿呆一辈子，她才好多了，大概不会再来了。”李大伟狡猾地笑着。

“真有你的，也只有这样才能甩掉她。”宣磊用眼睛表示赞扬。

“我又没骗她，这也是事实嘛。”李大伟认真地说。

林明和王聪端着饭进来了。

宣磊憋着一肚子的话要跟李大伟讲。但是，他又不想让林明和王聪听。所以，宣磊只好忍着。他们东拉西扯地说着北京的新闻。宣磊拿出了在火车站附近买的酒和熟肉，他们一边吃饭一边聊着。林明和王聪两名初中生听得瞪大了眼睛，他们从心底里佩服这两个高中的大哥哥。

宣磊说：“你们知道全国有多少知识青年下乡吗？就这三届就已经有六百多万人下乡了，以后还有。大学高中都停办了，城里没法安置这些人，就把咱们打发到这儿来了，以后还要继续。”宣磊一看大家都挺严肃的，就说：“再给你们讲个笑话。征兵体检，检查到一个女生，医生说我怎么听见两颗心脏在跳呀？”

王聪傻傻地问：“她真的长了两颗心脏呀？”

林明大声说：“你小子真笨，那是说她怀孕了。你还当是畸形哪。”

王聪委屈地小声说：“我看到《参考消息》上说过有四个肾、两个大脑的人嘛。”

宣磊为了缓解气氛说：“我再给你们讲一个故事。住在某大院里的几个十二三岁的孩子，父母亲都被关起来了，只发给很少的生活费，孩子又不会计划，几天就花光了。几个孩子凑在一起，其中一个说咱们去摘叶子吧，另外几个不懂什么叫摘叶子，就问他。他也不回答。”

林明心急地问：“什么叫摘叶子呀？”

宣磊接着讲：“因为是秋天的晚上，刮着风，满地都是落叶，他们几个走在西单大街上。从北面过来一个人，带头的男孩就走上前说：‘有叶子吗？’‘什么叶子呀？’‘就是钱。’‘有，有两毛钱。’‘拿来。’‘给您。’‘走吧。’过了一会儿，从南面过来一个人，带头的男孩又走上去说：‘有叶子吗？’‘没有，没有。’‘那你在街上溜达什么。’‘我是要去看电影就带了两毛钱，让你们要走了，电影看不成了，只好回家呀。’这几个小孩仔细一看可不就是那个人吗，他们都笑了。”

林明和王聪也都笑了。“知道什么是摘叶子了吧。”宣磊在林明的头上摸了一下。

宣磊等到林明和王聪睡熟了，捅捅李大伟，两人默契地穿好衣服，走到院子里，正好站在女生宿舍的窗下，没想到谭卓娅还没有睡着。宣磊深情地看着李大伟说：“我要走了。”

“你去哪儿?”

“缅甸。我受不了这样平淡的日子，我要去参加缅共，搞世界革命。毛主席说：‘革命的中心任务和最高形式是武装夺取政权，是战争解决问题。’”

“你家里知道吗?”李大伟问。

“不知道，我们家八个孩子，少一个两个的没什么关系。我就是放心不下张晶。”宣磊说。

张晶是李大伟和宣磊的同班同学，父母在“文革”初期就双双自杀了。她没有当着同学流一滴眼泪，只是变得沉默了，李大伟很少注意她。李大伟说：“你们……”

宣磊坦率地说：“你猜得不错，我们恋爱了，是从她父母自杀的第二天开始的。当时我刚从遵义回来，正在学校‘鏖战急战斗队’刻蜡板，接到她父亲单位的电话，说她父母跳八一湖了。我骑上车到了她家，她坐在那儿一句话一滴眼泪也没有。我陪她和她哥哥几天办完所有的事情，她才哭了，但也只是默默地流眼泪。几天没有说话，她的第一句话让我印象太深了，她说：‘士可杀，不可辱。’我不是没有阶级立场，我相信她父母亲是搞错了。我开了红卫兵的介绍信去大学调查过。她父亲是个教中文的教授，没有参加过什么国民党、三青团的；她母亲是个慈祥的家庭妇女，应该不会有什么历史问题。《毛主席语录》第二十六页说：‘对于我们的国家抱着敌对情绪的知识分子，是极少数。’我当时也没想到，不声不响、瘦小的张晶会有那么硬的骨头。我从那以后就老担心她，经常去看她。她告诉我，她父亲被斗得很厉害，因为她父亲教中文，当然教过许多古文，就说他是封建卫道士，反动学术权威。再后来我们就一起到了雁北。我担心我走了以后没人照顾她。李大伟，你答应我，照顾张晶，等我回来。”宣磊这时候激动地拉住李大伟的双手恳求着。李大伟听见这些事一时转不过弯来了。低着头，半天没有说话。

宣磊可急了：“你答不答应呀?”

李大伟说：“我答应你，可我不知道我能做什么。”

宣磊说："我告诉她有事找你，如果没事，你什么也不用管，她二十多岁了，应该会照顾自己。她还有三个哥哥，可和她不是一个母亲。她父母亲去世后，她的几个嫂子对她并不好，嫌她白吃饭……大伟，你可帮了我大忙了。"说着紧紧搂住李大伟的肩膀。

李大伟不放心地问："你们什么时候走？"

宣磊满脸兴奋地回答："定在三月中。我在你这儿过了年，还要去一下内蒙古，看看我的两个妹妹，她们在农区，离呼和浩特不远。中央就要召开九大了，可能会有一些人事变动。"

李大伟问宣磊："插队是怎么回事呀？我们在这儿真的要呆一辈子吗？"

宣磊又说："你不知道怎么有这么大批的人来插队吧？文革这几年，大中学的学生无所事事，每年还有大批新的失学失业青年走出校门，怎么办？这些年轻人爱冲动，点火就着，而且他们已经知道得太多了。尤其是那些干部子弟，革文化的命革到他们老子头上的时候，他们知道上当了。他们的父母、叔叔、阿姨的不满情绪，直接影响到他们，他们的老子打下的天下，凭什么交给戏子和御用文人。于是，他们组织了'联合行动委员会'，打出的旗号是'明知山有虎，偏向虎山行'，'造反有理'。'四三'、'四四'派的派仗又打得乌烟瘴气。一司、二司、三司的勇士们开始谈恋爱，有的还有了私生子。工宣队、军宣队根本管不了这些孩子。中央文革认为，这些学生已经被他们利用够了，帮他们打倒了仕途上的敌人，窃得了国家最高权力，现在变成了累赘和危险。所以，成百上千的学生就被拉向落后、贫穷、偏远的农村。在那里，这些中学生将失去能量，连吃喝都成问题，他们几乎没有医疗条件，没有交通工具，他们将消失在那广袤贫瘠的土地上。最好他们在那儿安家落户生儿育女，永远不要回到城里来。"

"啊？我们真的要在这里呆一辈子？"李大伟痛苦地说。

"也不一定。不过，你也别死心眼，看准机会就想办法离开。"宣磊教着李大伟。他知道李大伟对打仗不感兴趣，否则他会劝李大伟和他一起走的。"我困了，咱们回去睡觉吧。"

回到屋子里，宣磊很快就睡着了，李大伟可怎么也睡不着。他努力想着张晶的样子，觉得瘦小的张晶和魁伟的宣磊很少有共同之处，他们怎么会恋爱呢？张晶是纤弱的、温柔的，说话吃饭都是文雅的、慢吞吞的。而宣磊到哪儿都像一阵风，是那种大块吃肉大碗喝酒，对朋友恨不能掏出心的人。知青的事他想过，可是没有宣磊说得清楚。如何对付这样的局面呢，只有自学这条路，否则，就要被毁了，他想明白了才睡着。

早晨，宣磊一睁眼看见李大伟已经不在炕上了。那两个小男生还睡得正香呢。他拿出牙刷杯子去了灶房，看见谭卓娅正在那儿帮忙烧火呢。谭卓娅一个人睡到底不踏实，她听见了昨晚李大伟和宣磊的对话，她觉得宣磊简直就像苏联的捷尔任斯基或者斯维尔德洛夫一样，他要去搞世界革命了，只可惜他已经有了女朋友。不过就凭昨晚一席话，她已经很佩服宣磊了。谭卓娅等天一亮就起来，到灶房帮厨，就是为找机会碰上宣磊，没想到宣磊太阳老高了才起来。她热情地打开锅盖帮宣磊从锅里舀了一瓢带有饭味的热水。搭讪着问："他们还没起呀？"

宣磊说："李大伟早走了，他俩还没起呢。"正说着，王聪端着脸盆牙缸进来了，他头顶上的头发竖着，两眼被眼屎粘着。

吃过饭，宣磊从黄帆布书包里拿出《外国民歌二百首》，用他浑厚的男中音几乎一首挨一首地唱，王聪也随着大唱，林明找出小提琴，他们从《卡秋莎》唱到《红河谷》。宣磊把《小路》唱了好几遍，他想体会出张晶这时候的心情。《外国民歌二百首》唱完了，又接着唱《革命歌曲大家唱》。最后，仨人唱累了，还是不见李大伟他们回来，就把谭卓娅叫来打百分。谭卓娅想和宣磊一家，林明不答应，最后是宣磊和林明一家，谭卓娅和王聪一家。林明在宣磊的指示下，打得一直很顺手，已经打到了九，可谭卓娅他们才到三。谭卓娅不愿意让宣磊觉得她笨，就总骂王聪。最后，王聪急了把牌一扔不玩了，谭卓娅自知没趣，也只好回自己房里去了。

她走后，男生屋里不断传来笑声，谭卓娅以为男生在笑她，浑身不自在。其实，宣磊又在讲故事，逗得林明和王聪眼泪都笑出来了。宣磊说他们历史老师是个老夫子，说起话来摇头晃脑的，穿上大褂简直就是孔乙己。有一次，他在讲李鸿章，他不一次说完，而是说李鸿……那个章，他们班上的李虹以为老师叫她站起来回答问题，站起来了两秒钟，老师的章才晃出来，全班哄堂大笑，弄得李虹一个大红脸，站也不是坐也不是。宣磊连说带比划，笑得林明和王聪直捂肚子。

宣磊看见林明和王聪那么爱听，兴致更高了。又讲了他大串联时的一件事，一九六七年的春天，已经不让串联了，可他还没去过上海。于是，他就和一些上海学生混车到了上海。等他回来的时候，为了躲开查票的，他就只好穿着雨衣在座位底下睡觉。他知道北京站很严，于是他提前一站下了车，他没票不能从检票口出去，只能闯一下工作人员的出口，刚进去没人，快走出门时，从屋子里出来一个人，问他你找谁，宣磊脑袋顿时懵了，他顺口说出："我找王连举。"那人怎么也想不起来王连举是谁了（王连举是《红灯记》里的叛徒），就说："去吧。"出了车站，他就跳上长途汽车，他不知道那人还要想多长时间才能想起王连举是谁。他真想看看那人想起来的样子，一定很可笑。林明和王聪笑得更厉害了。

宣磊又讲了一个故事，"有一次，斗一个相声演员，说他不老实，老是避重就轻，可他实在想不起做过什么反党反人民的事。造反派就打他，打得他实在受不了了，就说："第二次世界大战是我发动的。"他一说完台下上千人都笑了，连主持会议的人都忍不住了。只好把他带下去了，以后想斗他，也不敢让他上台了。"

林明乐得直跺脚，王聪躺在炕上，滚来滚去。他们俩笑得腮帮子和腹肌都疼了，"哎哟，哎哟……"地哼哼。

这时，贫协主席的儿子牛娃跑进屋，愣头愣脑地问："你们要羊肉不？"

林明说："什么要羊肉不？"林明学着他的山西话。

牛娃喘着气说："兔娃爹杀了一只羊，四毛一斤肉，他让我问问你们要不？"

宣磊跳下炕说：“要，当然要，羊肉馅饺子可好吃了。你们这儿又不缺白面，在我们那儿吃饺子可就难了。”

林明实在喜欢这个大哥哥，慷慨地说：“你走的时候带点白面。”

宣磊说：“拿什么装呀？”

王聪说：“拿条干净裤子把腿一扎不就是面口袋吗。”

到了兔娃家，兔娃爹正在给羊剥皮呢。宣磊拿出了纸烟给兔娃爹，兔娃爹很享受地蹲在地上吸着纸烟，他觉得宣磊看得起他，心里很高兴。宣磊也陪他蹲在地上，不到一刻钟就受不了了，赶快站起来。兔娃爹笑着说：“蹲着也是功夫。”宣磊点头称是。

兔娃说：“俺爹也是党员。”

宣磊挺尊敬地问：“您老什么时候入的党？”

兔娃爹自豪地说：“一九五六年，抗美援朝的时候，我打仗肚子上受伤，把一段肠子割去了换了一段羊肠子。出了医院就发展我入党了。咱队的槽头老汉买了五块钱的公债，也发展入党了。”

林明说：“就五块呀？”

兔娃爹斜了林明一眼说：“你可当，那会儿五块就是五万呢。”

看兔娃爹一点一点地剥皮，林明非要试试，最后把羊皮割了一个口子才不敢再剥了，这活儿，看人家干挺容易，自己一干就不是那么回事了。最后他们割了四斤羊肉。

他们路过井房的时候，看见那里围着一大群人。过去一打听才知道，猫娃爹跳井了。他受不了侮辱，在除夕前自杀了。

9

淑兰和萧南第一次离开集体，单独在外面过夜，心里有些不踏实。晚上八点钟令狐大夫来看过，拔掉了输液的针头，试了一下体温，已经降到三十七度五了。令狐大夫说："可能没事了，多给她喝点水。"说完就走了。

淑兰把门插上，又用两把椅子把门给顶上，回来坐在萧南的床边，准备坐一晚上。萧南一定要让淑兰和自己一起睡，她说："咱们两头睡，不然，晚上冷，你也会冻病的。"淑兰听了萧南的话，两个人挤在一张床上睡下。

第二天早上，令狐大夫来敲门，她们才醒来。淑兰赶快下床，穿上衣服去开门。令狐大夫看见门口的椅子就笑了，告诉她们不会有事的，门房养了一条大狼狗。

大夫用手摸了摸萧南的头说："烧退了，还得打几天针，巩固巩固，再拿些药。"他让淑兰跟他去拿药。

萧南自己起来打水洗脸。这时，李大伟和队长儿子进来了，一看萧南好多了，他们都露出了笑脸。正说着，队长的小舅子把饭送来了。淑兰和萧南赶紧吃饭。吃完饭，淑兰不让萧南动，抱着被子褥子，把车铺好。萧南说她不躺着了，可以坐着回去。

队长的小舅子把他们送出村。这时候，一个骑着崭新的飞鸽牌自行车的胖子，在他们驴车前下了车。他梳着油亮的背头，一双小眼睛来回地看。他自行车的大梁上用粉色的塑料绳缠着。用北京学生的眼光看，这实在有些女气。他问队长的小舅子去哪儿。队长的小舅子说送学生。胖子把他们几个仔细地看了一遍，眼睛在淑兰的脸上多停了一会儿。他跟队长的小舅子说："有空来喝酒。"走后，大伙才知道这是公社副书记。

回去可比来时感觉快了许多，也许是心情好，没到中午就到了村里。谭卓娅经过孤独的一晚，看见她们回来也特别高兴。

可是，男生屋一个人也不在，不知道宣磊他们仨人哪儿去了。李大伟看见地上泡着两盆衣服都已经好几天了，知道一定是林明的。

听说萧南回来了，一起干活的姑娘媳妇拥进了一屋，小脚老婆婆们也进来看望萧南，还拿来了柿饼、麻花。莲香的奶奶端着一碗自制的汤药也来了，汤药是用井里的苔藓泡白糖水。她非要让萧南喝下去，萧南也只好喝了。还有的老婆婆要给她蘸着水揪脖子、揪脑门，说可以把病气揪出来，萧南实在害怕没有答应。

看看到了该吃饭的时候了，人们往外走。老婆婆们小声地说："都是因为那条狗，狗魂附身了吧。""娃们实在惜活（可怜），又没有家人在这达（里）。"其他人也都跟着同情，嘴里倒吸着气发出"呵，呵（同意）"的声音。

大师傅特意给萧南做了碗面条，多放了些醋和芫荽，并嘱咐她吃了面，盖上被子睡一觉。

今天是除夕，淑兰说，每年除夕晚上他们家都要包饺子，一到十二点就下饺子，吃完才睡。谭卓娅说，她几乎每年都去人民大会堂，哪里有游艺、得奖游戏、歌舞、电影、相声……萧南想到每年爸爸都摸摸她的头说又长大一岁了。第二天一早，她和弟弟的枕头下一定有巧克力和压岁钱，弟弟会拉着她去买鞭炮和香。但是，已经有两年没有这些礼物了。

门口一阵热闹，宣磊他们仨人回来了。林明一进门就问李大伟："你猜我们买什么了？"

李大伟说："猜不着。"

林明兴奋地拿出羊肉，告诉李大伟是宣磊买的，可以包饺子了。

李大伟严肃地说："你下午必须把衣服洗出来，不然就沤臭了，你不会等明年再洗吧。"

林明点点头，说："我吃完饭就洗。"

四个人吃着李大伟打来的一盆面条、一碗油辣子和几个大馒头。宣磊说："你们可是掉到福窝里了，家家都炸麻花蒸白馍，还有油炸辣椒，我们那儿的饭连油星都少见，吃的是胡麻油，一股怪怪的味儿。"

林明和王聪抢着说："那你搬到我们村吧。"

宣磊逗他们说："我真是想来呀。"

李大伟赶快说："哪有那么容易。"

林明不甘心地说："大伟哥，你难道不愿意宣磊来吗？"

李大伟的心情很复杂，他只能说："宣磊还有女朋友在雁北呢。"

林明还不死心："那就一起来嘛。"

李大伟说："他们的安家费已经到了他们村，这些桌椅板凳都是那些钱买的，根本就不可能再拿出来了。还要县里同意，没那么容易。"

林明不说话了，可心里还想着一定有办法。

林明在家没有洗过衣服，他怕手泡坏了，拉不了小提琴。就大声叫："谁帮我洗衣服，我给谁一毛钱。"半天也没有人搭理他。他只好自己洗，他把内衣和外衣泡在一起，内衣全染花了。王聪挺同情他，就帮他洗。林明说："凑合揉揉，得了。"

王聪想到在北京过年都要理发，就请林明帮他理个发。林明说："你不许嫌我理得不好。"

王聪老实，不好也没有别的地方可以理了。让农村人理更难看了，村里那些小伙子都理得像马桶盖似的。就说："你理成什么样，我也不吭声，行了吧。"

林明手艺不怎么样，胆子可挺大，王聪也老实，由他摆布。林明理得实在不像样子了，就叫李大伟。宣磊也出来看热闹，他笑话林明："你这个男理发师和《女理发师》差不多。"

理完发，王聪打开箱子找明天过年穿的衣服，发现仅有的一条哥哥穿小的裤子还钩破了，又不知道怎样缝，问林明可不可以找女生帮忙。

林明说："找什么女生呀，我就行。"他裤子翻过来，用橡皮膏粘上了。然后，把裤子翻回来一看，有道白，就用钢笔把那道白涂成蓝色。他得意地说："怎么样？不错吧。"

王聪感激地说："这法子真不错。多、快、好、省。"

在他们俩折腾的时候，李大伟和宣磊一直小声地说着什么。他们态度严肃，林明知道是他俩不能听的。就拉着王聪去商店，在那儿他们看见了谭卓娅。萧南和淑兰昨天换地方没睡好，这会正睡呢。没人和谭卓娅说话，她只好出来走走。谭卓娅一见他俩就走过来，就说："哎，我有点儿事要告诉你们。"

于是，他们仨人就出了商店，站在墙边，谭卓娅把昨晚她听见的全告诉了林明和王聪。林明和王聪一听全呆了，决定装做不知道。谭卓娅憋在心里的话讲出来了，也好受了许多。她又说："你们怎么老唱苏修歌曲呀，应该注意点儿。"

李大伟和宣磊说的是"文化大革命"的事。李大伟问宣磊："你说说这'文化大革命'到底是怎么回事？为什么要发动这场'文化大革命'？"

宣磊说："我也不清楚。有些事无法解释，明明是毛主席说'要文斗不要武斗'。一边说：'你们要关心国家大事，要把无产阶级"文化大革命"进行到底。'一边又说'把初中高中的子女送到农村去。'"文化大革命"还没有进行到底呢？怎么又到农村去？"

李大伟认为宣磊说得很有道理。这时，大师傅来了，李大伟赶快出去。

等林明他们仨人回到院里，看见大师傅，正在库房给李大伟称面呢，李大伟向大师傅要了些葱和胡萝卜。这儿是坡上没有水浇地不产白菜，他们冬天的菜就是胡萝卜大葱。李大伟让大师傅回家过年，明天做中饭时再来，大师傅很高兴，把厨房的钥匙给了李大伟就回家了。李大伟一看谭卓娅来了，就说："一会儿包饺子，请你们来帮忙。"

谭卓娅乐得一蹦一跳地回屋，淑兰已经醒了，就和淑兰小声地说："男生让咱们帮着包饺子呢。"

淑兰说："我得先叫大夫给萧南打针，你先去吧。"

谭卓娅听见厨房已经有剁肉的声音了，便直奔厨房去了。她看见四个男生都在忙，剥葱的，洗胡萝卜的。谭卓娅在男生中间就兴奋，她说："我干什么呢？我和面吧。可我没和过面，还是等淑兰吧。"

宣磊告诉李大伟，肉切成小块再剁，说："在北方，没有饺子简直就不像过年。"

这时候，淑兰进来了，谭卓娅说："就等你和面了。"

淑兰问："做多少饺子？"

李大伟说："就四斤肉，你看着办。"

淑兰又问："你们一人四十个饺子，够吗？"

林明说："那哪儿够呀？我一人就能吃七十个。我现在胃缺肉。"

王聪、宣磊还有李大伟把肉也剁好了。看看天快黑了，淑兰说："都上我们屋包吧，在这儿也放不下。"然后，给谭卓娅一个眼色，是叫她回去，让萧南起床穿衣服。谭卓娅跑回屋，一看萧南已经起来了，桌上放着四个包裹，兔娃放这儿的。谭卓娅发现有自己一个包裹，就迫不及待地打开了，一看是两斤杂拌儿糖，马上收起了一半，剩下的留在桌子上，挑了两块奶油糖给萧南，告诉萧南一会儿男生都来包饺子，就回厨房去了。萧南赶快把床扫了扫，又把地扫了一遍，把桌子整理好。听见林明在叫："帮忙，开开门。"

萧南把门轻轻地打开。林明端着盆，问："放哪？"

淑兰说，放桌上，自己又把桌子好好地擦了擦，就把面放在桌子上揉起来。

林明问："哎，脏不脏呀？"

淑兰说："还下锅煮呢，脏什么呀。"

"和贫下中农结合，怕什么脏呀？"王聪找准时机回击林明一下。

谭卓娅说："李大伟、林明、王聪，有你们的包裹。"

"太好啦！谁这么及时呀？"林明笑着说。

王聪大声叫起来："哦，是张河生。"

林明拿着自己的包裹凑过去看："真够哥儿们，是糖，大家吃。"他的包裹是家里寄来的《农村医疗手册》和几本《红旗》杂志。

李大伟奇怪谁会给他寄包裹，打开一看是他家老保姆寄的一斤咖啡糖，心想老保姆离开他们家有两年了，还记得给他寄咖啡糖，以后有条件要好好报答她。

一个小时后，第一锅饺子熟了。淑兰特别高兴，在家学的一点儿本事，今天得到全体知青的认可，还包括两个老高中的男生。她端着一盆饺子大声叫着："何支书，吃饺子喽。"满屋子的人都笑了。他们知道她把话剧《箭杆河边》里经典的一句"何支书，吃元宵喽"改成了吃饺子。

淑兰一边吃，一边说："这饺子还挺鲜的。"

王聪说："羊肉馅就是鲜嘛。"

淑兰大叫起来："我从来不吃羊肉。"男生都笑了起来。

谭卓娅讥笑地说："你已经吃了三个了，我数着呢。"谭卓娅很不高兴淑兰今天的表现，指挥所有人，包括男生。自己实在没这方面的知识，也只好听她的指挥，她心里很不平衡。

淑兰说："从今天开始我吃羊肉，只吃晋南的羊肉，不吃北京的羊肉。"

宣磊忽然叫起来："我这饺子里是块糖。"

谭卓娅讨好地说："谁吃到糖，谁明年一定好运。"宣磊自然高兴，豪爽地笑着。谭卓娅为了让宣磊注意她，就举杯说："祝宣磊今年好运！"

淑兰说："也得祝我好运，我这儿也有一个糖饺子。"

一共煮了三锅饺子，林明吃了四十五个就再也吃不下了。

林明叫道："宣大哥，再讲一个故事吧。"

宣磊说："行，有一次我在北京站执行任务，几个女校红卫兵拉来一个大肚子的女解放军，手里还拿着一个铝澡盆。我问她们为什么把解放军也拉来了，她们说这个解放军有资产阶级思想，不然为什么买澡盆买金色的呢。女解放军也不示弱说：'金色就是资产阶级思想呀，那干吗还说毛泽东思想闪金光呢。'几个女生被问得哑口无言，只好放了解放军同志。"

宣磊说完，一阵哄堂大笑。宣磊更来劲儿了，他说："你们发现了没有，老乡见面互相的问候是吃了吗？'他也不管你从哪儿来，是厕所还是猪圈、牲口棚。"

他这一席话，又把大家逗得大笑。"别说了，再说饺子都从嘴里蹦出来了。"林明想笑，肚子又撑，忍着不敢大笑。

宣磊高兴，接着讲："斗何长工时，造反派说，你怎么能叫毛主席老毛，叫周总理小周呢。何长工说：'我这样叫，他们答应呀。'"

王聪问："剩下的要不要包完呀？"

淑兰说："不用，到十二点我一人就包完了，十二点再下一锅，无论几个都要吃一点，这是老北京的规矩。而且，还要看剩馅还是剩皮，剩馅就是来年吃的富裕，剩皮就是穿的富裕。"

"还有这么多的讲究呀?"这里只有淑兰和王聪家是地道的老北京。

"哎，王聪，老北京真的是有这些讲究吗?"林明问。

"是呀，老北京的规矩多着呢，只有故宫里的房子是正南、正北，老百姓的都要偏几分，否则要杀头的。"王聪说。

"哎，玩牌。"林明举着扑克牌大叫道。

"咱们回屋玩吧。"李大伟说，他怕萧南太累，要睡了，而且在女生屋呆太晚怕村里人议论。

"萧南，你快睡吧，我和谭卓娅包饺子守夜。"淑兰说。

"谭卓娅，那个男生是谁呀?"萧南早就想问了。

谭卓娅得意地讲着，昨晚她听到的。

"谁骗你们，我向毛主席保证。"谭卓娅认真地说。

"淑兰，说说你们家怎么过年?"萧南有点累了，先躺下了。

"淑兰接着说："要在解放前，大年初一早晨，我妈妈和我爸爸还有我们几个孩子，都得给我奶奶磕头，我奶奶给每人五毛压岁钱。现在，不兴这个了，我就在床上，给我奶奶磕个头，意思一下。我奶奶每到这会儿就乐得合不拢嘴。你们怎么过的?"

萧南说："我们去我舅舅家，看电视。谢添的变脸可好玩了，还有《鱼美人》的蛇舞。"

"我还没见过电视呢，电视是什么样的?"淑兰问。

"就跟小电影似的，黑白的，是个这么大的木头盒子。"谭卓娅用手比划着。

淑兰和谭卓娅把剩下的饺子包完，已经十一点半了，她们俩又把饺子都煮熟，端着饺子给男生送去，男生屋息灯了。谭卓娅敲了敲男生宿舍的门，里面问："谁呀?"

"卖木梳的，你们还吃不吃饺子了?"谭卓娅开着玩笑。

"不吃了。"

林明挨着宣磊睡，他和宣磊小声地说：“谭卓娅说咱们老唱苏修歌曲。”

宣磊说：“谁说那是苏修歌曲。她懂不懂历史，那是卫国战争时期的歌曲。没有苏联红军参战，第二次世界大战还要多打多少年呢。少理谭卓娅，一看就不是个省油的灯。”

淑兰和谭卓娅端着两饭盒饺子回到自己宿舍，可她们也吃不下几个了。

第二天，太阳都老高了，她们才起来。淑兰换了一件花棉袄罩衣，谭卓娅是一身蓝中山装。淑兰和谭卓娅一边往厨房走一边说：“我最爱吃煎饺子了。”

开了厨房门，她们俩全呆住了，饺子盆在地下，饺子一个也没有了。有几秒钟她们的脑子一片空白，“哦，我知道了，让野猫给吃了。”淑兰肯定地说，她们家住平房，家里也发生过猫把鱼吃了的事。

“可能阶级敌人搞破坏。”谭卓娅说，她跑到男生窗下叫道：“快起来，出事了。”

男生赶快穿上衣服，来到厨房，看见盆里还有一些泥印，好像人为的可能性不大。谭卓娅非坚持是阶级敌人破坏。乡亲们也都猜，是猫吃了，还告诉他们吃的东西一定要吊起来。他们才想起来，社员家的屋里都吊着一个篮子，原来是防猫的。其实，主要防老鼠。

淑兰怪自己只用屉布和蒸馒头的屉盖着。想到这儿她赶紧往屋里跑去，想看看那两个铝饭盒里的饺子是不是还在。萧南正在屋里梳头，淑兰风风火火地直奔桌子上的饭盒。她打开一看，饺子好好的都在，就兴冲冲地端着饺子去厨房了。

淑兰对着男生说：“昨晚，你们说不吃了，我们又把厨房门锁了，就把饺子端回我们屋。所以，损失不太大。好啦，我给你们煎饺子。”

人们慢慢地散去了。淑兰先烧了一锅水，让大家洗脸。又把饺子都煎了，还炸了点馒头片，总算把大年初一的早餐对付过去了。

回到屋里，萧南把巧克力放在桌上，每人只有五小块。莲香和几个姑娘来了，她们都穿着新衣服，都是粗布的，有条的，有块的，以紫红色为多。淑兰也赶快拿出北京的糖果，请姑娘们吃，她们很不好意思要。有个姑娘把巧克力吃到嘴里就吐了出来，说是太苦了。

大家都想看看村里怎么过年，就到了街上，满街的红男绿女让人看得眼花缭乱，女孩们都穿着或红或紫的棉袄，新媳妇都是灯芯绒的衣裤，只有个别的是绸子的衣裤，有些像舞台服装。男孩子们多为一身黑粗布衣服。只有刚结婚的小伙子是一身蓝卡叽布的中山装。老婆老汉们也一改往日的破旧，换上了至少是洗干净的一身黑棉衣裤，头上顶上了新毛巾。小孩们头上戴着各种精工细做的虎头帽、猪头帽……脚上的猪娃鞋、猫娃鞋把孩子们打扮得比年画娃娃更绚丽。

好不容易到了莲香的家，一群媳妇嘻嘻哈哈地正往外走。莲香的妈妈在地上烧了一把麦草让她们一个个地跳过去，怕她们把邪气带进屋，对孩子不好。她们三个进门，屋里那种暖和而不流通的空气，顿时充满了她们的肺。屋里还有一个男人，谁也不给她们介绍，她们猜是莲香的哥哥。可她们一进门，不到半分钟，那人就坐不住了，他站起身说："姐，你还有啥事不，要是没啥，我就回呀。"莲香妈赶紧地张罗要他留下吃饭，那男子还是走了。

她们都凑过去，看莲香嫂子生的孩子，那孩子安静地躺在炕上睡觉，穿一身厚厚的棉衣裤。小孩的头顶部分一跳一跳的，可能因为长期不洗澡，长了一层黑黑的痂，孩子身上的奶味儿和尿味儿混合在一起。她们傻傻地看着那孩子，劝莲香嫂子，吃得好点儿。可是，莲香告诉她们，按当地的风俗，坐月子不能吃肉，只能吃稀稀的小米汤和一点稀面条，还有就是石头烙的饼。也不许下地，有些人坐完月子都不会走路了。即使在三伏天，坐月子也必须穿薄棉袄，还不许洗头洗澡。几个女生觉得在农村生孩子简直是受罪。

她们给老人们拜年，莲香妈热情地招呼她们，端出了麻花柿饼和枣。这一天的农民是大方的，他们把省下一年的好东西都放在今天。

莲香奶奶让她们上了炕。谭卓娅问莲香爹："你能给我们讲一下，你们在解放前怎么受剥削的吗?"

莲香爹把烟袋锅在炕边上磕了磕，就说："五七年，大炼钢铁，地里的庄稼都没有人好好收。以后又吃食堂，那个浪费就别提了。到六零年那会儿，把我们村的人都饿咂了，死了多少人呀。饿得人身上，一按一个坑，脸肿得多大，我爹就是那年饿死的。什么都吃了，苜蓿烂在地里，都被人挖出来吃了，树皮也都扒了，棉花壳也磨了面。那真不是人吃的，牲口不吃的人都吃了。人都饿得走不动了。原来咱这后沟里有的是兔子狼和狐狸，都跑到村里叼孩子，我就给叼过。那年头，乡亲们连田鼠洞都挖了，挖得好能有几十斤粮食呢，田鼠放东西都有规矩，一种粮食放一个地方。我爹死了以后，我妈就和我说，只有这一条路，挖田鼠洞，否则我们这一家都得饿死。我挖了五六个老鼠洞，才救了我们一家子。”

“遭报应了吧。那会子，他爹当队长，上面让办食堂，他说办。我说不行，一家一户小心着过日子，还不太够呢，这么吃到不了半年就没有粮食了。他爹说都快到共产主义了，哪里还有粮食不够吃的，人家已经研究出亩产万斤粮的办法了。那阵子上面查得紧，各村都办食堂了。后来怎么样？还不是让我说中了。”莲香奶奶说。

萧南她们都不敢说话，她们是要了解地主怎么剥削农民。可是，莲香一家却在控诉三年困难，那几年可能是人们记忆里最苦的日子了。

到了吃饭的时候，她们告辞出来。谭卓娅说：“我们家那时候买了一杆秤，每天保姆都称粮食做饭，可是我和弟弟们老是饿。后来发现她老去邮局寄东西，才知道她把窝头晒成干寄回家了。我妈妈就不要这个保姆了，我们都到食堂去打饭。我吃过小球藻，人造肉。有一天是我生日，我爸爸带我去商店买了几块高级糖，花了两块钱呢。”

“我奶奶也说从清朝到现在也没有过过那么难的日子。我奶奶聪明呀，她到药店把薏米大麦米买回来煮粥，还挺好吃的。她那会儿成天带个小板凳出去排队，总能买到点东西，她还把我们院双职工不买的大白菜也都买了。她把首饰全卖了，说救人要紧。”淑兰夸着她奶奶。

萧南说：“我家阿姨是北京通县人，她会做菜团子。买大白菜掉下的帮子，她做成了菜团子，放上炸猪油的油渣，还挺好吃的。她还打榆树钱儿、槐花和面一起蒸，我爸爸就爱吃她做的榆钱儿。”

淑兰说：“那次学校发鸡蛋，我用一个手绢提着，快到家了，也不知道怎么手绢的一个角掉了，鸡蛋都掉了，我就哭。到家后，我妈妈说，你的都打了，不要吃了。还是我奶奶向着我，把我哥哥的给我吃。我心疼了好久呢，学校就发了那么一次鸡蛋。”

“还发了一回人造棉布票，我妈妈都买成被里了，特暖和。”谭卓娅说。

10

初三上午，令狐大夫来看萧南。萧南和淑兰热情地请他坐下，又倒水又请吃糖。李大伟知道了，也来看望令狐大夫。令狐大夫说：“一回生，二回熟，以后到公社有事就去找我。”谭卓娅一直插不上话，觉得自己是个局外人。

初三晚上，队里唱戏。在大戏之前，是淑兰的舞蹈。淑兰又紧张又兴奋，一会儿说她不跳了，一会儿又说穿什么衣服，一整天坐不是站不是的。谭卓娅说：“宣传毛主席的革命文艺路线不能推辞。”淑兰没有退路了，只能上台。

到了晚上，淑兰穿着单薄的红格中式罩衣，萧南让她穿上毛衣，她怕显胖，怎么也不肯。下身也只穿一条夏天的蓝布裤子，萧南说这样非感冒不成。淑兰宁愿感冒，也不能影响形象。萧南因为感冒刚好，所以不停地劝淑兰先穿上棉裤去，等到上台时再脱。谭卓娅鄙视地说：“别臭美了，再少穿也掩盖不住你一身的胖肉。”

淑兰才穿上棉裤棉鞋，提上一双萧南的白网球鞋准备去后台。她突然把鞋往床上一扔，说："跳不成了。"

萧南和谭卓娅吃惊地问她怎么啦。

淑兰说："没有辫子怎么跳呀？"是呀，辫子怎么办呢？

萧南说："说不定后台有，咱们到那里去看看。"淑兰这才又恢复了点儿精神，拿上鞋和萧南、谭卓娅出了门。

林明和王聪知趣地去看戏，让两个大哥有时间说说话。李大伟问宣磊说："你对红卫兵怎么看？"

"大概是让人当枪使了。你没有看见呢，北大附中的女红卫兵头头在芭蕾舞学校讲话的样子。一边四个叉着腰，抡着皮带的打手，她跟《智取威虎山》里的'座山雕'一样。'文化大革命'把人最坏的一面都抖落出来了。真没劲，中学生、大学生都成了土匪了。一司、二司在展览馆剧场演出的时候，把毛主席纪念章别在肉上，光着膀子唱'抬头望见北斗星，心中想念毛泽东……'。你记得咱们去香山的时候，路过北京大学，看见学生们在学校里武斗，两边的人不停地运石头、砖头，把玻璃都砸破了。中央现在斗争很厉害，江青、张春桥、王洪文、姚文元一派掌大权。就看毛主席最后支持哪边儿了。"宣磊认真地说着。

李大伟因为出身的原因，听不到这些内部消息。而宣磊相信李大伟的父母是因为爱国才回国的，俩人交情又好，才对李大伟讲这些。

"你说这个革命还要多久呀？"李大伟又问宣磊。

"我看短不了。所以，我才要只争朝夕，赶快去找我自己的革命道路。中国的革命就拜托你们了。"宣磊调侃地说。

"我们就在这儿修理地球吧。我根本就没有资格革命，那是'红五类'的重任。就等着听你的好消息了。"李大伟不满学生里的阶级划分，可他并不反感宣磊。他从小受到父亲的教育就是科技救国，他不想参预政治，只想像父亲一样，做一名科研人员。

宣磊一听李大伟的话中带气，就转移话题，说："我从雁北来时，去了山西和内蒙交界的地丰镇，看见一个法国姑娘也在那里插队，还带着吉他，没事就在房上弹吉他。”

李大伟好奇地问：“外国人也可以插队？“

“我告诉你吧，友谊宾馆等地方，住着一些兄弟党的领导和他们的家属，就像当年，咱们的领导和子女去苏联一样。‘文革’开始，有些人乱贴大字报，泄露了兄弟党的机密。把总理气坏了，我爸爸说：“总理成了救火队长了。一会儿接见红卫兵；一会儿去人民大会堂陪陈毅挨斗；还要处理工农业各项事务……真操心呀。”

在后台，演出队还真有假辫子，可是灰灰的，淑兰实在不想用，可又没有别的可替代。萧南说：“我擦擦，你们先化妆。”她用抹布沾上水，顺着辫子擦了足有十几遍，看着顺眼多了。这时候，淑兰已经化好妆，正等着辫子呢。萧南一看淑兰被画得像个熊猫，她也不好说，就和谭卓娅七手八脚地帮淑兰把假辫子捆上，淑兰还觉得挺美的。她们不知道，农村演戏根本就没有准时间，什么时候准备好什么时候开演。

开演前，大队长、大队书记先讲话，她们仨人在后台什么也没听见。报节目的时候，谭卓娅正步走上了前台说：“我们是从北京来的知识青年，到这里是接受贫下中农再教育的。今天给全体社员献上一个节目，革命样板戏芭蕾舞剧《白毛女》中的一段《北风吹》”。接着又正步走下了舞台，台下的社员没见过生活中正步走的人，台下一片哄堂大笑。

萧南和谭卓娅站在台子的侧面，尖着嗓子唱着“北风那个吹，雪花那个飘……”淑兰踮着脚尖就飘上了舞台。淑兰跳得太投入，跳到“年来哎到……”的时候辫子甩掉了，台下本来就听不见唱的声音，淑兰的舞他们也不喜欢看，这下辫子又掉了，吹口哨的，拍手叫好的，出怪声的，乱成一片。淑兰本想再跳下去，可台下乱得她连唱的声音也听不见了。只好朝着台下鞠个躬，下台了。

等她到了后台一看，谭卓娅笑得眼泪都出来了。萧南赶快把大棉猴递给淑兰。淑兰穿上大衣，一句话也不说，就往回走。萧南和谭卓娅只好跟着她回宿舍。

进了房间，淑兰把脸一洗，谁也不理倒头就睡，躺在炕上越想越气，眼泪不觉就流了出来，萧南怎么劝也没用。

李大伟和宣磊在屋里，谈着对未来的设想。李大伟拿出了一个指南针放到宣磊的手里说："我在这儿也用不着，你拿去也许有用。"又拿出了五十元钱给宣磊，这可是一大笔钱呀。宣磊推辞不想要，可李大伟一定要他拿上说，穷家富路嘛，并告诉宣磊他在抄家前就从银行取了五百元钱，抄家时他把钱放在晒台的一摞花盆中，所以没被发现，他准备父母放出来如果不发工资还可以过一段。

宣磊高兴地捶了李大伟一下说："你胆子真大，还敢蒙骗革命群众。"

李大伟说："谁知道是革命群众，还是跳梁小丑呀?"

李大伟深情地看着宣磊说："这趟不比咱们步行去韶山，你可要处处小心。"

宣磊热血沸腾地憧憬着未来，说："你放心吧，我会给你写信的。"

宣磊又想起了什么说："哎，我一直有个问题没有想明白。我们抄家时那些人家都有一种臭味。我原来以为是东西的霉臭味。后来，咱们学校把有问题的老师关在一间屋子里，里面什么东西都没有，也有那种味。我想人在恐惧害怕的时候才会发出这种臭味。"

"反之，在人高兴愉快的时候，就会发出香味。张晶看见你，就发出香味，吸引你。"李大伟逗宣磊。

宣磊说："你瞎说什么。我和你说正经的呢。应该找个科学院的科学家研究研究。"

这时，林明和王聪回来了，他们看了淑兰的舞蹈，又看了一会儿戏。一是没带凳子，二是听不懂，就回来了。进门就说："这回淑兰可露一大怯，跳着跳着把辫子给甩掉了，让社员给轰下台了。"林明一边说，还一边学，他明显地丑化淑兰。

"别幸灾乐祸，谁都有失手的时候，让你上台你还不敢去呢。"李大伟说林明，一边还严肃地看着他。此时，李大伟心情不好，他不知道宣磊的前途如何，他们将如何越过边界限，战争是残酷的，他们何时还能再见？他知道没法劝阻宣磊。宣磊这时候，深情地唱起了苏联的《海港之夜》，那声音低沉缓慢，充满了深情，李大伟懂得宣磊的心情，他紧咬着嘴，一只手按在宣磊的手上。林明看得眼泪都要掉下来了，他赶快出去，王聪也跟着就出来了。他们俩人看着天做着深呼吸，强忍住眼泪。宣磊才来四天，可他们好像已经认识了一辈子，林明和王聪都很喜欢宣磊，被他的豪爽、开朗和好口才所吸引。男子汉之间可能喝一次酒聊一回天，只要投机就能成为终生的朋友。宣磊的个性鲜明，简直像个透明的人，林明和王聪已经像崇拜英雄一样地崇拜他了。

等林明和王聪回到屋里，宣磊笑着像变戏法一样从被子里拿出了一瓶白薯干酒和两瓶肉罐头。这时屋里的空气轻松了活跃了，林明说这罐头怎么开呀？

宣磊说："有螺丝刀吗？"

"有，给你。"林明对宣磊的一切都感兴趣。

"学着点，以后会有用的。"宣磊说着把螺丝刀插入玻璃罐头的橡胶圈内，用力一翘，罐头发出了漏气的声音，他在罐头盖上撬了三下，盖就取下来了。

王聪也想学，抢着说："我来。"王聪是一个对自然科学很有兴趣的孩子。

王聪要去洗刷牙缸，宣磊说："不用洗了，对嘴喝，白酒杀菌大伙轮流喝。在三年困难时期，我爸有时有点肉吃，警卫员端着盘子给我爸送去，我们几个男孩就一人堵一层楼梯口，每人抢一块。警卫员说：'首长要营养不良了。'"

"你爸爸不和你们一起吃饭呀？"林明问。

"我们和我妈妈一起吃饭，我爸爸另外吃。"宣磊家从来如此，只有过年过节才一家人在一起吃饭，他早就习惯了。

"祝宣磊一路平安。"李大伟首先说。

宣磊带头唱起了："正月里来闹新春……"

"猪呀羊呀送到哪里去……"大家都加入进来一起唱。

他们从《莫斯科郊外的晚上》唱到《卡秋莎》，又从《长征组歌》唱到“我的家在东北松花江上……”这使大家都想起了北京。

“文革”前，每年过年，李大伟的爸爸都鼓励他去滑冰。爸爸也会在这几天不看专业书，而看看唐诗、宋词等。妈妈会张罗请妹妹一家来吃个饭，或到外面餐馆去吃顿西餐，因为李大伟的父母在国外待的时间长了，有时会想吃西餐；林明家一般有人民大会堂的票，有时他父亲还会带着他或妹妹去给外国专家拜年；王聪一家人通常一起去看一场电影，放放鞭炮，有时他爸爸会带他们逛厂甸，买个铁环、空竹或老头呲花；宣磊家每年有怀仁堂的戏票和人民大会堂的票，他在怀仁堂看过京剧《八仙过海》，前几排都是中央首长。在黄色的怀仁堂他见过刘少奇、朱德、周恩来等领导。在那儿看戏和别地方不同，穿蓝中山装的年轻警卫特别多。

宣磊说：“我老爸是四川人，每年过年都要做一道米粉肉，我们家的炊事员特会做四川菜，红油抄手做得棒极了。”干部子弟在不经意中就会显示出他们的与众不同。

林明说：“我妈妈做的什锦菜特好吃，每年都要送给大伟家一饭盒。对吧？大伟哥。”

“我爸就喜欢小姨做的这个南京菜，不过他还有一道徽菜安徽锅子。”李大伟说。

“别精神会餐了，再说我的口水就流下来了。”宣磊笑着说。

“吃不上，说说也不行呀。”林明做着深呼吸，他调动着脑子里对气味记忆的细胞，仿佛闻到了一些气味。

到了深夜两点，林明和王聪已经困得哈欠不断了，宣磊才举瓶，“大家都保重，后会有期！”林明和王聪头一次被人这样看重，好像自己已经成了大人。同时，他们又有点悲壮的感觉。

第二天一大早，李大伟去借了自行车。宣磊临走和林明、王聪握了握手，又摸了林明的脑袋一下，他把林明也看成自己的弟弟。

林明和王聪呆呆地看着宣磊远去的背影，心里空落落的。宣磊没来之前他们觉得什么也不缺，可宣磊走了之后，好像把他们的魂也给带走了。他们觉得宣磊去参加轰轰烈烈的革命，就像《震撼世界的十天》里所描写的，而他们还要在这个小村庄过着平庸的生活。

戏唱了三天，淑兰再也没有上台。她在萧南和谭卓娅的动员下去看了一场莲香的戏。莲香那高亢的嗓音、漂亮的扮相让多少人倾倒呀。社员们简直都看呆了，张着嘴，眼睛都舍不得眨一下。过后的几天，周围的村子里议论最多的是莲香演的阿庆嫂。

这天水没有了，林明问李大伟，到哪儿去绞水，因猫娃爹跳井，不敢吃那眼井的水。可是到村子的另一头挑水又太远了。从猫娃爹被打捞上来的第三天，就有人在这个井上绞水了。李大伟想了想，说："还是回来吧。"

农民的年假不是三天，而是十五天，要过了正月十五才上工。正在这时，广播里播出苏联边防军出动七十余人，装甲车两辆，卡车和指挥车各一辆，悍然入侵我国神圣领土黑龙江省虎林县境内的珍宝岛，首先开枪打死打伤我边防战士多人。接着几天，广播里不断地在播出苏军又出动边防军和飞机、坦克连续入侵我珍宝岛，我军对苏军予以猛烈的还击，取得珍宝岛自卫反击作战的胜利。知青们都异常兴奋，他们议论着珍宝岛的战斗。林明和王聪暗自在希望战事扩大，好把他们招去保家卫国。他们凑到李大伟的身边，悄悄地问："战争可能扩大吗？"

李大伟若有所思地说："打大仗应该投入大量的兵力，首先占领公路铁路等交通要道。怎么会只有装甲车、卡车、指挥车各一辆呢。而且一打就仓皇逃窜了。我看不像要打大仗的样子，像是局部小摩擦。"林明和王聪觉得李大伟说得很有道理。浑身膨胀起来的斗志一点也没了。

三个女生利用年假去贫下中农家串门，她们既然不可能参加自卫反击战，那就还要听毛泽东的话接受贫下中农的再教育，用实际行动学习毛泽东的《湖南农民运动考察报告》和《中国社会各阶级的分析》。她们向贫下中农学纺线、学织布、学纳鞋底……和她们拉家常。在她们的眼里，这些农民变了，不再是张着嘴、直愣愣地看着她们的那些人啦，而是一个个心灵手巧的能人，又笨又傻的人成了自己。她们似乎懂得了毛泽东说的，“群众是真正的英雄，而我们自己则往往是幼稚可笑的，不了解这一点，就不能得到起码的知识。”

1969 年的春节特别晚，过了正月十五已经是“九九”，就要惊蛰了。她们再下地干活，麦苗已经返青，苜蓿开着紫色的花，油菜也都钻出了地面，有些小黄花在悄悄地开放，像绿毯子、紫毯子、黄毯子一样，东一片西一片地盖在大地上。她们仨人仿佛走进了童话世界。大地是那样的静，太阳暖洋洋地照着，各种植物特有的花香和泥土的气味使她们犹如走入画中。萧南因为喜欢画画，所以为这般景色震慑得有点喘不过气来，她惊异地看着周围的一切。淑兰扛着锄头心情舒畅地放声高唱着“麦苗儿青来菜花儿黄，毛主席来到咱们农庄……”淑兰虽然爱唱，可有点儿五音不全。

谭卓娅不客气地说：“跑调了。”

萧南为淑兰解围说：“又没有人听，你就让她唱吧。”

淑兰也不满地说：“谁规定左嗓子不让唱歌了，我就要唱。”“我们的田野，美丽的田野……”萧南也跟着放开喉咙唱起来，谭卓娅刚说完淑兰，想唱也不好意思唱了。姑娘媳妇小脚老太太跟在后面笑她们，觉得她们有点疯。

她们把麦地锄一遍，让板结的土质变松，使麦子可以轻松地长出来，而且还能保墒。山西是十年九旱的省份，水的缺乏是城里人根本无法想象的。鼻子嘴里的一点水气也被干燥的空气给吸走了，鼻孔干得难受，嘴唇爆皮。

一连干了十几天，麦田锄完了。

一天早晨，凉凉湿湿的空气渗到了女生宿舍。萧南第一个跳下炕穿起衣服，走到院子里，“哎，下雨嘞。”淑兰和谭卓娅也来到门边，用手接雨水。林明怕淋雨，顶着盆去厨房打水，他快步地跑着，一个重心不稳，滑倒了。女生哈哈大笑，气得林明大声说：“春雨贵如油，下得满地流，摔了林老爷，笑坏一群牛。”女生顿时不笑了。

“下雨还上工吗?”淑兰自言自语。

“当然去了。”谭卓娅老拿出一副她最革命的样子。

等她们穿上雨鞋和塑料雨衣，到打钟的树下等候的时候，一个人也没来。跑过来一个去别人家打扑克的小伙子说：“地里太湿，不出工了。”

三个人回到宿舍看书写信，得到了一个意外的假期。农村没有星期天，可下雨下雪就停工，这是不成文的规矩。所以，在农民累了的时候，老天爷会给他们放假。

雨在十点钟时完全停了，莲香和姑娘们来到了女生宿舍，大家逗莲香，婆家又送什么啦，秋后是不是就要嫁人了。莲香红着脸，追着打这些女孩。闹够了，姑娘们拿出了鞋底，农村的女孩子从四五岁就背弟弟妹妹，八九岁就学做女红，帮妈妈做家人的鞋。淑兰很想学做鞋，因为她姥姥小脚，很难买鞋。她想孝顺姥姥，就向姑娘们要过鞋底纳起来。她拔针费劲极了，姑娘们教她在头发上蹭蹭针，就容易多了。淑兰一试果然针好像抹了油一样，这是怎么回事呀？姑娘们告诉她是头油。淑兰纳了几行，无论她怎么认真还是不整齐，她不能不佩服姑娘们的技术。

萧南问莲香，她和她未婚夫是怎么认识的？姑娘们抢着说，媒人介绍，吃面（见面）认识的。萧南她们非常吃惊，原以为她们是民兵训练或开学毛选积极分子会认识的呢，总要和《小二黑结婚》差不多呀。莲香害羞地不让再说了，萧南她们才知趣地不再说这个话题。快要吃饭了，姑娘们都各自回家。

淑兰忍不住说：“我觉得莲香和猫娃挺好的，他们俩站在村边老有的说，每次脸都红红的。”

谭卓娅说：“猫娃是富农子弟，莲香家是贫农。她还是大队的团支书和民兵队长，这没有可能。”

猫娃长得算是村里的俊小伙，在镇上念过初中，干活也是一把好手。就因为他爹是富农，他没有了和别人竞争的资格。春节他爹又跳了井，他就更抬不起头了。

吃过饭，大队会计来通知他们明天去公社开会，每个小队去十五个人，开会算出工，有工分。

淑兰说要去买顶草帽，太阳越来越毒了，怕把自己晒黑了，她奶奶说过，一白遮百丑。她自己对美的那点看法全是从她奶奶那儿听来的。萧南和谭卓娅也要买，草帽是塑造农民形象的一种标志，毛泽东拿着草帽的宣传画给她们的印象太深了。

第二天，各队的大车在去公社的路上跑着，姑娘们穿着最漂亮的衣服和鞋，带着碎花布拼的书包，眼睛瞄着外村大车上的小伙子。有些看见亲戚、熟人还互相高声地打招呼。赶车的若是老汉，就会心疼牲口，不紧不慢地走。赶车的若是年轻人，那车可就快多了。年轻人总要显示自己的能力，尤其在姑娘面前，使坐在车上的人经常发出惊叫。

公社的戏台下已经有几百人了，在这些人里知识青年是很突出的。谭卓娅跑去找熟人。戏台上摆了一溜儿桌子，上面铺着印着红条纹的灰线毯。公社秘书叫大家赶快坐好，可人们还是乱哄哄的在说话。最后，公社书记急了，抓住话筒开始骂人，被骂的是聊得最欢的队。全会场都在看挨骂的队，会场才安静下来。

公社书记操着浓重的当地口音传达县里的文件，然后布置夏收工作。接着讲了一些学大寨的经验和阶级斗争的新动向。萧南低头画着社员的素描，她几乎什么也没听见。

快中午时会散了，谭卓娅跑回来和萧南她们说要跟着其他村的知青走。淑兰和萧南要买草帽也不跟大车回去了。她们走出会场，看见一些知青，不像北京人，过去一问才知道是天津知青，就在公社住。对方热情地邀请她们去坐坐，萧南和淑兰好奇地去了。在天津知青的住地她们看见了电灯，这让她们感到同是知青待遇差了许多。天津知青告诉她们，他们是六五年来的，已经在这儿三年了，说到这些她们又有些同情这些天津知青了，他们已经来了三年是应该对他们好一点。天津知青热情地留她们吃饭，萧南和淑兰只喝了一些水，就推辞说还要买东西，赶快出来了。

公社街道两旁有三家商店，一家卖布的，一家卖副食的，一家卖农具的。草帽在卖农具的店里卖，只有一种，没什么好挑的，她们一人买了一顶。

11

做饭从女生开始轮流，第一次蒸馍就让萧南赶上了。她已经问过大娘大妈们，可是没做过到底没数。按照大妈大娘们教的，第一天晚上就把面肥泡上。第二天，用温水和面肥一起把面和好，放在灶台上等着面发起来。下午萧南一看面里有窟窿了，就赶快去供销社买来了碱面。她把碱面均匀地撒在面里，就开始和面。莲香妈不放心萧南做馍，就抽时间赶来看看。一看面是黄色的，就问萧南："姑娘，你在面里放了啥？"

萧南猜可能碱放的不合适了，就说："我没用过碱，就放了一点儿。"

莲香妈没有听清，又问："啥？"

萧南一看没法沟通就拿起碱面的包给莲香妈看。莲香妈拿过来一看说："哎，姑娘，咱这地方蒸馍不放这。"

萧南觉得挺奇怪的，她家的保姆蒸馒头从来都放碱的。她虽没做过，可她知道。

那天的馍，又不发，又有很浓的碱味。到了晚上下工时，大家到厨房来拿饭，林明先叫了起来："呦，这是什么馒头呀？怎么这颜色呀？"

萧南赶快不好意思地解释说："我放碱了，我不知道这地方蒸馒头不用碱。"

林明又吃惊地问："就是应该放碱的，不然怎么能让馒头不酸呢?"

萧南说："我也没弄明白。"

李大伟想了想说："是不是这里的水含碱？难怪老乡们吃那么多的醋呢，可能就是要中和水里的碱。"

林明也跟着大叫："难怪这里的老乡尽是大黄牙呢。"

谭卓娅说："对了，我说洗头怎么老像洗不干净似的，总是滑溜溜的呢。"

眼看面袋子就要空了，李大伟带领大家淘麦子、晒麦子，又和林明、王聪利用晚上的时间去磨面。全村只有一台磨面机，这台磨面机还经常停电，排队磨面有时会排几天。他们去的那天还算好，磨到半夜一点多钟。回来时三个人都成了白头发老头了。

四月二十四日晚上，各地人民广播电台联播节目里广播了"九大"召开了的消息。公社电话通知连夜庆祝，向群众宣传。大队把唱戏用的锣鼓全找了出来，还去供销社买了一些二踢脚。天正在下着雨，可知青们顾不了这么多啦，这是国家大事呀。只有几个队干部和知青们组成的队伍在村里游行，林明和王聪抢着放二踢脚，女生扯着嗓子喊："九大召开啦!""坚决拥护毛主席的无产阶级革命路线!""坚决拥护无产阶级专政下继续革命的理论!"。等他们回来已经半夜了，春天冰凉的雨水淋湿了衣服、裤子，他们冻得手脚冰凉，躺在炕上好久都暖和不过来。在北京时，有国家元首来访问，每个学校都在长安街两旁跳欢迎舞。遇上下雨，学校会烧好姜汤水等着的，在这儿连洗脚水也没有。

第二天，一早起来听见社员们的议论，知青们真不知说什么好了。原来有的老大娘听不懂北京话，以为喊的是"日本鬼子进村啦"，直往草垛里钻。有些人以为供销社着火了。

在麦收前，大队接到公社通知，让淑兰到公社当广播员。淑兰高兴得直跳，她以为是她劳动好，被公社挑中的。谭卓娅虽然心里不太平衡，可她看不上这份工作。萧南当然舍不得淑兰走，可也替淑兰高兴。淑兰兴奋地准备着行李，只带了春夏两季的衣服，她还想经常回来，毕竟她在公社谁也不认识。李大伟也接到公社的通知，让他去开三天知青积极分子大会。

一下子走了两个人，大队院里觉得冷清了许多。天暖和起来了，萧南和谭卓娅吃过饭，去村边散散步。看着太阳的余晖，闻着田里豌豆花、油菜花的清香，直到天黑才回来。萧南几次想问谭卓娅，都张不开口。终于，有一天萧南鼓起勇气，问谭卓娅：“你知道我父亲是右派吧？”

谭卓娅点点头。“那你怎么从来也没说过？”萧南问道，并注意地看着谭卓娅。

谭卓娅说：“我听见我爸爸妈妈为这事吵过。你爸爸曾在解放前掩护过我爸爸。我爸爸有一次到北京取情报，几个联络地点都联系不上。你爸爸的地址是备用的，找到你爸爸时，你爸爸把我爸爸藏在你们家里，还帮他换了衣服，又找可靠的人把他送出城。那时，你爸爸和你妈妈还没结婚呢。所以我妈妈认为不应该把你爸爸打成右派，我爸爸还说我妈妈立场不坚定。我妈妈说如果没有百分之五的比例，就不会把你爸爸打成右派了，因为第一次打右派没有他。”

萧南从没听爸爸说过掩护谭卓娅爸爸的事。她知道了她爸爸不应该当右派，这事对爸爸的压力有多大呀。

谭卓娅也有不想让淑兰知道的事，可是，她觉得萧南知道也无妨：“我们家分两派，我和哥哥还有我妈妈是一派。我妈妈的文化比我爸爸高，她年轻时候可漂亮了，要不是领导安排，她才不会嫁给我爸爸呢。我告诉你一件事，你不能告诉任何人哪。我爸爸在老家还有个老婆，还有个儿子。五八年他老家的儿子来找他，一看他又成家了，气得拿了菜刀要砍我爸爸。说我爸害了他妈一辈子，他妈一直在等他。把我们吓得都钻到桌子底下去了。还是我妈妈镇定，打电话叫保卫处的人来，才把我大哥带走，我爸爸吓得脸都白了。当天晚上，我妈妈哭了，因为她根本不知道我爸爸有老婆，她要离婚，我们拉着妈妈的手，帮妈妈擦眼泪，那时我才七岁。后来，妈妈说看在我们几个孩子的分上不离婚了。所以，我和哥哥一直向着妈妈，觉得她嫁给我爸爸太委屈了。”她还有一些没有说，那就是她爸爸还调戏他们家保姆，她爸爸总改不了好色的毛病。谭卓娅特别同情她妈妈。她妈妈要不是有这样懂事的孩子，好几次都想到过死。她妈妈偷偷地和谭卓娅说过，她在上高中时有个很要好的男生，可那男生一心要上学，而她妈妈认为国家在危亡之中，不能只关心自己的命运，于是，他们便都抱定自己的理想分开了。她妈妈还一直怀念着，虽然，她知道那男生已经结婚。可她在受到委屈的时候，总想到如果她当初嫁给她的同学，他们将是多美满的一对。所以，她妈妈、爸爸有时是同床异梦，她爸爸出轨的事越来越多，这就更增加了妈妈对爸爸的反感。另外，她妈妈是在大城市长大的，对她爸爸的许多习惯看不顺眼。她爸爸总批评她妈妈的小资产阶级思想，她妈妈也就不敢明显地表现出来了。在她爸爸升迁的时候，她也会暂时忘记她爸爸的坏处，她内心也有爱慕虚荣的一面，不然当初她就不会答应嫁给她爸爸了。在她刚参加革命的时候，对参加革命早的老同志的敬佩是由衷的。其实，谭卓娅的妈妈也不是只有痛苦，她的内心有时也充满了得意。所以，谭卓娅妈妈对爸爸的爱和恨是交替的。谭卓娅在不知不觉中已经继承了她爸爸妈妈的一些性格。

萧南的父母就好很多。因为，她妈妈家相当有钱。她爷爷是教授，人很正直，比较淡薄名利。虽然不如外祖父家有钱，可是有学问。她的父母在大学里是相差三年的同学，他们一起划船，一起溜冰，一起看电影……他们的结合单纯得很，爱情也是真实的，能经受住考验。打成右派的若是谭卓娅的父亲，百分之九十，谭卓娅的母亲是要离婚的。

李大伟在的时候林明有一种安全感，但也有一点儿压抑。他想淘气总怕表哥说他。这下可好了，可以自由三天了。第一天，他找队长儿子和兔娃、牛娃，打了半夜的牌。在玩牌的时候，有一只老鼠跑出来了，林明问对老鼠有什么办法？

兔娃说：“到镇上去买老鼠药。”

王聪说：“能不能找只猫呀？”

队长儿子说："没问题，等我们家的老猫生小猫了，你们去挑一只。对了，这屋子在前两年做过库房，肯定有老鼠洞。"说着，几个人下了炕去找。果然，在桌子后面找到一个老鼠洞。牛娃说他家有个老鼠夹子。十几分钟后，他就把老鼠夹子给拿来了，告诉林明和王聪怎么用。

半夜听见有老鼠吱吱地叫，林明和王聪赶快跳下炕。一看老鼠被夹住了，疼得不住地叫，林明嫌吵就把老鼠夹子放到院子里，想让野猫给吃了。

林明和王聪早上起来一看，老鼠还没有被吃掉，只好继续放在院子里。中午下工来了好几个后生，还没有猫来光顾，他们就把老鼠拿回了屋里。有人说在老鼠屁股里放黄豆的。于是，几个人就忙起来，黄豆放进去老待不住，林明出了个主意，用线缝上。七八个脑袋挤在一块儿，牛娃缝了一针就不敢缝了，他怕报应。兔娃胆子大，给缝上了。他们心想夹了一夜了，老鼠一定走不快，没想到刚一放开，老鼠一下就钻进了老鼠洞，他们正在遗憾，只见大大小小二十几只老鼠从洞里跑出来，在他们的脚下钻来钻去，原来，那只老鼠太难受了，就把其他老鼠全都咬出来了。林明说："它们都出来了，这正好把洞用土填上。"

队长儿子说："土不行，老鼠打地洞是老本行，得用水泥砌起来，张娃家在盖房，去拿点水泥来。"

这个老鼠洞给砌上了。上工的钟也响了。林明和王聪赶快吃了碗面就去上工。这事让他们兴奋了好几天。

淑兰到了公社，原来的广播员，只带了她一个礼拜，就去县糖业烟酒公司工作去了。淑兰想把工作做好，给北京知青争口气，每天很早就起床。本来就爱漂亮的她，更有时间照镜子了。在村里时谭卓娅老笑她，说她像《白雪公主》里的后妈，总爱照镜子。这下谭卓娅可管不着了。她梳洗得整整齐齐、干干净净的，再抹上香喷喷的百雀灵雪花膏，到村边去大声地念报纸。

淑兰的工作就是早晚广播两次，有时播一些通知，放点歌曲，要不然就用麦克风对着收音机，转播中央人民广播电台的节目。淑兰在学校不算聪明的孩子，可是这点儿工作她完全能胜任，而且做得得心应手。

那个在接萧南出院的路上碰见的胖书记，已经和淑兰说了好几次，她能来公社是他向大队要的，有时还拍拍她的肩膀让她好好干。淑兰才知道那次陪萧南看病，竟使自己获得了一个工作的机会。她感激胖书记，那么多天津知青在公社边上的大队都三年了，也没有被选上当广播员，她想可能是他们的普通话没有北京学生标准。

每月二十元的工资，虽然不多，但足够她用了。在公社伙房吃饭，每月才六元。淑兰计划着要给奶奶买一顶黑平绒的帽子，奶奶那顶已经有些地方磨得没绒了，那朵花也掉了好几次了，她想象着带奶奶去买帽子。她还计划着回去给姥姥和傻表哥买盒点心。

淑兰认认真真地工作，她想让社员们听听，北京学生的播音就是和当地人不一样。胖书记时常来看她播音，她紧张极了，生怕念错。因为害怕涨红的脸，鼓鼓的像熟透的苹果。淑兰像一朵刚要开放的花，带着单纯和羞涩。胖书记每次都笑笑说："不错，好好干。"胖书记出了门，她才松口气。当她听见胖书记表扬时，心里也是甜滋滋的。

淑兰自己一间屋子，广播的设备都放在这屋。每天对全公社的广播和接电话的工作都是她的，她真有点一步登天的感觉。在上学时她从没有认真地想过今后要干什么，不过就他们家的情况，她也许会当个护士、会计、图书管理员。她没想在农村待一辈子，可也没有想到这么快她就有了工作，而且，她是第一个，原以为第一个出来的应是谭卓娅呢，这真让她太意外了。

这天，淑兰把早上的工作做完，就请假回村看看萧南和谭卓娅，她在街上买了几个油饼。回到村里，萧南和谭卓娅还没有下工呢，知青的屋里没有人。只有王聪在厨房里，正在笨手笨脚地做面条呢。

淑兰进门大声地"哎"了一声，吓得王聪的擀面棍都掉到地上了。淑兰不好意思地连声说："对不起，我来帮你擀面。你烧火吧。"

王聪有这么能干的帮手，也不担心中午的吃饭问题了。他和淑兰说：“第一次轮我做饭，简直把我急死了，面怎么也和不上，我只好叫来了兔娃妈，才知道水放多了，她又加了些面才能擀了。”

淑兰笑着说：“你可以写一本小册子叫《做面条须知》了。”

“你少开心，我刚开始做，门还没摸着呢。”王聪并不生气。他指指放在地上的韭菜说：“就有这点菜，你看怎么做？”

“现在太晚了，只能做了放在面里。”说着她就快速地摘韭菜，还帮王聪做了一大碗油辣子，又做了一碗炒韭菜。这时，萧南和谭卓娅下工回来了，淑兰跳着，跑出厨房，仨人乐得谁也听不见谁说了什么。淑兰掏出油饼，萧南说切碎了当菜吃吧，说着就要拿到厨房去。谭卓娅连手也没洗就拿了一个，说：“给我留一个。”

她们到厨房一看，王聪已经煮好了面条，韭菜也倒进去了。淑兰说：“韭菜煮烂了就不好吃了，应该盛出面来再放，算了吧。”她和萧南把油饼切碎放进了锅里。然后，端着饭回屋了。

谭卓娅端起饭盆说：“有淑兰在就有好吃的。哎！这油辣子是什么味儿呀？”

萧南尝了一口说：“像煤油味儿。”

谭卓娅说：“没错，是煤油味。”

淑兰端着油辣子回厨房了，进门就问王聪：“怎么碗里一股煤油味儿呀？”

王聪想了半天才想起来，他用这只碗去买的煤油，煤油倒了以后忘记洗了，他笑笑说：“对不起，实在对不起。”

李大伟下工回来，到了厨房，要端那碗油辣子，王聪说：“别拿，这碗放过煤油，不能吃了。”然后，帮着李大伟端着面条和馍回屋去了。

他们进门一看，林明已经躺在炕上睡着了。李大伟怕饭凉了吃坏了胃，就推推林明：“快起来吃饭。”

林明不情愿地爬起来，一看，面里撒着切碎的油饼就来了精神：“哎呀，王聪你的技术大长呀。”

王聪赶快说："不是我，是淑兰回来带的油饼，也是她帮我做的午饭。"

林明不过瘾地说："哪天，咱们去趟公社买他两斤油饼。"

李大伟想着今天上午干活的情景，有几分兴奋又有几分激动。

李大伟今天干的是起圈的活儿，就是把牲口棚里已经都是驴粪马尿的土，从窗口铲出去，再在地上垫上干净土。这活儿又脏又累，李大伟和几个小伙子干，槽头的老中农在他们休息的时候就问李大伟："学生，你念了多少年书？"

李大伟不知道他是什么意思，看看他瞎了一只眼，一条腿也不好，一身黑粗布衣服，也看不出他有多大年纪。就说："十二年了。"

"那你知道中国字的人是什么意思吗？"他问李大伟。

李大伟不敢轻易地回答，就说："不知道。"

老中农说："人是个象形文字。它是人一生的三个阶段，第一个阶段是小孩迈开腿走路；第二个阶段是长大结婚，两人合二为一；最后一个阶段是一个女人生下了一个孩子，一个人变成了两个人。人生的主要过程都可以用这么两笔代表。你说对不对？"

李大伟听老中农一席话，觉得虽然有点儿粗俗，可也挺高妙，又惊又喜。他问其他的小伙子，"这老汉以前是干什么的？"

张娃抢着告诉李大伟："这老汉，解放前上过大学，我们村原有一半地是他爹的。他不会管，等到临解放时只剩十几亩了，就给他定了个中农。他平时就爱胡说八道的，你别理他。"

可李大伟觉得老中农说的挺有意思，再次休息的时候，他主动和老中农说话。老中农又问李大伟："你知道宇宙是什么意思吗？"李大伟正在搜肠刮肚地在想，其实，老中农并不想让李大伟回答："宇是上下四方所有空间的意思，宙是古往今来的时间。宇宙就是时空的意思了。"

李大伟想着老中农今天只讲了一个最小的概念和一个最大的概念，就让人耳目一新，他肚子里还有多少学问呢？在农村的生活不再是他以为的那样，原来还有这样多彩的一面。他决定以后有时间多找老中农聊聊，让他把肚子里的那点学问都讲出来。李大伟一边想着，嘴角露着微笑。林明看见了问他："今天怎么这么高兴呀？有什么好事？"

牛娃进来，举着两封信，林明接过来一看是李大伟和萧南的："怎么没我的？"

李大伟一只手拿馍，一只手拿着筷子，眼睛看着信封，云南勐阿公社，邮戳是云南，再就看不清楚了。他正在想会是谁呢？把剩下的一口馍，放进嘴里，放下筷子，把信撕开，映入眼帘的是一篇潦草的信，他赶快看了一下落款，原来是宣磊，他有一种不祥的感觉。他看着看着，整个人僵住了，他的脑子在飞快地转。

林明看见李大伟不同寻常的样子，从李大伟手里拿过信，看了几秒钟，突然大叫："宣磊死了。"王聪看着林明痛苦的脸，慢慢地拿过信，他皱着眉看着信。

大伟：

离开你们，我去内蒙找我妹妹。在土左旗住了两天，就回村了。

三月六日（老乡说六字顺），我们五个人上路了，先坐火车到西安，然后到了成都，再换上去昆明的火车。一路上火车老是晚点。到达昆明时，比我们预计的晚了十二个小时。我们徒步走到边界附近，边防军和民兵把守得非常严。正在我们寻找可以越过边界的小路时，我被毒蛇咬了，现在已经肿到了大腿根，听说到心脏就要死了。我并不后悔这次的决定，只是惋惜我这一辈子什么也没来得及做就要牺牲了。

你要想办法安慰张晶，让她忘掉我，重新开始新的生活。

一切都拜托你了。

宣磊

一九六九年五月二日

李大伟坐在炕边上饭也不吃了，他又仔细地看了一下邮戳是五月三日，今天已经是五月十日了。他对满脸阴云的林明和王聪说：“我去找队长请一下假。”

林明和王聪也觉得只有这样了。他们说：“明天早上我们送你去。你还有什么要准备的吗?”

李大伟说：“我看就带一套换洗衣服，得带雨衣，再带上毛巾、牙刷、缸子就行了。”说着他就往外面走去。

李大伟没有兄弟姐妹。他内心里也期望着有兄弟可以交流，有姐妹可以爱护。当他在中学遇到了宣磊，就在心里把他当做了哥哥，因为宣磊比他大几个月。而且，宣磊可以看他父亲放在桌上的内部参考，他父母谈论国家的事情他也都竖着耳朵听，知道许多李大伟不知道的事情。李大伟功课比宣磊好，可是宣磊的消息比他灵通。他们互相欣赏对方的优点，两个人在学校就形影不离。

林明和王聪商量着：“咱们能做点什么?”

王聪说：“给他烙点饼吧。”

林明高兴地说：“对，说干就干。”

他们出来正碰上三个女生，淑兰笑着对他俩说：“到公社来一定找我，我管饭。”

他们和女生一起把淑兰送出门口。往回走的时候，林明说：“李大伟明天去云南。”

萧南和谭卓娅都楞了，站在原地看着林明和王聪，谭卓娅问：“他去那儿干什么?”

林明眼睛看着别处说：“宣磊被毒蛇咬了。”

林明说：“我们只能帮他做点饼，好带到路上吃。”

谭卓娅毫不犹豫地说：“我们也不上工了，咱们一起做。”

他们四人进到厨房，商量做什么饼。谭卓娅说做糖饼，林明和王聪说：“哪有糖呀？买糖要票，要不就用鸡蛋换。”

谭卓娅说：“我去供销社说说，卖给咱们半斤应该没问题吧。”

林明说：“李大伟不爱吃甜的，还是烙咸的吧。”

萧南说：“那就给他煮几个鸡蛋。”

林明连忙点头："我去找鸡蛋。"说着就往外走。

谭卓娅大声地交代着："莲香家和猫娃家的鸡多，现在是一毛钱一个蛋。"

王聪对着萧南说："我们屋里有你的一封信，我去给你拿。"说着就往外面走。不一会儿就拿来了信。

萧南撕开一看，是她们去北大荒的同学来的信，谭卓娅也站着从萧南的肩头看信。

萧南、淑兰、谭卓娅：

你们好！听班上同学说你们一起去了山西。刚知道你们的地址，所以才给你们写信。

我们刚到北大荒时，和招收我们的人说的一点儿都不一样，哪里有什么电灯电话、楼上楼下，这里的那个破呀，我们几个在山上哭了一大场，没办法，干吧。我们来的时候，正是北大荒最热的时候。小咬、蚊子、夏虻把我们咬得浑身是包，上厕所，都要带张报纸扇着。男生、女生都用头巾把头包起来，远看根本不知道是男的还是女的。晚上，一扫床一层的死蚊子，向毛主席保证绝不夸张。

九月来了一些上海知青。十二月又来了哈尔滨知青。春节演节目可热闹了，演《沙家浜》斗智一场，演员的外型都有一点儿像，一张嘴可就漏馅了。阿庆嫂是上海味的，胡传魁是东北口音，只有刁德一是北京知青，还标准点。虽然演得不怎么样，可是把大家笑得肚子都疼了，还挺娱乐的。演《红色娘子军》时，咱们班的假小子把她的红绸被面都铰了，给吴清华做衣服。演吴清华的是上海知青，身材挺不错。当然，她们就是做一下造型，不可能真跳了。

冬天，我们这儿零下三四十度。大雪一下，把门都堵了。可是，屋子里还挺暖和，有地火龙，就是围着屋子有一圈烟道，每天在屋子外面烧一根大木头，我们的床板就放在烟道上。我们现在就干伐木和拉沙子的活儿，别看天这么冷，可干起活儿来，棉衣都穿不住。

珍宝岛的事，让我们紧张了一个多月，我们以为要打仗了呢。现在，好像又没事了。

来信谈谈你们的情况。

致以革命战友的敬礼！

许红兵、林淼

1979. 5. 5

林明真的买到了十个鸡蛋，他把鸡蛋交给萧南。看见放在案上的馍顺手就掰了半个，夹了一些油辣子就嚼起来。他正处在最能吃的时期，成天饿。他已经快吃完了，王聪才看见，大声地叫道："不能吃！油辣子里有煤油。"

林明说："没有呀，什么味也没有。"王聪和谭卓娅凑过去闻了闻，真的没有味了，他们才想起是煤油挥发完了。为了不浪费，这碗油辣子他们都吃光了。

李大伟走了。

以后的几天，林明和王聪的屋里每天都有好多人。平时，找知青的是和知青年龄接近的或者小一点的男孩。现在，孩子爹也来了。他们对林明说"你们都学过洋文，给咱说上两句。"

林明想逗他们："好，我说，碗比盘深；盆比碗深；什么最深；缸深。"大伙都笑了，只有王聪明白是怎么回事。

这些人知道李大伟正派，他在，不能乱说。可是，李大伟一走，他们就没有顾忌了。他们的话题都是女人，这家的女人漂亮，那家的媳妇乱搞。还说到闹洞房的各种细节，女人身体的各个部分，和他们自己的风流韵事。村里的小伙子听得津津有味的，林明和王聪觉得特流氓，他们几次说："别说了。"可是，这些人并不怕他们两个。在农村，繁衍后代是最重要的，农民用这样粗俗的方式进行性教育。当这些人说到女知青时，林明急了，跳起来，把一屋子的人都轰了出去。后来，他们又来过几次，说得不那么放肆了，可是还离不了这个话题，他们拿这个话题作为一种娱乐。

12

李大伟在第十天头上回来了，人瘦了一大圈，黑多了，胡子也长长了不少，衣服上都是土。他到云南的前一天，宣磊的一个弟弟代表宣磊的父母也到了云南。李大伟和宣磊的弟弟商量之后，决定把宣磊从土里挖出来，因为父母嘱咐把宣磊的骨灰带回北京。

因为要去缅甸的知青没有什么钱，就用一张席子把宣磊卷了起来。当李大伟和宣磊弟弟把他挖出来时，宣磊身上爬满了蛆和各种虫子，连鼻子、嘴里、眼角都有。因为中毒已经变色的皮肤好像一碰就要掉了一样。李大伟和宣磊的弟弟忍着尸体腐败的气味给宣磊清除身上的虫子，最后换上洗干净的衣服。他们还有准备和宣磊一起去缅甸的四个人，架起树枝烧了三天三夜，直到把宣磊烧成了灰。在这三天里，李大伟和宣磊的弟弟几乎没有吃什么东西，只是喝水。李大伟在来云南的路上想了许多。他一直希望出现奇迹，宣磊碰到好医生，碰到农民有药可以解毒……他想得脑袋都疼了。在焚烧宣磊的时候，他累得实在不行才睡了一会儿。可是，他常常被惊醒，有时他做梦看见了宣磊，有时梦见自己被毒蛇咬伤了。每次醒来都是一身冷汗。

第三天晚上，他们把骨灰和炭灰收在一起，大部分埋在了宣磊原来的坟墓里，他们请人为宣磊做了一小块墓牌。宣磊的弟弟拿了一小部分骨灰，李大伟经宣磊弟弟的同意也拿了少许的骨灰。并把宣磊和张晶的关系告诉了宣磊的弟弟。他们在办完这些事情之后睡了两天两夜。在要离开云南之前，他们在宣磊的墓前，摆上当地最好的食品，然后，把一瓶白酒洒在宣磊的坟上。在宣磊的墓前，他们一起背诵了毛泽东的《为人民服务》，在背到“要奋斗就会有牺牲，死人的事是经常发生的”时，几个人都泪流满面。第二天，宣磊的弟弟回了北京。宣磊的朋友们不肯回自己插队的地方，他们说要把宣磊未竟的事业继续做下去。

在回来的列车上，李大伟想了许多，这是他第一次真正面对死亡。听宣磊的那几位朋友说，宣磊是被一条两尺多长的竹叶青咬的。他从没有这样深切地感受到人的渺小和无能。他为宣磊的死而愤怒，浑身的毛孔都冒着悲愤的火苗。可是，他没有一点办法，宣磊永远不会回来了。李大伟的脑袋懵，眼睛涩，舌苔厚，嗓子干，人在极度的亢奋之中。

车窗外，山还在，水还在，只有宣磊不在了。李大伟才意识到只有山水是永恒的，人只是转瞬即逝的小生物，多么的可怜，多么的渺小，多么的软弱呀。紧挨着他身边的人还在说笑吃喝，他真恨不得和谁打一架。但是，理智告诉他，人家应该过正常的生活。原来，死一个人是这样的平常，对社会不会有任何影响。沉重的车轮压轧着铁轨，也同样压着李大伟的心。他太累了，终于趴在桌子上睡着了。在睡梦中，他看见宣磊又笑着和他说张晶的事。李大伟拉着宣磊的手说：“你不是死了吗？怎么又活了？”宣磊笑着和李大伟说：“我和你们开了个玩笑，谁死了，我也死不了。”李大伟觉得宣磊说的有理。这时，火车咣当一声停了下来。

李大伟被震醒了，他出了一身的冷汗。他再也睡不着了，他想着自己和宣磊六七年的友谊，他也像那个时代的人一样，对老革命有一种无条件的崇拜。在宣磊家里他见过那些在战争年代的神奇人物，他们的英雄气概在父亲的朋友中间是见不到的。他父亲的朋友都是儒雅的某定理的发明人，他们中间有些人在国外的名气比在国内还大。但是，也有几位后来成了右派，整个人的性格都变了。宣磊身上有一种英雄气概，这些气概除了与生俱来的，主要是后天熏陶的。他怎么也想不明白，宣磊有那样的体魄和气概，怎么会这样短命。在李大伟的想象中，宣磊会成为缅甸的英雄，他是身先士卒的大无畏的，在他身边是一群崇拜他的知青，他们很快就会成为东南亚一支不可忽视的力量。李大伟从宣磊的死，痛切地感到，知青在医疗上没有保障。宣磊在云南没有得到任何治疗，他的朋友们曾经抬着他去求过当地的巫医，宣磊看见巫医装神弄鬼的就拒绝让他再看。所以，宣磊是死于缺医少药。知青们一旦有危险和疾病，没有人救他们，惟有自救。李大伟从小一直生活在衣食无忧的家庭，甚至一般家庭孩子争宠的事，他都没有遇见过。现在，如果谁病了，农村的医生如果不能治，惟有靠自身的抵抗力了，他真觉得知青在十八层地狱的最底层。因为他的年龄最大，他一直有一种责任感，所以要保护好这些一起插队的同学。他不仅是林明的表哥，他是大家的哥哥。

回来后，李大伟仿佛老了十岁，他有十几天都很严肃，不说一句话。林明和王聪都不敢跟他说话，做事也轻手轻脚地生怕李大伟不高兴。他们尊重李大伟的这份感情，他越难受他们越看重他。谭卓娅更加爱李大伟，她觉得李大伟冷酷的样子更加有男人味。

李大伟给张晶写了一封信，尽量平淡地说了一下全过程，他没有把宣磊给他的信寄给张晶，他想永远留做纪念，在信的最后他说，有机会去看她，有什么事请不必客气，他一定尽力帮忙。

麦子被风吹得一天长高半寸，柔软油绿的麦子，一天天地硬朗沉重起来了。排列整齐的饱满的麦穗随着风在摇动。队长和贫协主席每天到地里去看麦子，又是捻又是搓，萧南和谭卓娅可以感觉到农民对收成的关切。终于墨绿色的麦子变成了黄绿色，又变成了一片白晃晃的淡黄色，收割的季节马上就要到了。

农民们兴奋地期待着，萧南他们听说有些人家已经没有粮食，靠借粮度日了。这是农民最苦的日子，只要再挺过十几天，就可以分到新麦子，那将是农民一年当中最富有的日子。不仅可以分到麦子，还可以分到交公粮的钱，一年的工分将在这时结算。农民们兴奋地期待着。

六月初的一天早晨，骄阳似火。麦收正式开始了，全村男女老少不用动员都集合在地头。在地头，队长发给每人两片止痛片，萧南和谭卓娅没要，姑娘媳妇都笑她们傻。

麦子一熟就要抢收，否则一遇风雨一年的辛苦就白费了，口粮也会成问题。所以农民都很明白，连平时不下地的妇女也都出动了，其中还多了几个从没有见过的生面孔，那是在西安、临汾工厂上班的工人，回家帮助收麦子。队长一声令下，男女老少都弯下腰挥镰收割。每人站两条垅，新媳妇割得最快，她们是在为自己挣下好名声。农村没有什么新鲜事，议论新媳妇是老太太们和中年妇女最爱的话题。队长有意把萧南和谭卓娅放在最后，一是怕她们影响别人的速度，二是怕她们不适应，知道她们落在后面，总有先到地头的人会帮她们。

萧南和谭卓娅虽然觉得不好意思，可她们的确不如其他人，甚至十四五岁的孩子。割麦子是要用腰、腿、胳膊的劲儿，她们只会蛮干，不会用巧劲儿。人家都是右一镰左一镰，摔出去的劲儿正好把麦子割下来，就像计算好的。麦子也是左一掐右一掐，让麦子互相压着，一直到手里拿不下了，才放一下。她们俩想一次多割一点，手伸得长长的，再拉回来，简直不是割麦子，而是锯麦子了。后来，她们看了人家的割法，慢慢琢磨，两条垅割下来，手掌也有了水泡，只好用手绢包上。坐在地头休息时，胳臂也酸，腰也疼。谭卓娅的衬衣从衣领湿到了裤腰，腋下也湿了一大片。萧南的汗主要出在脸上，她不停地擦汗，否则就流到眼睛里。头发一绺一绺的粘在脸上。再割回来，就没有人接她们了，社员们谁先到地头谁回家，她们被远远地落在后面，只有贫协主席在前面接她们两个。贫协主席已经六十多岁了，割得比她们都快，实在让她俩不好意思。

往回走的时候，她俩的腿都迈不动了，她们把镰刀横在腰上，两只胳臂向前勾住镰刀把，这样可以让腰好受一点儿。她们走到村里时，有些人已经吃完饭，躺在炕上休息了。她们这时才想到为什么发止痛片了。可是，她们连走到队长家的力气都没有了。

因为是农忙就没有留人在家做饭。所以，回来还要现生火现做饭。男生正在地里拉麦子还没有回来。萧南和谭卓娅商量做拨鱼最省时省力，她们好不容易做好一锅拨鱼，正要吃，就听见院子里乱哄哄的。谭卓娅出去一看，李大伟背着林明，一群小伙子跟着都进了男生宿舍。谭卓娅跟进去才知道，在运麦子的时候，惊动了野兔，小伙子们都去追，林明也跟着追，一不小心踩在了挑麦子的钢叉上，兔子没追着，脚却踩了一个窟窿，血把黑灯芯绒的懒汉鞋浸透了。李大伟和几个小伙子先把林明抬到医务室，打了一针破伤风针，经过简单的冲洗，医生为林明缝了四针。因为，没有麻药，林明浑身的肌肉都绷紧了，他觉得他的心都皱起来了，他极力闭着气。李大伟看他那么紧张，就递过自己的手让林明握住，弯弯的针在林明的脚上像缝衣服似地，来回拉线，疼得林明龇牙咧嘴的，他把李大伟的手攥得紧紧的。缝完了伤口，林明才透过一口气。纱布包过的脚像熊掌似的，又厚又大。农村就是这样的，即使是孩子碰破了头，也没有麻药，就是干缝。

萧南有点抱歉似地给林明端来一碗拨鱼。林明笑着说："我要饿死了。"

萧南说："来不及了，一会儿要上工，晚上再给你做点好吃的。"

林明问萧南："听说你带了一些小说，借我一本。"

萧南说："《钢铁是怎样炼成的》行吗？"

林明说："行。"

这时，上工的钟声响了。她们只好拖着酸疼的身体又去割麦子。

下午的太阳更毒，老婆子们和中年妇女把城里只有男人才用的大手绢顶在脑袋上，小风一吹就吹透了头发。萧南和谭卓娅戴着大草帽，风吹不进去，汗水热气都憋在里面，她们实在受不了，把草帽背在背上，可是也不好受，汗水像小虫似地顺着背往下爬。

她俩有了上午的经验，早早就抢站了有利的位置，为了不被别人甩在后面，连腰都不敢直起来。可是，所有人的镰刀中午都磨了，只有她俩的没有磨。所以，割起来极其费力。好不容易到了地头，谭卓娅坐在了柿子树下，两只眼睛都懒得睁了。萧南和莲香她们几个女娃子坐在一起，就这么累女娃子们也不忘带上各种活计。

有些男人不管不顾地躺在地上，女人靠在土崖边或者坐在树荫下。一天下来，割了将近六十亩地，几辆大车正在装运着麦子。小学生全都放假，散在运走麦子的地里拾麦穗。所有的人都在自觉地忙碌着。

天快黑了才收工。萧南和谭卓娅走到狗娃老汉门前时，狗娃老汉让她们留下镰刀，他要给她们磨磨。萧南和谭卓娅不知道家家都有磨刀石，每家的男人都负责磨刀。上次过春节，她们帮狗娃老汉打扫，狗娃老汉一直想报答她们。于是，他就等着她们俩，并告诉她们每次割完麦子，都把镰刀放在他那里，由他磨好。萧南和谭卓娅谢过狗娃老汉，就把镰刀留下了。

林明一人在屋里，伤口一跳一跳地疼。他翻开《钢铁是怎样炼成的》，原来看过这本书。他记得保尔和冬妮娅的那段恋情，其实他就想看看那段。他翻到了那几页，让他非常地失望，书里对爱情的描写既不清楚内容又少。外面，传来了脚步声，林明知道李大伟和王聪下工了，赶快把书多翻些页，扣在一边。

李大伟进来就问："怎么样？疼得好点吗？"

林明说："好一点，可我快憋死了，没法上厕所。"

李大伟和王聪哈哈大笑，说："那你就尿炕吧。"他们俩架着林明去厕所。回来时，李大伟说："晚上，我去找人给你做副拐，再做个恭凳。"

林明问："什么叫恭凳呀？"

李大伟笑着说："你怎么上大一号呀？"

做完饭，又没水了。除了林明，都去绞水，被汗水湿透的衣服穿在身上实在难受。回来都八点了，萧南和谭卓娅还要烧水擦澡，洗衣服。被镰刀磨破的手和被麦穗划伤的胳臂一浸水，真疼呀，她们只好凑合擦擦，衣服也是随便搓两下就算了。当她们躺在炕上的时候，觉得最幸福的事就是躺下休息。两分钟后，她们全都睡熟了。

李大伟绞完水，就去找大队长，和他商量做拐和恭凳的事。大队长说：“拐不用做，有财前年也摔断了腿，做了一副，跟他借就行了，他也有恭凳。”

于是，李大伟和队长儿子又去了有财家。有财是上中农，家里一尘不染，看着就富裕，各种工具放得整整齐齐的。煤和柴禾，放得规规矩矩的。他们向有财说明来意，有财磨磨蹭蹭的，不说借，也不说不借。他是一个过日子特别爱算计的人，什么事也不能吃亏。他经常利用农闲去这个集上买头羊，又到那个集再卖了，一倒手能赚几块钱。全村只有他们家有水窖，把雨水引到水窖里，平时洗衣服就用水窖里的水。队长儿子急了，问他：“你倒是说话呀，借还是不借。”

有财怕队长儿子回去和他爹说他的坏话，以后给他小鞋穿，说：“我没说不借呀，小心着用，别给弄坏了。”

队长儿子故意说：“你还想再断一回腿呀？”

李大伟赶快谢谢有财，说：“一定注意，弄坏了赔你一副新的。”

他们又问他恭凳的事，有财说：“我妈天天要用。”

李大伟和队长儿子一听肯定借不出来了，李大伟说：“去供销社买个痰桶吧。”他俩去敲供销社的后门。开门后，他们看见几个小伙子正在售货员住的屋子里打牌，他们点的是马灯，特别亮。售货员给他们拿了一个喷有红色喜字的痰桶。农村的脸盆和痰桶都是为了结婚用，农民喜欢红颜色，他们觉得喜庆。

李大伟回到宿舍快十一点了。林明和王聪都睡了，桌上煤油灯还亮着。李大伟只打了一盆凉水，擦了擦也睡了。

第二天天不亮，上工的钟声又响了。萧南和谭卓娅起来发现，胳膊腿每一块肌肉比昨天还疼，动一动都酸疼得不得了，比在学校上体育课的高抬腿跑和仰卧起坐疼多了，两只手也攥不起来了。萧南发现自己到了生理周期，她每一次都肚子疼，萧南对谭卓娅说：“我倒霉了。”

谭卓娅知道她每次反应都挺大，就说：“那你别去了。”

萧南说：“那怎么行，我得去。”俩人眼睛涩涩的被眼屎粘着，她们胡乱地洗了把脸，去厨房拿了两个馍就走。到村头，看见狗娃老汉拿着两把镰刀在等着她们呢。如果不是老汉等她们，她们都想不起去拿镰刀。

其他社员看见狗娃老汉给她们镰刀，都过来摸一下。一边走着，天也亮了，社员们告诉她们把镰刀竖起来看，如果看不见一条线，用手一摸有点涩的就是快。看得见线，摸着光光的就是钝。另外，要从头到尾都摸，因为割麦是先用根部，往后甩的时候就要从根部用到顶部了。

她们到地里一试，果然，割起来轻快多了。跟上其他人也不像昨天那么困难了，真是工欲善其事，必先利其器。

她们可以和中等水平的人一起到地头了。再快的镰刀，用下来也慢了。这里是黄土高原，找块石头都难，有人在鞋底上吐口唾沫就磨起镰来。萧南和谭卓娅也学着她们的样子。一个不小心萧南把自己的腿给割了个一公分半的口子，白色的皮下脂肪都翻出来了，谭卓娅赶快帮她用手绢包上，问她："疼不疼。"

萧南说："没事，不疼。"

这时，队长又在吆喝开始了。萧南一瘸一拐，去割麦，像昨天一样先到地头的先回家，她们俩落在后面，谭卓娅帮萧南割完最后一点，她们才回去。

到了村口，狗娃老汉又来接她们的镰刀，还告诉她们队里在发菜。原来，收麦的季节队里都会找两三个妇女做些凉菜分给各家，省去回家做饭的时间。她们什么家伙也没有。到那一看，莲香妈热情地招呼她们，用她们家的碗给她们装了满满一碗豆芽菜凉拌粉条，里面放了许多的醋和蒜。

她们端着回去的时候，有财看见了，就和人议论莲香妈偏心给学生的菜多了。有财昨晚就不高兴，借给学生拐对自己一点好处也没有，他的处世原则是对自己没有好处就不干。他心里找不到平衡，就挑唆福娃媳妇，福娃媳妇心直口快，心里藏不住事，就找到队长去告状。队长说："人家学生娃从北京到咱这哒，是党中央相信咱，咱照顾不好学生娃，对得起党中央毛主席吗？前面分多了，后面就会不够。剩下的给谁合适？给学生娃最合适，有什么好说的？”吓得福娃媳妇没趣地走了。

萧南她们回到厨房，做起了面条。虽然，早上起来时浑身疼，可是活动开了，反而好一些。林明是病号，吃得太差也不太好。这些天都干重活，吃得要好一些才行。她俩商量着晚上做点饼，因为今天晚上不用绞水有时间。谭卓娅问萧南要不要去医务室缝几针，萧南听着就害怕，决定还是不去了。

做好饭她们先给林明端去，一进男生宿舍的门，男生宿舍特有的一股臭球鞋的味儿、汗味把她俩熏得够呛。放下面和菜她们俩赶快出来了，林明很不好意思。

这时，跑来几个小伙子，他们把抓住的一只小兔子送给林明玩，队长的儿子去供销社要了一个柳条筐子放小兔，还放了一点草在里面，小兔子的三瓣嘴高频率地嚼着，林明非常高兴，有了这只小兔，在家养伤也不寂寞了。

下午，谭卓娅让萧南别去了，萧南说：“轻伤不下火线嘛。”她和谭卓娅还是去上工，萧南一瘸一拐的，让队长看见了，一问才知道她的腿割破了。队长让萧南跟着狗娃老汉去干活。萧南和狗娃老汉还有一个中年农民在菜地干活儿，他们看见萧南瘸着腿，就叫她坐着，他们把葱铲出来，萧南把葱上的土给甩掉。狗娃老汉嘴里不知在哼哼什么，中年农民叫他唱出来，狗娃老汉高了兴，就唱了起来。萧南没有听懂几个字，就问狗娃老汉唱的什么歌，狗娃老汉说是在部队里学的，冯玉祥先生做的歌。原来狗娃老汉参加过国民党部队，萧南略有几分不安地想，她们帮助狗娃老汉打扫卫生可有点阶级立场问题。不过，她不会和谭卓娅说的，因为，她知道冯玉祥的夫人解放后做过卫生部长。而且，歌词也不错。她想有许多人并不是自愿参加国民党部队，是不得已被抓的，也许狗娃老汉就是被抓的呢？其实，狗娃老汉是为了吃饱饭，有衣穿，有军饷，才去当兵的。这在城里可就是个事了，可是，在农村，农民比城里人多一些通情达理，他们不认为这是什么了不起的事。

他们比割麦子的人早下工，狗娃老汉和中年农民不让萧南挎篮子，他们一人一只篮子。萧南硬抢着和狗娃老汉一人提一头，篮子里是葱和韭菜，是要分给社员的。狗娃老汉给了萧南每样一些，就让她先回去了。他们留下把菜分成一堆一堆的。狗娃老汉给萧南的比哪堆都多。

几天后，麦子在天气还没有变坏的时候全部收完了。陆续都运到了场上。但是，在麦子没有完全变成麦粒之前，还是不能松心，下雨会影响麦子的质量。

割麦子的全体人员都转移到了场上。萧南的腿好多了，她参加到打麦子的人群里。麦子要先铺满一场，用牲口拉着大石头碾子压，都是年纪大的男社员，手持一根大鞭子，脚上套个绳，绳子的另一头拴在牲口上。以人为中心，牲口拉着石碾子一圈一圈地碾，直到把麦粒都压下来了。再把麦粒堆在一起用人摇鼓风机吹，因为麦粒沉，在鼓风机前就落下了，麦草轻被吹得远一些，这是最累的活儿，都是壮劳力来干。妇女们就是把麦子铺到场上和把压过的麦子、麦秸收到一起。场上有两样工具很有趣，一个是把麦子推到一起的工具，很像溜冰场上推冰沫的工具；另一个是大叉，很像古代的战车，要几个人一起推，把麦草送上草垛。

看着一麻袋一麻袋的麦子，社员们的心情特别的好。大家说笑着，在碾麦子的时候，妇女就坐在一边做家里的活儿，萧南和她们坐在一起。一会儿，萧南和谭卓娅就浑身痒得难受，她们拉起袖子一看，胳膊上有许多红红的包。她们问了别人都没有，真奇怪为什么只有她们俩长呢？老婆子们说是她们水土不服，要用北京的土放上水煮开了喝下去，就会好，她们听得半信半疑。

回去后，她们查《农村医疗手册》，去医务室开药，可就是不好。而且，还越来越厉害了，弄得她们浑身痒痒，心烦意乱的，每天晚上连掐带抓，实在困得不行，才睡着。只好写信到北京求救，谭卓娅的妈妈寄来了“卡故蒂那”的针剂，包才慢慢地结痂了。

13

因为麦收，公社许多干部都下到生产队，协助各大队抢收抢打。公社大院里没有几个人了，淑兰的工作是离不开人的，所以没有安排她下乡。胖书记也留在公社抓全面工作。还有一个怀孕的妇女主任，她前几胎都流产了，这一回特别小心，经常躺着保胎，不太来上班。

天已经很热了，淑兰觉得自己没有去收麦子，虽然不能算临阵脱逃，可也有点不大好意思。所以，她主动帮助大师傅做饭，送文件，接电话。经常热得一头汗，脸上红扑扑的，结实有弹性的肌肉和少女的柔和动人的曲线在单薄的夏衣里颤动，让人感到青春和活力。

胖书记到淑兰的屋里来的次数更多了，一进来就亲切地叫着："小张呀，好好干。写入团申请书了没有呀?"淑兰觉得是一种从未有过的信任和鼓励。有时候，胖书记会拿来几个杏，放到淑兰的桌上。还有一次淑兰正在广播，胖书记来了，躺在淑兰的床上。淑兰很不高兴，可是正在向全公社广播也不能停下来，一走神，她那天念错好几处。广播结束，胖书记起身走了。等胖书记一走，她就把床单枕套都洗了。她想了一个办法，白天用绿塑料布盖在床上。要躺就躺吧，反正有塑料布隔着呢。

这天，队里正忙着打麦子，队长觉得学生不会干什么活儿，就派王聪一个人去公社拉化肥。别的牲口都在场上拉碾子，王聪只能套了一头老牛去公社。临走，萧南让王聪捎去北京寄给淑兰的一封信。王聪赶着牛车，慢慢悠悠地到了公社已经是下午了，他心想真成了老牛拉破车了。他记得淑兰说过到公社她请吃饭。可是跟淑兰不是太熟，去蹭饭有点脸皮太厚了。于是，在街上买一个烧饼吃了，才去找淑兰。他交给淑兰信，淑兰高兴极了。虽然和王聪并不太熟，可毕竟都是一列火车拉来的，又在一个知青点住了几个月。她张罗着给王聪去买饭，王聪说他吃过了。于是，淑兰又热情地给他倒开水。淑兰满脸笑容，让王聪坐下，问他村里的情况。王聪给她讲了林明和小伙子们整治老鼠的事，把淑兰逗得哈哈大笑，她真有点遗憾没有看见那个精彩的场面，可又觉得他们有点残忍。王聪又和她说了林明和萧南受了一点小伤的事。淑兰觉得只有自己挣钱，要去买点刚熟的杏给村里的同学们带回去。她让王聪先去办化肥的事，回头来她这儿。王聪问清化肥在哪儿拉，就先走了。

淑兰心里高兴，马上就表现在脸上。她哼着歌儿，打扫办公室，又扫地又擦灰还打开水。胖书记这时才睡完午觉，睡眼惺忪地来上班，看见办公室窗明几净的也很高兴："小张呀，做工作就是要主动，眼睛里要有活，不错，不错。"

淑兰一听夸奖更来劲了，又打水把玻璃都擦了。胖书记一边喝茶看着文件，一边用眼睛瞄着淑兰。他自己的老婆生过了四个孩子，已经毫无姿色可言。公社的电话员被他玩弄了好几个，农民的孩子吃了亏也不敢说。而且，这样的事情，说出来倒霉是自己。胖书记在村边看见淑兰的时候，已经打淑兰的主意了，他要尝尝城里姑娘的味道。他已经玩弄了三年的电话员被打发到县糖业烟酒公司。把淑兰调上来，通过观察，他知道淑兰是个单纯喜欢听表扬的人。他特地给自己排了今天晚上的班，到那时他知道大师傅已经回家去了，妇女主任在家保胎绝不会来，公社机关就剩下他和淑兰了。淑兰还不知道，一张网正在收拢，她已经处在危险之中。打扫完了一间，淑兰又去打扫其他几间屋子。她和大师傅说了，下顿饭多做点，她要让王聪在这吃完饭再走。她又问大师傅，谁家的杏熟了，又一溜小跑地去人家那里买了几毛钱的杏，想让王聪带回去给村里的同学们。淑兰像一只被猎人盯住的小鸟，完全不知情地欢快地跳来跳去。

王聪找到了地方，可是，门锁着。他想找个人问问都不好找，因为除了年龄太小和太大的都到场院去了。老人们在树下乘凉看孙子，可他们一般都听不懂北京话。好不容易才打听到，卖化肥的收自留地的麦子去了。他到卖化肥的人家门口等着，一坐就是两个小时，才看见那人拉着一车麦子回来了。王聪帮着他把麦子拉进院子，又等人家脱了背心，洗了脸，擦了身，坐下喝口水歇一会儿。他不敢催，怕人家不高兴。卖化肥的人也真累了。他平常不干活儿，这会儿必须下地，老婆在队里干活，麦收是挣工分最多的时候，当然不能不去。自家的麦子已经熟了，不收就怕被人偷，所以，割麦子，捆麦子，运麦子就他一个人。他浑身的酸疼一点不比学生们轻，他真想躺一会儿。可是，王聪在那儿，这又是他的工作。他磨磨蹭蹭地又是抽烟又是喝水，王聪就看着他。他觉得有点体力了，才慢慢地站起来，王聪紧跟着。来到化肥仓库，要过条子一看，还少一个章，气得王聪真想骂人，早知道那会儿就去盖章，这会儿就能拉上化肥了。王聪赶快跑步去盖章，再晚一步，人家也下班回家了。他又跑回来，拉上五袋化肥，心里才踏实了。

淑兰吃过饭，把王聪的饭也用饭盒打回来。她开始广播，因为社员都休息得早，尤其在麦收季节。她先广播了几条大好形势，然后是中央人民广播电台的联播节目。胖书记一直在办公室等待机会。“社员同志们，今天的广播就到这里。”接着是样板戏的音乐，那是一台手摇唱片机的塑料软片发出的声音。

胖书记像要做新郎似的，满脸都是笑地走进淑兰的屋子。淑兰这时正坐在床边，整理着那几份稿子。胖书记也坐在了旁边，一只手摸着淑兰只穿一条单裤的大腿，淑兰吓得跳起来，脸都变了颜色。胖书记知道，淑兰喊也没有人能听见，一是公社院子大，二是大喇叭正在广播。他小心地接近“猎物”。许多食肉的大动物在猎取小动物时，都喜欢看小动物惊恐发抖的样子，胖书记也一样。他把淑兰逼到墙角，一把抱住淑兰。淑兰闻到一股男人身上特有的头油味和汗味，她拼命地挣扎，想要挣脱胖书记粗壮的手臂和那像汽车内胎一样鼓胀的身躯。胖书记的手臂像缆绳一样越来越紧。他喘出的热气呼到了淑兰的脸上。他的手在淑兰身上的敏感部位乱抓。淑兰大声地呼救，可是声音太微弱了，全被广播的声音溶解掉了。

这时门开了，王聪文质彬彬的脸气得都变了形。他大吼了一声："放手!"他被自己的声音吓了一跳，那是变了调发劈的声音。他冲过去掰开胖书记的手。淑兰的小刷子散了，她两眼发直，眼泪顺着脸颊默默地在流。这时她觉得受到这样的侮辱只有去死了。胖书记从没有失手过，他狠狠地一摔门，走了。这时淑兰想要冲出门去，王聪拼命地拉着她问："你去哪?"

"我不想活了，你别管我。"淑兰哭着，还要往外冲。

"你冷静一点，好好想一想。"王聪也很急，拼命地拉住淑兰的手，这还是他第一次拉女生的手。看见淑兰不那么坚决了，才放开了她的手，淑兰的手被他拽得都是红印子。"这里不能待了，咱们先回村吧。"说着，他把淑兰那点行李捆上，放在牛车的化肥袋上。王聪笨手笨脚地拿着毛巾，让淑兰把脸擦擦，又让她把头梳一下。王聪观察着淑兰，看她平静点了，就带着她出了公社。因为天黑他们没有引起注意，老牛已经一天没有吃草，走得很慢。淑兰的头很疼，她以一颗善良的心看待一切，可是胖书记竟然这样的无耻！看来，他是早就预谋好了，设个圈套让她钻。她在心里骂自己："我怎么那么傻，竟然没有发觉。"她非常怕人知道这事，她一个劲儿地跟王聪说："你保证跟谁也不能说，你向毛主席保证。"王聪理解淑兰的心情，这是一件很耻辱的事，不能让任何人知道的，他向淑兰保证绝不向任何人说。他又替淑兰想如何才能让大家都相信，他说："你就说知识青年是接受贫下中农再教育的，所以不能在公社高高在上不参加劳动。"

淑兰说："这样说不行，别的公社也有知识青年在做播音员。"

王聪想了想又说："就说你家里人病了，叫你马上回家。"

淑兰觉得这样说还行，她很怕她在萧南和谭卓娅面前装不像，她一定会忍不住要哭的。要说奶奶病了，她哭也是可以理解的。

王聪觉得他应该负责到底，淑兰如果想不开出了危险，这可是人命关天的事。他说："我陪你回北京。我就说我父亲身体不好，叫我回去。"

"咱们怎么向大队请假呀？才来不久。"淑兰问。

王聪想了想说："我就说回家结婚，你说回家相亲。"淑兰知道农村把结婚、相亲都作为大事，是一定会批准的。虽然，她觉得这对他俩的名誉有点儿损害，也只能这样了。

淑兰觉得无路可走，让王聪这么一说还是有办法掩盖的。她的社会经验使她很明白后果是什么。她又想起胖书记的那张可恶的脸，她担心地问："胖书记不会放过我的。"

王聪平时没有拿过什么大主意，他为了使淑兰安心"他敢，欺负到北京学生头上了，他长了几个脑袋，他还没有法了？"淑兰听见王聪这样说，安心多了。

他们商量好了，步伐也快了。王聪把化肥送到槽头，队长都要急死了，不知道他出了什么事。他告诉队长卖化肥的人收自家的麦子去了，所以回来晚了，队长一听也就没气了，让王聪赶快回去吃饭，他来卸车上的化肥。

王聪帮淑兰，扛着行李，商量好明天一早就走。

回到知青院子，大家还没有睡，李大伟和林明正在屋里下象棋。看见淑兰回来了，萧南和谭卓娅都围上来，奇怪地问："你怎么回来了？我们刚才还听到你的广播呢。"

淑兰看见老同学真想大哭一场，可是她怕同学知道她的事情，就按和王聪商量好的说法："我奶奶病了，叫我回去呢。"看见萧南和谭卓娅同情和信任的眼神，她才放下心来。

萧南想起来："你们吃饭了没有呀？"

淑兰说："我吃过了。"她扛上行李进屋去了。她铺了行李就睡下，一晚上眼泪就没干过。可她尽量忍耐，怕萧南和谭卓娅怀疑她。她盼着天快亮时，才昏昏沉沉地睡着，这时听见鸡叫了。

天刚亮，淑兰和王聪就上路了。萧南在后面追着淑兰叫道："别告诉我妈妈我病过。"谭卓娅想要是我病了，我可得让我们家知道，不然我一个人在这里忍着，也太可怜了。李大伟听见萧南的嘱咐，对萧南更多了一点好感。

往回走的时候，谭卓娅对萧南说："我觉得淑兰有点奇怪，她会不会和王聪好上啦？"

萧南说："你别乱猜了。淑兰的奶奶早就身体不好，她说过的。"

谭卓娅摇摇头说："我看他们昨天的样子不太对，王聪还帮她扛行李。你没看见呀？"

萧南觉得猜别人有没有谈恋爱，就像给人抹黑，她不同意谭卓娅这样说淑兰。她觉得谭卓娅对这种事太感兴趣了。春节时，谭卓娅对宣磊特别的殷勤，谁都看得出来，可是淑兰从没有说过一句。萧南觉得在这方面淑兰比谭卓娅要厚道得多。

今年小麦的收成不错，亩产五百斤，达到了指标。黄河以北亩产要达到三百斤；长江以北黄河以南亩产五百斤；长江以南亩产八百斤。就是这样低的产量有些贫困地区都达不到。刘张村算坡地，在没有大的天灾的情况下是可以达到的。能够平安地把麦子收了回来，一年主要的粮食就有了着落，农民心里踏实多了。

麦子都收到库房的麻袋里了，最饱满的麦子要交公粮。会计这些天最忙了，每天入库多少麦子，他都要仔细计算，除去交公粮和留种子，就是社员要分的口粮了。社员们分到了第一批麦子，许多人家赶快去磨面，这是他们期待已久的。

萧南和谭卓娅去上工，许多人问她们，淑兰是不是和王聪回去结婚了，萧南和谭卓娅都笑了。农村就是这样，有一点儿事，很快全村都知道了。她们解释说："淑兰的奶奶病了，叫她赶快回家。"社员们有些遗憾，她们手里刚有点钱，想要让淑兰给她们带点北京的东西呢。

谭卓娅和萧南赶快说："没关系，可以给她写信嘛。"在农村能够买到的东西很有限，就连染料的品种都不全，火柴还要发票儿，像新媳妇穿的灯芯绒布根本买不到。

晚上，女生宿舍可热闹了，一群一群的妇女来找萧南和谭卓娅让她们写信给淑兰，叫她买的东西可是不少。像买灯芯绒要垫钱垫布票就困难了。于是，她们告诉这些妇女，买东西超过五元的就要先给钱了，还有山西的布票北京不能用，也不能带太多，谁家垫得起那么多的布票呀。

李大伟一直心情不好，听见女生屋里乱哄哄的，也没法看书，就带着林明出去。他们走到了牲口棚，老中农正蹲在门前抽烟。老中农招呼他们坐在门前的树墩上。半天，谁也不知道怎么开口。以他对李大伟的观察，觉得他是个非常正派的人，人也好学。他问李大伟："抽烟不？"

李大伟客气地说："不会。""您在大学学的是什么专业？"

老中农说："法律。"

李大伟一直想弄明白老中农为什么能够安心待在农村，问他："那你用不上你的专业啦。"

老中农说；"我原以为当律师就可以使这个社会公平点。后来，我才明白，哪有公平？永远没有公平！有权就有公平，没权就没有公平。公平只是相对的。可律师是官司打输打赢都要钱的，这事我做不了。你知道国民党腐败到了什么程度？他们认为飞龙、燕窝都不过瘾了，他们吃一种燕明沙，你听说过吗？那是什么呢？那是一种从南海燕子的粪便中洗出来的蚊子眼睛，据说非常的鲜美。到了要吃蚊子眼睛的地步，国家还能不亡吗？你看看我这个暖水瓶是五三年买的，用了多少年了？十七个年头了。人一辈子到底能用多少？吃多少？物质的东西你要追求永远没有够，你要是知足呢，你会变得无所束缚、自由自在。我觉得陶渊明和苏东坡很聪明，'闲静少言，不慕荣利'，'不戚戚于贫贱，不汲汲于富贵'，'且夫天地之间，物各有主，苟非吾之所有，虽一毫而莫取。惟江上之清风，与山间之明月，耳得之而为声，目遇之而成色，取之无禁，用之不竭，是造物者之无尽藏也'，我喜欢农村生活的闲散和恬静，我主动要求看牲口，别人不喜欢，因为睡不了整觉，这对我非常适合，工分又高。我可以有许多的时间看书，人人都羡慕世外桃源，我这不就是世外桃源吗？人哪，除了缓慢的科技进步外，最主要的就是繁衍后代了。我学的是文科，科技进步我做不了，只有繁衍后代了。"

李大伟学过《五柳先生传》，可是苏东坡的《前赤壁赋》就没有学过了。他大概听得懂，觉得到这样的境界也不是一般人。他看着老中农放在炕头的竹壳热水瓶，想着人的生活有许多种，在名利场上混就是幸福吗？看来还是这样接近大自然，可以做自己想做的事就很幸福了。难怪古人说知足者常乐。林明根本听不懂老中农说什么，就用麦草去逗牛。

李大伟又问老中农："您在农村觉得闭塞吗？"因为他到了农村，已经脱离了闹市的一切，最先感觉到的就是消息的闭塞，寄报纸，没有可能。各种消息也要有人来，或者他们出去才可以听到。人很难脱离惯性，习惯的生活就觉得是应该的。

老中农抽了几口烟说："消息是慢一点，但是什么风波到这里也变小了。这里的沉闷、一成不变也是它好的地方，我每天看着同样的事物，有时真不知道我是死了还是活着。我要在城里不回来，一解放我就成了'敌伪人员'了，说不定还要进监狱呢，不进监狱也逃不过五七年反右派。我的同学有许多就是这样，除了去延安的。我要不回来，我家还是地主。我那时年轻接触了一点进步思想，不愿意我爹租子收得过重，让农民过不了日子。人家都说我是败家子，可我免于一家人挨斗。正好到解放，我家的地也卖得差不多了，就被定成了中农。这也算是好心有好报吧。风水是来回转的，以前有句老话，说富不过三代。富呀，未必是好事，只要过得去，一家人平平安安就很好了。你看中国繁体字的錢，就是为金子要动干戈的意思。"

李大伟也有同感，如果他这时可以和父母住在这个村子里，呼吸着新鲜的空气，吃着汗水换来的粮食，不也很幸福吗？林明困了，靠在墙上睡着了。李大伟怕他感冒，就告别老中农拉着林明回去睡觉。

李大伟想着老中农的话，觉得他确实很聪明，他避免了许多重大的灾难。李大伟的父母没有当右派，他不知道当右派的压力有多大。可是，他的父母现在正在蹲牛棚，他们的一颗爱国的心没人能理解，他们苦学来的学问没有了用武之地。岁月就这样无谓地消失了，他们的生命也被白白地消磨掉。如果当初他们选择的是另一条路，也许他们对人类的贡献更大，生活也许更顺利一些。李大伟为他的父母而烦恼。是呀，革命了一辈子的元帅、将军都不知道为什么关起来了，更何况他父母又不是共产党员。他的父亲一直告诉他，如果自己国家不够强大，个人再好也是让外国人看不起的。他父亲在美国时，有一次，去一家饭店看朋友，他朋友不在，他朋友的家人把他当成了洗衣工人。虽然，人家向他道歉了，可是这种侮辱在他的心头总也抹不掉。外国公司给他多少钱，他也不愿意给他们干，他的才能只能使别国更强大。而回国后，他的才能会让自己的国家发展。他从不计较待遇，是因为那是他要做的，他想为国奉献。而且，现在国家这么穷，大家的生活还这么苦，他认为国家已经尽力照顾他们了。

当然，他有时觉得中国的教育对儿子的发展不是太有利，他就用自己仅有的一点业余时间教儿子，补充教育的不足。他小时候学过“四书五经”，有相当不错的国学功底。以他自己对中外教育的思考，他认为中国教育，不管懂不懂都死记硬背，有它的道理。因为最好的学问家都有共同的一点就是博闻强记，有人说他们过目不忘，实际上就是从小训练了记忆力，这对一个人的一生大有好处。外国比较主张发挥人的创造力、想象力，鼓励独立思考和严格的量化关系，不像中国都是模糊概念。另外，国外也比较注意身体的锻炼，他知道做学问和念书都要有好体力，他的同学有的人很聪明，但因为身体不好而早逝。所以，他教儿子一点古文，叫他背，还教他拓扑学和图论、概率等，他鼓励儿子参加各种体育锻炼。有的假期，他带领儿子洗照片，为的是教给儿子，要有一个好结果，就要每一个步骤都不马虎，否则会功亏一篑。

李大伟父亲最与众不同的一点是对于女性的尊重。因为，他从小看见他善良、慈祥的母亲受到他做官父亲的欺辱。他父亲娶了三个姨太太住在外省，把他们母子放在老家不管不问。因为他的母亲不漂亮是包办婚姻，他父亲就把母亲不当回事。他对于父亲的做法深恶痛绝，决心让母亲幸福。可在他大学毕业的第二年，母亲去世了，他难过极了。所以，他对他的夫人非常的尊重爱护，带她一起出国学习，在学习期间注意不让她有孩子，回国后也只让她生一个孩子，使得她有充分的时间做自己的研究，体现自己的人生价值。他对于中国有些教授让自己受过大学教育的夫人成天看孩子做饭很有看法，对于国外那些不让夫人工作，只是假惺惺地帮助夫人脱大衣、拉椅子的做法也不以为然。他认为不让妇女在社会里体现自己的价值，是最大的男女不平等，是对女性的歧视和剥削。大伟的妈妈可能是世上最幸福的女人了。

李大伟想着父亲的样子，不知道为什么父亲的样子变得有点模糊不清了。他父亲圆头圆脑，有个大酒糟鼻子，大伟比父亲高了快一头。他们走在一起，谁也不相信他们是父子。大伟的父亲曾说过幸亏生了个儿子，如果生女儿很可能像他，就会是个嫁不出去的丑丫头。他说这话没有重男轻女的意思，只是从遗传学的角度开玩笑，也是为了让夫人开心。他父亲诙谐幽默，心胸特别宽阔。和他说话真是一种享受，他通古博今，从艺术到哲学，从工程到美食无不精通。他拥有的知识使得他做什么都游刃有余。

大伟长得很像他母亲。母亲长得秀气端庄，不大爱说话。她若嫁给别人，可能是个很好的家庭主妇，有一群孩子。可她很幸运地嫁给了大伟的父亲，她做了一名研究人员，这在当时的中国妇女中是不多的。她崇拜自己的丈夫，她服从丈夫的所有决定。她虽然受过西方教育，可她还是一个很传统的中国妇女。

大伟想念着双亲，在朦胧中睡熟了。

14

王聪和淑兰到了北京。一出北京站，淑兰见到了熟悉的城市，明媚的阳光，她流泪的心舒展了一些。一路上，王聪和淑兰怕别人听见，要说话只好在两节车厢的中间。王聪不停地开导她，他说丢人的不是你，是胖书记。你什么也没有变，不用谴责自己。淑兰想了想也对，她怎么啦？为什么要她来承担一切呢？她为什么不能像别人一样地生活呢？大不了她就是不干广播员了，回去当社员，有什么了不起的。他们当时谁也没有想到去告胖书记，那时很少有人会运用法律。绝大多数的女知青遭到侮辱一是毁灭自己，二是忍气吞声。

王聪陪淑兰回家。淑兰的奶奶一人在家，看见淑兰回来真是喜从天降，她要留王聪吃饭。王聪不好意思在淑兰家吃饭，他留下自己家的地址，就告辞出来了。

王聪到妈妈所在的学校去找他妈妈。他妈妈赶快给了他家里钥匙，让他马上回家，别乱走。那时的人总有一些不踏实，不知道哪件事会引来灾祸。所以，他妈妈让他赶快走。回到家里，他自己煮了一点挂面，看见脸盆里泡着一盆西红柿，他怕酸，挑了个黄色的吃了，吃完觉得舒服极了。到了晚上，他哥哥和两个妹妹都回来了，四个人高兴地谈论着农村的事情。他父亲一推门，进来了，铁青着脸，劈头就问："你在那里干得好好的，为什么回来？"

王聪只好说："麦收已经完了，可以回家。"说着拿出了分到的二十几块钱交给他父亲。

他父亲还是不肯放松："叫你们去接受再教育，你就吃不了这个苦，才几个月，你就回来了。"

王聪的妈妈看见儿子回来心里高兴，下班买了一点蒜肠和半斤猪头肉和牛舌饼，又炒了两个菜，用过年的好米熬了一锅大米粥。她满脸笑容地叫孩子们吃饭。

看见久违了的大米粥，王聪一连喝了三大碗。哥哥和妹妹都惊奇地看着他这么能吃，妈妈真有点心疼，心里打算着星期天要好好包一顿韭菜馅饺子。

王聪的爸爸吃完饭还不放松："你待几天就回去吧。"他已经被运动给斗怕了，生怕王聪不能坚持在农村锻炼，以后要吃亏。

王聪很为难，他和淑兰说好陪她的。他说："我们是两个人一起回来的，要走也要一起走。"

王聪的父亲瞪着眼睛说："为什么要一起走？你是不是怕农村艰苦，想在城里享清福。"

王聪实在没有办法，说："我说出来，你们可要保密。我没有想回来，我们村的一名女知青在公社当广播员，公社书记想欺负她，正好让我碰见了，女知青想去死，我当然不能见死不救了。我给她出的主意先回北京，并保证替她保密。"

王聪的妈妈听得毛骨悚然，问："出事没有呀？"

王聪不耐烦地说："幸亏我去得及时……，您就别问了。"

王聪的父亲也没有想到是这样，他皱着眉头想了想说："好吧，你先待着，等那姑娘情绪稳定了，你再陪她回去。"他也在反省自己，儿子什么时候不听话了，自己应该想到他回来是有原因的。哎，孩子们也真不容易，男孩子还好点，女孩可真是够操心的。

王聪的哥哥和妹妹们在另外的房间做功课，没有听见上面那些话。

淑兰的家里可是热闹了，她奶奶中午买了两毛钱的肉，给淑兰一个人包了饺子。淑兰的妈妈也没有王聪家那么紧张。淑兰说麦收结束了，可以回家，她母亲也信以为真。淑兰想起她要用自己的工资给奶奶买帽子的事，和奶奶说的时候已经没有当初想的那么高兴了。奶奶还是挺高兴，她说她要留着死了戴，听得淑兰马上眼泪就下来了。她奶奶还以为她要让她现在就戴呢，说："我戴，我戴，你别哭，你一哭我就心慌。"淑兰想的是如果当时没有王聪来，后果不堪设想，她可能已经不在了，再也看不见家人了。奶奶怕她太累了，让她休息一下。

第二天一早，奶奶说："你还不看看你们班的同学去，有的还没分配呢。"

淑兰懒得去。"我累着呢，我还要睡觉。"说着就又回屋去睡觉。奶奶以为她是被农活累坏了，也心疼她，就由她去睡。

以后几天都是这样，淑兰总是打不起精神。要在以前，她早就一蹦一跳地出去看朋友、逛商店了。淑兰的奶奶觉得她是累得太厉害了，还可能觉得下乡的不如留在城里的体面，所以才不去看同学，奶奶也就不再提。

淑兰的大哥告诉她，他去过萧南家了。只有萧南的弟弟一人在家，他妈妈在开会。萧南的弟弟不爱说话，所以，没有问到萧南父亲的任何消息。

淑兰买了两斤姥姥爱吃的点心去看望姥姥。姥姥看见她高兴得合不拢嘴。她那个傻表哥长得更大了，她舅妈一个人都弄不动他，原来把他放进婴儿竹车里。天好时，晒晒太阳。现在，婴儿车放不进去了。淑兰的舅妈又请人做了一辆木车。淑兰真替他们担心，这样的日子什么时候是个头呀。

王聪来看淑兰，淑兰只想和王聪说话。可是，他们在家里说话不太方便，只能出去外面走走。王聪说景山公园人少，他们就去了景山。坐在后山的树丛里，他们又继续讨论同样的话题。淑兰总在担心胖书记不会放过她，也许会倒打一耙说她什么不好。王聪极力做她的工作，说不会有什么事的："他真敢说你什么，我做证明。"

淑兰还是担心："你怎么能知道不会有事呢？"

王聪只好说："我写信问问，有什么变化？"淑兰点点头同意了。他们才起身回家。

走到山顶，他们看着北海，那是他们小时候过队日常去划船的地方，在那里留下了他们金色的童年。"让我们荡起双桨"的歌声还在耳边回响。可现在那里面没有人，这个昔日热闹的公园，被中央文革的几个人给霸占了。

淑兰的奶奶可高兴了，她对刚进门的儿媳妇说："淑兰可能是交朋友了，几天都懒懒的，那个男生一来，就有精神了，俩人出去到现在都没回来。"

淑兰的妈妈也有了兴趣："那个男生什么样儿呀？"

淑兰的奶奶说："人倒是长得很周正，斯斯文文的。像是好人家出来的。可是，他俩是一个村的，真要是结婚就回不来了，那可怎么办呐。你得给她找个在北京上班的，工人也行。不然，她可是真要插队落户了。”

淑兰的妈妈说：“也许没有那么回事，淑兰还小呢。”

淑兰的奶奶说：“还小呢，我虚岁十八，周岁十六就嫁到你们关家了。孩大不由娘，你操点心吧。她要留在山西我可不答应，吃个水都那么费劲。”

淑兰的妈妈看见淑兰回来了，小声和淑兰的奶奶说：“她回来了，您别说了。”

淑兰的奶奶转过身：“我就说吗，出去走走，总比老待在家里强。去哪啦？”

淑兰也不看奶奶说：“景山。”

奶奶说：“听说山顶上的大佛给弄没了？”

淑兰说：“是没了。”

奶奶摇了摇头说：“那是龙脉上的佛，不能动哇，要不这些年不太平呢。”

淑兰不爱听地说：“您老别瞎说了，让人听见又要说您老封建了。什么时候吃饭呀？我都饿了。”

妈妈说：“就好了，你哥哥买切面去了，咱们吃炸酱面。”

淑兰说：“奶奶，我走的时候给我炸一瓶子酱，我们那儿有面，就是没有酱。”

奶奶说：“对了，你想想还有什么要带的？本上的二两麻酱也给你留着。”

淑兰说：“再买两块酱油膏。那儿的酱油也不知道是什么味。”

淑兰的大哥回来了，一手托着切面，一手拿着一封信。进门把切面给了他妈，一手把信递到淑兰面前。淑兰吓得脸都白了，里面会写什么呢。她拿过信就进了自己的屋子，心惊胆战地打开一看，原来是叫她买东西的信。她大出了一口气。

“淑兰，吃饭了。”奶奶在叫她。淑兰走出来，奶奶盯着她问：“哪来的信呀？写的什么？”

淑兰端着碗说：“村里来的，叫我帮他们买东西。”

奶奶还以为是王聪的信呢，一听是村里的，就没兴趣了。

吃过饭，淑兰又把信好好地看了一遍，她想看出萧南和谭卓娅知道不知道她的事，村里有没有什么风声。她什么也没有看出来，倒是在最后一行看见萧南和谭卓娅让她去她们两家看看。她仔细地看着信，她看出是萧南的笔迹，她知道萧南如果知道什么一定会告诉她的。所以，她有些放心了。

以后的几天，淑兰向妈妈要了几张工业券、布票和王聪去商店给老乡买东西，他们只能以北京城里人的眼光来帮老乡挑选。王聪是属于提包的，什么主意也没有。他们在北京待了快二十天，心里真的有些不踏实，淑兰说应该回去了，王聪早就想回去，可又不敢说，淑兰终于说出来了，他自然高兴。淑兰让他一起去萧南和谭卓娅家看看，王聪答应了说："这个星期天等人家都在的时候一起去。"他也计划着去林明家，看看林明妈妈有什么要带的东西。王聪把淑兰送到门口就回家了。

淑兰一进家门，看见她的舅爷坐在太师椅上正跟奶奶说话呢，她赶快上去热情地招呼："舅爷，您来啦。"

奶奶可盼到淑兰回来了，马上站起来说："你陪舅爷说会儿话，我做饭去。"

淑兰的哥哥看见舅爷，也高兴地和他说起来："舅爷，您听说毛主席把非洲代表团送给他老人家的芒果转送工人的事了吗？"

"对呀，听说了。送给你们厂了？"舅爷问道。

"叫您猜着了。我们工厂昨天一大早就列队在厂门外敲锣打鼓，等了几个小时。您猜，送的是什么。"淑兰的哥哥卖着关子。

淑兰急得直敲他哥哥的肩膀："你快说呀，芒果什么样，急死人了。"

"告诉你吧，我也不知道。送来的是几个桃。劳民伤财的，为了几个桃。"淑兰哥哥说完走了，去帮着奶奶端菜。

淑兰不高兴地说："真没劲。"

舅爷笑眯眯地问淑兰："农村怎么样呀？还习惯吗？"

淑兰笑笑说："挺好的，习惯。"淑兰怕舅爷进一步地问，就反问舅爷："您最近又研究什么了？"

舅爷说："哪里敢研究，就是学习文件和倒垃圾。"舅爷压低声音对淑兰说："我呀，每天拉一会儿垃圾，然后，就拉着车去公园看人家下棋，等下班了，再拉车回来，没有人发现过。告诉你，我的棋艺大长。"

淑兰知道，只要给舅爷自由，他就会偷着看书，便说："那您不研究西太后了？您舍得吗？"

舅爷知道淑兰不会揭发他，就小声地说："我最近又在思考，中国和欧洲的海盗国家大不一样，中国的航海能力曾经是世界最强的。比如：郑和下西洋，就有七八百条船，哥伦布才有三条船。郑和船队的一条大船就是哥伦布十条船的吨位。郑和也到了非洲，而且七下西洋。可是，中国没有去占领任何地方，只是友好航行，广交朋友。以那时哥伦布的实力推论，中国的海军占领大半个世界都不是问题。所以，中国是个爱好和平的国家。慈禧太后如果不是在列强瓜分世界的时候修建颐和园，她还算是一项德政呢。假设世界没有战争，各国都用军费造公园，世界会有多么美呀？当然，她不应该只是自己使用，应该开放颐和园。可是，到了现在还是有人将公园占为已有，这不是新的封建吗？"

淑兰一听舅爷联系实际了，就赶快说："不要把历史和现在绞在一起，不然您老又要坐'飞机'了。"

这时候奶奶叫吃饭了。舅爷乐呵呵坐下，冲着淑兰的妈妈和大哥说："我这个老姐姐呀，要是生在新社会，那一定了不得。我小时候不好好念书，胡乱背一会儿就玩去了，她在旁边听着就听会了，父亲检查功课时，她还能提醒我呢。她是远近闻名的聪明漂亮，嫁给你们爷爷那会儿多少人羡慕呀，光嫁妆就几马车。谁知道你们爷爷没本事，把个家给败了。"

奶奶在一旁不爱听了，她虽然看不上爷爷没本事，可是爷爷脾气特别好，从来不打骂她，也不去妓院和娶小老婆，就这两条她就知足了。奶奶对爷爷是又恨又爱，她恨爷爷没有出息。她可不许别人说，别人说爷爷她就不高兴。她朝着舅爷说："他有本事又能怎么样，那我们更要倒霉了。还是早造光了对，我们也少遭点罪。”

舅爷知道他姐姐厉害，不爱听他说姐夫的坏话。就转了一个话题问淑兰的妈妈：“淑兰的爸多会儿回来呀？”

淑兰的爸爸在兰州工作，每年只有一次探亲假。淑兰的妈妈赶紧说：“他没有说，可能运动紧张吧？”

舅爷出主意说：“要不然你请假去吧。”

淑兰的妈妈早就盘算过，可她还是觉得淑兰的爸爸回来比较划算，这样他还可以看见家里其他人，北京生活也比兰州好一些，他也可以改善一下伙食。星期天，淑兰和王聪先去了萧南家，萧南的妈妈刚买菜回来，萧南的弟弟在刻版画。屋里整整齐齐，淑兰和王聪有礼貌地说：“阿姨，我们是和萧南一个村的。”萧南的妈妈就像看见自己的孩子一样，对他们特别亲切。萧南的妈妈一身旧衣服，头发也剪成运动头，脚上一双黄球鞋，过早的白发特别明显。淑兰惊奇地看着和开家长会时判若两人的萧南妈妈。淑兰在萧南妈妈的脸上找到了她和萧南相似的地方。淑兰很想问萧南的爸爸怎么样了，因为和萧南的妈妈不熟也没敢问。萧南的妈妈温柔地询问着他们村里的情况。同时，也在盘算要给萧南带点什么，可是她手里已经没有几块钱了，离发工资还有几天呢。想请她给萧南带点东西，淑兰满口答应，连连说：“没问题。”整个谈话，萧南的弟弟动也没动，只抬眼睛看过他们两次。

淑兰和王聪起身出来，又去了谭卓娅的家。谭卓娅家里乱糟糟的，谭卓娅的父母倒是都在，谭卓娅的妈妈把椅子上的脏衣服挪到床上，让他们坐下。她马上猜到他们是和谭卓娅一个村里插队的同学，就把谭卓娅的爸爸也叫了出来。

淑兰和王聪介绍着他们在村里的情况，当听到水井那么深时，谭卓娅的妈妈赶快插话，叫他们一定注意安全。谭卓娅的爸爸还有几分官架子：“你们到农村主要是接受贫下中农的再教育，要向贫下中农好好地学习，和他们打成一片。我们打日本的时候，穿上老百姓的衣服就是老百姓，在日本的炮楼底下收麦子，小日本都看不出来。到了农村也要好好学习毛主席著作和《人民日报》社论。现在，形势发展很快，一定要跟上。”王聪和淑兰在《红旗飘飘》和《星火燎原》里看过这些故事。

谭卓娅的妈妈这时把两斤糖、一双白塑料底黑灯芯绒面的懒汉鞋，还有十包女生用的卫生纸，放进手提包里。淑兰觉得谭卓娅的妈妈太不注意了，当着谭卓娅哥哥和王聪的面，往手提包里塞女孩子用的卫生纸，她都有点儿脸红。

他俩又去了林明家，林明的妈妈在家，他的几个妹妹也在。当林明的妈妈听说儿子受了伤时，马上心里盘算，要给林明带点急救必需的药品。她告诉淑兰和王聪：“大伟的父母很好，我上周刚去看过他们。他们就是瘦了一点儿，黑了一点儿。现在，能吃能睡的，劳动把大伟爸爸多年的神经衰弱都治好了。叫大伟放心，我会想办法去看他们的。”

萧南的妈妈正在发愁没有钱给萧南买东西的时候，接到萧南寄来的汇款单。那是萧南利用麦收后第一次赶集的机会给妈妈寄回来的，她觉得自己应该分担一些家里的困难。萧南的妈妈拿着汇款单，眼泪忍不住流下来了。她自己在萧南的这样年龄还在上高中，根本不知道愁呢。

萧南的妈妈提着要给萧南带的东西，摸黑找到了淑兰的家。淑兰的妈妈和奶奶热情地接待了她。虽然她们从没有见过面，但是，孩子在一个村，使得她们就像亲戚一样。萧南的妈妈给萧南带了一件蓝白格一字领的衬衫，还有一斤黄油球糖和一块腊肉，她担心萧南正在长身体的时候会营养不良。

淑兰在心里练习了好几遍，终于憋不住说了出来：“阿姨，萧南的爸爸怎么样啦？她一直担心她爸爸，还哭过呢。”

萧南的妈妈低着头，因为她不习惯撒谎，缓慢地说：“让萧南放心，事情一定可以搞清楚，要相信党，相信群众。她爸爸身体还可以。两个月前通知我可以给他送点东西，我去看过他了。”

萧南妈妈的心不是在流泪而是在淌血，她知道因为不允许萧南的爸爸看病，他的腿可能要残废了。她看见萧南的父亲时，他呆滞的眼光，脏破的衣服，青肿的眼眶，让人一看便知他挨过打。可是，还有萧南的妈妈想不到的，这些造反派曾三天三夜不许萧南的爸爸睡觉，轮流审问。因为，他在上大学时为了营救同学，利用他家的社会关系与国民党要员接触过。他多少次被打倒在地，又被水泼醒。那些曾使他得意的事，现在全成了罪行。但他无论怎样的受刑，他绝不乱咬人。他死咬住一点就是尽量不提人名，绝不做假供。他怕自己有意外，特地嘱咐萧南的妈妈："你要记住，在任何情况下我都不会自杀。"这些不能让萧南知道。正像萧南生病、受伤也不让家里知道一样。萧南的弟弟从小担心父母和姐姐，对谁都留个心眼，因而失去了孩子应该有的天真、单纯。

15

淑兰和王聪一出长途汽车站的门，就听见谭卓娅大声叫着他们的名字。虽然，大家才离开一个月，可是，都觉得很长时间了。谭卓娅说："淑兰，你白多了。"

淑兰说："是吗？我告诉你吧，到了北京看那些售票员、售货员都觉得漂亮极了，又白又细的。咱们这些下乡回来的一个个又黑又粗，根本不能比。"

谭卓娅着急地问："你去我家了吗？"

淑兰说："别急，都去了，这一大包都是你的。"谭卓娅看着鼓鼓囊囊的手提包在幻想着里面都是好吃的。"你妈妈说，让你下次把牙膏皮带回去，买牙膏要用牙膏皮。"

林明骑车带着王聪，谭卓娅带着淑兰，几个人有说有笑地回村了。

到了知青点，看见萧南正笑吟吟地看着她们。淑兰跑过去拉萧南的手，说："我去你们家了，看见了你妈妈和你弟弟。"

萧南也高兴地抢着问："你奶奶好些了吗？"

问得淑兰一愣，她早就忘了她是以奶奶病了为理由回的北京。她结结巴巴地说："好，好多了。"

萧南还关心地追问："什么病呀？"

淑兰说："没什么病。"

萧南说："想你想的吧，看见你就好了。"

淑兰也只好顺着说："对，看见我就什么病也没了。"

谭卓娅专心地翻着她的手提包，看见才一种吃的，她有点失望。接着她又在关心萧南都有什么东西。淑兰把自己的东西一样一样地掏出来，有炸酱，有芝麻酱，还有二两香油。但是，主要是给老乡们带的东西。萧南帮着淑兰整理着，每件东西的发票，没有发票的就在包装纸上写下价钱。她们整理出一张单子，不然，东西拿走了价钱记不住了。等她们抄完，回头一看谭卓娅把炸酱吃去了小半瓶。淑兰说："别吃了，我是想让大家吃一顿炸酱面的。"

萧南妈妈带给萧南的一块腊肉，萧南拿出来也不知道怎么吃。谭卓娅咬下一块瘦肉，觉得味道不错，萧南也拿着腊肉啃起来，她们仨人几下子就把那点瘦的给吃光了。

淑兰说："腊肉好像是生的吧？"

"谁说腊肉是生的，不是吧。就是太塞牙了。"谭卓娅从淑兰的扫床笤帚上折下一根剔牙。

"不过，我们在家时都是做熟了吃的。不用管了，反正也吃下去了。肥的和皮做汤吧。"萧南说。

谭卓娅怪异地笑着，问淑兰："你知道咱村的人说你什么？"淑兰紧张得心要不跳了。谭卓娅接着说："说你和王聪结婚去了。"

淑兰才放松地说："讨厌，瞎猜什么呀。"

她们跳下炕，每人兜里都装了几块糖，去厨房做午饭。

男生这边的炕上也堆满了东西，王聪把林明妈妈让带的东西堆在炕上。他往外拿着从家里带来的东西，在家里看着挺多的，一到这儿，觉得每样都太少了。他妈妈还给他带了两斤小粘米，想让他们在乡下喝顿大米粥。

淑兰已经不适应厨房这么脏，有数不清的苍蝇在厨房里飞。中午饭就是炸酱面，只可惜没有黄瓜。在树荫下，知青们都端着碗吃着饭。他们又吃到了北京风味，炸酱里的那点肉末真够香的，勾起了每个人的思乡之情。

"怎么就是肥肉和皮呀？"林明不满地说。

李大伟猜出是怎么回事，就说："有吃的就不错，你还挑。"

"北京有什么变化吗？"谭卓娅问淑兰，大家都有些想念北京。

"没什么，就是修地铁，弄得乌烟瘴气尘土飞扬的。"淑兰说。

林明拿出张河生的信给王聪。王聪一边撕开一边说，以后张河生的信，你们可以随便拆，不用等我回来。林明说："我说拆了准没事，大伟哥偏不同意，没事吧。"说着还拿眼睛斜着李大伟。

王聪、李大伟、林明：

你们好！

我们刚训练告一段落，指导员说这叫夏练"三伏"，还要冬练"三九"呢。这回手榴弹实弹训练，有个新兵拉了弦，因为害怕，没扔出去。手榴弹都冒烟了，我手疾眼快把手榴弹踢出去，才几秒钟，手榴弹还没有落地就爆炸了。因此，给我记了三等功。本来，我老挨批评，说我散漫，这回，还让我介绍英雄事迹呢。

你们过得怎么样？很想念你们。我也怀念农村的生活。

需要什么请别客气，我每个月都有几块钱的津贴。我能办的一定办。

致以

革命军人的敬礼！

张河生

1969. 7. 15

下午，姑娘媳妇来了一大堆，每人拿走了自己的东西，连声道着谢，说："北京东西就是好。"可是，当时给钱的却很少。

到了晚上，萧南问淑兰："你什么时候去公社呀?"

淑兰一惊，幸亏在昏暗的煤油灯下，看不清她的脸，她用她和王聪商量了无数次的理由说："我不去公社了，我们是来接受贫下中农再教育的，老在上面浮着也不好。再说我一个人孤孤单单的，我老想你们，还是回来干吧。"她一口气，把在心里念了几十遍的话，全讲了出来。她看看萧南和谭卓娅，好像信以为真，并没有说什么，才放心地睡了。

第二天，发了一篮子的韭菜，萧南为了庆祝大家团聚，决定做当地农民的一种饭叫做"纸卷子"。就是把面擀得薄薄的，把菜铺上，从中间开一个洞，然后向四外卷，一直把菜全部卷进去，再切成一条一条的，去蒸。萧南看见人家做过，自己头一回试。韭菜来不及摘，就洗洗切碎。在下工的时候，笼屉里已经有香味冒出来了。萧南十分得意地让大家等着有好东西吃。笼屉一打开，大家的眼睛都亮了。一条条白里透绿的"纸卷子"躺在笼屉上，实在诱人。大家每人拿了几条，萧南看见自己做的饭这么受欢迎，心里也很高兴。她拿了两条也回到屋里。

淑兰吃着吃着叫起来了："这是什么呀?"在绿韭菜里，有一块黄黄的东西。

谭卓娅凑上去一看说："这是马粪。"

萧南不好意思地说："韭菜来不及摘了，我就是洗了洗。"

谭卓娅说："不干不净，吃了没病。已经高温消毒了。"

淑兰还是放下不吃了。

过了几天，还有好几家没有给淑兰钱，淑兰又不好意思要。就旁敲侧击地问，东西好不好，喜欢吗?为的是提醒忘记还钱的人，可是还有几家不给。淑兰只好算了，一共差了三块多钱，这可不是小数目，淑兰暗下决心以后再不会给这几家带东西了。

第二天，淑兰跟着萧南她们去棉花地里间苗。就是每隔六寸留一棵壮苗，拔掉多余的棉苗。太阳如下火一般晒在无遮无盖的田地上，土地被烤得发烫。干这活儿不能跪，不能坐，只能半蹲半爬，手脚并举。在太阳的蒸烤下，淑兰的汗流进眼睛，又流到地上，她这回才真知道什么叫汗珠子摔八瓣了。淑兰咬紧牙关挺到中午，回到屋里，跟萧南说："这是什么活儿呀？让人像狗一样地爬着。"

萧南笑笑说："你一来就叫，我们都干好几天了。据说棉花的活还多着呢"

淑兰突然高声的朗诵起来：

为人进出的门紧锁着，
为狗爬出的洞敞开着，
一个声音高叫着：
——爬出来吧，给你自由！

我渴望自由，
但我深深地知道——
人的身躯怎能从狗洞子里爬出，

我希望有一天
地下的烈火，
将我连这活棺材一齐烧掉，
我应该在烈火与热血中得到永生。

谭卓娅也来了劲，站起来大声朗诵着：

你是丹娘的化身，
你是索菲亚的精灵，
不，你就是你，

你是中华儿女的革命典型。

下午，又在炎热的太阳下，她们边蹲边爬，一干好几个小时。太阳下山了，天气也凉快了，她们仨人拖着疲惫的身体在所有的人后面慢慢地走着。淑兰忽然叫起来：“这是什么呀？滚着球。”

“真少见多怪，这是屎壳郎。那个球是牛粪。”谭卓娅不屑一顾地说。

“这太有意思了。它们一个上，一个下，配合得不错呀，而且牛粪可以做得这么圆。”淑兰不在乎谭卓娅的口气，她早已经习惯谭卓娅的那股劲了。

“你仔细看看它们是一个反着推，一个在上面掌握方向。”萧南对这些小动物也感兴趣。

大路上，新鲜的牛粪被屎壳郎都分成球，滚走了。路上到处是粪球和努力地滚着屎球的屎壳郎。

玉米已经长得半人高，空气中散发着蒿草和庄稼特有的气味。“哎，你们看那。”谭卓娅说：“那是谁？”她指着远处大柿树下，一个明显的是莲香，另一个是个小伙子，是谁呢？这时两个人都动了一下，她们看清楚了，那是富农的儿子猫娃。看来他们说得很高兴，莲香笑得把头都扬起来了。

三人走到村边的牲口棚前时，有些人正端着大碗蹲在那里吃饭，有些人吃完饭了正在聊天。淑兰突然大叫道：“你们看哪，那只驴怎么五条腿。”在场的人都笑了。

谭卓娅说：“你说什么呢，也不小点声。”

“本来嘛，你看哪。”淑兰还不服气。

“快走吧，你看人家都在笑你呢。”萧南拉着淑兰赶快走。

到了屋里，萧南告诉淑兰：“那是一头公驴，知道了吧。”

淑兰这才知道自己出了大洋相。她不在村里的这段时间，萧南和谭卓娅又比她多学了一些知识。

萧南又认真地告诉她：“以后，什么打圈，配种呀，都不能说，也不能看。这些事是不让女人看的。”

“还这么男女不平等啊。”淑兰嘟囔着。

“哎，每天这样擦澡，太难受了。我想游泳。”谭卓娅大声说着，尘土和着汗水，在谭卓娅的肘弯处积成了细细的泥条。

“没地方游，忍着点吧，大小姐。”淑兰阴阳怪气地报复着谭卓娅对她的挖苦。

“我有办法了，咱们晚上等社员们都睡了，到池泊去游泳。”萧南兴奋地建议着。

“那水太脏了。”淑兰想起全村人都在那池水里洗衣服。

“咱们游完了，再用干净水冲一遍嘛。”萧南不想放弃这个想法。

谭卓娅一提游泳，更觉得混身粘得难受，她们加快了回去的脚步。

好不容易盼到天黑透了，村里也安静了许多。淑兰从没有游过泳，她们家里不让她去，怕她出危险。萧南和谭卓娅换上游泳衣，浑身都是汗，发涩的游泳衣都拉不上来，好不容易才穿上，再套上衣服，汗马上又下来了。她们赶快穿着拖鞋往村西头的池泊跑去。

跳到水里，她们使劲地仰着头，怕脏水弄到嘴里。水温低于空气的温度，身体一会儿就凉快下来了。她们正要出来的时候，看见李大伟他们也来了。谭卓娅兴奋地说：“你们也来游泳啦?”同时，用眼睛把三个男生的身体都扫了一遍。

林明说：“我们已经是第五次来游了。”

这时，有人赶着牛车，来装饮牲口的水。女生赶快披上衣服，跑着回去了。三个男生不好意思盯着看，可是还是想看，女孩子曲线不太明显的身体在月光下闪着光，男生都有些兴奋。

萧南她们怕脏，回去后，从头到脚都洗了。淑兰一边帮助她们两个冲，一边说：“这是什么呀？鱼虫吧？你们知道咱村人都在那儿洗什么？我看见莲香的嫂子在洗她儿子的屎尿布。”

“你别说了行不行呀?”萧南一边用蛋黄洗发膏洗着头一边说。

“你非让我们俩把晚饭吐出来才算完呀?”谭卓娅也不满地说。

这晚上，她们睡了一个很香的觉。

第二天，她们游泳的事传遍了全村，甚至外村。农村姑娘的脚都是不能给人看的，她们穿着海绵拖鞋在村里走，已经引起了不少的议论。像她们这样穿得那么少，还和男生一起游泳，在农村就是伤风败俗。让社员们这么议论，她们再也不敢去池泊游泳了。可是，她们还是想游泳，那种全身凉快的感觉太好了。谭卓娅想了个办法，说："咱们去黄河游泳吧，那儿又没有咱们村里的人，而且，咱们还没有看见过黄河呢。"

谭卓娅把她们要去黄河边的事告诉了林明，男生也准备和她们联合行动。于是，他们设计了一次远足。

头一天晚上，他们在淑兰的指挥下做了许多的葱油饼。又把军用水壶都洗干净，灌上开水。一切准备就序，她们躺在炕上，就像小学生第二天要春游一样地兴奋。

第二天一大早，萧南穿着妈妈带来的新衣服，显得干净、整洁、秀气。谭卓娅也穿上新鞋、白衬衣，大方、利索、显眼。淑兰穿着小花衬衣，也鲜艳、亮丽、青春。姑娘们正在妙龄，打扮起来都很标致，以至她们走过村子时，在街上捧着大碗吃早饭的人眼睛都盯着她们看。

他们三男三女，一路走一路歌。反正田野广阔，没有人认识他们。李大伟高亢的男高音还真让大家吃了一惊，连林明也没有听李大伟正正经经地唱过歌。李大伟从宣磊死后，从没有像今天这样高兴过。也许是早上看见萧南的打扮使他心头一颤，他一改平日的沉稳，放松地高唱《飞行员之歌》："我爱祖国的蓝天，晴空万里阳光灿烂……"

十二里土路，他们不觉什么就走到了。一看黄河竟有十几里宽，但主要是河床，靠河对岸才可以看见黄黄流动的河水，还有因干旱而搁浅的木帆船。原来河水在靠陕西那一头，这下他们才明白老乡说的"十年河东，十年河西"是什么意思了。没办法，游泳是不行了，就野餐吧。

吃过饭，他们还有点不死心，人说"不到长城非好汉""不见黄河心不甘”。他们已经看见黄河，没有摸到黄河水也太窝囊了。于是，他们想走到黄河有水的地方去。几个人，脱了鞋子，挽起裤腿，往河床里走。河边的泥还硬，脚踩在细细的黄土上挺舒服。越往里走泥越软，淑兰的体重大，脚又小，她最先陷进去，两只脚拔不出来了。李大伟大声地喊着：“趴下，爬着走。”

淑兰已经吓得大哭，高声喊着：“救命呀！”

李大伟小心地选择着脚下的路，他慢慢地接近淑兰，把书包甩给淑兰，淑兰拉着书包慢慢地爬出泥坑。林明和王聪，还有萧南和谭卓娅也觉得自己的脚在往下陷，但他们比淑兰冷静，马上，跳着逃出了黄河滩。几个漂亮姑娘成了泥猴。

来时的兴致已经变成了后怕，他们觉得黄河看看就行了。他们听说，坡上有两个女生非要去正在烧着砖的窑上看看，结果踩破薄薄的窑顶，双双掉到窑里烧死了。邻村还有个小男生逞能，站在铡草机的盖上，粗糙的铡草机的盖子一下打开了，飞快的铡刀把小男生的头砍掉了一半……虽然，知青才到农村几个月，事故已经出了不少。他们还算幸运的，只有一点儿小伤。

在夕阳的余晖里，他们来到一块西瓜地。一个瓜农正在瓜棚里抽烟。李大伟上前说明想买两个西瓜，瓜农说买西瓜可以，但是必须把瓜籽留下。被晒了一天暖暖的西瓜，虽然刚摘的瓜很新鲜。却没有北京那种用凉水镇了一天的黑崩筋好吃。

天黑了，他们才回到村里，一次高兴的远足，变成了心有余悸的回忆。

拔棉苗的工作结束后，是栽白薯秧。一个人在前面扶着犁，犁出一条垄，后面，等距离地放入白薯秧，倒上水，有人在后面把土盖在白薯秧上。这个工作又热闹又欢快。除了犁地的活知青不会干，其它的三样工作可以轮换着干。只可惜白薯地不多，进展又快，这样好的活两天也就干完了。

县里利用这段时间，叫每个大队派两辆大车载上社员去开审判会。知青当然要去的，一来可以会会同学，二来可以改善一下伙食，而且照样挣工分。

到县城要走五个小时。所以，必须早上四点就动身。他们大队在县里不算富裕，骡子、马也不如坡下的大队好。萧南她们虽然不懂牲口经，也能看出人家的大骡子好，骨架子大，毛油亮亮的，跑起来脚步轻快。

农村的运动不如大城市轰轰烈烈。可是，在农闲时也抓紧进行。还没有到会场，就看到街里的墙上就贴满了大标语。当然是“千万不要忘记阶级斗争！”“农业学大寨！”“紧跟毛主席的革命路线！”“无产阶级专政万岁！”等。

大车进不了会场，在县城外排着长队。牲口走了几个小时也该休息一下了。萧南她们仨人手拉着手，在拥挤的人流里挤。全县的青壮年好像都到县城来了，在无数的面孔里，她们很容易辨认出知青，甚至能分辨出北京知青和天津知青。两个城市的穿戴，脸上的气质到底有些不同。

萧南她们勉强挤进会场，台子上站着几个五花大绑的人。扩音器的声音互相干扰。在会场里根本听不清发言人在讲什么。只能看见发言一结束，就有人带领着喊口号，离台子近的那一片人们的胳膊在挥动。再后来，只见几个公检法俩人按着一个，把人带走了，大会口号声不断。警车开动，人群中的小伙子和中年人跟着警车在奔跑。干燥的黄土被踏得掀起滚滚烟尘。萧南她们这时才听说，那几个人是押赴刑场执行枪决的。老乡们在议论着这几个人犯了什么罪，看来他们早有耳闻。可萧南她们一没有看清罪犯的样子，二没有听清到底犯了什么罪。她们被散会的人群往外推着，东南西北都找不着了。淑兰说：“我饿了，咱们找个地方吃点饭吧。”

萧南和谭卓娅也是又渴又饿，她们仨人一凑只有七毛多钱。先买了几个饼子，又买了三碗汤。在吃饭时她们碰到同一个中学的女生，大家聊起来，说到工分，因为她所在的大队有水浇地，她们的工分分值是淑兰她们的两倍半，淑兰她们虽然有些不平，可也没有办法。她们吃饱了再去找大车，大车早就不知什么时候回去了。谭卓娅埋怨淑兰："都是你吵着要吃饭，大车也不等咱们。这么远怎么回去呀？"

淑兰不在乎地说："截车呗。"

路上的车，任凭她们怎么招手也不停。她们只能无可奈何地往回村的方向走，几十里路呢，何时能走到呀。正在她们没有办法的时候，一辆大卡车在她们前面停了下来。从驾驶楼里下来了一个妇女，卡车的车斗里也跳下几个农民。她们赶紧跑上前去求司机师傅带上她们，司机不耐烦地挥挥带着白线手套的手说："不行，不行。"

谭卓娅拉着车门就是不肯放手，司机才心软了，问："你们去哪儿呀？"

她们说了要去的地方，司机说："我只能把你们带到镇上，然后我就往南开了。"

她们仨人麻利地爬上车斗，坐在满是尘土的货物上，往镇子的方向开去。淑兰高兴地说："这才叫踏破铁鞋无觅处，得来全不费工夫呢。"

谭卓娅又在顶她："别美了，还有二十里呢，那段也够走的。"

她们坐在车斗里，被颠得几次跳起来。因为，看不见路面，她们在车斗里像货物一样地颠来颠去，心里实在不踏实只好站起来迎风扶着车帮，沙子尘土打在她们的脸上生疼。

到了镇上已是傍晚，她们浑身是土，找了一个地方洗了洗脸。肚子又颠饿了，可手里只剩了一毛一分钱。找到了一个小饭铺，里面在卖甜粥和饼子。她们一问粥三分一碗，饼子六分一个。商量了半天，一人一碗，喝完谁也不饱。

三个人半饥半饱地想回村的法子。在小饭铺旁，看见了她们村的一个只见过面没有说过话的小伙子。原来他们小队来拉反销粮，车胎跑气了，正在补胎。淑兰她们可是找到救星了，在村里时从来没有说过话，这会儿，竟亲得不行。乡亲，乡亲，住在一个乡的就是亲人。

坐上了自己村的大车，心里都踏实。月亮上来了，走在土路上的大车像一幅剪影。三个女生也许因为放心，也许太累了，都在摇摇晃晃的车上睡着了。

在大队门口小伙子叫车停下，叫醒她们仨人。她们狼狈地下了车，在蓝宝石般的天穹下，走回好像久违了的家。男生早就回来了，林明拉着小提琴，还有几个村里的小伙子也在他们屋。李大伟一直不放心她们几个，看见她们拖着发麻的腿，一个个蓬头垢面的，心里好笑，猜她们到哪玩去了。他说："饭在案上的盆里，锅里有热水。"

三个女生马马虎虎地擦了把脸，就狼吞虎咽地吃起了饭。每天吃的没有什么味道的饭，今天吃着格外的香。吃完饭，她们三个都不想动了，也不顾一身的土就躺在床上，足足有半个小时，她们享受着躺在自己炕上的舒适。

萧南第一个跳下炕，她担心一会儿水凉了，拿着脸盆去厨房打水。农村就这点好，你只要不把烧过的柴掏出来，锅里的东西就在余灰里加热。萧南没有想到水不仅不凉，还挺烫。她端着水回去，叫另外两个女生擦身，水还够，洗头就不够了。不过，她们已经没有力气再洗头了，尽管头发已经梳不通，尘土都嵌在头皮上。

第二天，萧南怎么叫淑兰和谭卓娅，她们都不肯起来。萧南只好自己去下地。这天，是给棉花锄草，这在农活里算轻松的。队长就叫狗娃老汉摘了一些旱黄瓜给社员们吃。社员们一边休息一边聊天，有个老婆好心地问萧南："姑娘，你今年多大了?"

萧南毫无戒心地说："十八啦。"

老婆不放松地接着问："寻下婆家了吗?"

萧南有点不高兴地说："没有，在北京结婚都要二十多岁。"她从来没有考虑过结婚的事，她觉得还早着呢。

老婆接着说："我们这哒，女子虚岁十八就都结婚了。你们再不寻，以后就寻不下了。"看见萧南有点不高兴也就不说了。

萧南留下给她的一个旱黄瓜，想回去跟淑兰和谭卓娅一起吃。她扛着锄头回去时，看见院子里晒着她们昨天换下的衣服。她得意地拿出旱黄瓜给淑兰和谭卓娅。她俩以为发菜了呢，萧南告诉她们这是当香瓜吃的。她们俩笑着把她推到屋里，萧南一看桌子底下有三个大西瓜，每个都有二十几斤，北京很少有这么大的西瓜。她惊异地问："哪来的西瓜呀？"

淑兰和谭卓娅说："拿麦子换的，一斤麦子换五斤瓜，值吧。二十多斤麦子换了六个瓜，男生三个，咱们三个。"

那条旱黄瓜，被切成了丝当凉拌菜吃了。

饭后，她们迫不及待地把西瓜给切了，瓜熟透了，可是因为是旱地的瓜，水分太少。不知应该叫沙瓤还是应该叫面瓤，吃着都噎人，一个大西瓜才吃了一半，她们仨人肚子胀得都躺着动不了了。天那么热，不吃掉要坏的，而且苍蝇也早就盯着这些西瓜了。一下午，她们守着半个西瓜，一会儿一块，到晚上才勉强吃完。

16

棉花开着红色、黄色、粉色的花。知青们从没有想到棉花的花会这么漂亮。

棉花是一种很易招虫子的植物，所以从栽种到收获要打几次药。萧南她们这些天，干的就是打药的工作。打药倒是比较轻松，唯一不好的就是药味熏得人有点头晕，要是碰上顶风，药都喷到自己身上了，对人体有害。萧南她们上过中学，这点道理还是知道的。于是，每人都带上大口罩，虽然热，可是心里好受点。下工后要洗好几遍才能放心地吃饭。鼻子里老是能闻见农药味，也觉得头有点晕，不知是心理作用还是有轻微的中毒。

谭卓娅看见李大伟一个人在屋里看书，就溜进了男生的屋子。谭卓娅早就耐不住寂寞，在本村的男生里她看得上的就是李大伟。她用手翻看李大伟手里的书，李大伟也不理她。她就更加放肆，双手搭在李大伟的一个肩头，半趴半靠地偎在李大伟的身上。李大伟忍无可忍，猛地站起来，甩开谭卓娅，指着门说："出去!"谭卓娅快快地走出了门。

莲香在屋外叫萧南。萧南急忙下了炕，开门把莲香让进屋。莲香说："在医务室有一封你的电报，快去吧。"

淑兰听见就说："等会儿，我陪你去。"

萧南和淑兰急急忙忙地赶到医务室，卫生员递给萧南一封印有绿字的电报信封。萧南拿出电报上面写着：

家有事速归妈

萧南拿着电报真猜不透家里到底能有什么事。淑兰也在一旁帮着想，她去萧南家时看见她妈妈和她弟弟都挺好。淑兰不由地脱口而出："会不会是你爸爸有什么事?"

萧南心里最怕的就是她爸爸出什么事，淑兰偏偏不懂人的心理，可她也是好心说实话。回到屋里。

不管出什么事，明天必须回家这是肯定的了。萧南下午没去上工，她准备着回家的行李，拆洗被褥。淑兰和谭卓娅给家里写信。淑兰一边写，一边嘱咐萧南："到了家里赶快来信，告诉我们你家到底有什么事。不然，我老得惦记着。"

萧南恨不能马上到家，好不容易挨到了天黑，淑兰和谭卓娅去借自行车了。莲香和她妈来到女知青的房间，看见萧南一个人在，就拉着萧南的手说："路上就你一个人，要加小心。这里是两包板豆，一包给你让家里尝尝。这包给毛主席。"

萧南一听都傻了，她说："我怎么见得到毛主席呀!"

莲香妈说："你们不是住在一个巷子里吗?"

萧南说："我们住在一个城里，北京大着呢。"

莲香妈不放松地说："那能有多大，你就辛苦点儿。"

萧南哭笑不得地说："你不知道中南海是城中城，一般人可是进不去。这太难为我了。"

林明和王聪敲门进来。他们知道萧南明天要回北京，都写了家信，让萧南带到北京去寄。

当他们知道莲香妈可爱的想法都大笑起来，笑得莲香妈也不好意思了。嘟囔着："见个毛主席咋就这么难。"提着一小包板豆回家了。

萧南问王聪，回北京的车次和时间。淑兰和谭卓娅回来了，林明问她们："车借到了吗？"

谭卓娅说："借是借到了，就是有一辆没有什么气了。"

林明说："好说，叫队长儿子回家把他家的气筒拿来。"

淑兰说："我车骑得不好，你们能不能明天也去一个人帮忙呀？"

林明笑笑说："小意思。那你们多做一天的饭吧。"

淑兰痛快地说："行，干脆明天去镇上买点菜。好久没有分菜了。"

萧南一晚上颠来倒去地没有睡好。天刚有点亮，她就起来做饭，她觉得大家为她耽误上工，心里有些愧疚。

李大伟来到厨房。看见萧南一个人正忙着烧火做饭，他眼睛不看着萧南说："你今天回北京呀。"

萧南说："是呀，我妈妈昨天来电报说家里有事，叫我速归。你有什么要带的吗？"

李大伟的妈妈爸爸都关着，有什么可带的呢。他摇摇头说："没有，路上就你一个人小心点。"其实，李大伟猜想这不明不白的电报凶多吉少，这样写，通常是让人不要被出的事情吓着，所以才故意写得含混不清。

萧南一人坐在火车上，想到父亲这些年来一直生活在苦闷中，她只在考上初中时，看见父亲高兴地笑过一回，那已经是五年前的事了。父亲从六八年被关起来，她去给父亲送过几次东西。每次她都能够感觉到父亲有些变化，脸越来越苍白，行动也不够灵活。看见她去了，父亲甚至不敢在看守面前表示出高兴。看守每次都要把她送去的东西仔细检查过，才交给父亲。萧南感觉到极大的污辱，她觉得有点儿像电影里解放前去国民党监狱探监。这些她没有告诉过妈妈，她怕妈妈担心。她知道“黑帮”每天排队去吃饭，就领弟弟远远地看着父亲走在队伍里低着头，提着饭盒。有几次父亲看到了他们，他们甚至感觉到父亲对他们笑了。后来，父亲因为挨斗腿被打坏了，走不了路，饭由别人代买，他们就无法再看到父亲了。

萧南还记得上学前，有一次父亲从苏联回来，给她带了苏联的木娃娃，塑料鹦鹉，还有木头的克里姆林宫。那时，爸爸有时间就带她和弟弟去动物园、中山公园。他们全家真正过着幸福的日子。可是，太短暂了，她都有些记不清了，一切好像发生过，却又十分的遥远。

萧南到北京时，北京城还在沉睡中。她坐首班电车到家，天才蒙蒙亮。她不愿意打搅妈妈和弟弟睡觉，坐在楼梯上等着天亮。和他们住同一套房子的阿姨出来买早点，看见她坐在楼梯上，就回去叫她妈妈。萧南妈妈开了电灯，萧南觉得电灯亮得都晃眼。弟弟睡得正香呢。

妈妈没有来得及梳理蓬乱的头发，萧南看得心很疼。妈妈让萧南赶快躺下休息，她去厨房给萧南做鸡蛋挂面。萧南躺在还有妈妈体温的床上，看着熟悉的家。从表面看不出什么变化，和她走时一样。

妈妈端着热腾腾的挂面进来了。萧南盯着妈妈问：“家里出了什么事？叫我回来。”

妈妈说：“你先吃，等会再说。”

萧南一边吃，一边观察着妈妈的表情，她想猜出事情的严重程度。她觉得妈妈有点木讷，而且在回避自己的目光。如果没有什么大事，妈妈应该迎着女儿的目光，仔细地观察女儿的变化。萧南猜可能爸爸或外婆有谁病重。

吃完了饭，萧南去厨房把碗洗了。她回来坐在妈妈的对面，看着妈妈。妈妈很困难地说：“南南，你要坚强一点儿，我们都必须面对现实。爸爸去世了。”萧南的脑袋一下子变木了，她在火车上几次猜到，可她不愿意往那儿想。“上星期，机关来人通知我，要我去医院，爸爸已经昏迷了，他在被关押期间挨了很多的打。但他为了保护别人，不肯做诬陷的事，爸爸是坚持了真理的。”

萧南昏昏沉沉的，妈妈说的什么她已经听不清了，大颗的泪珠顺着她的脸颊流下来。她打断妈妈的话问："爸爸在哪儿？我要去看他。"

弟弟揉着眼睛从里屋出来了，看见姐姐回来，他呆呆地站着。

妈妈说："好孩子，你先休息一下，我还要上班。有什么事等我回来再说。"妈妈马虎地梳了几下头，就去上班了。

弟弟走过来轻轻地叫了一声："姐姐。"眼泪就流了下来。

萧南问："爸爸在哪儿？"

弟弟说："在反帝医院的太平间里。就等你回来火化。妈妈这些天血压很高，妈妈再病了……"

萧南无力地躺在床上，眼泪不停地流。她想到自己最后一次看见父亲，他那么专注地盯着我看，好像要用目光告诉我什么？是什么呢？难道他已经感到自己不久于人世了，是最后一次看见我吗？或者是要我照顾好妈妈和弟弟？要我不放弃学习？也许是要我为他的冤屈昭雪？到底是什么呢？无论是哪一条，她只要有办法都会尽量去做的。萧南在心里说："爸爸，你放心。"可她马上又想到，我到底有什么办法让爸爸放心、安息呢？

快中午的时候，她突然从床上跳起来，爸爸已经不在了，妈妈也有病，她必须帮妈妈分担一切。她先把屋子整理了，又到厨房去做午饭。她应该是这个家的一根顶梁柱了，她在家的时候就应该让妈妈好好休息。

妈妈回来，看见萧南这样坚强地面对悲痛，心里非常欣慰。吃过饭，妈妈坐下来和萧南商量："南南，我是这么想的。爸爸一定不喜欢由那些打他、斗他的人把他送去火化，我想只有我们家的人去。这些事需要一些钱，下午你去把我和爸爸的这几件呢子衣服卖了。"

萧南不同意妈妈卖她的衣服，说："把自行车卖了吧。衣服你还要穿呢。"

弟弟也表示同意，他说："我走到学校就半个小时。现在偷自行车的多，不知哪天丢了呢。"

妈妈同意他们姐弟俩的决定。

下午，萧南用自行车驮着爸爸的衣服，到菜市口的委托商店卖了。一共卖了九十二元。在委托商店她看见许多抄家的东西也在那里，一个沙发才五块钱，一架钢琴也就两百元。她在想不知有多少家庭，现在连吃饭都成问题，而可卖的东西又都被抄光了。

晚上，楼道里家属委员会的小组长在喊："早请示晚汇报了，各家动作快一点。"妈妈紧张地穿上鞋。楼道里有声音传来："敬祝伟大领袖毛主席万寿无疆！万寿无疆！万寿无疆！祝林副主席身体健康！永远健康！"萧南在农村已经好久没有听见过这样的声音了。

萧南到家的第三天，他们接到通知去医院。不巧，弟弟的学校拉练，妈妈怕军宣队整弟弟，让他还是跟学校走。在要出门的时候，妈妈突然脸色煞白，豆大的汗珠顺着脸流下来。同住一套房子的阿姨，帮妈妈擦着汗，对萧南说："你妈妈这样可不能去，到了那儿再激动，会出危险的。"

萧南也同意，她轻声地对妈妈说："妈妈，您休息吧，我能办好。"

妈妈实在没有体力了，这么多天，她咬牙坚持着。从五七年以来，她为爸爸担心，为爸爸焦虑。在这一切结束的时候，她也崩溃了。

她对萧南说："好孩子，这太委屈你了。"

萧南说："妈妈不要这样说，我能为爸爸做的也就这点儿事了。"

萧南匆匆赶往医院，在太平间的门口，她看见看守爸爸的两名工人。萧南看都不想看他们。那两个人说，进去看看你爸爸吧。萧南和这两个人还有看太平间的人走了进去。

萧南的头发都要竖起来了，她从没有到过这样的地方，她也从没有看过死人。没有想到她和爸爸的见面竟会在这里。爸爸已经被放在一张台子上，蓬乱有些花白的头发从白布单下露出来。管太平间的工人拉下了单子。爸爸整个人露了出来。萧南看见爸爸消瘦的脸，她的心都缩紧了。她拿出毛巾开始为爸爸洗脸，又拿出衣服要替爸爸换上，两个看守正要动手帮忙。萧南突然大喝一声："不用你们！"

吓得两个看守把手缩了回去。

萧南在太平间工人的帮助下给爸爸穿好了衣服，在给爸爸换裤子时，她看见爸爸的那条被打伤的腿已经萎缩得非常细了。她又问太平间的工人有没有剪刀，她要给爸爸理发。太平间的工人虽然在这段时间看见被迫害致死的人多了，可还没有看见过由孩子一人来处理这种事，他很同情萧南，就帮助萧南把她爸爸的头发理整齐了。

一切都准备妥当，萧南说："我自己送我爸爸去八宝山。"

那两个看守不同意说："领导让我们跟着去的。"

萧南一反平时轻声细语的习惯，大声说："我爸爸都死了，他还能逃跑吗?"

那两个看守拿出平时的威风说："你要是不服从，那你就不用去了。"

萧南虽然愤怒、屈辱，可她还是胳臂拧不过大腿，眼泪只能往肚子里流。她陪爸爸去了八宝山后，那两个人商量了一下说："取骨灰的时候你自己来吧。"

萧南不知道自己是怎样回家的。妈妈等待着萧南，邻居阿姨陪着萧南的妈妈。萧南把情况和妈妈一说，眼泪再也憋不住，她和妈妈哭成一团。邻居阿姨流着泪连声地骂："太不近人情了，这些人都不得好死!"

两天后，萧南的妈妈无论如何挣扎着也要去取骨灰。可去八宝山要换三次车，萧南和弟弟都不让妈妈去。最后，还是萧南说服了妈妈，和弟弟俩人去取爸爸的骨灰。通往八宝山的大路上没有什么人，他们姐弟两个手捧着爸爸的骨灰，那种凄凉劲儿就别提了。姐弟两个至死也不会忘记这一天。

萧南和弟弟把骨灰带回了家，妈妈把他放在柜子上。妈妈问姐弟两个人要不要戴孝，姐弟两个都说不要，他们怕人问，也不希望别人知道。纪念爸爸不在乎形式，他们会在心里永远地记着爸爸。

第二天早上醒来，萧南看见妈妈趴在柜子上看着爸爸的骨灰发呆。妈妈是在和爸爸交谈，自从爸爸被关起来以后就很少有机会和爸爸说话。萧南怕妈妈太悲痛，就拉妈妈坐下，妈妈拉着萧南的手说："南南，你要记住，我最后一次去看你爸爸，他和我说：'我是不会自杀的。’革委会的人说你爸爸自杀，那是要掩盖他们打人致死的罪行。”

萧南点点头说：“我知道了。”妈妈现在依赖萧南，她觉得女儿长大了，懂事了。不再是那个瘦弱的不言不语的小姑娘了。

办完爸爸的事，萧南又陪妈妈去看病。她一大早就去给妈妈挂号，然后再回来接妈妈。经医院检查妈妈患有高血压和心脏病。医生给妈妈开了全休一周的假条。

萧南要用在家的时间，尽量照顾妈妈，她拆洗了全部的被褥。每天去菜站排队买菜，尽量换着花样给妈妈做点好吃的。不然，妈妈和弟弟每天只能去食堂打点饭。有一天，她清晨四点就去西单菜场排队给妈妈买鸡，等到十点也没有来鸡。第二天，她又去排队才买到一只两斤多的小鸡。售货员厉害极了，抓到什么是什么，你想要大个的就要重新排队。

有一天，萧南走在路上，有一位叔叔走到她旁边，悄悄地跟她说：“善有善报，恶有恶报，不是不报，时候未到，时候一到，一定要报。”说完那人马上离开了，萧南心里暖暖的，还有人为爸爸鸣不平。她回家把这事告诉妈妈和弟弟，他们都很受鼓舞。

一个星期天，妈妈对萧南说：“你去看看舅舅怎么样了，得告诉他爸爸的事。”萧南从西城来到东城舅舅家。她轻轻地敲着门，舅妈开了门，看她来了，并不高兴，说：“听说你去山西插队了。”

萧南说：“是，去年十二月。妈妈让我来看看舅舅怎么样了。”

舅妈说：“我早就和他划清界限了。你以后找他去他们机关，不要再到这儿来。”

萧南听了惊愕不已，萧南知道舅妈不欢迎她，返身出来了。她走到电车站等车时，大表妹跑来，她轻声地叫了一声：“南南姐，对不起。”

萧南高兴地拉着表妹的手，问：“舅舅在哪儿？现在怎么样了？”

表妹说：“爸爸去年被关了三个月，放出来后，妈妈就是不让他进门，把他赶出去了。现在爸爸住在机关的一间平房里，我常常背着妈妈去看他。走吧，我带你去。”萧南用身上仅有的钱买了三斤桃子。

在机关大院的后面，她们找到舅舅的房间。推开门一看，舅舅正在洗衣服。萧南马上挽起袖子帮助舅舅洗，并示意表妹去洗桃子。舅舅坐在床上用纸卷着烟蒂里的烟丝，一边抽烟，一边观察萧南。已经两年没有看见外甥女了，他觉得萧南的变化很大，那个文弱的小姑娘变得能干了。

萧南洗好衣服，晾在门外的绳子上。舅舅让她赶快拿下来，并且小声告诉萧南，那绳子是旁边工宣队的，别惹麻烦。

舅舅让表妹坐在外面放风，并小心地关起门来，问萧南她爸爸的情况。萧南的眼泪夺眶而出，她告诉舅舅，爸爸已经去世，妈妈也病了，弟弟在学校常常被人欺负。

舅舅"哎"了一声，眼泪在眼眶里打转转，嘴抿得紧紧的，过了一会儿才说："你爸爸那人太耿直了，他是宁折不弯的，现在他解脱了。南南，你们要好好地活下去，事情总会有搞清楚的一天。在农村自己要当心自己，你们家就靠你了，你再有什么事，你妈妈可是再也受不了。"

萧南焦急地问舅舅："你的情况怎么样？"

舅舅说："他们抓不着我的把柄，我在新四军里的事都有人证明，我有些战友还在工作。现在，每月发给我生活费。工作没有恢复，我每天收发报纸，很轻松。你来太好了，我想看看你妈妈，又怕给她找麻烦。你回去和妈妈说每个月的五号晚上九点在天安门人民英雄纪念碑的南侧，跟我会面。"他说着拿出了七十元钱给萧南，萧南不肯要。舅舅说："我每月有五十元生活费用不完，上海的外婆也不能让你妈妈一人养呀。我是儿子，外婆该我来养的。"萧南听舅舅这样说才收下钱。

萧南看着舅舅的眼睛，默默地跟他告别，舅舅又拉着萧南，小声地在她耳边说："家里以后有什么事，叫小弟来找我。"

萧南带回的消息使妈妈稍稍高兴了几天。妈妈决定这个月给外婆多寄五十元钱，让她也改善一下生活。

这时，邻居阿姨过来小声地和妈妈说了些什么。等邻居阿姨一走，妈妈就叫过萧南和她弟弟："咱们四楼的小女孩在楼里发现了一条反动标语，家里人不让她去报告，她说着'斗私批修'就一蹦一跳地去了家属委员会。结果，家属委员会硬说是她写的，叫她半夜跪在毛主席像前说'我有罪'。现在，每天都做噩梦，经常大叫：'不是我，不是我写的。'你们可要注意呀，没事不要出去。"

国庆节前的一个晚上，萧南全家都睡了。大约十二点，一阵急促的敲门声把人都吵起来了。打开门一看，原来是家属委员会来查户口。萧南的户口已经在农村了，家属委员会的老太太们，要她赶快回农村。邻居阿姨直替萧南说好话，说孩子的父亲刚去世，请她们高抬贵手。老太太们不近人情地说："她爸爸不是黑帮嘛，不能照顾。"萧南早就对这些紧跟运动的老太太厌烦极了，每天天一黑，这些人不在家里好好休息，而在大院里用高音喇叭放着音乐，跳忠字舞。

就在萧南要回村的时候，林彪发布了"第一号令"。机关里准备让一部分干部去干校，萧南的妈妈当然也在这部分人当中。所以，萧南又多呆了几天，帮助妈妈准备行李。

萧南的妈妈才和萧南的舅舅见了一次面，就没有办法再见面了。

刚上初中的弟弟一人留在北京。妈妈怕耽误儿子的学习，虽然不放心，也只能这么办了。

萧南整理着自己的东西，准备回山西。在萧南离开北京的前一天晚上，妈妈在加班学习最新指示。萧南和弟弟在家，她对弟弟说："去插队的前一天，我去看爸爸，爸爸对我说，不要忘记学习文化课。小弟，你一定要记住爸爸的话，这话是对我说的，也是对你说的。"弟弟点点头。

萧南又嘱咐弟弟："爸爸不在了，你是咱们家唯一的男子汉。不要再让妈妈操心，有什么事给我写信，不要告诉妈妈。下月的五号晚上九点，你去天安门广场纪念碑的南侧见舅舅，告诉他妈妈去干校了。"

17

萧南回到村里，才知道谭卓娅已经回了北京。淑兰生气地说："谭卓娅缺德死了。咱们回家都没有换过粮票，谭卓娅拉了一百斤小麦去换了全国粮票。她说等过完春节再回来。""萧南你回家一点也没有长胖，也不白。你们家到底出什么事了？不是说好的吗，怎么也不来封信。"

萧南假装平静地说："我爸爸去世了。"

淑兰惊讶地叫出来："啊？那么年轻怎么就去世了呢？别太难过了，你爸爸再也不受罪了。"淑兰拉着萧南的手，安慰她。

萧南很奇怪，淑兰说的怎么和舅舅说的差不多呢。可是爸爸说过，他是在什么样的情况下也不会自杀的，他不会因为受不了就去死的。中国有句老话"好死不如赖活着"。萧南愿意她爸爸无论病成什么样都活着。

男生很快知道了萧南家的事。他们都很同情萧南，绞水的时候他们让她少干点儿，有重活儿时他们也挑轻的让萧南干。萧南明白他们的用心，可又不知怎么表达她不需要照顾。

接着几天，雨稀稀拉拉地下个不停。淑兰躺在炕上说："老天爷，还挺长眼，知道咱们累了，就下几天雨让咱们休息休息。"

萧南靠在被子上看书，她从爸爸去世后，就暗下决心有朝一日她一定要考上大学，让爸爸在九泉之下安心。

淑兰说："萧南，咱们插队什么时候是个头儿呀？让咱们扎根落户，我可不跟农民结婚。你说呢？"

萧南也没有想过要结婚的事，她觉得现在考虑这些还太早。离她们村很远的一个公社，听说有一个女生嫁给了农民，那家人对她特别好，这件事传得很快。

萧南想起了弟弟，他一个人在家能应付吗。淑兰看见萧南的眼睛又发直了，就用手在她的眼前晃了几晃。"你想什么呢？"淑兰轻声地问，她怕萧南有什么想不开的。

"没有什么，只是想到了我弟弟。"萧南回过神来。

"你弟弟小时侯一定很好玩吧？"淑兰尽量地把她往高兴的事情上引。

萧南笑了，说："他小时侯特淘气，看见我们几个女孩玩撒棍不让他玩，他就把妈妈一床特别好的竹席一根一根地剪了，那床席子就不能用了。还有一次，到了热天，我们家的保姆给我穿上裙子，弟弟闹着非要穿，妈妈没有办法就给他穿了一条我的连衣裙，弟弟高兴得在床上转了好几个圈。对了，那次妈妈买回一条很好看的桌布，上面都是樱桃，弟弟看见很喜欢就用剪刀把樱桃给剪下来了。妈妈并没有生气，她发现了弟弟的爱好，就去买了蜡笔和本子，弟弟每天都要画几个小时。现在，他已经画得比我好了。"

淑兰接着说："没错，我们去的那天，他一句话也没有说，一直在做木刻，看他挺上瘾的。"

萧南想起什么又笑了，"有一次，他自己从幼儿园出来，就坐上公共汽车想去找妈妈。他根本不知道坐几路车，就乱坐，到了终点站售票员发现了他，就把他领到调度室。后来又送到派出所，那次把我爸爸、妈妈都急死了。"

淑兰拿出她们家的照片，指着一张照片上的自己给萧南看："你看我小时侯多难看呀，那次我们家要去照全家福，都准备好了，我小哥非要帮我剪剪前面的刘海儿，结果越剪越不齐。我妈妈把小哥骂了一顿，我那个时代的照片就成了这样。"萧南看着淑兰的照片觉得更有意思。

该做饭了，因为没有上工，所以萧南和淑兰也到厨房去帮忙。今天，轮到林明做饭，可他连人影也不见，萧南和淑兰就开始动手。

“哦，等会儿，等会儿。”林明穿着军用雨衣进来了，水顺着雨衣直往下滴。他把一个书包往案板上一扔，那个沉甸甸的帆布书包被装得满满的。淑兰打开一看，全是嫩玉米。

“你从哪儿偷来的？”淑兰问林明。

林明说：“吃就是了，你管那么多干什么。”林明想给大家改善伙食，可农村东西少。他想起了嫩玉米，不敢到自己的生产队去掰，就跑到邻村去掰了一书包。

淑兰和萧南赶快生火煮玉米，那天他们吃得都很香、很撑。

李大伟吃过饭去找老中农聊天。

天刚黑，队长儿子就到了男生屋里，说：“邻村的队长来找我爹，说你队的学生偷了我们的玉米。我爹说你怎么知道的，你看见了？那人说：‘地上都是新胶鞋的印子，是往你们村来的。’我爹说：‘你别说得太早，我查查再说。’我赶快来告诉你们一声，我走了。”

林明和王聪一个去厨房，一个去女生宿舍。大家七手八脚地把玉米皮、玉米芯都处理了。

刚回到自己的屋里，就听见队长在院子里咳嗽。王聪和淑兰出来了，队长就各处看看。来到厨房，从表面上看什么也没有，队长把锅盖一打开。坏了，煮玉米的水还没有倒掉，红褐色的水里还有几粒玉米粒和玉米须。王聪和淑兰倒吸了一口凉气。队长什么也没说就走了。他们可是七上八下的不能平静。

林明把李大伟从牲口棚叫回来，商量这事怎么办。李大伟说：“赔钱，没有什么好说的。但是，现在不能动，否则就出卖了队长儿子。等着看吧。”

好几天，他们心神不宁。可是，一点动静也没有。

又过了两天，队长儿子来玩，林明问他：“那事怎么样啦？”

队长儿子说：“什么事，怎么样了？”

“就是玉米的事。”这是林明的一块心病。

“呕，早就没事了。我爹跟他们说：‘我去看过了，人家学生娃晚上吃的是面。根本没有一个玉米。’”队长儿子说。

林明放心了。队长把他们当自己村的人保护起来，他不能让人说刘张村的学生坏话。知青通过这事对村民的感情又深了一层。

秋天，是收获的季节。女生忙着摘棉花，手被棉花坚硬的壳扎得生疼。但收获毕竟是高兴的，淑兰她们每天把摘下来的棉花用床单包着，顶在头上。

淑兰回来以后和萧南说：“你看见了吗，那些老婆媳妇都偷棉花。”

萧南不解地问：“怎么偷呀？”

淑兰看着萧南那迷惑不解的样子说：“她们塞在裤腿里腰里。你明天注意一下，她们的裤腿都鼓鼓的。”

萧南说：“可她们都是贫下中农呀！”

淑兰说：“是呀，不信你明天注意点，不光裤子里，衣服里也有。你好好看看她们，每人都胖了一圈。不行，这事得和队长说说去。”

两人来到队长家，她们说：“把公家的财产拿回自己家，这不等于挖社会主义的墙脚吗？”明摆着不对，可队长不敢管，队长几年一换。以后，还要在这个村子生活一辈子呢，得罪了谁，以后也是麻烦。可他又不能说不许管。

于是，队长就把皮球踢回去了。说：“你们说咋办？”

淑兰说：“明天收工时搜查，看她们谁还敢偷。”

队长心里有数，告诉自家的女人、女儿明天不要偷就行了。

第二天，轮萧南做饭。到了下工时，淑兰和队长拦在进村的路上，让大家把棉花放下。队长宣布偷的棉花全部没收，还要扣当天的工分。队长一声令下，淑兰就搜开了摘棉花的妇女。一搜还真是搜出不少，几乎每个妇女都有，或多或少而已。莲香也有，而且还不少，就是队长的媳妇和女儿一点儿也没有。

淑兰大获全胜。她生动地向萧南描述着搜查的经过，萧南津津有味地听着。这时，莲香气鼓鼓地来了，她冲着淑兰大声嚷嚷：“队长媳妇平日偷得比谁都多，你和队长串通一气，整治老百姓。”

淑兰没有想到莲香竟会这样说，淑兰也急了，“那你们偷棉花还有理了？我查还查出错了？”

莲香说：“你去打听打听，谁不偷，哪年不偷。每年每人就一斤棉花够干什么。又要织布，又要做棉衣、被褥。下地又费衣服，一斤棉花也就能织一丈粗布。让不让人活了。”

萧南和淑兰听得吃惊不小，原来农民这样的困难，她们什么也不知道。莲香因为跟她们关系不错才和她们说这些话，其他的农民在背后还不知道怎么骂呢。她们知道农民的布票很少买布，那是没有钱买。在产棉区，农民还穿得这样破破烂烂，确实说不过去。

淑兰万万没有想到她得罪了多数农民。以后几天摘棉花，再也没有人跟她们俩有说有笑了，她们俩人受到了孤立。当然，她们也不敢再搜查了。

棉花收得差不多了，队里又分白薯，抓阄，每人一垄。萧南她们觉得很奇怪，为什么不都刨出来，按每人多少分呢，这样多不公平呀。可是，她们看见最斤斤计较的农民都没有意见，这里面一定有道理。李大伟的爸爸教过他概率，他耐心地讲给萧南她们和林明、王聪听，他们才恍然大悟。如果把白薯刨出来再分，白薯的损伤比较大也不利于储藏。分给各家，每家都会小心翼翼地挖和运，这是最大限度的爱惜粮食。

刨白薯真是一件让人高兴的事情，看见地上裂着口字，你不知道里面能有多大的白薯。一锄头刨下去，可能是很大的一串，也可能很小。农民都很有经验，他们看着土拱起的样子和地上裂开的口子，就可以把百分之九十五以上的白薯刨出来。每一家都是年龄最长的刨，其余的人在后面捡，大家都小心翼翼地，因为白薯碰破皮就不好保存了。

萧南她们可是没有这些经验，她们学着人家的样子。一会儿把白薯刨断了，一会儿又什么也没有刨出来。有些精明的农民暗暗地记下知青的白薯垄，准备晚上再刨一遍，他们可以肯定学生刨漏的一定不少。

地里人头攒动，大家都喜气洋洋地说笑着，忙活着。

林明想起小学时学的一首歌："土溜溜的蚂蚱，满呀么满山跑。"后面的一句歌词他忘了。"哎呀来把洋芋刨。一镢头那个下去，呦，这么大的个儿。哎呀，你说妙不妙。"社员们看着他们不会干，还挺乐呵，也都跟着笑。总之，收获是快乐的。

天渐渐地凉了，没有开的棉花疙瘩也都被摘了下来。又是抓阄，每个社员两垄棉柴，知青一共六个人就是十二垄。萧南她们明白了，如果你分白薯运气好，那你抓棉柴就不一定好，多少年下来，总起来是公平的，也省去不少事。一大早，全体知青就到了地里。许多社员早就来了，看看放倒的棉柴就知道，他们已经来半天了。农民给自己干活比给队里干活儿勤快得多。

萧南他们虽然有备而来，都带了白线手套，穿上补丁裤子。到了地里才发现社员都用一种专门的工具。有些小伙子拔起来像是在走。大队用安家费给他们买的工具只有铲、锄和镰刀，没有这些小工具。这时每家都要用，也没有地方借，只好用手拔了。可是，棉花柴像小树一样，根系发达。有些长得粗壮的主干直径就有两厘米。萧南和淑兰常常拔得一屁股坐在地上。拔棉柴要用尽全身的力气，没有拔一会儿他们就都不行了。他们现在恨不得棉柴都长得很细，根系不要深入土地，而是只长在土表层。

林明又要说怪话了："拔完这些棉柴，我就能和鲁智深比比了，我不用倒拔垂杨柳，我能正拔垂杨柳。"周围的人都笑了。

兔娃已经拔的够装一车了，就把自己和弟弟的工具借给林明和李大伟，自己装满一车回去吃饭了。李大伟让萧南和淑兰还有王聪拔长得细的棉柴，他和林明拔那些长得粗的。林明拿着拔棉柴的工具，拔起来轻松多了。林明举着拔棉柴的工具说："人和猴子的区别就在于人会使用工具，所以人进化了。"

李大伟说："你少说几句，快点干吧。萧南，你和淑兰回去做饭吧。王聪你在后面把棉柴都堆成一堆。”李大伟从知道萧南爸爸的事情后，就更加照顾萧南。可他又怕别人看出来，所以也叫着淑兰。

萧南和淑兰往回走着。突然淑兰看见墙上贴着一张纸写“天黄黄，地黄黄。我家有个夜哭郎……”“这是什么呀？”淑兰问在一旁蹲着的老乡。

“那是莲香的侄子夜里老哭，让看过人都念三遍，夜里就不哭了。”老乡解释着，原来这是农村的一种土法子专治晚上睡不好觉的孩子。

淑兰说：“我知道，我奶奶告诉我们院里的邻居，那是小孩子睡反了，白天睡多了，晚上就不睡了。白天不让他睡就好了，我去告诉莲香。”

萧南和淑兰想今天这么重的活儿，要给大家吃好点。淑兰用两斤麦子换了一大块豆腐。切成片，用盐水泡了一会儿，就用油炸了，炸成两面黄以后，用她带回来的酱油膏泡的酱油给烹了一下，撒上葱花。又烙了一些饼，还煮了一大锅宽面条。

院子门口林明在喊：“把门开大点。”

萧南和淑兰飞跑出去，一看林明拉着满满一车棉柴回来了。萧南和淑兰一人拉开一扇大门，棉柴还是蹭着大门。她们俩又帮着林明拉，才把车拉进来。

萧南问：“他们俩呢？”

林明说：“他们俩说趁着别人吃饭，他们再拔一会儿。我可饿得前心贴后心了。”

淑兰得意地说：“今天犒劳你，有好吃的。”

林明走到厨房一看见油亮亮的豆腐就笑了，用一只手一抹嘴巴说：“我口水都要流下来了。”

兔娃这时进来说：“来信了。有你们三封信。我把车拉走了。”

林明接过信，丧气地说：“怎么老没有我的信呀。要想有我的信，得我给自己寄几封了。”

逗得淑兰和萧南大笑，淑兰好心地说：“那我给你写几封吧。”

林明赶快说：“可别，可别坏了我的好名声。”

"德性，谁爱给你写呀。"淑兰顺口说出。

这时，李大伟和王聪都一手拄着腰回来了。林明叫着李大伟："大伟哥，你的信。"

萧南和淑兰端着饭回去吃。萧南首先打开她妈妈从干校来的信。妈妈说她们被分在种菜的连队，活不重，生活没有任何问题，叫萧南放心。萧南哪里能放心，妈妈的心脏不好。萧南还从妈妈的信里看出对弟弟一人在北京的不放心。

另一封信是她们班去陕北插队的同学写来的，她兴奋地叫着："淑兰，团子她们来信了，她们仨人在一个村。"

淑兰赶快凑过来说："哪三个？"她们两个脑袋挤在一起看着一封信。

萧南、淑兰、卓娅：

让我们共同敬祝伟大领袖毛主席万寿无疆！祝林副主席身体健康！

咱们现在是同一战壕的战友了。我们是今年一月九号来到陕北的，听说我们这批一共来了五万知青呢。陕北真穷呀，老百姓穿得破衣拉撒的。解放都这么多年了，怎么还有这样穷的地方。真是不可想象。没来时，还骗我们这里有多好。

我们仨人住在一个老乡家。这里的窑洞冬暖夏凉。这里管媳妇叫婆姨，刚来我们听不懂他们的话。不过，这里的人心眼还挺好。

我们吃水要走三里地，到源下的井里去拉。这里主要吃小米。

和我们一块儿来的，还有工读学校的，他们在集上老打架，特吓人。我们离你们那儿直线距离有两百多公里，可是真要走可能就不止了。欢迎你们来玩儿，说不定我们什么时候会去看你们。

你们都好吗？等着你们的来信！！！

致以革命战友的革命敬礼！

张团、窦珍、许红卫

1969.10.20

淑兰看完她们的信，说：“亏的咱们早来了山西，不然离家更远了，火车票就得多不少钱。”

李大伟插队快一年了，终于接到了家里的信。是爸爸、妈妈从干校写给他的。他们现在都恢复了自由，可以和其他干部一起去下地劳动。李大伟的父亲还幽默地说，那里是他一辈子也不敢奢望的世外桃源。劳动不太累，可以改造人。李大伟当然不相信他的父亲说的劳动不太累，但是他看见父亲又有心情开玩笑，他也放心许多。他想赶快去探亲，看看父母亲。晚上，他就写了一封信，写的时候，他很注意，是一封可以拿到任何场合去念的信。

拔棉柴比收麦子的活轻，不是它的劳动量轻，而是它时间短。只用了三天就干完了。

晚上，莲香来找淑兰她们玩：“淑兰，你的法子还真灵，我侄子晚上不哭了。”

18

秋天的雨，一下就是几天，天终于晴了。村里的地还是滑溜溜的很不好走。莲香和几个女孩子来叫淑兰和萧南去分柿子，她们拿着手提包和书包就跟着姑娘们走。在离村最近的一棵柿子树下，一大堆柿子黄灿灿的，每个都长得结实饱满。这些柿子挂在树上，看起来没有这么多，都摘下来可真不少。每人二十斤柿子，淑兰她们俩用手提包和书包根本装不下，会计借给她们一条麻袋才把她们的柿子装上。她们又用狗娃老汉的车才把柿子运了回去。

分完柿子后，地里的农活就基本结束了。土地辛劳了多半年也应该休息了，大地恢复了寂静。这时的广播喇叭里成天播放“农业学大寨”，公社布置每个生产队，都要利用冬闲学大寨修海绵田。

生产队不慌不忙地让社员休息了几天，还请了一个放映队来放电影。村里许多家都出动了，去接自家的亲戚，临村的老乡也都来看电影。一些只有七八岁的孩子也拉着车，晃晃悠悠地把家里的老奶奶或老爷爷拉来看电影。天还亮着，舞台下面就放满了各种各样的凳子。小贩也都来卖小吃，有卖甜杆的，有卖切糕的，有卖小酸苹果的，萧南和淑兰只买了点切糕和一根甜杆。电影是萧南最爱看的芭蕾舞剧《红色娘子军》。农民可是不高兴了，都说：“真是不好看，腿撇得多高，也不说话，跟哑巴似的。”淑兰要是在以前，她不跳一晚上也要跳上半个晚上。可是，经过那件事情以后，对这些她原来很喜欢的事情，已经没有那么大的兴趣了，她失去了一些天真，变成熟了。

队里决定在刚刨完白薯的地里挖海绵田。大队长让他儿子扛着一面写着“农业学大寨”的红旗，在广袤的土地上没有迎风飘扬的潇洒，却显得有些孤单和悲壮。每人一米，队长和会计拿着皮尺丈量着。按要求土地要深翻一米。兔娃爹在知青旁边，嘴里骂着：“日鬼了，把生土都翻上来了，明年咋种庄稼呀？”

王聪不懂什么叫生土，问李大伟。李大伟指着挖过的土层说：“你看上面有腐殖质的颜色深，下面的颜色就浅多了，这儿不是有一道明显的线吗。腐殖质是有机肥，能使庄稼长得好。”

兔娃爹笑着说：“这娃说的对着哩，把有劲的土翻到下面，庄稼就没收成了。”

队长也明白这个道理，他让大伙把当天挖的又填回去，生土还在下面，熟土仍旧在上面。当然不可能分得很清，可是基本上没有破坏土层的关系。

“哎，兔娃爹挖出来一个大白薯。”林明叫起来，兔娃爹喜笑颜开地拍掉白薯上的土，往怀里揣那个有一斤重的白薯。

队长把学大寨安排在白薯地的用意也在于此。一来刨白薯时地已经挖松了，人可以不太费力。二来可以把挖漏的白薯收回来。

每人都有点收获，连萧南和淑兰也挖到几个像老鼠大小的白薯。

以后，每天挖两个小时，白薯地挖完了，大寨也学完了。

一天晚上，莲香叫女生去她家。原来，他爹把羊杀了，要给他妈妈做一个羊皮坎肩，因为他妈妈老说肩膀疼。莲香妈把羊肉炖了，叫知青来吃羊肉，萧南她们也就不客气，上炕围着炕桌坐好，莲香奶奶高兴地招呼着她们。莲香还端来了馍和油辣子。知青长久没有油水了，吃得特别香。

进入冬闲，知青都在准备回家。林明回北京，李大伟去干校。淑兰的家里来信，让她回去过春节，她爸爸那时也要回来探亲。

知青点里只剩下萧南和王聪了。王聪觉得夏天已经回去过，所以自觉地在农村过冬。萧南因为想学习，冬天有的是时间，另外她也没有钱再回一次家了。爸爸不在，她要处处节省一些，不能让妈妈为难。

李大伟坐上火车，心里充满了对父母的想念。他觉得车停的站太多，走得也太慢。他背着分给他的一斤棉花和用今年布票买的十六尺蓝卡叽布。在德州火车站上，他又给父母买了两只烧鸡。

李大伟在火车上，也想到了萧南。他交代王聪，一定要注意萧南的安全。他通过一年对王聪的了解，觉得王聪心眼好，做事可靠，虽然有点小家子气，那完全是由于他的家庭和环境造成的。他的本质很好，是平民阶层里最自尊上进的那种人。

当他知道萧南的父亲去世时，曾经几次想找她谈谈。可是，她有一种不让人接近的感觉。即使自己找了她，又如何开口呢，虽然住在一个院子里，他们说话并不多。她对于女生好像比较放松，可对于男生就有一种距离。如唐僧给孙悟空在地上画的那个圈，她也不出来，别人也进不去。他想着萧南那些可爱之处。她长得不算漂亮，人过于严肃，还有些拘谨。她不会对别人轻易地敞开心扉，也许就是这谜一样的感觉，招人喜欢。或者是对弱者的同情，李大伟自己也说不清楚。其实，爱情就是说不清楚，只要两个人在一起心里高兴，离开想念就应该叫爱情吧。总之，李大伟在想着萧南。

火车大站小站都停。上下车的人都穿着蓝色、灰色多数有补丁的衣服，没有什么明亮的色彩。列车越往南开，铁路两旁的地里多了一些绿色，也多一些穿黑衣服头上包布的农民。几乎所有的墙上都刷有“万寿无疆”、“永远健康”和“工业学大庆”、“农业学大寨”的标语，每个字都有一平方米大。形势虽然一片大好，不是小好，好了人民，乱了敌人，可实在也有乱了自己的迹象。虽然，广播几乎每天都在说“敌人一天天烂下去，我们一天天好起来”。可人民的生活还是非常艰苦贫困。南方应该比北方富足，可是要饭的哪里都可以看得见。在冬日阴云的笼罩下，李大伟有许多解不开的问题，这样国家就不会变修了吗？这不是离共产主义越来越远了吗？

李大伟好不容易到了父母干校的所在地。正好搭上干校拉粮食的汽车，开了两个多小时才到干校。正赶上吃饭，李大伟在端着饭盒的人群里看见了父亲。父亲的身材好像变矮了，背也有些驼，头发白的更多了。

他等车停稳后，一下子跳下汽车，用两只不太听话的脚，向父亲跑过去。

父亲被从天而降的儿子吓了一大跳，他虽然很高兴，可是不能在众人面前表现出来。他先向他们的排长报告，他的儿子来探亲了。然后，他才端着刚买的饭带着儿子去找老伴，他知道老伴比他更想儿子。

李大伟母亲住的房子潮湿阴冷，她正在炉子上热已经变凉的饭。母亲的变化不大，好像女人要比男人经得起折腾。屋里的人看见李大伟他们来，就都知趣地去了其他房间，这些人毕竟是受过教育的知识分子。母亲看见儿子觉得自己好像在梦里，手里的勺子也不知放哪儿好了。她让李大伟坐在她的铺位上，仔细地端详。儿子结实了，成熟了。

他们期盼已久的见面，竟然没有眼泪，没有激动。只是时间的流失。

李大伟赶快拿出他买的烧鸡，父亲和母亲好久没有看见这样的美食了。大伟看见父亲有一口白而整齐的牙齿，他想到父亲可能因牙周炎，也可能因为挨打，一口牙都掉了，所以才换了假牙。大伟默默地观察着，什么也没有问，问了只能使父母又想起不愉快的往事。母亲毕竟是母亲，她舍不得吃，让给儿子和老伴。李大伟不高兴了，让妈妈一定要吃，否则他就不吃了。妈妈不好意思地笑笑说："肠胃有些不习惯了。"吃过之后，李大伟的妈妈小心地把所有的骨头都用报纸包好。李大伟拿过来，他把这些放进自己的书包，等到合适的时候他会去埋起来。不会留下一点痕迹。在高压之下，知识分子都战战兢兢如履薄冰，如惊弓之鸟。

李大伟知道他父母又要上工了，他们也在"学大寨"，围湖造田。李大伟的爸爸在李大伟的耳边轻轻地说："孩子，跟这儿的人少说话，言多必失。切记！切记！"李大伟点点头，父亲和母亲放心地走向门口。妈妈在门口又回头看了看儿子，她还是怕一回头儿子不见了。在被关起来的时候有好多次，她产生了幻觉，再关得时间长一点儿，她的神经可能都会出问题。

李大伟和衣躺在妈妈的床上。一路上，有时有座位，有时他又让给抱孩子的妇女。下了火车，又是一路站在敞篷卡车上。他躺在妈妈厚厚的丝棉被里一会儿就睡熟了。

天色暗下来的时候，收工了。父母回来看见儿子睡得正香。老两口轻轻地坐下来，像是欣赏世界名画一样地看着儿子。他们俩的手不约而同地握到了一起，脑子里浮现出各个年龄段的儿子。最使他们向往的是襁褓中的儿子，这个小生命给他们带来了太多的快乐。李大伟脸上柔和的线条变得坚硬了，因为坐火车没有刮的胡子茬，使他更加男性化，这些让父母觉得有点陌生。他的脸色并不好，说明他在农村营养不够。儿子已经长成了大人，在他的脸上还能看出小时候的样子。

他们去打了晚饭回来。炉子要填煤了，否则会熄的。而且，让同屋的人再去外屋也不好意思，就狠狠心把李大伟叫起来。

晚上，李大伟被安置在一个有十几个人的大房间。他把自己的东西放好，就去父亲的屋里找父亲，他有许多话要对父亲说。他敲了敲父亲宿舍的门，在听到“请进”以后，推门进去。看见一屋子的老研究员住在一起，他们有人在艰难地缝衣服，有人在用小纸片卷着自制的纸烟，有人在认真地看着原版的马列著作。只有一位三十多岁的年轻人，脸上没有多少文化，一望便知是看着这些人的。

门外，有人在叫那年轻人去开会。等他一走出屋，所有的人都放下手中的工作，把目光投向李大伟。李大伟这时才敢叫“伯伯”、“叔叔”，这些人看见李大伟就像看见了自己的孩子一样。有人甚至悄悄地拿出自己珍藏的巧克力给李大伟，李大伟谢绝了。他为他们的处境而担心，这些人生活能力差，身体又不太结实。

他示意父亲穿上棉衣。他们走出宿舍，在黑黑的没有一点星光的地里走着。李大伟费劲地问父亲：“爸爸，您和妈妈在里面挨打了吗？”他感觉到父亲变得迟钝了，有点像七八十岁的老人。

父亲琢磨着要不要告诉儿子实话。他认为孩子已经长大了，他应该知道真实的情况。他看看四下没有人，才对李大伟小声说：“我不知道怎样才能说清楚，对于我的科研项目，我可以用各种单位来准确地描述。可是，对于我挨打的事，我可能很难说得清。我在‘坐飞机’时，姿势不够标准，被踢了几脚；被人揪着头发按着头站在台上示众，这些算不算挨打呢？不管怎么说，我受到了人身侮辱和人身攻击，而且是在不许我反抗的情况下。如果是德国法西斯和日本侵略军，我可以和他们拼命。可是，在现在这种条件下，我只有挨着。刚开始斗我，我还挺不好意思，后来我就想去挨斗了。”

李大伟不明白了：“你为什么想去挨斗呢？”

他父亲说：“不是有亲身的体会谁也不会相信，每天在屋里就我一个人，我想看见人。我还学会了说假话，刚开始斗我时，我就不承认自己是反革命特务。后来，我看见人家斗我们所长，问他：‘你是反革命吗？’他说：‘是。’‘你是走资派吗？’他说：‘是。’他就不用挨打了。为了不挨打，我就也学着回答我是反革命特务了。大伟，你看不起爸爸了吧？爸爸已经成了不能坚持真理的懦夫。”

大伟的爸爸等着儿子的回答，一秒钟他都觉得太长了。

李大伟说："爸爸，我觉得您很聪明，学会了保护自己。"

当父亲听见儿子这样说时，他实实在在地觉得儿子成熟了。他接着说："求生，保护自己是人类的本能。我的窗子都被报纸糊起来了，不许我去打饭，我看不见人呀。他们也不给我书报。我再和你讲一件事，我在屋里还喂了一窝老鼠。我实在太寂寞了，看见墙角有一个老鼠洞，我就把一点儿饭放在洞口，小老鼠还真出来吃，我就看着，觉得很有意思。你看我还养'四害'，有些不可思议吧。有时我觉得我和老鼠没有什么不同，只是比它们更加痛苦，没有它们自由。"

李大伟当然可以理解父亲的做法和想法。在农村的寂寞他体会到一点儿，可是和父亲是没法比的。沉默了一会儿，李大伟看见父亲停下来，为了不让爸爸再想那些痛苦的事情，就问："妈妈呢，她怎么样？也受到和您一样的折磨吗？"

父亲心疼地说："以后我死了，都没脸去见你外公。你妈妈是你外公的掌上明珠呀。他在我们结婚的时候，嘱咐我好好照顾你妈妈。我答应了，几十年来，我也尽力地做到了，你是看见的。谁想得到会有'文化大革命'呀。有一段，你妈妈的神经都有点不正常了。她眼睛发直，她们屋的人说，她有的时候几天不说一句话。可是，却梦里大叫：'我不是特务，我不是特务。'她长得那么漂亮，追的人那么多。可是，她父亲觉得我人可靠，不会亏待她，才同意我的求婚。没有想到我带她去美国学习，使她被人污蔑成美国特务，我对不起她呀。"

李大伟安慰父亲："这不是您的错，连那些元帅、将军们都成了土匪、特务，更何况你们了。你们要注意身体，我在农村最担心的就是你们的身体。"说着他拿出四百元钱，告诉父亲这是他在大规模抄家时，取出来的，他用了一些，加上他分的几十元，一共就有四百元了。

父亲告诉李大伟，这钱还是放在他那里好，放在他们这儿只能找麻烦，他们也不敢用。而且他们有生活费，虽然每人只有二十元可也够用了。李大伟非把二百元给父亲，他实在害怕万一他们谁病了，他又不在身边，没有钱连病都要耽误了。父亲想想也有道理，就接过钱，把棉衣撕开一个口子把钱塞进去。他调侃地说："我也会做地下工作了。”

过了一会儿，他又拿出一百元，让李大伟明天交给他妈妈。父亲说：“把鸡蛋都放在一个篮子里是不对的，万一篮子破了，鸡蛋就都碎了。所以，分开放是对的。”

李大伟跟父亲在一起总能学到东西。他赶快把自己知道的有关“文化大革命”的各种传说告诉了父亲。还讲了知青下乡的情况。父亲摇摇头说：“不该呀。国家的强大，人才是第一位的，在应该受教育的年龄，都去了农村，以后，会后继无人的。你要利用晚上的时间多看点书，不可以荒废学业呀。你有高中的基础，自学是没有问题的。”

李大伟和父亲说：“我已经在自学微积分了。有关导数的问题我正好要问您呢。”

父亲点点头说：“好，好。我找个时间给你讲一下。”

大伟又问父亲：“王叔叔怎么不和你说话呀？”他说的王叔叔是他父亲的学生，以前老来他们家，对他父亲毕恭毕敬。父亲也常常放下手里的工作，给他讲解各种各样的问题。他家在农村很困难，妈妈总是把家里不用的衣物送给他，还经常留他吃饭。可是，今天大伟来的时候，所有的人都在注视着他。王叔叔就假装没有看见，端着饭挤出人群走了。大伟觉得一定有什么事。

父亲迟疑了一会儿说：“他带头揭发我，说我们拉拢收买他，还把有些衣物扔到我的脸上。其他我关心不多的人，反而常常偷偷告诉我一些消息。”

李大伟怕父亲着凉，又担心看管父亲的年轻人已经开会回来了，就扶着父亲往回走。

到了父亲的宿舍，看见那看守还没有回来，李大伟和父亲的心里都踏实了许多。李大伟回到他的临时宿舍，这个屋里的气氛轻松多了，这里有跟父母来干校的，也有像他一样来探亲的，因为都是年轻人，所以很活跃。有玩扑克的，有下棋的，有看书的，也有吹口琴的。李大伟没有想到他的父母受了那么多的折磨。他曾经努力设想过，但他还是想不到会是这样。他明白了爸爸为什么迟钝了，很长时间没有人说话，又没有书报。那一晚他没有睡好，老是做噩梦。

第二天一大早，李大伟跟着父亲去干活儿。他觉得有他去，那些看守会对父亲好一点。他们去围湖造田，他和父亲在一起抬土，他可以把绳子往自己这边放。可是，父亲心里很不好受，儿子来了以后还没有好好地休息，就下地干活。李大伟的父亲从看守的眼睛里已经看出他们不高兴李大伟参加劳动。他们认为李大伟来干活，影响了他们对“黑帮”的管理。下午，父亲就不让李大伟再去了。

李大伟就去父亲的床下，把脏衣服都找出来洗。并且，把破的地方都补好。虽然，缝得不平整，可总能顶一阵子。妈妈拿出快要作废的布票让李大伟去买衣服，还让李大伟把他的旧衣服留给父亲。妈妈说：“你爸爸穿新衣服太显眼，影响不好。还是你去买新衣服带回去穿。”

李大伟到了镇上买了够做两床被里的白布，又买了两斤水果糖，他知道父亲爱吃糖。给妈妈买了两罐炼乳，他觉得妈妈需要补一补。他给父母亲都换上新被里，把带来的一斤棉花也都絮进去。在这样阴冷的地方，他担心他们会得关节炎。

在他到干校的第七天，看守人员把李大伟的父亲叫去。训斥他为什么不请示就把儿子叫来了，并告诉他，你还没有资格让家人来探亲，必须马上叫你儿子离开。李大伟的父亲知道一请示肯定批不了，所以才让生米煮成熟饭，反正自己也看见儿子了。他很明白，如果不把他儿子赶走，马上就会有更多的子女来看望“黑帮”父母，那些看守将很难管理。本来让这些人到干校已经比在北京关牛棚难管多了。

晚上，父亲对儿子做最后的交代。他说：“希望你能够在劳动之余不放弃学习。这场运动总不能比抗日战争的时间还长吧。”

母亲的交代是：“孩子，要注意卫生，不要累坏了身体。等到能够探亲的时候，我们会写信给你的。”

李大伟看着已经年过半百的父母，还是放心不下。他恳求父母亲：“有什么事情一定要让我知道，你们要好好保重自己。”

父亲对李大伟说：“你还是回北京去你姨家过春节吧。”李大伟点点头。

离春节只有五天了，李大伟被迫离开了干校。

离开干校的感受，李大伟远不及父母深刻。经过了一系列的人身侮辱，父母亲只期望孩子能好，自己怎样已经置之度外了。看见儿子毫无希望地又回到农村，母亲的精神彻底地崩溃了。她和李大伟的父亲对儿子寄予很大的希望，他们曾经设计过要让李大伟上什么大学，什么研究院……一切都没有希望了，母亲觉得对不起孩子，不该生他，不该让他来到这个世界上。母亲的神经越来越不正常了，常常发呆。

李大伟坐在火车上，茫然地看着窗外。车箱里播放着歌曲“天大地大不如党的恩情大，爹亲娘亲不如毛主席亲……”

19

晚上八点多，李大伟敲响了林明家的门。林明的大妹妹来开门，她吃惊地问：“大伟哥，你怎么没有在干校过年呀?”

“你和谁说话呢?”林明妈妈走过来了“你怎么不让哥哥进来呀，大伟，快进来。”

林明和他的几个妹妹都从套间出来了。李大伟进屋一看，屋里的变化很大，满屋都是床。原来，林明家被迫让出了一间屋。他们现在分男女宿舍，女孩子和妈妈住里间，林明和他爸爸住外屋。所有的柜子桌子都放在外屋，只有小小的一条路可以走人。李大伟在林明床对面的光板木床上放下手提包，林明的妈妈问：“大伟，吃饭了没有呀?”

“没有，火车站一到晚上就没有卖吃的了。”李大伟假装轻松地说："小姨，给我煮点儿挂面就行了，别麻烦。"

林明的妈妈心里很明白，李大伟是被人赶出干校的，这给孩子的打击太大了。她把家里的好吃的都拿出来招待李大伟。

几个表妹都长高了，李大伟和她们开着玩笑，逗得表妹们大笑。这个家已经好久没有这样的笑声了。林明的妈妈端着饭进来的时候，叫孩子们注意点，别让当头儿的邻居听见。

李大伟端起碗，问："姨夫呢？"

林明说："我爸爸去干校了，已经走了三天了。我再晚回来几天就看不见他了。妈妈和妹妹下个月也走。"

李大伟没有想到去干校的人会这样多。他饿坏了大口地吃着饭。

林明和李大伟刚分开几天却好像已经好久了。等表妹们都睡了，林明的妈妈走出来问大伟："你妈妈怎么样了？"她早就听说姐姐有点精神不太正常。

李大伟说："我觉得妈妈比爸爸还好些，爸爸可是老了许多。"

林明的妈妈听见外甥这样说也就放心了，她一直担心姐姐。她又问："他们自由吗？"

李大伟说："我去的第二天，吃过饭，他们去上工。我去跟他们一起劳动，帮我爸爸干了一点儿活，就把看守惹着了。这不是把我赶走了，连春节都不让过。"

李大伟就睡在姨夫的床上，因为林明和他父亲把被子褥子都带到了农村，所以连铺的盖的都紧张。林明的妈妈和妹妹是两人盖一床被子。李大伟的床上没有褥子了，就用一条线毯铺上当褥子，为了保暖，他们把所有的衣服裤子都盖在身上，钻进被子就不敢乱动了。

姨夫的工资也扣发了，林明妈妈要准备她和孩子们穿的用的，正在为没钱而发愁。林明已经把自己挣的几十元钱交给了妈妈。李大伟拿出了一百元给小姨，小姨怎么也不肯要。李大伟把这笔钱的事告诉小姨。小姨知道大伟手里还有一百元才收下了这笔钱，她说以后有了钱再还给大伟。李大伟说不用还了，这钱能这样用他的父母一定会高兴的。

李大伟思索着，他住在小姨家有许多不便。但是，春节前他就走，小姨一定不会答应。他想好了，等春节一过他就去张晶那儿，把宣磊的事向她交代清楚。并且受宣磊之托，也要看看张晶生活得如何，这样才对得起朋友。既然，在哪儿都不方便就早点回村吧。他和林明说："我想一过完春节就去看张晶，宣磊是她的男朋友。"

林明点点头："大伟哥，你去吧，要不是送妈妈和妹妹，我就和你一起去，看看雁北什么样。"

林明妈妈让李大伟和林明去买过年的供应，并嘱咐他们早点去，说去年就因为开会没有买到富强粉。

卖年货的菜市场里面挤得水泄不通。虽然是冬天，菜市场里的空气也能让身体不好的人昏倒。李大伟和林明奋斗了一天，把副食本上的三条鱼和两只又小又黑的冻鸡买了回来。第二天，又去买每人二斤的富强粉和二斤小粘米，还有每人半斤带壳的花生和三两葵花籽。本上没有林明和李大伟的定量，他们的户口在山西。

林明的妈妈尽量做些好吃的，孩子们也需要营养。包一次饺子就用掉一半的面，蒸一次米饭几乎用掉一半的米。要在以前林明妈妈看见孩子们这样能吃会高兴的，觉得孩子们身体会结实健壮。现在不同了，她真有点害怕，她担心她没有能力养活这些孩子。

春节没有一点让人兴奋的事情，没有好电影。到了第三天，那点春节的供应就基本吃光了。李大伟和林明去买草绳、塑料布、木箱。好在他们轻车熟路，很快就把东西买齐了。把夏天不用的衣服都装进箱子，被褥还要用到临走之前才能捆。李大伟看看准备得差不多了，就和小姨说，要去雁北看望同学，林明帮助大伟说话。林明的妈妈虽然还想招待李大伟几天，可是已经没有什么可以招待的东西了。既然有必须办的事情，她同意让李大伟先走。但是，她的心里很不好受，姐姐、姐夫不在，她没有能照顾好他们的孩子。实在对不起他们供她上大学的这份情，可在这种特殊时期又有什么办法呢。

李大伟在最后一天去了西单的中国书店，用七毛六分钱买了三本旧的樊映川的《高等数学》，他要带回去看。

李大伟离开小姨家感到一阵轻松，他吃表妹们的定量，心里很不自在。小姨每天和表妹盖一床被子也睡不好，还要操劳，他都看在眼里。

李大伟一走，林明的妈妈就和林明商量，大电子管收音机用不着了，去卖了吧，自行车要就让林明带去山西。总之一些暂时不用的东西都拿去卖，也卖不了多少钱，因为去干校的人太多，卖东西的人也多。

林明觉得自己是大哥又是家里唯一的男孩，爸爸不在，照顾妈妈和妹妹是自己的责任。他把自己在农村学到的一点本事全都使出来，他做擀面烙饼，妹妹们不会的功课他也给解答。妈妈看见儿子才去农村一年就这么懂事，心里很安慰。

妈妈想把家里暂时不用的书籍也卖掉。有用的书挑了一些带到干校去，《马恩列斯全集》让林明带到农村去学习。林明让妈妈带给爸爸，自己挑了一些文学和艺术的书，妈妈怕惹事，非要他卖掉不可，他说在农村没有人管这些。林明又拣了一些他认为有价值的书，送到同班同学大头家暂时寄存起来，剩下的书就三分钱一斤卖掉了。

林明在农村一年，深深地体会到农村知识的缺乏，书籍少得可怜。一本书被全村识字的人传看。所以，他只要背得动的都带走。

家里的事忙完了，他才去找同学、朋友。有些人已经从插队的地方回来好几个月了，有些人还没有分配。大家在一起骑着自行车满北京城地转，碰上不顺气的事就打一架。林明属于那种叫得最响，跑得最快的。

有些男生学着大学生的样子，交女朋友，他们叫这为“拍婆子”，就是去截那些比较招摇的女生。其实，每个男孩子都有想当唐吉诃德和罗宾汉的一个阶段。

林明也曾经截过一名他认为很可爱的初中女生。她的全家都去了干校，她也希望有个男生保护。林明看来不像坏人，那女生就同意做他的女朋友。可是，林明根本没有这方面的精神准备。他不知道拿这个女生怎么办，他虽然喜欢和这个女生在一起聊天吹牛，说他见识过事情，可是在林明的潜意识里觉得这属于低级趣味。没有多少天，林明就和这个小女生分手了，他告诉小女生他正在农村，没有办法保护她。小女生还很动情地说她可以等他十年，她用哀求的眼睛盯着他，弄得林明心里挺难受，心里也有一番挣扎。他就这样结束了他朦朦胧胧的初恋。

有一天，他去找他们班的大头。大头在他们班是最聪明的，林明不会的事，总是去问他。大头的爸爸去世了，妈妈瘫痪在床。所以，他就留在家里没有下乡。

他告诉林明有个好地方。一天，他带着林明去了北京图书馆，阅览大厅里人们安静地看书，这里简直就是一个世外桃源。人在这里得到净化、屏蔽和升华。

借书要用学生证，林明的学生证早就不在了，大头给他弄了一个，名字和照片都不对。大头花了一个下午为林明改了学生证，不仔细看还真看不出来。林明很感激大头，就请大头去喝酒。其实，两个人都不怎么会喝，硬学着大人的样子，喝得挺难受的。一嘴的酒气又不敢回家，在外面泡了几个小时才回去。

刚开始，林明只是借画册，看那些苏联的油画和素描。后来，在那里他看一些期刊杂志。有时忘记了时间，到了关门时才出来。在书籍中他得到了极大的满足。他恨冬天的白天过得太快。大头有时也来，坐在他旁边，他们自己看自己的，很少和对方说话。林明感谢大头带他来这里，他和大头的感情又深入了一层。大头多数时间看无线电方面的书籍，林明爱看有关飞机方面的书籍。其实，他们多半看不懂，尤其是那些公式。但是，两个人从中得到了很大享受。

一天，关门时，林明去取自行车发现车铃丢了。大头说：“你不知道最近自行车的车铃都丢得邪乎了，一般人锁完车就把车铃摘下来，有人还把转铃加一个防盗圈，你傻了吧。”

“我招谁惹谁了，这怎么办？”林明有些颓丧地说。

“物质不灭嘛，这都不知道。”大头经验十足地说着，就去别的车上摘了一个车铃给林明装上。林明试了一下，声音还挺响亮。

大头说：“人家都掩耳盗铃，你怎么回事呀，生怕人家不知道。”

林明不服气地说："我怎么盗铃了，我又没有多出来一个铃。别说啦，走吧。"

林明用自行车带着大头。两人聊了起来。林明说："大头，我觉得航空杂志太少了，可能无线电方面的多一点。"

大头坐在后架上，正为看到一半又不能借回家的书而懊恼。他比林明更有心眼，他不仅看还做笔记，六分钱一个的横格本用了三四个了。林明可是嫌麻烦，他只看不记。大头闷声闷气地说："要是咱俩能看外文的就好了，还有咱们的数学学得也太少，好多公式都看不懂。"

林明说："我表哥是老高三的，数学不懂的我可以问他，等我回来再给你讲。"

大头说："我们院里有个在英国留过学的老头，我可以向他学习英语。咱俩要是结合起来可就太棒了。"

林明高兴地撒开把，还把两脚叉开。

大头坐在后架上，紧张得身子一扭动，两个人都从车上摔了下来。林明捂着膝盖冲着大头说："你晃什么呀？"

大头也甩着手腕子，说："你玩儿什么帅呀?!"

两个人又相视大笑。林明说："你走回去吧，车坏了，没法骑了。"

到了家里，妈妈看见林明回来的这副狼狈样子，火就上来了。本来这些天忙着准备东西，累得要命。林明的妈妈其实也心疼儿子，下乡一年了，让他痛快地玩玩，并无太大意见。可是，前些天，他还带回来一个女孩子。就训林明："我们都要走了，忙成什么样子，你还添乱。你看看你裤子都摔破了，你每天都到哪去了？中午也不回来吃饭，你别觉得爸爸的问题没解决，就没有人管你了，你就破罐子破摔，还交什么女朋友。"

林明毕竟还小。刚回家的几天还知道帮助家里做些事，后来一玩起来就忘了。再以后去图书馆又老觉得时间过得太快。"妈妈，是我不对。我没有干什么坏事，我这些天是和大头去北京图书馆看书。"

"真的吗？"妈妈不太相信。

林明拿出要查找图书的小条，妈妈才相信。她没有想到儿子会在这种恶劣的情况下还去看书学习。她得到了很大的安慰，态度缓和地问：“借书要钱吗？你们中午在哪儿吃饭？”

林明说：“借书不要钱，每天中午买两个火烧。”他没有告诉妈妈，他给大头一个，因为大头家很困难。

妹妹们像几个受惊的小猫似的，趴在里屋的门上看着发生的一切。妈妈不愿意在儿子面前承认错误，就赶快去热饭。

大妹妹过来和哥哥说：“明天你也带我去看看。”

两个小妹妹也吵着要去，妈妈端着饭进来了：“别吵了，让哥哥吃饭。”林明一看妈妈用每月仅有的两斤鸡蛋，给他煎了个荷包蛋，就知道妈妈支持他的行动了。

第二天一早，林明带着三个妹妹去了图书馆，妈妈给他们带了一斤蛋糕。可是，妹妹们坐不了那么长时间，只有大妹妹有学生证，她们三个挤着看画册。过了中午，林明就叫妹妹们回家了。

晚上，妈妈用剩下的富强粉给他们做了一顿饺子，妈妈用这样的行动鼓励孩子们读书。

一个月后，送走了妈妈和妹妹们。林明的家彻底不存在了，房子也被单位收了。林明只好住在大头家。大头家是两间平房，瘫痪的妈妈和姐姐一间，大头和林明一间。大头很想好好招待林明，可是家里的经济情况很窘迫。早饭是棒子面粥和淹萝卜，午饭是馒头和窝头，晚上有时是面条。林明看见大头和他妈妈为难的样子，他要给大头钱，大头硬是不要。

林明每天和大头说他们村里的事情，大头实在羡慕林明，说：“我也想去你们那儿看看。”

林明说：“好哇，这次你和我一起走。”

大头说：“那行吗？”

林明说：“插队就这点好，没有人管。没有什么行不行的，去了还给你妈省点饭钱呢。”

谭卓娅和淑兰回北京以后，见了几次面。一次是大年初三，另一次是她们约好去看萧南的弟弟。两人敲开门后，邻居阿姨叫：“小弟，有人找你。”萧南的弟弟慢慢地从屋里走出来，一看是姐姐的同学，就请她们坐下，自己也坐在一边。她们问一些平常的问题，萧南的弟弟问一句答一句。

家里倒是干干净净的，屋边的地上放着他的作品，有涂得黑糊糊的木刻板，还有画。看得出来，水平是比普通中学生强多了。萧南的弟弟秀秀气气的，人瘦瘦的，中等个。

淑兰和谭卓娅说了一些萧南的事情，萧南的弟弟也不怎么说话。她们俩觉得再待下去有点不知道说什么了，就起身出来了。

谭卓娅又拉着淑兰去她家，她们家里饭桌还没有擦，上顿的饭渣还在桌上。床单上有墨汁和钢笔水的痕迹，墙上也画得乱七八糟的，看来谭卓娅的弟弟可是够淘气的。谭卓娅感叹半天：“我弟弟有萧南的弟弟一半乖，我就知足了。我一回来就帮助我妈妈给他们洗衣服、拆被褥，累死我了。可这两个家伙还是像泥猴似的。我在我们家就是丫环、保姆。你多好呀，你最小，家人都宝贝你。”

“我也得帮助我妈妈做事。”淑兰有点儿得意。

谭卓娅的哥哥正在准备去云南兵团，听说快要招人了。谭卓娅和淑兰议论着这事：“云南多好玩呀，有少数民族，有孔雀，有大象。早知道我就不去山西了，咱们那儿什么也没有，还老吃面，到了云南就可以每天吃大米了。云南一定特漂亮，不像咱们那儿到处都是黄土。”

淑兰不屑一顾地说：“我可不去，咱那儿离家还近点，到云南得坐三天火车吧，光坐火车就得把脚给坐肿了。我哥哥从内蒙草原回来说，天苍苍，野茫茫，倒是不假。什么风吹草低见牛羊呀，他们那儿就这么矮的小草（淑兰用手比划着），牛羊都吃不饱。贫下中牧脏死了，经过他们身边都有一股膻味儿。也没有什么蔬菜，跟咱们那儿似的。”

谭卓娅觉得淑兰胸无大志：“云南的傣族可干净了，成天洗澡，还有泼水节。我要去了我也买一条筒裙，多棒呀。等我哥哥去了，我让他也把我办到云南去。”她开始胡思乱想。“你爸爸调回来了吗，他去兰州几年了？”

“我爸爸去兰州已经有十一年了，也调不回来。谁去那儿呀，没有人跟他对调。我妈妈找了几个“掺沙子”留在北京的兰州兵，他们是工人，我爸爸算干部还不能对调。”淑兰不高兴地说，“哎，再不行就等退休吧。”

谭卓娅问：“他走了吗？”

淑兰说：“走了。就那么几天的探亲假。我奶奶都哭了，她说等我死了你也回不来，我死都闭不了眼。”

“说不定哪天碰上一个，就对调回来了，别着急。”谭卓娅也觉得这事不对，一家人老分开算什么事呀。

淑兰看看太晚了，站起来说：“过几天咱们一起去买火车票，最好有个靠窗户的位子。”

“最好咱们俩对面都靠窗户。”谭卓娅说着。

“尽想美事，我走了。”淑兰走了。

谭卓娅的妈妈提着一串饭盒回来了，她说：“怎么中午的桌子还没有擦呀？卓娅，快点擦，要吃晚饭了。”

谭卓娅赶快擦桌子。妈妈把饭盒一个一个拿出来。高兴地说：“今天‘三结合’领导班子找你爸爸谈话了，说他问题不大，可以做一些工作。我买了三个甲菜庆祝一下。”

“妈妈，你什么时候能没事呀？”谭卓娅关心地问。

“我们一块儿去延安的一个同志，造反派说他是国民党特务。主要他家里太有钱了，他爸爸光姨太太就五个。‘工宣队’说，革命的都是穷人，你家那么有钱，参加革命一定有其他目的。他不解放，我们几个就说不清。那时，能上学的家里都有点钱。我的问题不算大，就是受点牵连。”妈妈愤愤不平地说。

“真不像话，人家背叛自己的家庭多不容易呀，还怀疑人家。”谭卓娅说。

“延安‘抢救运动’已经整一回了。现在，又重来。他们几个都哪里去了？”妈妈问的是三个男孩。

“弟弟滑冰车去了。哥哥和同学转户口去了。”谭卓娅说。

谭卓娅的爸爸回来了，一扫昨日的阴霾，脸上一副云开雾散的样子。一进门就吹："共产党员就要不怕丢官，不怕开除，不怕离婚，不怕坐牢，不怕杀头。受点委屈算什么。这不是搞清楚了。"

谭卓娅的妈妈本来挺替他高兴，一听他这么说，脸就拉下来了："别站着说话不腰疼，是谁说的'什么时候是个头儿呀'，你还没有彻底解放呢。"

"事情得一步一步地来嘛，你别急，你的问题也会搞清楚的。吃饭，吃饭。那几个野小子又野到哪儿去了。"谭卓娅的爸爸赶快转移话题。

"小萧死得太冤了，听说他关在里面挨打最多。我真想去他家里看看。"谭卓娅的妈妈说的是萧南的父亲。

"你可别去，现在不是时候，别再惹事了。"谭卓娅的爸爸心里觉得有几分对不起萧南的父亲，可是在利益和良心冲突时，良心一般是让位的。

"我和淑兰刚去过了，萧南的妈妈已经去了干校，只有她弟弟一人在家，他也不说话。在家里画了不少画儿。"谭卓娅赶快说。

"好孩子，在乡下你也要多关心一点萧南，听见吗。"谭卓娅妈妈心里好受了许多，女儿不引人注意地去看望了萧家，使她沉重的心又减轻了一点。

"我知道，我和萧南挺好的，您放心吧。"谭卓娅说着。

门突然大开，撞在了墙上，门把手对应的墙已经被撞出了坑。谭卓娅的两个弟弟像泥猴似的进来了。栽绒帽子前后戴着，脸上像被人抓了一样的有几条红道子，鼻涕挂在嘴上。一人提着冰车，一人拿着捅火的火筷子。从脑袋上摘下的帽子顺手一扔，帽子越过了谭卓娅爸爸的头顶，落到床上。没有帽子的头上冒着蒸气，皲裂的手也不洗就要抓馒头。谭卓娅的爸爸"啪"的一巴掌，打在抓馒头的手上。两个小泥猴乖乖地去洗手了，也不用肥皂，手也不擦，水顺着手在流，两个泥猴就坐在了桌子旁吃起来。

"转户口还要五分钱。"谭卓娅的哥哥进门冲着父母说。

20

李大伟走了三十里地，才走到张晶住的村。这里的建筑比刘张村差多了，房屋更加的破旧、低矮，连院子都小得多。村里没有横平竖直的街道，更没有成排的树木。土地也是东一片西一片散落在山坡上。李大伟向一个小孩儿打听，北京学生住在哪儿，小孩子指给他村里的一个院子。进了院就看见张晶戴着草帽在抱柴禾，李大伟叫了一声："张晶，可找到你了。"

张晶非常瘦，本来就小的脸更小，她黑黑的眼圈，身上的蓝布学生装已经让太阳晒得快成白色了，只有两个腋下、领子下面还有些蓝色。她显得很憔悴。这时，从屋里又出来两个男生。张晶给他们介绍，他们说在学校时见过李大伟，李大伟也觉得他们有点儿眼熟。

张晶带李大伟进了她住的屋子，她说原来一共有四个女生。那三个都是初中的，早就回北京去了。因为这里离北京近，火车票不过五块钱，有些人都回去三四趟了。

李大伟用低沉的声音讲述着宣磊的事情，他尽量避免使用刺激的词语。张晶平静地听着，没有表情，但有点不由自主地左右摇晃。最后李大伟从书包里拿出宣磊的骨灰，张晶双手捧着，轻声地说了声："谢谢。"她的心里确实感谢李大伟，是他帮她办了宣磊的后事。她想和宣磊单独待一会儿，就站起身。李大伟明白他该走了。

张晶轻轻地关上门，看着那一包骨灰，整个心都在颤抖。一个活生生的人，走时好好的，现在就变成了这么一个小包。爸爸、妈妈死了还看到了尸体，她却连宣磊的尸体都没有看见。她接到李大伟的信时，整个人像被打昏了一样。李大伟虽然用词尽量谨慎，可事情本身是用什么语言也无法掩饰的。张晶经受了太多的打击，已经心如止水。

张晶又觉得宣磊好像没有走，他还在北京的某个地方。他会像以前一样的，来找她，给她说笑话，逗她开心，他可能哪天还会回来。张晶家里出事后，真有点不知所措。宣磊当时的出现，就像一根擎天柱，帮她把那塌了的天又支了起来。宣磊又像一个避风港，为张晶遮风挡雨。有宣磊在，张晶觉得什么也不怕。可惜好景不长，她又落到了孤身一人的地步。

她看着宣磊的骨灰，不禁想起了宣磊要走时的那一幕。宣磊带她来到一个很避静的地方。她不希望宣磊走，不过她太知道宣磊的脾气了，在这里待下去，宣磊会发疯的。他喜欢轰轰烈烈，害怕这种令人窒息的日子。宣磊忽然抱着她，想要吻她，她本能地用手挡住了宣磊。她的心也在期待亲热，可她按照当时的标准，觉得这样的动作应该发生在结婚以后，她要做一个规矩的女人。宣磊无可奈何地叹了一口气，放开了手。张晶现在想起来非常的后悔，即使那时发生更过分的事情，她现在都可以接受了。宣磊带着遗憾离开了她，他会不会怨恨自己，张晶不能确定。为什么他在最后的时刻只写信给李大伟，这已经是一个永远无法揭开的谜了。

张晶还记得在北京时，有一次她和宣磊去看电影，那是阿尔巴尼亚电影。电影里两个游击队员是一对情人，他们在奔赴战场前热烈拥抱，张晶觉得自己的血液都加快了流动。她放在扶手上的手被宣磊紧紧地握住，她可以感到宣磊的激动，可她还是把手抽了出来。张晶的嫂子看不惯宣磊老来找她，尽说一些难听的话，什么“注意别搞大了肚子呀”一类的。

张晶也有热血沸腾、心潮澎湃的时候。在插队前，多少次夜里睡不着，她幻想着宣磊带她走，走得远远的。她觉得宣磊是可靠的，值得信赖的男人。宣磊真的为了她，没有去参军，而跟她一起插队了，她感到过幸福。可是幸福太短暂了，苦难却那么长。她失去了人生最可宝贵的爱情。没有得到过爱情和没有爱过人的人是可怜的。张晶有过，虽然短暂，可她确确实实有过。她曾经幻想过，和宣磊在这里建立一个属于自己的家，她会把这个家安排得舒适幸福。

春天，她得知宣磊在云南被毒蛇咬死。她老是在和自己说，那不是真的，一定是搞错了。可是，李大伟来信后，她知道那是真的了。她总在心里和宣磊说话："你看谷子都黄了。""你尝尝，新小米好吃吧。"一起插队的同学都觉得她的精神有问题了。

张晶把宣磊的骨灰带在身上，到了宣磊离别前带她去过的避静山坡，她想象着宣磊用他有力的手臂紧紧地拥抱着自己。可是，什么也没有了！永远也不会再有了！张晶的眼泪顺着脸颊流下来。在寒风中，她像一片飘落的树叶，无依无靠，这一小包骨灰成了她唯一的精神支柱。她小心翼翼地捧起骨灰，把它贴在自己的脸上，她知道这样宣磊会高兴地笑。眼泪扑簌簌地打湿了纸包……不知过了多久，她听见几个男生叫她的声音。张晶这才发现天色已晚，她擦干眼泪，往村里走去。

两个男生和李大伟也是一个学校的，他们都是老高一的，属于坚决扎根派，立志要在农村干一辈子。他们看见李大伟来了，对他很热情。李大伟也早就听宣磊说过，这里没有什么细粮，就带了五斤挂面。当他看见张晶他们生活这样艰苦，就把要带回村的两斤酸三色糖也拿出来了。

两个扎根派准备用李大伟带来的挂面做顿饭，李大伟制止了，他说要尝尝当地的饭。于是，他们做了一个土豆丝和小米饭，还有酸胡萝卜，这是当地最好的饭了。张晶没有出来吃饭，几个男生也不去叫她，李大伟他们都理解张晶。

晚上，李大伟住在两个男生的屋里。李大伟把情况简单地向他们介绍了一下，张晶在"文化大革命"初期失去父母，现在又失去男朋友。他托两个男生，如果张晶有什么事，请他们一定要告诉他。他们又问李大伟许多北京的情况，这两个扎根派虽然没有回北京，但是对北京的事情还是非常的关心。

李大伟对他们说："北京各个机关都在外省办干校，各大学也在往外地迁。留在北京的学生，有些进了工厂，这对很多人触动很大，说赖在北京，还赖出好处了，这不是在破坏'上山下乡'吗。这事做得确实欠公平，即使招工也应该从下乡的人里招哇。"大家都同意李大伟的意见。

他们聊到命运的不公平，生在城市的人就有城市户口，生在农村就不能跟城里人受同样的教育。李大伟早就思考过这些的问题，农村许多孩子很聪明，但是没有机会受到好的教育，命运对他们是不公平。是呀，确实有命运，命运又确实有一部分在自己的手中。

他俩兴奋地谈着明年准备用"八字宪法"种试验田，让粮食产量提高，大跃进浮夸的影响还在，他们以为高产并不太难。

他俩还谈到今冬扫盲办识字班的事。他们教男社员，张晶教女社员。有些人不学就算了，还说怪话："学了有啥用，这辈子还不是扛锄头的命。"今天学了明天忘，气得这两个扎根派也没办法。倒是张晶教的几个女娃坚持下来了，这些天过年才停了课。

李大伟问他们这里一个工值多少钱？他们说："只有一分七。"

他们反问李大伟："你们那里呢？"

李大伟说："五毛六。"

大家都是高中生，马上就算出来了，是几十倍！同样劳动一天价值就差这么多。李大伟没有好意思讲，他们县坡下水浇地的工值是一两块。他们两个还告诉李大伟，被分到雁北的都是好学校，要让这些"修正主义小苗苗"在艰苦的地方彻底改造世界观。

其中的一个人去烧水，另外的一个告诉李大伟，那人的父母也在六六年自杀了，他还用针去扎，看他们是不是真的死了。李大伟听见他这样对待自己亲生父母实在太残忍了。可是他也能理解这些小孩为了紧跟毛主席干革命，是不能有温情的。当时许多学生和自己的父母划清界限。李大伟是被骂作"保皇党"、"资产阶级的孝子贤孙”的。他也糊涂过，可很快就明白了，父母亲在三年困难时期主动减少粮食定量，把给高级知识分子的油和糖送给了生孩子的助手。父母亲那么痛恨美国人看不起中国人，怎么会去当什么美国特务呢？他回想父母的全部行为没有一点可疑的地方。所以，他不管别人怎么说，他就是不信。他的父母亲从他的态度上得到很大的安慰，这次父亲跟他说：“孩子，从历史上看，国泰民安的时候太少了，不是战乱就是灾荒，再不就是内乱。你要相信爸爸、妈妈都是虔诚的爱国者，不然，我们是不会回来的。我们的同学有些留在美国，他们叫我们不要回来，可我们还是回来了。你这样理解我们，妈妈才可能活下来，如果你和别的孩子一样揭发父母，你妈妈是绝对受不了的。谢谢你，孩子，谢谢你信任我们。”李大伟的爸爸和妈妈跟别人的父母不太一样，他们会谢谢所有为他们做了一点儿事的人，包括自己的孩子，这是他们在国外养成的习惯。他们也会向自己的孩子认错，只要他们发现是自己错了，他们觉得这样才是平等。所以，李大伟不会盲从，他会自己思考，分析，也敢于坚持自己的想法，这都是父母培养的结果。

今天李大伟是凭两只脚走着来的，他也确实累了，可是，两个扎根派起劲地和他聊。他的眼睛都睁不开了。

早饭时，李大伟看见了张晶，她本来就瘦的脸现在成了一条。张晶和李大伟说：“我想把宣磊埋在山坡上，让他还生活在我们中间。”

李大伟认为这个主意好。早饭后，他们几个人来到山坡上，雁北的冬天比晋南冷得多，凛冽的寒风撕扯着他们的衣服。李大伟发现，张晶的头上已经有了白发，他在心里可怜张晶，又没有办法表示，她才二十出头就经受了接二连三的打击，老天不公呀！在埋宣磊骨灰的时候，李大伟想让张晶别动手，可是张晶一定要自己动手，她觉得这是她能为宣磊做的最后一件事了。张晶双手捧着宣磊的骨灰，慢慢地把他放进土坑。宣磊的骨灰被埋在山坡上。他们又背诵了毛主席的《为人民服务》的文章。李大伟就放心了。张晶虽然瘦小，但很坚强，宣磊的骨灰也妥善地安置了。

他们又回到屋子里，议论着宣磊。其中一个说："宣磊不应该自己去，应该服从组织的决定。毛主席让咱们上山下乡、扎根落户，咱们就应该坚持在农村锻炼。我看张晶和她们家划不清界限，她从来也不批判她的父母。"

李大伟虽然不同意他的看法，但也没有和他争，宣磊都不在了，议论他的是是非非有什么用。张晶的父母到底是怎么回事还不一定呢。李大伟担心张晶在这里的处境，难怪她老在自己的屋里不出来。

另外的一位同学把话题一转说："村里有人说我们是'飞鸽牌'的，我们偏要做'永久牌'给他们看看。听说有的地方知识青年也出了一些事，有个地方民兵的实弹打靶走火，把知青给打死了；还有挖土方时塌方把知青给砸死了。毛主席说的真对，'要奋斗就会有牺牲'，我们还要做好随时牺牲的准备。"

"哎，李大伟，听说过关于知青分配的事吗？我们这里有人传说，知青在农村锻炼两年就可以分配工作了。"

另一个也说："毛主席教导我们'凡事都要问一个为什么'，我分析这可能是阶级敌人为了搅乱插队落户的军心，故意编造出来的。"

"我们县有逼女知青嫁给当地人的事，吓得女知青跑回北京都不敢回来了。你们那里有吗？"另一个问。

李大伟说："没有听说，只听说我们县有一个自愿嫁给农民的。"

"我们这里太穷了，好多人娶不起媳妇。要跟贫下中农结合，结婚也是一条路。"他们中的一个说着。

"那你也娶一个当地的姑娘。"他的同伴也觉得他有点过分。

"我还没看上，也许我会娶一个。"那人不服地说。

"你们这里应该学大寨造梯田。"李大伟说。

"我们这里早就造梯田了，不然就更没有收成了，不过没有大寨的漂亮。我们县每年都组织去大寨参观，我看大寨成天接待都来不及。"

第三天一早，李大伟要走了，他和张晶告别。两个扎根派非要送李大伟去火车站不可，他们说要去邮局取包裹。李大伟也不知道他们说的是不是真的，就由着他们，一起去了火车站。

来时，李大伟着急去找张晶，在车站里没有停留，就没有仔细看那些车站里的人。这次还要两个多钟头车才能来，他看着车站里的人，这些人比晋南的人脸色要难看，穿的也更破旧些，这里的农民生活更苦。他原来以为他们那儿的农民就够苦的了，看来这里和晋南真是不能比。听说“四清”时，有的人全家只有一条裤子。

李大伟告别了雁北的同学，踏上了回村的火车。

21

萧南和王聪两个人留下来过冬天。

萧南害怕一个人睡，就把凳子都堵在门后，可还是睡不着。她有一种无名的恐惧，她觉得爸爸在时，虽然他没有来农村，可是他的存在对她就是一种保护。现在他不在了，这事给坏人知道，会有麻烦的。她请莲香来住，莲香住了几天就跑回家去了，她睡惯了暖炕，睡不了知青的凉炕。莲香没有住几天，可把虱子传染给了萧南。萧南把所有的衣服都煮了，才把虱子消灭掉。剩下她一人，她每天做数学题做到十二点，实在太困了才睡。这样，就没有害怕的感觉了。

一天，萧南看着没有顶棚纸的屋顶，想到了李大伟，她可以感到李大伟对她有好感。她也喜欢李大伟，心里暗暗地期望李大伟对她有进一步的表示。想到这里，她笑了，笑自己的期望，同时有一种负罪感，父亲才去世，她不应该想这种事。为了妈妈和弟弟她可以一辈子不结婚，她有意地抑制自己的愿望。她觉得像她这样的情况，已经没有可能找到如意的对象了。随便的婚姻还不如没有。也许她要供弟弟上学，为了弟弟她愿意牺牲自己，婚姻可能永远与她无缘。

李大伟在走之前嘱咐王聪，照顾点萧南。王聪有过淑兰的事，也更加小心不要让萧南出事。

他们所在村子比较富裕，很少有人娶不了媳妇。即便是最穷的人家用换亲的方式，也解决了儿子娶妻的问题。而且，村子里风气比较正。所以，萧南是安全的。

几天，都没有任何问题，萧南适应了，可以放心地睡觉了。后来，她觉得每天堵凳子太麻烦，也就不堵了。

萧南从队里领了几篮子的棉花疙瘩回来剥，她以为晒一晒棉花疙瘩就能开，没有想到有些是永远也开不了的。棉壳非常坚硬，她细嫩的手抠不了几个就疼了。萧南只好让这些棉花疙瘩再干一些，就把它们放在了门边。

一天，她正在做数学题，狗娃老汉进来了。他也不说话，往凳子上一坐。以前，他来了萧南还给他倒水，和他说话。可是，他每次都是水也不喝，话也不说。萧南渐渐地明白了，他来不是为了说话，而是寂寞，他看见知青就心里塌实。有时刀钝了请他磨磨，他一会儿就磨好了。现在他看见萧南堆在门边的棉花疙瘩，就用他布满老茧的手剥起来。他想报答知青们给他做的那么一点儿事。淑兰和谭卓娅在的时候他也来过几次，有时带点儿吃的，有时双手合拢，放在嘴上吹很响的哨子，逗得三个女生也跟着学，她们吹不响，可老人好像很开心。

萧南知道老人的脾气以后也不理会他做什么，不做什么。自己照样看自己的书。

老人每天来剥棉花疙瘩。他们都自己做自己的事，也不说话，互相都很安心。老人一个人在家里没有任何事情可以做，而知青的棉花疙瘩剥不完，他放在了心里。自从发现棉花疙瘩以后，他每天都来，有时看见萧南弄不好火，他就帮助待弄，火好像听他的话，一会儿就旺起来了。

半个月后，棉花疙瘩剥完了，他也不来了。到了快过年时，萧南的妈妈寄来了糖果，她送了一半给老人，感谢他帮忙干了那么多的活儿，狗娃老汉也不说什么。

那天，萧南做饭，王聪在烧火。萧南说："没有面了，这是最后一点儿，咱们去磨一些吧。"饭后，两个人来到放东西的库房，怎么也找不到麦子了，只有绿豆。听老乡说绿豆也能磨面，可那只能夏天吃，为的是去暑。他们把四十斤绿豆都磨了面，每天中午吃绿豆面条，吃过之后他们都涨肚。中医认为绿豆是凉性物质，能解毒去暑，不能长期吃。他们俩只吃白薯和绿豆面过了两个月。最终萧南落下了终身胃寒的毛病。

莲香他们又在排练，今年是《红灯记》。远远的锣鼓声，传遍了全村，大家都知道他们在准备的是什么戏，可看的时候一点也不影响情绪。同样的戏连着演三天，乡亲们也能用同样的热情看。

几个女娃子也常常拿着活儿，到萧南的屋里来。因为萧南会画画，她们就求萧南给她们画花样，绣在枕头上和鞋垫上。

春节前两天队里杀猪分肉，每人半斤。猪头不好分，队长问王聪要不要，并告诉他猪头肉多，又便宜。王聪说："行，我们要了。"他和萧南把猪头提回去。猪头真难洗，他们怕耳朵洗不干净，就把耳朵割下来。他们还不知道猪舌头有一层白膜就一起煮了，等熟了，才发现，只好把一锅汤都倒了。萧南和王聪商量，请狗娃老汉来吃肉，王聪没有意见。

春节那天，萧南去买了一瓶酒，请狗娃老汉来吃饭。他们把炖烂的肉切了一大盆，又紧着给老汉倒酒。老汉很高兴，他觉得知青看得起他。其实，老汉一辈子也没有喝过几次酒。他高兴，就把搪瓷缸子里的酒全喝了。萧南和王聪一个劲地给老汉夹肉，老汉的嗓子眼直冒烟，脸像关公一样红，汗珠子也流下来了。他心里闹得慌，直想睡觉，什么话也不说，站起来要走。王聪问他："吃好了吗？"

他舌头不听使唤地说："吃美了，吃美了。"他头重脚轻地走回家，脚底下直绊蒜。以后，他睡了三天，看见人都是重影。萧南和王聪觉得对不起老汉，他们以为老农都应该会喝酒。村里人都说学生娃要笑老汉，气得萧南和王聪够呛，他们不知道农民小心眼，看见知青对老汉好就嫉妒。

王聪不回家，一是为了赶上大家的工分，二也是为了多看一点书。他没有目的，找到什么书看什么书。在学校时，他喜欢数学。上小学时，他家买不起飞机模型，他就自己用破洗衣板做舰船，那时真可以说是废寝忘食。他做的小船可以在护城河里慢慢地走。他向萧南借了《趣味数学》，每天看得爱不释手。

这天一大早，兔娃来找王聪，拿着一只死猪娃子："王聪你们吃小猪吗？我家的猪娃子冻死了。"

"有没有病呀，病猪可是不能吃。"王聪说着，翻看着小猪。

"没病，昨天晚上那么冷，人都受不了，何况是没有出满月的猪了。"兔娃说道。

王聪一想也是，昨天晚上确实很冷，他睡了一晚上脚也没有暖和过来："好吧，一会儿供销社开门，我去买点海带和小猪一起煮。"

十点多萧南来做饭，看见王聪和兔娃还有几个小伙子都在厨房里，才知道他们要煮小猪，萧南看看插不上手就又回屋了。

十二点左右王聪叫萧南吃饭，看见一大锅海带煮小猪肉，萧南直反胃，她只拿了几个白薯和一点咸菜。

小伙子们在王聪的屋里热闹到傍晚才散去。

春节的第五天，狗娃老汉买了一斤柿饼放在桌子上，他把纸打开。萧南明白他的意思，就拿了几个柿饼吃起来，老人高兴。过了一会儿，他又是不说什么，站起来走了。

日子过得很平静。王聪的活儿比萧南多，农村没有女人干的活儿时，还是有男人的活儿。那时，多数知青都是很自觉地参加劳动，谁也不肯落后。当王聪追上林明的工分时，他心里别提多高兴了。又过了几天他又追上了李大伟，在他的心里产生了一种成就感，他暂时领先。

没到正月十五，李大伟突然回来了。萧南和王聪像看见春天一样。李大伟看见他们竟在农村坚持了一个冬天，也很感动。他没有从北京带回任何东西，只在镇上买了几斤腊羊肉，他知道油水不足的感觉。王聪没有什么可招待李大伟的，腼腆地说："早就没有白面了，只能用绿豆面做面条了。"

李大伟想起谭卓娅走时，换了整整一口袋的麦子。他们的口粮可不都是麦子，还有许多粗粮。李大伟生气了，在北京虽然也不都是细粮，可用粮票可以买烧饼，不用吃粗粮，这是谁都知道的。谭卓娅那么自私，她回北京怎么也比在农村强，还把大伙的麦子给换成了粮票。而且，在这些人里面，她家的生活条件最好，她的父母没有扣发工资。萧南的父亲去世了，淑兰和王聪家本来就不富裕，李大伟和林明的父亲都被扣发工资。可是，这些人都没有换粮票，谭卓娅换了，同时她还得到一笔钱。他盘算着在适当的时候把这事说一下。现在他对谭卓娅的看法可是大不如前了。

李大伟去和队长说能不能用绿豆换点麦子。队长一听就知道学生外行，绿豆比麦子贵多了，要是和农民换，一斤绿豆能够换一斤二两小麦呢。下午，学生的绿豆就换成了麦子，他们连夜淘过，第二天就吃上了久违的面条。萧南和王聪更加佩服李大伟了。

又过了些天，萧南听说莲香的妈妈病了。萧南去看过一次，问是什么病，莲香也不说。只听见人们在议论，要赶快送西安去动手术，不然就来不及了。

萧南每天往地里拉肥，一直没有看见莲香来，她也很替莲香的妈妈担心。

莲香的一家人急得像热锅上的蚂蚁，莲香的哥哥也从工厂回来了。听说莲香的嫂子急得奶都没有了，他们四处借钱。萧南的手里只剩了五块三毛钱，她反复思考，最后她想如果事情倒过来，自己是不是很需要别人的帮助吗，再过几个月就麦收了，麦收后就分红，去年就是这样的。几个月不花钱，不过不吃零食而已。只要有寄信的钱就行了。萧南把自己手里仅有的五元钱送到了莲香家，告诉莲香这钱不必还，莲香感动得话都说不出来了。

几天后，莲香的妈妈去世了。这时萧南才知道莲香的妈妈是宫外孕。这本不是什么治不好的病，可就是因为没有钱去西安手术，血流尽了，才成了这样。

莲香眼睛都哭肿了，她来找萧南，请她去给她妈妈画像。萧南平常画风景多，人物少，她没有把握。而且，她也实在害怕，看见死人。但是，当她听说莲香的妈妈从来也没有照过一张照片时，萧南决定去。

萧南跟着莲香到了停放她妈妈的房间，莲香的妈妈安详地躺在两块门板上。萧南把莲香妈妈脸的轮廓画得很像，可是她闭着眼睛，萧南努力回忆莲香妈妈的眼睛。其实，就是莲香的妈妈活生生坐在萧南的面前，她也不一定画得像，更何况是这样了。几个钟头过去了，萧南感到一阵恶心，她把画了一半的画给了莲香就回去了。

在路上，她扶着一棵路边的小树，吐了半天，直到把胃都吐空了。

回去后，一连好几天，萧南都做莲香妈妈躺在那里的梦，有时吓醒后，一身的冷汗。白天，莲香妈妈的样子也常常浮现在她的眼前。最后，她终于病了，全村的人都在议论说莲香妈的魂找上萧南了。

李大伟知道萧南给莲香妈妈画像的事后，更加佩服这个女孩子，她一人承受了那么多的苦难。还能够这样热心地对待乡亲，她是善良的。

几天后，莲香的妈妈下葬。萧南跟着出殡的队伍走到地里，她要代表淑兰和谭卓娅来给莲香的妈妈送葬，因为莲香的妈妈生前对她们很好。三四十个莲香家的亲戚都穿着白粗布衣服，男人在前，女人在后。一出门，莲香的哥哥把一个瓦盆猛地往地上一摔，吹鼓手开始吹奏起来，所有的人都大哭起来。女人用手帕捂着脸，哭得很是凄惨。一出村，人们都放下手帕开始聊天。在埋完莲香妈妈的时候，所有的人绕着新坟走三圈。以后没有事一样地开始说笑，只有莲香的家人是真的难过。萧南觉得实在太不严肃了。往回走时，天上飘下几滴雨点儿，老乡们说，这是老天爷觉得莲香妈妈死得冤，也掉了几滴眼泪，萧南觉得这个说法还挺有人情味儿的。

第二天下工，她听见屋里有声音，正在琢磨是怎么回事。淑兰一下子从屋里跳了出来。房门大开，谭卓娅也回来了。她们显得又白又细，穿着过年的新衣服。

淑兰对萧南说："你脸色怎么这么不好呀，你好像瘦了。"

萧南告诉她们，莲香的妈妈去世了，昨天才下葬。淑兰和谭卓娅带了许多结婚用的东西，给莲香的，都摊在炕上。

淑兰拿出江米条让萧南吃，她知道萧南最关心她弟弟，就说："我去了你们家两次，有一次和谭卓娅一起去的。你弟弟就是不爱说话，他画了一屋子的画，还真不错，以后他准能当一个画家。"

萧南问淑兰："他衣服脏吗？瘦吗？"

淑兰说："衣服没注意，肯定不脏。看来也不瘦，他把自己安排得挺好的。"

谭卓娅也说："我看见过几次他去咱们大食堂，不过他去得都很晚。"

萧南笑了，她知道弟弟的想法，晚去打饭有好处，一是没有菜会重新炒，二是剩多了会多给。当然，也有只吃咸菜的时候。

萧南和淑兰去做午饭，谭卓娅说她不吃了，她的"剩余物资"还没有消耗完。

萧南在厨房问淑兰："有什么新鲜事吗？"

淑兰说："没有什么。我小哥哥说，他们内蒙，抓'内人党'，知青也搞不清他们都干什么了。原来他们和牧民住一起，后来，又都搬出来了，牧民是一家人住一个蒙古包的，多不方便呀。'珍宝岛'的时候，他们那儿有些地方都发枪了。我爸爸说，他们那儿的'三线'工厂好多都停产了，就做毛主席像章，他带回来的毛主席像章有碗口大。听说都是做飞机的铝做的。咱们学校有个去内蒙牧区的初三女生，听说在内蒙古结婚了，还生了一个孩子。有人说她是怕劳动，有人说她是被逼的。"

王聪进来说："林明明天到，让我们去接呢。"

"早知道我们就一起回来了，还多个伴呢。"淑兰说道，"王聪，我去了一趟你们家，你妈妈让我给你带了一双鞋和一包吃的。你等着，我给你拿去。"

淑兰回去拿王聪的东西，她一直对王聪心怀感激，可又不敢有所表示，回北京虽然王聪没有托她做任何事，她还是主动去了王聪家两趟，一次是告诉王聪的父母她什么时候回村，一次是拿给王聪带的东西。

晚上，三个女生好久没有在一起了，有说不完的话。最后，话题还是落在莲香的妈妈身上。

"不就是宫外孕吗？有什么不好说的。"谭卓娅在评论莲香家的人。

"当然不好说了，她都快五十岁了，还怀孕，生下来比孙子还小，不是让人笑话吗。"淑兰替莲香妈妈想。

"已经怀孕了，怕有什么用，还不是耽误了。"谭卓娅不服气地说。

"农民就是因为穷，不然可以去西安手术，两百元钱就够了，他们没有凑够。"萧南没有说她给了莲香五元钱的事。

"别提了，我们给莲香买的灯芯绒她肯定出不起钱了。还有那么多的糊顶棚的花纸，把我们俩都累死了。"谭卓娅操心她的钱怎么收回来。

"一定有人要。"淑兰不着急地说。

22

第二天中午，林明骑一辆锰钢车带着大头，李大伟的车上带了一个纸箱子，王聪带着的是手提包，他们推车进大院时，四人都是一头大汗的。女生站在院子里面看着，不知林明都带了什么这么重。

谭卓娅嘴快大声地问：“林明，你带的什么呀？这么多？”

林明知道她想问什么，就说：“没有吃的，都是书。”

谭卓娅为了挽回面子说：“借我看看行吗？”

林明可不理这一套，说：“你借我什么呀？”

谭卓娅败下阵来。自从宣磊和林明说了远小人近君子以后，林明对谭卓娅就很不客气，有机会就会刺她一下。

林明带着大头，拿着空脸盆去灶房打水，在门口对女生们说：“这是我们班的爱因斯坦，外号大头，他的脑容量比一般人都大多了。”

大头怪不好意思地说：“那是小时候缺钙。”女生都乐了。

李大伟看见表弟带了这么多的书，当然很高兴。顺手拿起一本《自然辩证法》看起来。王聪也拿了一本上海科学技术出版社出版的《初等几何教程》上册。林明一把就给拿回来了，说：“别动。”

王聪弄了个大红脸。

李大伟说：“看看，又看不坏。”

林明头一扭，说：“就不。”他有一些看不起王聪，觉得王聪不可能借给他什么书看。

王聪装做无所谓的样子，虽然对他的刺激很大。在家里他做惯了二等公民，在这里他还是二等公民，为了摆脱尴尬他出去了。

李大伟批评林明说：“你这样太不对了，大家都是从北京来的。虽然不是一家人，可是我们得团结，就咱们这么几个人，大家成天抬头不见低头见的，再不团结，以后怎么过日子。”

林明知道自己做得不对，就岔开话题说：“我本来还要把家里的锅拿来，我回去一看，住我们家的那对造反派，正用我们家的锅煮挂面呢，那个女的可能快生了。”

李大伟知道他是在用这种办法认错，也就不说什么了。这些天来，李大伟在父母那儿就没有休息好，到小姨家也没有睡好，在张晶村里更不能休息。只有到了刘张村，他才能够塌实地睡觉，可他还是很累，他要整理一下自己的思想，那么大的信息量，需要好好地整理一下。他回村里的第二天，父亲的信就到了，是厚厚的一封信，那是父亲用他寄去信封翻过来重新糊的。里面是父亲给他讲导数的笔记。昨天，父亲又来了一封信，是讲微分的，他恨不得把自己脑子里的东西马上都教给儿子。在这方面他又找到了一些自身价值。他觉得实在没有办法做研究的话。他可以认认真真地为儿子，也为更多的人编写教材。这是儿子来后给他的最大的礼物。他盼望着晚饭后到睡觉前的那段时间的到来，在这段时间，他用英文把想法写出来。当然，他也学会了狡猾，是在摊开的英文毛选前写的。他也为自己感到羞耻。可他又用恩格斯对于数学的热爱安慰自己。他的笔记写得非常潦草，为了让人看不懂。再利用工宣队和军宣队开会，用中文抄出来寄给大伟。

李大伟的脑子里既有政治形势带来的混乱，又有来自父亲方面的学习压力，他知道必须要赶快把导数方面的心得寄给父亲，父亲才能放心。他担心父母亲，他们年纪大，身体又不好，一辈子也没有劳动过，千万不要出事呀。

大头每天也和他们一起去下地。他和队里说不要工分，全当义务劳动。干了一礼拜。林明不干了，说："你义务劳动不如给我们做饭呢，还有时间看看书。"

从这天起，就由大头做饭。大家发现大头做饭比淑兰还棒，他妈妈不能起床，家里的饭就由他妈妈指挥他做，所以他的实践经验比淑兰还要多。

大头特别佩服李大伟，他抓紧时间问李大伟各种各样的问题，李大伟毕竟比他多上了四年学，解答他的问题轻而易举。大头看见李大伟做导数题，题中那么多看不懂的数学符号就够让人敬佩的。

大地一天暖似一天，政治寒流不能干扰大自然的规律。花儿照样开，草儿照样绿，冬眠了几个月的大地开始苏醒。调色板一样美丽的田野，在阳光下，像仙境一般。刘张村的知青又走上了在农村生产的轨道。

今年，知青们对于农村的各种活儿，心中有了一点儿数，大概什么时候该干什么他们也明白一点了。

这天晚饭时，李大伟通知大家每人交四元公积金，作为买酱油、盐和蔬菜的钱。他发现萧南的脸红了，在淑兰的耳边说了些什么，淑兰马上就拿出了八块钱交给了李大伟。李大伟接着说："以后谁回家要换粮票只能用粗粮。萧南和王聪吃了一冬天的粗粮，就是因为有人把麦子换粮票了。"大家都知道他在说谁，谭卓娅脸红得无地自容。她瞥见李大伟看萧南的眼光里充满了爱护，知道是为了萧南让她下不来台。谭卓娅对李大伟是又爱又恨，李大伟那次让她难堪，这次李大伟又当众不给自己面子。可是，她不敢对李大伟怎么样，她知道如果她有所动作，她在这个知青点就很难待了。她也不敢对萧南怎么样，明显地淑兰不喜欢自己，她如果报复萧南，淑兰和萧南会彻底地不理她，说不定李大伟也会出面，那自己就孤立了。

他们有二十四元公积金，第二天就让大头到镇上帮他们买了一些蔬菜。有了好菜大家脸上也都有了笑容。

谭卓娅在发愁她给莲香买的结婚物品，莲香已经没有能力买了。她办嫁妆的钱，都办了丧事。谭卓娅为了给莲香买漂亮一点的灯芯绒和顶棚纸，跑了王府井、大栅栏和西单才买到。外村有个姑娘要结婚，谭卓娅费心买又费力背回来的花顶棚纸和红灯芯绒只好让给别人了。顶棚纸一大卷足有十几斤，一路上真是费了不少劲儿，谭卓娅一肚子的不高兴。

莲香的婚期推后了。因为家里只有奶奶、爹和刚生了孩子的嫂子，做饭、纺线没有问题，可是织布、做衣服、做鞋，就没有人张罗了。这可是须臾不可少的，农民俩月一双新鞋，女人要不停手地做，织布也是一种极麻烦的工作，先要把好棉花弹了，纺成粗细均匀的线。染线、扯经线、布机子，再一寸一寸地织起来，一家人的穿戴全要靠这些了。知青们也不懂，为什么做鞋不用结实一点儿的布，还用纸做鞋底，包一圈白布看起来像那么回事，可很快就烂了。莲香和她妈妈都是挣工分的好手，莲香冬闲都唱戏，挣工分。莲香的妈妈也是很少缺勤。有妈妈在的时候，莲香家在村里生活是中上的，现在妈妈不在了，莲香再嫁人，他们家就会变成差的了。莲香爹让媒人传话，说莲香过两年再办事。对方理解她家的困难，可也只同意拖一年。

这天，李大伟又去牲口棚，老中农正忙着把草里的土筛干净。他很精心地喂那几头牲口，他觉得牲口也不容易，每天吃得那么差，活儿还挺重。

老中农虽然有一只眼睛看不见，可经历多了，一看李大伟的样子就知道他有心事，主动搭腔说："不知道你注意过没有，中国字里心字底的和竖心旁的字一般都对身体有害，你比如悲、愤、怒、恨、思、念、急、怨、惨、怆、恫……每人的一生都有起伏，没有人会一生平安的。对待重大事情的态度最能说明一个人的水平，处变不惊，处之泰然的人才有水平。你们那个叫萧南的女学生不容易呀，她父亲去世了，她还可以照样过日子，莲香的妈妈去世她给了莲香五块钱。谁知道谁一辈子能碰到什么，无论碰到什么，都要好好地活下去。大丈夫要修身、齐家、治国、平天下。首先，要修身养性；其次成家立业才能治理国家；最后，统一天下。"老中农不管李大伟听不听就一个劲儿地说。

李大伟茅塞顿开，对老中农说："谢谢您的指教。"站起来就走。他才想到这次收公积金的钱，萧南的钱是关淑兰给垫上的，看来萧南是把自己仅有的一点钱给了莲香。他为自己而惭愧，他曾以为自己很大方，可他都是在没有山穷水尽，自己还有余钱的时候慷慨解囊的。如果，他在萧南这样的情况下，他能否做出这样的举动呢？他在反问自己。

他也明白了，在你还有办法可想的时候，就不要自寻烦恼。萧南那么大的悲痛都能克服，一个大男人还不如一个姑娘吗？他觉得豁然开朗，整个人都有精神了。他快步走回去看他父亲给他寄的导数笔记。

这天，队长在家里的炕上吃饭，有人跑来告诉队长有财媳妇又偷苜蓿了。队长用拿着筷子的右手挥了一挥说："知道了。"队长正在盘算派谁去看地。

队长媳妇看出队长在为难，就说："我给你找个人吧。"

队长不耐烦地说："女人家，懂什么？"

队长媳妇说："你不就是怕谁看着也还是一个丢吗？我告诉你有一个人，看着就丢不了。"

"谁看着能不丢？"队长心想，这么些年了，因为吃的不够，每年春天都有人家没有吃的，偷点苜蓿、豌豆是常事。谁不知道过日子难，都睁一只眼，闭一只眼的。总不能看着乡亲挨饿吧。有财家算是好的，听说年头大集有财倒腾了三头羊换了半口袋粮食。但是，他媳妇嘴够厉害的，管不了挨顿骂也不值得。可是，队里的牲口也就这点料，还不够吃，一头头牲口瘦得骨头都支棱着。

"知识青年呗。萧南那姑娘不错，她爹死了，怪可怜的。这一冬下来瘦了不少。这孩子仁义呀，莲香她妈去世还去给画像，出来就吐了，我都看见了，不易呀。她还给了莲香五块钱。"队长媳妇说着。

队长不能露出他不如媳妇想得周到，假装没有听进去："别唠叨了。"

队长老婆又说："公社说这娃家里有啥问题。"

队长老婆不说这还好，这样一说，队长反而下定决心："管她家有什么问题。"

几天后，全队大会上宣布萧南看地，每天早上看半晌。下午和晚上分别是两个老汉。从那天以后，萧南每天提着画盒和书去看地。这是一个不用多少体力的工作，她每天在一个小土坡上，左右两边都是坟，大片的苜蓿和豌豆尽收眼底。因为，有去年淑兰搜查棉花的事，所以没有社员敢在萧南看地时，偷苜蓿和豌豆。大地安静得只能听见鸟叫，好像一切都静止了。萧南在暖洋洋的太阳下画画，画得累了，就看着田鼠开心。一只田鼠钻出洞口，先东张西望一下。然后，几只田鼠先后钻出来，两只后腿站立，两只前爪垂着，警惕得像跳探戈舞一样，来回地甩着头。萧南看着它们有时觉得好玩，有时又觉得可恨，就吓它们一下。这些小田鼠极迅速地钻进洞里。她每天有书和画还有田鼠相伴，很快乐。

这个活儿也只有一个月，苜蓿长大了，人吃不动了，也就没有人偷了。豌豆也是一老了就没有人偷了。

大头虽然待得很开心，可是他惦记着妈妈，怕姐姐一人忙不过来，就和林明说："我得回家了，昨天我做梦梦见了我妈妈。可能是她在叫我回家呢。"

林明知道大头家的困难，没有说什么。第二天，就带着大头去镇上搭车。

林明从镇上回来，带回了一个李大伟学校的同学。李大伟一看原来是张晶村里的扎根派，他是去大寨取经学习后来的。扎根派想来看看李大伟说的晋南什么样儿，一看见李大伟就说："你们这里还有点新农村的样，有馒头面条还有大瓦房。"

王聪不好意思地说："你来了，我们才吃得好点，平时也是瞎凑合。"

林明说："你没看见怎么绞水呢，我们洗脸都不敢多用水。"

扎根派告诉他们："我们吃水更困难，用驴车下坡走二里地才有条河。我的理想就是把我们村建成你们村这样我就满足了。"

"你们雁北条件那么差，十年也赶不上我们这里。"林明不客气地说。

扎根派说："我是准备在农村待上一辈子的，农民在这里待了多少辈子，我们为什么不能待？"

林明说："让你娶个农民你干吗？"

“当然干，这才是真正的和贫下中农结合呢。我们不能光口头上结合，要有实际行动。”扎根派坚定地说。他只在刘张村住了一天，就回去了。

公社召集各队的民兵，还有知青去公社集合，他们也要借“文化大革命”的东风，对“地富反坏”来一个大抄家。萧南和淑兰没有参加过抄家，心里有几分兴奋。李大伟和王聪在北京时也没有资格抄家，在公社集合后，他们被带到了坡下的一个村里。民兵队长带领他们到了一家地主的门前就赶快走了。

到地主家一看，住的还是正正规规的四合院，看起来生活得还很不错。他们是从坡上比较穷的大队来的，不清楚这里生活水平普遍较高。

林明要显示给所有的人看，他是抄家的老手。先去放工具的屋子拿了一把锄头，站在人家的炕上，把人家的纸房顶给捅了一个大窟窿。顶棚上的土落了他一脑袋，他最想找的是记录着那些贫下中农分了他家土地的‘变天账’，炕洞掏了，什么收获也没有。看看再没有地方可以藏东西了。人家要是把“变天账”埋在地里，不说他们也还是没有办法。

谭卓娅带着萧南和淑兰，把这家的人都集中到院子里。她双手叉腰口气严厉地问：“你们藏了什么没有？有“变天账”吗？有和国民党有关的东西吗？你们必须老实交代，否则对你们不客气。”淑兰和谭卓娅也每人拿了一把镰刀，她们怕“阶级敌人”害她们。谭卓娅威风凛凛地训家属。屋子里发出“咚、咚”的声音，一股一股的烟尘从屋里冒出来。

屋子里，林明和王聪把炕也刨了，乌烟瘴气的。李大伟翻了翻这家人家的几本书。有一本没头没尾的写梅兰芳的书和一本写冯玉祥的书，都是解放前出版的。他作为战利品交给民兵队长，民兵队长一点兴趣都没有，他大约想挖出点银锭子和金首饰，便可以报功。李大伟示意林明别挖了，他知道是白费劲。而且，城里早就“要文斗不要武斗”了。

到了集合的时候，他们还是一无所获。几个人一头炕土，因为怕地主下毒，连一口水也不敢喝，就口干舌燥地回村了。

淑兰来时的兴奋全没了：“真没劲，还弄得脏兮兮的。”

谭卓娅不满意地说：“你们发现了没有，那村的民兵队长连人家家门都不敢进。这个家伙立场不够坚定，他根本没资格当民兵队长。”

过了三天，公社又叫他们半夜紧急行动，又抄了一个村的地主家。这次谁也不那么卖力了，就把人家的柜子打开看看。因为，都是年轻人，困得不行，又是后半夜，冷得也够呛。行动完了，天已经有点亮了。

又过了几天，兔娃抱着一只小狗来找林明，问他要不要。林明曾经想找一只小猫，没想到兔娃拿来一只小狗。他抱起来看了看，小狗对他很亲热，又舔他的手，又向他摇尾巴。林明顿时就喜欢上了这只狗。“好，留下。”

这天晚上八点多，萧南把收音机调到各地人民广播电台联播节目，可是听见的只有《东方红》的乐曲声，“哎，你们俩听听，这是怎么回事呀?”

本来萧南开收音机的时间晚了一点，可是中央台的几个播音员的声音她们都很熟悉，她又找了半天还是没有，哪个台都是《东方红》的乐曲。她们三个坐在炕上，挖空心思地想，北京又出了什么事了，为什么没完没了地放“东方红”呢?

“这声音有点像电报大楼十二点的报时声音。”淑兰家住的地方可以听见西单电报大楼的报时。

“这声音不像乐器演奏出来的。可能是越南解放了吧?”谭卓娅说。

“不会的，那就该演奏越南国歌了，怎么会演奏《东方红》呢。”萧南不同意。

“是用放之四海而皆准的毛泽东思想解放的呗。”谭卓娅还要抬杠：“听听苏修台说什么吧。”

“别说了。”淑兰听见播报新闻的声音。

三个人一动不动，只把眼睛转过去，看着收音机。

“我国成功地发射了第一颗人造地球卫星，卫星重一百七十三公斤……”

“哦，哦。”

三个人跳下床，高兴地跳起来。她们的脑子里想象着北京的热闹情景。天安门一定又是红旗的海洋，说不定还有探照灯在人群上扫来扫去呢。

她们到了院子里，男生也已经知道了这个消息。大家站在院子里仰望天空，希望能看见人造卫星。于是，大家又争论起来，有说看不见的，有说能看见的。他们猜这颗人造卫星是什么样子，把两个装满麦子的麻袋送到天上实在不是简单的事情，也只有苏联美国可以做到。他们为自己的祖国在太空领域能领先而高兴。村里依然安静，他们在这方面是没有办法和农民交流。

“哎，这是什么呀?”淑兰一下子跳起来，原来是林明的狗在舔她的脚。淑兰最害怕动物了，她狠狠地踢了小狗一脚。

林明大叫道：“打狗还得看主人呢，你敢欺负我的狗。”

淑兰也不示弱：“踢了怎么着，它来我还踢。”

李大伟赶快出来劝架，“都少说两句。林明，是你的狗去招的人，你还厉害?”大家不欢而散。

农村人觉得抄家这样的事情太严重。农民们根本不理解他们辛辛苦苦的“革命行动”，全村人像看待“瘟神”一样看待他们。好多天，没有人理他们，他们觉得委屈，可又觉得为了捍卫毛主席的革命路线受什么委屈也值得。

正在他们大闹革命的时候，麦子慢慢地成熟了。去年，收麦子时晴空万里。这次，天老是阴沉沉的要下雨。队长和社员们都在议论天气，怕把麦子淋了。好不容易把麦子给抢了回来，没想到，收到场院里的麦子，被雨泡得都发芽了。

天晴了，大家把湿漉漉的麦子摊开晒，像小白线头一样的麦子根，已经拱出了麦壳。队长和老社员愁眉苦脸的，其他社员也都不开心地议论着，发了芽的麦子，蒸出的馍都发粘。老百姓靠天吃饭，有什么办法，听说全县有多一半的麦子被淋了。这样的麦子还要抓紧晒，不然，就会烂掉。

几个小青年在一边干活一边逗笑，有一个说：“谁能一回扛两个麻袋到库房，我就给他这盒羊群烟。”一盒羊群烟也不过九分钱，但也不是农民每天可以抽上的。

一群小伙子，怂恿兔娃，他也想在全队人的面前显示一下自己的能力。这些人把两个装满麦子的麻袋，放在了兔娃的背上。他连头都直不起来了，脚底拌蒜，几乎要失去控制。刚到门前，几个老汉赶快帮他卸下麻袋，嘴里说着：“弄不好要出事情的！把娃压坏了，可是一辈子的事！”兔娃得到了羊群烟后，大方地让着别人：“抽些，抽些。”他拿烟的手都在哆嗦。

晚上，也晾上一场的麦子，虽然没有太阳，可是通通风也可以使损失减少一点。女社员基本不参加，因为要在家里照顾老人、孩子。女知青都参加了。

这天晚上，三个女生在月光下依着麦垛而坐，仰望着天空。萧南带头唱起“月亮在白莲花般的云朵里穿行，晚风吹来一阵阵快乐的歌声，我们坐在高高的谷堆旁边，听妈妈讲那过去的事情……”萧南的声音开始发颤，淑兰和谭卓娅接着唱完这首歌。

她们又唱起：“抬头望见北斗星，心中想念毛泽东，想念毛泽东。黑夜里想你有方向，迷路时想你心里明，迷路时想你心里明……”

唱完一首她们又唱：“敬爱的毛主席，敬爱的毛主席。您是我们心中的红太阳，您是我们心中的红太阳。我们有多少知心的话儿要对您讲，我们有多少热情的歌儿要对您唱。千万颗红心向着北京，千万张笑脸迎着红太阳，祝福领袖毛主席万寿无疆！祝福领袖毛主席万寿无疆！”

“咱们成立一个毛泽东思想宣传队吧。”谭卓娅高兴地说。淑兰有过一次丢丑的教训，虽然过了一年，还记忆犹新，她没有兴趣。萧南更没有兴趣。淑兰指着天空叫起来："你们看流星。"

谭卓娅说："我觉得这里的星星比北京的多，也亮。"

淑兰说："那是因为这里没有路灯的原因。"

萧南不同意："我觉得北京一修地铁就没有那么多星星了。"

"哎，你们看那是什么星呀，走得那么快。"谭卓娅大声叫道。

"可能是苏联的人造卫星吧。"萧南说。

"不可能，人造卫星那么小怎么能用肉眼看见呢。"谭卓娅不服气地说。

"它离地球近呗。"萧南坚信是人造卫星。

"可能是飞机。说不定是美国的U-2高空无人驾驶侦察机呢。"谭卓娅说。

萧南不想再跟她争下去，就不再说话。半天没有人说一句。

"难怪方志敏说'何惜我这一条蚁命'呢，和宇宙比，人就是蚂蚁。"萧南又把话题转移开了。

"林明的狗真讨厌，每天吃那么多，浪费多少粮食呀？林明尽用馒头喂它，我看见的。"淑兰说。

"那也比满街吃屎好，那脏死了。"谭卓娅说。

"翻场了，翻场了。"有人在场那头叫道。三个女生赶快站起来拿着叉去翻麦子。翻完麦子就下工了。

回到大队部，看见三个男生都站在院子里。淑兰突然地惊叫起来："妈呀，蛇！"

萧南和谭卓娅定眼一看，果然一条蛇在地上，谭卓娅壮着胆用脚踢了一下，说："死的，没什么可怕的。怎么回事呀？"

王聪和李大伟一个劲儿地笑。林明说："我正在睡觉，就觉得王聪把一条凉毛巾扔到了我的腿上，我也没有睁眼睛就说：'快拿走，别讨厌。'王聪也不理我。我又说了一遍，王聪还是不理我，我急了，睁开眼睛一看是一条蛇在我腿上，我赶快下地，揪住蛇的尾巴使劲地抡。李大伟和王聪拿着锄头，铁锨把蛇给砍死了。可能这个蛇摔晕了，挺老实的。”

淑兰可是吓得够呛，哆哆嗦嗦地说：“咱们屋没有吧？谭卓娅，你快回去看看。”

谭卓娅愿意让男生觉得她胆子大，就说：“你们等着，我去看看。”

淑兰这一晚上都在嘀咕，最后眼睛实在睁不开了，才睡着。萧南也害怕，可她不像淑兰那么爱说。

第二天中午，来了几个小伙子，经他们鉴定不是毒蛇，几个人七手八脚地把蛇皮给剥了。在蛇的胃里发现一只麻雀。原来这条蛇吃了一只麻雀，太饱了，才从梁上掉下来。掉下来后也可能是太饱或者被摔晕了没有动。否则，真不知道要出什么事呢。中午，男生做了一顿蛇汤，刚开始女生不敢吃，怕被毒死了。林明说：“你们不吃，可别后悔。”

看见男生吃得挺香，谭卓娅先盛了一碗，一边吃一边说：“好吃，有点像鸡肉。你尝尝。”说着就往萧南的嘴里送，萧南吃了一块，味道还不错。淑兰是死活也不肯吃。

村里知道知青敢抓蛇，家里有蛇就去叫他们。林明他们心里也害怕，又不愿意说出来，只好硬着头皮去。一次，一个老乡叫他们。说窑洞里有一条蛇，他们去看了以后，发现在窑洞的墙上有个洞，从看见的部分可以断定那蛇一定不小，还是花的，没准有毒呢。李大伟最恨蛇，因为宣磊就是被蛇咬死的。就要了老乡的一根铁棍子插进去，往外拉，蛇很有劲，怎么也拉不出来。又找铁匠借了一把夹子，几个人又拉又夹的，把蛇拉了出来，蛇一出来就疯狂地反咬他们，村里的小伙子们一边退一边叫：“打三寸，打三寸。”意思是蛇心脏的地方，几个人手疾眼快地把蛇制服了。他们给老乡抓了蛇，老乡也送他们打鸣的母鸡，或者一些柿饼酬谢他们。

抓了几条蛇以后，三个男生成“武松”了，他们自己也颇为得意。

一天，下工的时候，大队部门前一大堆人，林明挤进去一看，原来是有财在挨训，有财往他家的有机肥里掺水，为了多记点工分。队长训他：“你以为别人都傻呀，谁不知道你做的手脚，行了，全队的茅厕都由你担。”

李大伟进屋后就笑，他还记得当初为林明借拐时，有财那个难受的样子。还的时候，李大伟给他买了一包烟，他还是很不高兴的样子。这些李大伟都没有和林明说。

“哎呀，王聪的手切了。”淑兰大声地叫着。

原来王聪切一个瓜，瓜一滚把他手给切了。他面不改色地说：“没关系。”他的小拇指被切下来一小块，血顺着手直流。林明顺手拉下晾在绳子上的鞋带，跑过去用鞋带把手指下部扎住，李大伟找出了云南白药撒在上面。血一会儿就不冒了。

王聪还调侃地说：“这刀切什么都挺钝的，没有想到切手这么快。把鞋带解开吧，勒死我了。”

刚放开，血又流下来了。林明笑着说：“你掉的那块肉呢，让医生给你缝上，做个‘断指再植’，你也当一回王存柏吧。”

这时，队长的儿子来，说：“兔娃爹给撑死了。”

李大伟他们没有听清楚，问：“怎么回事呀？”

队长的儿子说：“昨晚上，队里给公社来的拖拉机手做饭，他们几个队干部就陪着吃，兔娃爹吃多了，把抗美援朝时接的那段羊肠子给撑断了，没一会儿人就不行了。”

农民一年到头也吃不了几顿好的，碰上机会白吃队里的就没有了节制，悲剧也就发生了。

23

麦收过后，县里召开第二次知识青年积极分子代表大会，这次是萧南和谭卓娅一起去的。本来应该是萧南和王聪去，县武装部王部长让知青办的干事把名单改成了谭卓娅。萧南和淑兰为王聪抱不平，可也只能私下说说而已。到了县里，谭卓娅格外地活跃，她不停地从这屋到那屋找同学聊天。萧南哪屋也不愿意去，她怕有人知道她爸爸的事。可是，谭卓娅已经把她的事告诉了所有她认识的人。同学的指指点点和窃窃私语使萧南觉得浑身的不自在，她没有办法封住谭卓娅的那张嘴，只有忍耐。三天的会对萧南来说简直就是受罪。谭卓娅却是如鱼得水，兴奋异常，到处邀请人去她们村玩。她们学校有一名姓蒙的女生成了知青典型，在大会上做报告，大讲扎根落户的决心，和当“赤脚医生”的经验。她家是资本家，她坚决和家庭划清界限，一心为贫下中农服务，经常给老乡针灸。他们村有一个老汉小便不出来，她就用嘴去吸，成了全县头号的先进知青。谭卓娅马上写了信向家里要针灸用的东西。

回到队里，正赶上分红。萧南立刻还了淑兰的四元钱。淑兰说：“着什么急呀。”

几天了，谭卓娅的兴奋劲儿还没有过去。一天她们正在地里劳动，村里有人骑着车子叫她们回去，说有人来找她们。三个人赶快回到宿舍一看，原来是谭卓娅开会时碰到的五六个同学来玩。她们到莲香家买了十个鸡蛋，又和队长说好话到地里割了一篮子的韭菜，包开了饺子。客人带了一些大白杏，大家又吃又说，讲着天南地北的新鲜事。有一个外号叫小豆子的说：“你们记得咱们学校初三二班有一个部队子弟，长得很好看，老爱穿红灯芯绒衣服的。她被送回北京了，你们知道是怎么回事吗。她在部队时为了给大家改善伙食，利用星期天去采蘑菇，结果采到有毒蘑菇，吃完她们通讯连的人又吐又拉病了十几个。她被记过处分，送回北京，分到造纸厂工作。”

另一个梳运动头穿一字领衣服的女生说：“咱们邻县的北京知青去年种了一块试验田，他们觉得现在种麦子产量太低了，就试验‘合理密植’，结果比现在的产量还低，很多根都烂了。”

淑兰问大家：“你们谁见过那个和农民结婚的女生？”

“我见过，她是工人出身，她爸在她五岁时就去世了，后爸对她不好。她住的那家人对她特别好，她就嫁给了那家的儿子。过得还不错。那次我们开会，她还带着给丈夫纳的鞋底呢。”小豆子抢着说。

“人家都说山西人是中国的犹太人，最会攒钱了。小豆子才来山西一年就变成老西了。去年回家探亲，我和她骑着自行车出去，她摔了一跤，起来也不看看腿摔破了没有，先看车。”全屋的人哈哈大笑。

小豆子赶快辩解说：“那是我哥哥刚买的新车，他在他们厂抽签抽上的，用了十五张工业券呢，他可爱惜了，每天擦。我给他摔坏了，他该骂我了。”

“我弟弟从陕西来看我，给我带了一包老咸菜，他们那里穷极了。我也没有什么可以给他的，就把我腌的十几个咸鸡蛋都给他煮了。结果他来信说，这一路差点没给他咸死。”小豆子说着自己做的蠢事。

大伙都在说自己做过的傻事，并不笑话小豆子。

“那次你从土崖上跳下来，为什么？”运动头口气很冲地问小豆子。

小豆子脸马上红了，小声地说："我觉得实在太累了，也没有盼头。就想把腿摔断了，好休息休息。可是，我一跳下来，哪里也没有伤着，只好拍拍土，又去劳动了。"

大家听了连一个笑的都没有。

"咱们学校分到工厂的，有些都去外地学习过了，有去上海的，还有去青岛的。她们多好哇，又不用下乡，有工资，还能去外地。"淑兰看着小豆子难堪的样子就岔开话题。

谭卓娅的心里特不是滋味，这样的好事竟然没有她的分，可她还是要逞强地说："我大串联时早去过上海了，就南京路好点，看那些工人都穿得挺好，家里住得挤极了。早上里弄里都是刷马桶的。上海人特会过日子，粮票还有半两的。"

不想听她的炫耀，运动头说："你们听说了没有，中央同意北大、清华的报告，决定改革教育制度和招生办法，北大和清华是试点。"

"咱们又没有上过高中，连初中都没有毕业，上不了大学。"谭卓娅扫兴地说。

"你搞明白没有，改革了招生制度。要招收工农兵入学。"运动头强调着。

谭卓娅的心中顿时生出希望。

到了下午两点，几个人要走了，三个女生把她们送出村。

回到屋里，看见门前别着一封信，三个人的名字都在信封上。三个人脑袋挤在一起看信。

淑兰、萧南、谭卓娅：

你们好！

从回北京的同学那里听说萧南的爸爸自杀了，希望萧南你能够正确对待，做一名可教育好子女，在广阔天地里磨炼自己。咱们还可以是好同学，好同志。我们期待着你回到革命队伍里来。

我们曾经给你们写过一封信，说我们连演吴琼花的南方姑娘，她被调到师宣传队以后，被一个干事给强奸了。真可惜，她走时，我们可羡慕她了。她还不去告，可能是怕报复。

我们这里生活虽然艰苦，但不用做饭，每月还发工资，还是比你们那儿好一些。

前一段战备很紧张，半夜拉练了好几次。我们是时刻准备打仗的。和平年代时间太长了，如果真的打起来，我们一定会像革命前辈一样，用鲜血和生命保卫伟大的社会主义祖国。

革命的敬礼！

卫东、红兵

1970.6.27

今年的麦子磨出来的面，果然又黑又粘。蒸的馒头老像是没有熟。知青可知道做农民的一些辛苦了，劳动了一年可能一场雨会让人颗粒无收，这就叫靠天吃饭，农民最盼望的就是风调雨顺。

谭卓娅家里寄来了针灸的针和沈阳军区的资料。萧南看着那些油印的针灸宣传材料，大胆地在自己身上试验。她有鼻炎，就在迎香穴一边扎一针，虽然有些疼可她还是忍住了，她真觉得鼻子通气了。谭卓娅没有病，她假设自己感冒了，在合谷上扎。淑兰不敢，她怕疼。萧南和谭卓娅还商量着要给贫下中农治病呢，莲香的奶奶有点哮喘病，她们翻看了许多材料，认为可以试一试。

收过麦子后要犁地，把那些麦茬翻进地里，下几场雨就可以烂了，是很好的有机肥。因为，他们这里地比较平，也比较富。所以每个公社都有拖拉机，翻地、播种都用拖拉机。

王聪对这些机械的东西感兴趣，他老蹲在拖拉机旁边看各种零件是如何组合如何工作的。他是一个老实孩子，不敢上去动任何东西，只是仔细看看而已。他腼腆，又不敢问驾驶员问题，就是自己琢磨，有许多问题都是这样深记在心里，又处处留心，有时在一个意外的情况下，就能解开他的一个谜。要是林明，早就上拖拉机了，他会问长问短。

这天，王聪在拖拉机后面看得来劲儿，就听见拖拉机前面有人和队长打招呼。他伸头一看，是拖拉机手。拖拉机手递过去一支纸烟，队长小心地用手捋了一遍，才放在嘴里，用拖拉机手递上的半截纸烟引燃了嘴里的烟。

拖拉机手问队长："这阵子咋样?"

"还能咋样。麦子都沤了，每亩少收一百多斤。又要吃一年的发芽麦了。"队长说着，一边仔细地看着已经短了一截的纸烟。

"你们村也有北京娃吗?"拖拉机手问，他看见了下工的知青。知青即使穿的和农民一样也是一眼就可以看出来的。

"有哩，原来七位。有一位到部队上去了。他爹是部队上的大官。现在，还剩下三位男娃，三位女娃。"队长说着。

"上面不减你们的公粮?"拖拉机手又问。

"减啥呢，这些年把咱农民亏咋啦。这不是正要把他们给分下去，总占着队里的房子也不行呀。"队长说着，把用两个手指捏着的已经没法再抽的纸烟按到地上使劲地捻了一下。

王聪没有想到农民是这样议论知青的，他抬起身，看见队长和拖拉机手面对着耕完的地并排蹲着，他们都背对着他。他猫着腰在拖拉机的掩护下悄悄地离开了。

到了厨房里，李大伟一人正在烧火，右手拉着风箱，左手填煤。就问李大伟："你猜我听见什么了?"

"不知道。"李大伟有韵律地拉着风箱。

王聪把自己在拖拉机后面听见的全都告诉了李大伟。

李大伟站起来，打开已经扑出泡沫的锅盖，示意王聪把桌上的一碗油炒过的葱花拿过来，往锅里翻滚的白面条上一浇。用长把铁勺搅了搅，说："叫他们吃饭。"

王聪急得盯着李大伟看，希望他能说出什么高明的话来。可是，李大伟一言不发，他也在想怎么回答王聪，没有减少农民的公粮，他们的到来成了农民的负担，这是他们也不愿意的呀，可又是他们没有办法改变的现实。最后，李大伟说："又不是咱们一个村这样，全国有多少村都有知青，咱村也不是知青最多的村。再说咱们是响应党中央毛主席的号召来的，他们总不能反对党中央毛主席吧。看他们能让咱们住哪儿，咱们的安家费他们没有盖房，都干什么了，也应该说清楚吧。”王聪想想也对，别的村比他们人多都没有说什么。可是，李大伟和王聪的心中总还是有些不痛快。这些矛盾依然没有办法解开，社员里肯定有人认为知青影响了他们的收入。

下午，李大伟他们去上工，看见靠村边，一群人在打墙。听乡亲们说才知道是队长家又划了一块宅基地。队长要用土墙把它围起来，明年给儿子盖房子，好娶儿媳妇。北京的墙多数是砖的，再不好也是碎砖头。谁也没有见过这里的农民怎么打墙，刚来村里时，他们看见只有黄土的墙在地上立着，着实琢磨了好久。问老乡，因为老乡不会画画，怎么也讲不清楚。这次才看见了真正的操作，知青全都站着不动，定睛看着。原来，每边用两根碗口粗的原木固定在墙的两边，装满土，夯实。再把下面的木头，放上面，这样一层一层做上去，在墙上留下整齐的一排排的木头印迹。他们才明白，原来他们以为那是乡亲们有艺术观点，故意在墙上挖的，现在才知道那是工具留下的痕迹。农村的各种东西有它几千年的传统，也有一种很朴实的美。没有一点虚荣的东西在里面，但却有着意味深长的，别有一番滋味在里头。

李大伟想起初中时学的孟子《告子》里说的打墙方法大概就是这样了。那是公元前两三百年的事。距今天已经超过两千年了，谁又能知道在孟子之前又有多长时间了呢?

果然，没有多久，队长给他们开会，宣布他们被分成两个队。李大伟、林明和王聪去一队，萧南、淑兰还有谭卓娅去二队。

队里为这事也开了几次会，他们认为男生和女生分在一起不方便。虽然，这样女生吃点亏，重活儿没有男生帮助会很困难。可是，男女有别。城里娃不纺线，不织布，也不用做鞋，这些都是家里供应。大队的几个人商量了半天，就这样定下来了。

晚上，六个知青在一起吃最后的一顿饭。李大伟让林明和王聪去用粮票换了两只鸡，大家虽然不是永别，可也有点依依不舍。李大伟在开饭时，把这些天的账目念了一下。最后，说还剩十七块三毛一。他主张把萧南的四元钱退给萧南，因为萧南给了莲香五元钱，而且萧南家现在比较困难，他问大家有没有意见，大家一致同意。李大伟就按一人两块把钱分了，剩下的三毛一给了女生。女生推辞了半天，李大伟说："我们男生能吃，已经占了你们许多的便宜，这几毛钱算什么。"女生才收下了。剩下的油盐酱醋也都归了女生。

第二天就搬家，男生去住一个解放前的大庙，那庙后来改成了库房。女生住的房子是一户没有入社的老两口的，他们前些年去世了，又没有子女，房子一直空着，队里让她们住。

搬过去一看就知道两个小队早有准备，一队重新垒了炕，砌了锅台，买了新锅，安上风箱。女生这边没有炕，只有一个巨大的门板。底下用砖头支着。也没有什么东西好分，大家拿上自己的饭碗，拉上各自的行李就分开了。男生在村子的西头，女生在村子的东头。

淑兰和谭卓娅关心地问萧南："你怎么不说呀？莲香的妈妈去世了，也没有用你给的钱去看病，她也没有还给你钱呀？"

萧南说："她妈妈下葬用了许多钱。我跟她说不用她还的。"

淑兰接着说："难怪你找我借钱呢。你到底还有多少钱，需要不需要我们给你点？"

萧南不好意思地说："这不是刚分了红吗。我的工分不少，可是今年减产，比去年少了十三元，没有问题。你们放心吧。"其实，她也就比谭卓娅多分了三块五毛二。去年，可是谭卓娅的工分最高，萧南第二，淑兰第三。

淑兰高兴地说："不和男生住一起也有好处。我最害怕林明的狗了。每次进门，我都怕它咬我。可是也有坏处，绞水可够呛。"

晚上，李大伟、林明和王聪来到女生的住地。他们看了一下就看出问题了。林明和王聪指着她们的顶棚说："你们这房子下雨一定漏。"

淑兰问："为什么？"

林明指着纸顶棚说："你们看看。那上面一圈一圈的水印，这不就是下雨留下的证明吗。你们再看看地上相应的地方有坑。”

谭卓娅赞叹道：“你简直成了福尔摩斯了。”

林明得意地看看李大伟，显然他是从李大伟那儿刚学来的。

李大伟对她们说：“你们知道国家给咱们每人多少安家费吗？”三个女生一脸茫然，李大伟又接着说：“国家给咱们每人250元的安家费，让生产队给咱们盖房子，买生活用品。房子没有盖，只给咱们每边一张桌子两个凳子。你们到集上就知道买这些东西要用多少钱了。一口锅，一个案板，一把菜刀，一个风箱，还有劳动工具。这就是每人250元的花销，全加一块也不到一百元。你们三人就750元，剩下的钱哪里去了？”咱们现在分队了，我还有一件事要提醒你们，国家规定咱们的口粮是528斤。队里是按人头分粮的，所以社员不停地生孩子，婴儿才吃几斤粮食。他们大人小孩平均吃没有问题，咱们都是大人，按队里分粮就要挨饿了，你们一定要坚持按国家的规定分粮。”

三个女生很感谢李大伟对她们的点拨。

王聪对她们说：“我们已经报名去修水利了。不用做饭，工分也高。”

谭卓娅马上说：“我们也去。”

林明说：“人家不要女的。那活儿太累，你们也干不了。”

他们走后，三个女生讨论了半天，看来她们实在太简单了。怎么办呢？

“有了，咱们明天去队长家聊天，坡下的知青点盖了一溜儿大瓦房呢。”谭卓娅说着。

第二天晚上，她们真去找了队长，说别的村的知青有自己的新房子。队长脸上不太好看，说：“人家知青多，队里也富。咱队就你们三个，又没有木头。盖三间房就要几百元。可大队就给了小队二百元，差得多着呢。”

过了几天，队里宣布萧南当保管员，淑兰喂猪，谭卓娅当记工员。她们知道这是队里照顾她们，信任她们。她们一看队里对她们这样好，也就不去计较安家费了。

她们都各司其职，起劲儿地干着自己的事。萧南把几个库房打扫干净。糊好窗纸，防止麻雀吃粮食，她计划着消灭老鼠。还去请教老保管，问他怎样管好库房。淑兰研究着发酵饲料，她刚喂上猪就爱上了这些猪。谭卓娅也很认真地每天记着工分。

这天，队长儿子跑得气喘吁吁的，先到猪场找到淑兰，对她说："王聪死了，你知道他家的地址吗？"

淑兰以为自己听错了，忙问："你说王聪怎么啦？"

队长儿子说："死了，在工地上，晚上就要回来了。你知道不知道他家的地址？"

淑兰说："知道，写信怎么来得及，得打电报。你跟我来。他怎么死的？"

队长儿子说："让拖拉机给轧死了。"

说着两个人跑回女生的宿舍打开门。淑兰拿出纸和笔，给队长的儿子写地址。萧南进来了，她奇怪这俩人怎么不上工，趴在桌子上干什么。淑兰写完地址，交给队长儿子，说："打电报快，还是打电报。"

萧南迷惑地问："给谁打电报？"

淑兰目送走了队长儿子，才对萧南说："王聪死了，他是来要王聪家的地址，通知王聪家的。"

这回轮到萧南发懵了。她怎么想也不可能，男生才刚走几天哪，怎么会有这种事发生。"怎么回事？他怎么说的？"

"他什么也没有说清楚，就是着急忙慌地要地址。"淑兰也遗憾自己刚才怎么没有问清楚。

"队长的儿子是不是也去了工地？我知道他们一共去了八个人。"萧南说。自己回来干什么也忘了，她是回来拿库房钥匙的。她一拍脑袋："哎呀，饲养员还在库房等我给称油呢，牛病了。"说着拿着钥匙赶快走了。

淑兰也跳起来，一锅猪食可能都糊了。

24

天快黑的时候，三个女生和村里的一些老乡都在村头等着。因为，这里都是黄土崖，所以看不远，大家已经在这里等了快两个小时了。人们议论纷纷，说王聪是拖拉机给轧死的，更详细的情况就不知道了。

队长儿子骑着自行车来了，对大伙说："来了，在后面呢。"

一会儿，看见李大伟一人在前面，林明和兔娃在后面，抬着一副担架过来了。后面跟着一大群人，淑兰看见人群里有推着自行车的公社胖书记，她赶快躲到一个大个子农民的后面。

到了村口，村里有人要换李大伟，李大伟看来已经很累，可他就是不肯放手。人们又去换林明和兔娃，他们也不让换。谭卓娅第一个走上去，换下了兔娃，萧南和淑兰也上去了。她们也要用这种方式，寄托一下自己的沉痛的哀思。

王聪又被抬到他们刚搬出的大队部，就停放在他原来住的那间屋里。他们曾经住过的炕都被拆了。

公社胖书记和队长、大队书记、会计和小队长们都自觉地来到原来女生住的屋里商量怎么办这件事。

女生把李大伟和林明请到自己的屋里，给他们打来洗脸水。端上早就做好已经有些凉了的饭。门口挤着一大堆老乡。

谭卓娅急不可待地问："到底是怎么回事呀？"

李大伟和林明说："王聪不是喜欢机械吗？他老爱蹲在拖拉机后面看那些机械。今天，拖拉机手不在，公社副主任的儿子自己上去，他也是二把刀，一挂倒挡就给油，他听见王聪叫了一声，才停下来，王聪就……"

几个女生都流着了眼泪，无声地哭着。淑兰哭得尤其厉害，她觉得王聪可以算她的救命恩人了。可是，她回到村里以后，不敢和王聪单独说话，怕别人议论。王聪又老实，一直帮她保密。有些心软的老乡也哭了，只有不懂事的孩子在门前张着嘴巴看来看去。

李大伟和林明吃了饭，说："我们要去陪陪王聪，他太寂寞了。"李大伟忍着眼泪，他紧咬着槽牙，腮帮子一起一伏的。

几个女生虽然害怕，但也站起来说："我们也去。"

路过供销社他们买了两包蜡烛。

原来女生住的屋里的会还在开，胖书记说："主任说了，他个人拿出二百块钱，公社拿出二百，就怕人家娃家里不干。你们明天派人到公社拉一方木头，做个棺材，多上几道漆，人家娃到咱这哒，不易呀，可不能对不住人家。"

大队的这几个人都在拼命抽烟，谁也不说话。他们都在挖空心思地想有什么办法可以使王聪家里人不为难队里。他们都明白，人是无价之宝，用什么也赔不起人家了。

知青们点了几支蜡烛放在王聪的周围。王聪盖着一条新的床单。林明对着王聪说："我对不起王聪，我总觉得他有点小市民。那次他要借我的书，我没有借给他，我要把那本书给他陪葬。王聪，别生小弟的气。你要是能活过来，我什么都给你。"

女生听了林明的话，眼泪就像断了线的珠子，扑扑簌簌直往下掉。淑兰更是哭得气都喘不上来了。

大家不自觉地想到王聪的好处。萧南说："就我们俩人在的时候，王聪很照顾我，每次绞水，他都让我少干点。分什么东西也是他去领。那么冷的天，去镇上取包裹也是他帮我去的。"李大伟这才知道王聪这样守信用。

淑兰不平地想到，本来是王聪最有资格去开知青代表大会的，现在也没有办法补给他了。

谭卓娅明知道王聪的名额是她给占了，也不好意思说，就说："通知他们家了没有呀？"

林明说："县里给他父母的学校打电话了。也不知道他们怎么和他家里说的？"

李大伟说："你们几个回去吧，以后几天还有的忙呢。"

女生屋里的会还是没有进展。胖书记说："我先回去了，公社还有事情等着我办。等他的家人来了，再通知我。"说着就往外走，这些剩下的人官都比他小，谁也不敢说什么，都跟着走出来送胖书记。

淑兰一晚上没有睡。第二天，她去供销社买了十几尺布给王聪做褥子，其他人知道了也主动凑钱买了被里被面，又和队里要了几斤棉花。队里二话不说就拿出来了。女生做被子的时候，老婆、媳妇们也都来帮忙，大家又长嘘短叹一番。

第三天，王聪的父亲和他哥哥来到县里。县里用嘎司车把他们父子送到村里，还来了一个副县长和一个干事。

大队干部和知青们在大队部门口迎接。大队干部提心吊胆地怕王聪的父亲提出什么无法满足的要求。他们低声下气地小心伺候着王聪父亲和哥哥。他们让王聪的父亲哥哥先休息一下，可王聪的父亲要直接去看儿子。队干部丝毫不敢怠慢，带着他们直奔原来男生的屋。院子里放着一口散发着油漆味的新棺材。

王聪的爸爸和哥哥还有县里领导走进了王聪停放的屋子，其余的人都在外头。王聪的爸爸进到屋子里，蹲在儿子的身边，揭开了床单，本以为会看见一个面目全非的儿子，没有想到是一个如同睡熟了的儿子。他又用双手轻轻地把床单给儿子盖上。这时，屋里屋外静得连掉一根针都可以听见，所有的人都屏住呼吸。王聪的爸爸慢慢地站起来，往外面走。他在门前停了一下，他一眼就认出了几个知青。他上前拉着李大伟和林明的手说："到你们那儿看看去。"

所有的人又跟到男知青住的地方，王聪的爸爸把这地方好好地看了看，他要记住儿子住过的地方。队里给他准备好了饭，他也不吃，就在知青的灶上吃，他也要体会一下儿子的生活。王聪的爸爸非常后悔，这个小儿子最像自己，从小就没有叫他操过什么心，在学校功课又好。上次回北京明明是在做好事，竟让自己给狠狠地训了一顿。儿子从没有穿过什么好衣服，都是拣哥哥剩下的。也没有吃过什么好的，家里日子一直过得紧紧巴巴的。是自己没本事，害怕又会有什么麻烦，才让儿子的最后一次回家也不痛快。自己到底怎么了，一生要强，却不能给儿子幸福。

大队做的饭只好招待了县里的领导，大家吃饭时因为没有王聪的爸爸和哥哥在，饭桌上谈笑风生，又是让烟又是倒酒好不热闹。副县长轻易不到这个小村子来。因为，这村各方面都不突出。县领导本来对这个村没有什么兴趣。可是，这个村出了那么大的事情，也不能不关心一下了。副县长打着官腔："你们这里有什么困难呀？"

大队的几个领导赶快说："化肥太少，没有水浇地，所以产量低。学生的房子因为没有木头，也没有盖起来……"

副县长就是嘴上说说，并没有给他们村解决问题的意思："这样的问题在咱县还不少哇。"

吓得大队领导说："那是，那是。"

虽然，大队尽全力做了这顿饭，可县领导这样的饭吃多了，根本打动不了他。他没有给刘张村解决一袋化肥和一根木头。

到了下午三点钟，大队会计才去请王聪的爸爸到大队部谈谈。王聪的爸爸和干部们坐在原来女知青的房子里。公社胖书记也来了，副县长代表县里对王聪的爸爸说："王聪到我们县已经三个年头了，他响应毛主席的号召，为改变我们农村的山山水水做出了贡献。我们没有照顾好您的儿子，实在对不住您。这里是四百元钱，您还有什么要求可以提提。"

王聪的爸爸说："我是有个要求，不知你们能不能同意。"

吓得各位领导身体都僵硬了，可是嘴巴上只能说："您有什么要求请说，能满足的我们一定满足。"

王聪的爸爸说："这笔钱我不能要，留给队里做发展生产用。我只有一个要求，把我的大儿子留在刘张村，接他弟弟的班，继续走毛主席指引的上山下乡的道路。"

停了半天，副县长才明白王聪的爸爸说完了，他带头鼓掌。公社、大队干部才想过来，人家没有提任何要求，还把自己的孩子送来，都松了一口气，身体也恢复了弹性。副县长拍拍王聪哥哥的肩头，又握着他的手说："欢迎，欢迎。"其他人也都凑过去和王聪的爸爸哥哥握手。

大家又小心地问王聪的爸爸对葬礼有什么要求。王聪的爸爸说："按照你们当地的风俗办，一切都由你们做主。"

于是，队里又领着王聪的爸爸去看墓地。

女生还是有些害怕，由男生去铺王聪的新被子新褥子。林明真的把书放在王聪的枕下，他万分后悔。王聪的爸爸从北京给王聪带了一套新的蓝布衣裤。所有的知青和王聪的爸爸还有哥哥为王聪守了一夜。

王聪的爸爸是一个要强的人，人又内向。他为了符合潮流，把自己剩下的大儿子也送到了农村，以为这样可以表明他的忠心，扭转他在学校的处境。他也为小儿子的死茶饭不思，整个人苍老了许多。

第二天一大早，全村各队都没有人上工，大家自愿给王聪送行。外村也来了一些知青，他们只是听说而并不认识王聪，惺惺相惜吧。男知青和王聪的哥哥还有村里小伙子们抬着王聪的棺材，放到了全村最好的骡车上。这是村里级别最高、最盛大的葬礼。外村来的北京、天津的十几个男女知青和他们站在一起，虽然大家不认识，可他们的心是在一起的。有个看来长得有些粗鲁的男生找到李大伟和他说，有什么需要帮助的就说一声。李大伟知道这种人做事可能粗鲁，但是非常仗义，为朋友可以两肋插刀甚至豁出命去。李大伟紧紧地握住他的手说："暂时没有什么需要，谢谢。"大家在王聪的墓前三鞠躬，一起背诵毛泽东的名篇《为人民服务》，"……要奋斗就会有牺牲，死人的事是经常发生的……"知青响应毛主席的号召下乡，谁也没有想到会失去生命。李大伟在内心里深深谴责自己，他是把这几个小男生都当做自己的弟弟看的，他一直觉得自己最大，有义务照顾大家。他也特别注意一碗水端平，不要厚此薄彼。在他的心里一直很庆幸这几个小男生都很好，没有恶习。他尤其喜欢王聪，认为他聪明、好学、忍让，觉得王聪比林明优点多。他通过宣磊的事和王聪的事，发现自己的无奈，没有想到人的想象和现实有这么大的距离。以他的心，哪怕用自己的一条胳臂或者腿能换取宣磊和王聪的生命他也愿意，可现实是他想用自己的命去换都是不可能的。

村北的坡上又多了一个大土包，像当地绝大多数的坟一样没有墓碑。王聪和这里的黄土地永远地融为一体了。

25

王聪的哥哥王智，和王聪不一样。他是奶奶的长孙，被他奶奶惯得厉害，人长得高高大大，不像王聪瘦瘦的。脾气就更不一样了，王聪脾气很好，在家就受哥哥的气，一不是老大，二不是老小，在家是被忽略的。哥哥有奶奶护着，王聪的小妹妹有爸爸宝贝着，只有王聪和大妹妹，姥姥不疼舅舅不爱的。王聪很能够容忍，他的哥哥可就不一样了。在家时，什么好的都是他的，用过了穿破了才是王聪的。所以，到了村里，王聪和男生有些小摩擦，他自己也不太计较，还像是在家里一样谦让别人。

王智到了村里以后，因为他是王聪的哥哥，李大伟和林明也是能忍就忍，能让就让了。绞水，他经常不去，用水可不知道节约，李大伟和林明也不说什么。轮到他做饭也要别人早一天给他蒸好馍，他做饭也就是热热。李大伟已经制止了林明的几次发作，极力地劝说：“他刚来，不熟悉，过一段就好了。谁都有个熟悉的过程，咱们刚来不也一样？”

林明也是有点脾气的，说：“谁老伺候他？他也就比你小一岁，你也真爱管他。”

“就看在他是王聪的哥哥也得管他。我老是觉得那天拉住王聪别再看就好了，我也是有责任的。他在那地方总是危险嘛，我怎么就没想到呢。”李大伟说。

“谁想得到有不会开拖拉机的人去开。不会开，还敢乱开，公社副主任的儿子应该偿命的。”林明顺口说着。

李大伟一听有道理：“对了，当时王聪爸爸在的时候，没有说清楚是公社副主任的儿子轧死的人，他不是拖拉机手。这里面有问题，他不能算故意杀人，可也应该有一定的责任呀。”

林明说：“你可先别和王智说，不知道他会干出什么呢。最好弄清楚了再说。”李大伟想想也对。但是，到哪儿去打听呢？当时连本法律书也没有。

收白薯的季节到了。王智倒是很起劲儿，因为他觉得很好玩。从地里能挖出那么多白薯，实在很有意思。他很带劲地刨着，当然也刨断了几个，他还不好意思地说：“我给刨坏了。”

“没什么，谁都有刨坏的时候。”林明说。其实，林明通过王聪的事也学到了许多东西。至少劳动要注意安全，对人要宽厚一点儿。他很后悔对王聪太小孩脾气了，王聪妈妈爸爸的工资加在一起还不如他爸爸一人的工资多，王聪有许多想看而买不起的书。王聪对自己实在不错，我这么不给他面子，如果倒过来我早就跟他急了。他后悔没有为王聪做过什么，虽然他把书装进了王聪的棺材，可他知道王聪永远也看不到了。他真希望当时王聪骂他两句，或者自己当时没有那么差劲，把书借给了王聪。生活就是这样不能十全十美，总有一些遗憾。

王智干累了，李大伟就招呼他休息一会儿。俩人坐在田埂上，王智用袖子擦着汗说：“我考验你们这么多天，你们还真不错。我知道你们对我有意见，我要看看你们的容忍程度。”

林明忍不住了：“怎么样?”

王智得意地说：“还不错啦。我爸爸说我被奶奶惯坏了，要我来锻炼锻炼。看来你们对我弟弟也不错，否则不会这么容忍我的。”

“那还用说，当然不错了。我们是共过患难的。说不定比你对他还好点呢。”林明说着。

“告诉你们一个秘密。”王智神秘地说。

“什么秘密?”林明来劲儿了，李大伟也盯着王智看。

“去年，关淑兰和王聪回去是为什么，你们知道吗?”王智卖着关子。

“不知道。”林明变得很温顺。

“是关淑兰被你们公社的书记给调戏了，正好被王聪碰上。关淑兰当时想去死，王聪给劝住了。所以，他陪关淑兰回的北京。我猜就是给我弟弟主持葬礼的那个胖书记。我注意到关淑兰老躲着他。我爸爸交代我继续保护关淑兰，这也是我来这里的任务之一。”王智得意地说完了。

李大伟和林明对看着，他们真粗心，就没想想王聪为什么突然回家。现在回想起来，难怪王聪出事淑兰哭得比谁都厉害呢。淑兰原来成天乐呵呵的，从北京回来，确实沉默了许多。

王智告诉他们这么重要的事，林明觉得应该告诉他王聪的事：“我告诉你吧，王聪死得有问题。是公社一个副主任的儿子，不会开拖拉机。趁没有人时自己上了拖拉机，挂错了挡，把王聪给轧死的。”

王智的脸顿时就变了颜色，眼睛发直：“是谁？他叫什么？我找他算账去。”

李大伟瞪了林明一眼，觉得他太不谨慎。两个人劝王智：“咱们弄清楚了再说。别干对自己不利的事。你先回去做饭吧，我和林明把最后这点刨完就回去。”

王智是要好好想一想，虽然在家里他对弟弟不是太好，但他们毕竟是手足之情。

路过供销社，王智鬼使神差地买了一包烟。

王智蒸上馍，使劲地拉着风箱。他在想如何为弟弟报仇，应该不应该去公安局。不成，这里的人都会向着当地人，而且肇事人还是公社副主任的儿子，官官相护。我单枪匹马也不是对手。一定要跟李大伟和林明联合起来才行。

“糊了。”李大伟拉着一车白薯，进门就叫。林明跟在后面。

王智才醒过来。原来水早就烧干了。竹子屉冒着烟，馍是一个个黄黄的，外焦里嫩。林明还表扬王智呢：“你水平真高哇，每个馍都烤得这么棒。”

“你是损我呢，还是夸我呢。”王智有些内疚地说。

“夸你呢，当然是夸你呢。屉烧坏了，劈点竹子，捆捆就行了，好办。”林明说，通过这一个下午，林明和王智亲近了许多。

晚上，三个男生坐在一起商量王聪的事情怎么办。王智平生第一次抽烟，他想去掉烦躁。林明也向他要了一支抽起来。李大伟说：“这件事，我们当然是向着你的。王聪怎么说也是和我们一起从北京来的。再说，公社副主任的儿子也没理。但是，这事千万不能鲁莽，咱们在人家的地面上。王聪已经活不过来了，一切得从长计议。咱们先打听有什么法律能够治他，再就是收集证据。那天只有兔娃看见，其余的人都在休息，兔娃敢不敢作证都是事儿。还要打听这个主任的社会关系，他要和公安局长是亲戚和同学，这事就难办了。咱们必须为自己的后路着想，听说要给知青分配工作了。”

王智想一想有道理，他也佩服李大伟思维的周到。

李大伟又说：“问兔娃的时候你别在场，不然就怕他不说了。咱们分别问，问兔娃王聪的事情。问清公社主任的社会关系，可以让谭卓娅去县里打听打听。”

王智焦急地说：“今天咱们就去叫兔娃吧。”

李大伟伸手制止他：“别急，兔娃三天不来就难受，这一两天他准来。而且，一进门就得叫。咱们现在就把墙上挖一个小洞，用桌子挡上，你就坐在柴禾上听。”

林明高兴得摩拳擦掌的，几个人赶快拉开桌子。林明问李大伟这个主意是怎么想出来的，李大伟说："看了那么多次的《地雷战》、《地道战》，还想不出来也太笨了。"李大伟突然想到，还是从柴厦那边挖好，不容易被发现。当地人习惯把放柴禾的屋子叫"柴厦"。于是，三个人就去了柴厦挖起来。农村为了盖房子省砖就砌半截砖，上面都是土坯搭的。所以上半截很容易就捅了个洞。三个人正在得意呢，就听见兔娃的声音："林明，公社今天放电影，你去吗？"

林明赶快走出柴厦。兔娃说："你干啥呢？"林明回答不上来了。

李大伟抱了一大把柴禾出来了说："烧点水，洗洗澡。今天，出了一身汗。"

兔娃说："你们北京学生就是爱干净。每天还刷牙，又没有吃屎，刷什么牙啊。"

李大伟说："我们是从小洗惯了，出汗不洗就难受。"说着就把兔娃让进了屋子。

兔娃一看，王智不在，就问："王聪他哥呢？"

林明忍不住地说："到他弟弟的坟上去了。唉，兔娃，王聪出事那天就你在，还有谁在？"

"就我，我妈让我就近看看我舅，他们村离工地也就三里地，我利用中午去我舅家看看。回来路过工地就让我赶上了。对了，你一说，我想起来了，樊村的一个黑小子，他叫什么我可就不知道了。他也看见了。"

林明又问："是不是公社副主任的儿子开的拖拉机？"

"是呀，后来好多人都看见了。见的人多了，有王庄的皮硝王，有新民村的铁匠李……多了，十几个呢。"兔娃说着。

李大伟和林明相互看了一眼。

"唉，你们去不去看电影？"兔娃有点不耐烦了。

"什么名字？"林明问。

"一个什么国王访问中国。"

"西哈努克亲王。"林明说。

“对了，就是这个国王。”兔娃说。

兔娃把他们想知道的都说了，林明痛快地答应了：“下刀子也去。那你去借车。”

“借啥车嘛，我带上你。猫娃他们几个也去。”兔娃乐了。

“走，找他们去。”林明为了让王智出来，拉着兔娃走了。

王智从柴厦出来，李大伟问他听清了没有。王智点点头。

林明在看电影的地方碰见了谭卓娅，就把王智告诉他们的淑兰的事也告诉了谭卓娅。谭卓娅这才恍然大悟，原来淑兰突然回家和不再去公社当广播员是有原因的。她是急性子，实在等不到看完电影，就一个人先回村了。

趁着淑兰去厕所的几分钟，谭卓娅把她刚听到的一点消息全都告诉萧南了。萧南没有时间和谭卓娅多说，只说了一句：“咱们得对她好一点。”

“对谁好一点？”淑兰这时进来了，完全不知情地问。

“狗娃老汉。他年纪大了，家又没有什么人。”萧南搪塞着。

“对，该给他做冬天的被子了。”谭卓娅也帮助掩饰。

26

淑兰被派去喂猪以后，对她的新工作非常上心。她看到报上报道解放军用发酵饲料喂猪，猪长得又快又好，就找老乡用她们自己的麦子，换了发馍用的干酵母。也没有地方做发酵饲料，就在墙角打扫出一块地方，泡开干酵母，然后把糠和麸子搅和在一起，堆在墙角。天已经冷了，队里给她的这间屋子有门没窗户的，里面只有锅灶和一堆发黑的白薯秧子，还有一小堆烂白薯，最珍贵的就是那半袋的麸子了。淑兰每天来到这屋的第一件事就是看看饲料发了没有，可因为温度太低，连一点气味都没有。淑兰只好又开始煮她的猪饲料，白薯秧和藤连洗也不用，因为水紧张，用一把破刀剁剁放进锅里煮，开锅煮一会儿就行了，等温度降下来再盛到桶里，就可以喂猪了，喂的时候再撒一点儿麸子。

淑兰为了养好猪请教了许多人，人家就告诉她，别烫着猪，猪吃了烫东西，就不长了，再就是多吃饲料长得快了。可队里给的东西有限，猪每次都狼吞虎咽地几分钟就吃完了，然后抬着头长时间地看着淑兰。淑兰觉得对不起这些猪，可她又能从什么地方给猪弄到吃的呢，这些可怜的猪从来没有吃饱过。

猪圈里就七八头猪，是全队人的肉食供应。淑兰没有喂猪时，想象着她把猪都喂得肥头大耳的，来了才知道，就这么一点饲料，巧媳妇难为无米之炊呀。她急得往家里写信，让大哥去给她找发酵的菌种。她以为有了那东西，猪就可以少吃饲料了。实际上，还是要靠饲料充足。她大哥费了不少的时间，跑到北京郊区部队给她弄来了菌种和油印材料，钉了一个小木箱寄来。她还是发不起来，因为发酵饲料是有温度要求的。她把煮过猪食的锅放上发酵饲料，用锅里的一点余热发酵，成功了一次，淑兰高兴得逢人就说。可以后再做，就控制不好了，她想发得快点，结果烧糊了一层。正好队长来了，问："什么糊了？"

淑兰脸涨得红红的，不好意思地说："我想做发酵饲料让猪长得快点，火大了点儿就糊了。"

队长心疼地说："做什么发酵饲料呀，你能把现有这点东西煮熟，别糟蹋东西就行了。"队长一脸不耐烦的样子，淑兰知道农民难，也不辩解。她一肚子委屈，目送着队长。

一会儿，牛娃突然跑来了，说："淑兰，你的猪又跑了，在村边的自留地里呢。"淑兰想，我才当了几天猪倌，这猪就成了我的了。淑兰知道她说的是哪头猪。那是一头"跳高冠军"，体态修长，方方的背，一看就是浑身的瘦肉，没有一般猪那样一走三晃的赘肉。多高的墙它也能跳过去，每天都要“越狱逃跑”出去逛几圈，淑兰真怕它丢了。可是，它做事有度，到吃饭的时候就回来了，一个轻松的“跨栏动作”，就回到自己的圈里。吃的时候比谁都快，经常把别的猪拱到一边。淑兰欣赏它的身材和动作，可又恨它太霸道。她常常看着这个圈的猪吃食，“跳高冠军”一威风，她就用喂猪勺敲一敲它的脑袋。别的猪才能吃几口。

村边上都是社员的自留地，有些人家种的萝卜还没有刨，为了多长几天，“跳高冠军”去了就拱人家的萝卜。社员常来告状，淑兰直向人家道对不起。她也和队长说了要加高围墙，队长没说加还是不加。她只好自己给猪圈上加点酸枣枝，可是根本不管用。“跳高冠军”还是常常“越狱”。

淑兰拖着疲惫的身子回屋，谭卓娅拿着一份报纸说：“你们看，又在倡议过革命化的春节呢，咱们今年还回去不回去了？”这些倡议已经没有像在学校时那么有号召力了，可是对于习惯循规蹈矩的学生还是有一定影响。

萧南今年没有分到多少钱，回家又要向妈妈伸手，有这个过革命化春节的借口，是留在村里最好的理由。

谭桌娅呢，觉得回家尽帮助妈妈洗衣服了，也就是能看两场电影。也挺没有意思的，留在村里，还能到外村串串，也不错。

淑兰担心她走了猪没人喂，又想回家，说：“今年，我哥哥结婚，这可是终身大事呀，我回去还是不回去呢？我喂的老母猪要生小猪了，也没有单独的圈，怎么办呀？”

萧南说：“咱们院子里不是有个猪圈吗，咱们也没有猪，就把你的老母猪赶来吧。”

谭卓娅可有点急了：“不行，多臭呀，还得用咱们的锅给它煮猪食。”

淑兰本来挺高兴，让谭卓娅一说又凉了半截，不好意思地说：“我保证不会用咱们的锅煮猪食的，我每天给它送食。现在是冬天，猪粪都冻上了，也没有什么味。”农民家都是用吃饭的锅给猪煮食的，淑兰当然有北京人的卫生观念，也不会这样做的。

“那好吧，等小猪一长大，就得回去，夏天可不能在这儿，多招苍蝇呀。”谭卓娅松口了。

“没问题，小猪过了满月就回去。”淑兰高兴地说着。

王智送来了谭卓娅的信和淑兰的包裹单。谭卓娅以为是北京家里的信，一看下面的地址是云南：“我哥哥来信了。这个该死的，才来信。”

卓娅：

对不起，我把你的地址藏得太好了。昨天，才在本子的小镜子后面发现你的地址，赶快给你写信。

你知道我们到这儿用了多少天？整整十天。先坐了五天四夜的火车，屁股都坐木了，脚也肿了。才到了昆明，再坐长途车，一路上脏了也没有办法洗。而且，还是白天开，晚上住小店。我都觉得可能永远也到不了了。同是中国，我们却好像住在天边。我劝你还是别来了。你们那儿回家太方便了。

你还有想不到的，就是我们这里没有菜吃，一年到头就是米饭和辣椒。这里老百姓刚从奴隶社会进化到社会主义还没几年，还有刀耕火种的习惯。这里没有什么菜籽，天气也是老下雨，菜种上也很容易烂。有时收获一些洋白菜，又没有油，一吃就是一个月，进食堂闻见洋白菜的味儿就想吐。

你记得周总理亲自批准北京有五十五个学生到云南。他们里面有一个已经死了。他是老高三的，平常对人特别好，得了中毒性痢疾也不知道，以为是感冒。因为中毒性痢疾不拉肚子，等把他送到医院，已经没有救了。那两天，都没有人去食堂吃饭。

有一次，让我们几个人去运粮食，我们眼看着一只金钱豹从我们身边走过。我觉得我都不会呼吸了。真危险呀！回来后，老职工和我们说，是我们运气，那只金钱豹不饿。

行了，先写到这里。

你那儿怎么样？等着你的来信。

接受革命兄长的敬礼！

谭维加

1970.11.17

谭卓娅把哥哥的信给萧南和淑兰看了，她们都想不到云南原来是这样的。

第二天上午，淑兰赶着老母猪，到了她们院子的圈里，用自己的洗脚盆给猪当猪食盆。又去场院给猪拉来一车麦秸铺在猪睡觉的地方。

每天，淑兰不辞劳苦，把猪食提回来，她本来就偏心要生产的老母猪，多给它一些稠的。她们自己的刷锅水也给了老母猪。有时饭做多了，没有及时盛出来，就会锈在锅里，淑兰也都喂老母猪吃了。就这样，老母猪还是常常饥饿难忍，一见淑兰给它喂食，恨不得不换气地把那半盆食都吃光，吃完还抬头看着淑兰，让淑兰再给它些吃的。淑兰有时实在不忍心看它这样子，就把她们磨面的麦麸给老母猪一些。麦麸是可以换豆腐粉条的，萧南在淑兰可以大大方方给老母猪吃，谭卓娅在淑兰可就不敢了。

这天，老母猪躺倒不起来了，淑兰叫来了队长才知道它要生小猪了，淑兰一直看着老母猪，只有中午去给其他猪煮了一顿食。到了下午三点多钟，她们住的地方来了七八个社员，看着老母猪议论着。老母猪好不容易才生下第一头小猪，小猪像被套在一层塑料薄膜里，红红的，没有毛，眼睛也睁不开。淑兰想去把它拿出来，她怕小猪被冻死了，可老婆们不让她这样做。过了十几分钟又一头小花猪生了出来，萧南和谭卓娅也回来了，颇有兴趣地看着。

这时天快要黑了，淑兰不情愿地去给其他的猪煮食，她一边惦记着老母猪一边烧着火，喂完其它的猪，淑兰给老母猪做了一大桶光是麦麸和瘪谷子的白薯粥。

她跳到猪圈里把猪食盆拿出来，倒上猪食放在老母猪的头边上，老母猪理也不理。它已经生了六头小猪了。淑兰心疼老母猪一天没有吃东西，就拿了一个馍放在老母猪的嘴边。老母猪生完第七头小猪时，才把那个馍给吃了。在一旁看着的社员都觉得学生太糟蹋粮食了。不知谁拿来了马灯，在快八点的时候，老母猪生下了第八头小猪。它不管那些在膜里蠕动的小猪崽，就去吃它的大餐。队长用一根树枝把小猪身上的膜挑开。全体在场的社员都很高兴，淑兰知道一头猪娃在集上卖三到五元不等，这可是一笔财富呢。

老母猪吃完饭，卧在草堆上，队长把一头头小猪，放在老母猪的奶头上。这些没有毛又不睁眼睛的小猪嘴张得还挺大，一个个叼上奶头，就吧唧、吧唧地吃起来，声音之大是这几个知青完全没有想到的，在场的人都笑了，添丁进口在农村是最高兴的事情了。三个女生又去场院给猪抱草。回来时看见不知是谁在猪圈的门上钉了个草帘子。

第二天一早，淑兰第一个穿上衣服就去看小猪。萧南和谭卓娅也很感兴趣地跟着出来了。一看小猪们在老母猪的肚子前睡得正香呢，老母猪一看淑兰来了，以为早餐来了呢，站起来向淑兰走来。它空下来的肚皮松松垮垮的，样子实在可怜。淑兰乘机数了一下，一头不少。小猪离开了妈妈这个大暖气，闭着眼睛挤成一团，在找妈妈。淑兰每天是吃完早饭才去烧猪食的。今天，她不等饭好就去给老母猪做饭。老母猪太不容易了，要给八个孩子喂奶呢。

淑兰提着给老母猪煮的粥回来，萧南和谭卓娅已经吃完饭了，锅里还剩下许多小米粥，谭卓娅说："你吃剩下的就都给'英雄母亲'吧。"这是谭卓娅说的最顺耳的一句话了。淑兰只盛了一碗稀稀的米汤，就着干馍，把早饭吃掉了。她把锅里的米粥加了一些开水，都端给老母猪去吃。

小猪每天都有变化，她们仨人一有空就去看。村里的老乡也经常来看小猪。她们每天都多做点小米粥，剩下的给老母猪，已经成了规矩。后来，发展到小猪能吃粥了，她们的小米粥也给小猪吃。

小猪是她们的宝贝。胖胖的小猪有全白的也有黑白花的和全黑的。老母猪全身白，她们猜想小猪们的爸爸一定是黑猪。问了老饲养员才知道是一只黑白花的猪，而且是老母猪的儿子。她们听了觉得很别扭，可是老乡说，这在动物里是常有的事。

因为她们的特别关心，小猪满月时长得比农民家的小猪大了一倍，这些可爱的小猪就像一群可爱的胖孩子，在太阳地里玩耍，冬天暖洋洋的太阳，把小猪晒得都困了，困得摇摇晃晃，有的竟站立不稳，倒在地上。逗得三个女生笑得前仰后合的，小猪使她们有了成就感。常常有人打听小猪卖不卖，甚至，外村的人都找来了，她们都一口回绝了。

这天，谭卓娅和萧南发好了一大盆白面，中午准备蒸包子改善一下。一下工，谭卓娅就高高兴兴奔回家。她打开院门，看见厨房门开着。她急忙跑过去。老母猪正站在面盆里，一张猪嘴白了上半截面，它也像知道自己做错了事一样，用两只大眼睛瞪着谭卓娅，好像在说："我吃了，怎么着吧。"是呀，它要吃饱，这没有错。老母猪要喂饱八个孩子，奶水不足，几个孩子把它吸得老是心慌意乱的。可是，知青也得吃饭。谭卓娅恨得大叫一声，老母猪还没有吃完最后一点面，它还不肯走。谭卓娅飞起一脚踢在老母猪身上，疼得她翘着脚跳起来。再一看棉鞋裂开了一条大口子，塑料鞋底也从中间断开了。气得她拿起扫帚要打老母猪，刚出门，她就被自己断掉的鞋底绊了一个大跟头。一群路过门口的青年哈哈大笑，谭卓娅大丢面子，气得大喊："滚！"这天她们用老母猪吃剩下的面又发了一盆面。

小猪满月后的第五天，萧南干活儿回来，先去看小猪。可是，她发现猪圈里只有三头小猪，老母猪用一双悲哀的眼睛看着她。萧南赶快跑去找淑兰，看见她正在给猪煮食。萧南进门就大声说："淑兰，小猪少了五头。"

淑兰一脸不高兴地说："我知道了。"

萧南不甘心："哪去了？"她蹲下看着淑兰的脸。

淑兰看也不看她，说："让队长给卖了，五块五一头。"显然，她很生气。

萧南没趣地站起来，她知道再问下去，淑兰该把一肚子的火发到她身上了，赶快知趣地走了。

那天晚上，淑兰一个人用被子蒙着头大哭了一场。萧南和谭卓娅知道劝也没用，又怕把她的火点着，就轻描淡写地说："别哭了，快睡吧。"淑兰委屈极了，为了这些小猪，她连家都没有回，哥哥的婚礼也没有参加。这些小猪刚刚长大一些，连问也不问她一下，就卖了五只，淑兰越想越气。

第二天，她一早起来，就去找队长说她不干了。队长一看她的眼睛就全明白了，也没说什么就同意了。吃了早饭，淑兰要和谭卓娅一起去拉粪，萧南和谭卓娅才知道淑兰把喂猪的工作给辞了。她们也为淑兰不平，这么可爱的小猪就喂下去呗，干吗要卖呢。

队长也有为难之处，今年收成不好，没有多少饲料喂猪。再说每个槽头要发煤油也要用钱。人家给这些猪的价钱不错，就卖了。他看见淑兰把猪食烧糊了，还挺不高兴的。这回小猪养得这么好，他正想在全体社员大会上表扬她呢，没想到淑兰不干了。他还真有点不知所措。城里的娃脾气就是大，对她们还不能像对社员似的，大声训一顿就完了。人家有县里知青办给撑腰，公社几次开会都说要照顾好知青。所以，队长用原来对付社员的一套办法全都不能用了，他只能呆呆地看着淑兰走了。

五天后，县里召开三天知青学习毛选积极分子代表大会，队里派淑兰和王智去参加了。

三天以后，淑兰和王智回到村里，萧南和谭卓娅都发现了淑兰的变化。她更爱漂亮了，经常把自己抹得香喷喷的，还对着镜子笑。萧南和谭卓娅偷偷地议论："淑兰是不是看上谁了？"

谭卓娅说："王智呗，把对王聪的那份感情都转移到王智身上了。"

再有几天过春节了，淑兰对萧南和谭卓娅说："咱们明天赶集去吧，队里派了一辆大车。"

谭卓娅马上答应，她是最耐不住寂寞的："好哇，咱们都去，中午就在镇上吃羊肉泡馍，改善改善。”

萧南笑笑答应了。她去向队长请假，她怕有人领东西找不到她。三个人晚上翻箱倒柜找衣服，赶集总要穿的干净一点，说不定还能碰上同学呢。

在等大车时，她们看见了王智，王智笑着问她们：“你们也赶集去呀?”

“是呀，你怎么知道的。”谭卓娅说完就大笑，笑得淑兰都不好意思了。

在集上，她们碰上几个同学，大家互相通告消息，议论着谁回了北京；谁的父母去了干校；谁的哥哥姐姐弟弟妹妹去了兵团；谁在北京的工厂入了党。当然，也议论分配工作的事情，传递着各种小道消息。萧南她们惭愧自己没有新消息贡献出来，只能瞪着眼睛听别人讲，本来想节约点儿，只吃羊肉泡馍的，结果谭卓娅一大方，就请外村的同学都去了饭馆，要了两个菜。她们希望在饭馆可以坐得时间长一点，听到更多的消息。

吃了人家的饭，当然要多贡献一些消息了。有个老初二的同学说：“我弟弟的同班同学是在东北兵团赶大车的。有一次，他赶着大车回农场，看见前面一群狼，等大车靠近了，狼群就散了。只见一个女生被狼抓得衣不遮体，他让那个女生赶快上车，那个女生害羞不肯上，要自己从房子后面回去。他看看离住地也不远了，就没有坚持，他也不知道狼就在附近，就赶着大车回去了。”

“后来呢?”几个人着急地问。

“大车一走，狼就回来把那个女生给吃了。连尸首都没有找到。别的女生说，本来大家一起去干活，这个女生因为来例假肚子疼就一个人先回去了。狼可能是闻到了血的气味。这个女生才十六岁呀。”

几个人听后，就像傻了一样，萧南和淑兰的眼泪顺着脸流了下来，还有外村的女生也哭了。谁都无心再吃饭。看看天已不早，她们就去找自己队上的大车。

在大车边，看见王智提着一只大雁，对着她们笑，可她们谁也笑不出来。刚才听到的事情，像一块大石头一样堵在心里。

王智问了半天，淑兰才告诉他是什么事。一车的人全都在感叹学生娃可怜。

27

回到村里，王智就接到一封家里的电报，说他爸爸病了，让他赶快回去。可是路费不够。李大伟说借给他，他不要，说要扒车，林明一听来了兴趣，宣磊扒车的趣事他还记得，他也要和王智一起回去，李大伟劝也没有用。林明想扒车，又不敢，和表哥在一起永远也别想有这样的历险。东西好准备，就是要轻装，只带一个手电筒和一条毛巾，连水杯都不能带，怕手电筒和杯子一碰就响。一个瘪瘪的书包就是全部的行李。

晚上，王智和林明美美地吃了一顿大雁肉。第二天天刚亮就上路了，一路上两个人商量着如何见机行事，如何用口哨联络。

到了火车站已经过了中午，他们找了家小饭馆吃了一顿饭，去火车站看列车时刻表，其实每天就有两趟车，时刻表早就烂熟于胸。他们要扒晚上十点多的那趟车，一来那时候天黑了好混，二来夜里车上也很少查票。

他们看见车站上站着两排人，也不知道是干什么的，就去找地方休息一下。到了车进站的前十分钟，他们从围墙上跳进去，蹲在黑暗处等待火车进站。可是，火车晚点半个多小时。他们在冬天的寒风中簌簌发抖，风灌进棉衣。王智看见旁边的垃圾箱边有一堆草绳，就手脚并举地爬到垃圾箱旁边，拿了一根草绳又爬回来。用小刀割成两节，他们把草绳像老乡一样地系在腰上，顿时觉得暖和多了。火车还不来，林明几乎要忍不住了，王智拉着他再等一会儿。火车终于出现在远方的夜雾中，林明和王智迫不及待地跳出黑影，向站台走去。

他们正在盯着火车看的时候，两只手同时拍在他们的肩上。他们俩回头一看，几个工人模样的人正在他们的背后，看着他们俩说："有票吗？"

他俩的脸顿时就白了，林明觉得腿都有点抖。原来站在站台上的两排人是专门抓他们这样扒车的。他们被带到一间小屋，屋里有一条木椅子和一张桌子还有一个火炉，工人让他们把身上的东西都放在桌子上。他们俩人只好乖乖地掏出身上的东西。林明和王智早就想到这一招，把整钱都放在内衣里，外衣兜里只有一两块吃饭的钱和小刀。这位工人三十多岁，脸黑黑的，他点着了一支纸烟，问林明和王智："你们是插队的吧？哪个村的？"

"刘张村。"他们小声地回答着。

"为什么不买票？"工人问他俩。

"没钱，今年收成不好。"王智眼睛看着他说。

"没钱就呆着吧，还回什么家呀？"工人提高了嗓门说。

林明挺身而出说："他弟弟今年刚死了，他爸爸又病了。"

工人口气马上缓和了，问："你弟弟是怎么死的？"

林明帮着王智说："他弟弟今年修水利时被拖拉机给轧死了。他爸爸让他来接他弟弟的班，到我们村插队了。"

"你少说两句。"王智拉拉林明的衣服。

"你们坐下，在这儿别动。"工人说着就出去了。

"咱们跑吧。"林明对王智说。

"我看这儿挺好，有火挺暖和的。今天晚上先在这忍一晚，明天再说。咱们又没有上车，还没有犯错误，他不能把咱们怎么着。"王智思路清晰地说。

林明觉得王智说得有道理，就在火炉上烤手。

这时，工人端着一个钢精锅进来了。他把门关好，锅盖上放着几个大大的白馒头，又从抽屉里拿出了两双木筷子，说："饿了吧，拿着。"一边说，一边递给他们一人一个馒头。

锅里是大白菜面片汤，他们好久没有吃过大白菜了，这样的大白馒头也好久没吃了，他俩吃得津津有味。

工人看他们吃得那么香说："这些都是你们的，别急。"说着又点着一支烟。

吃完了饭，王智说："师傅，多少钱？我们不能白吃。"

"什么钱，看不起人不是。我妹妹也在榆次插队，跟你们一样。三点多钟还有一趟车，我送你们上车。你们注意点，到石家庄要查票。"工人师傅脸上开始有了笑容，整个脸都放松了，林明觉得他不再可怕。"你们先睡一会儿。"

林明和王智真觉得像天上掉馅饼一样，乐得嘴像开了花似的。林明躺在长条木椅上，王智搭了三个凳子，不到五分钟就都睡着了。

正睡得香呢，工人师傅叫他俩起来，他们一看，淡绿电表已经三点十分了。工人师傅带着他们直奔车站。

刚出门，林明和王智冻得都一激灵，头脑顿时清醒了。迎面又过来了一个工人问："老张，送人哪？"

"这是我俩外甥。"工人随口答道。

在林明和王智要蹬上火车的时候，王智伸出手说："师傅，太谢谢您了。"

工人师傅也握着他们的手，说："以后有什么难事尽管来找我。"

火车开动了，林明和王智往车厢里挤，他们发现车厢人真多，许多人都坐在自己的行李上睡觉，一股暖烘烘的污浊空气像暖墙一样堵过来。没办法只能在两节车厢相连的地方站一夜了，就这样他们已经很满足了。火车有韵律地跑着，把他们带回家。

"哎，我觉得是王聪在保佑咱俩。要不怎么这么顺呀？"林明对王智说。

“还说呢，刚开始看见那张黑脸，我还真有点害怕。”王智暗笑着说。

“这人真不错，咱们回来从北京给他带点什么？”林明问。

“我看他烟瘾挺大，给他带两包好烟吧。”王智说。

“行，包在我身上，给他弄两盒红牡丹。”林明说着。

“不用，大前门就行了。”王智说。

快到太原的时候，他们才有了座位。有个老大娘一瓶子的油打碎了，老大娘坐在地上伤心地哭起来，一边还用手胡噜着油，恨不得把流在地上的油再抓起来。林明觉得自己已经混了这么长一段的车，也省下不少钱，就给了老大娘三元钱，这钱够买好几斤油。老大娘接着这些钱要给林明下跪，林明和王智赶快把老大娘扶起来。林明尝到了做好事被人感谢的滋味，心里美滋滋的。

林明和王智商量好在去石家庄的前两站下车，那是一个很小的站，周围也没有多长的围墙，他们很从容地走出了车站，顺着铁路走，看见前面停着一列货车就走过，一看车厢上并没有锁，只用铁丝把车门系住。王智身手矫健地跳上了车厢，林明也跟着上了货车，因为是闷罐子车，里面是什么也看不清，一大堆鼓鼓囊囊的麻袋。王智打开手电筒照货物上的标签，上面写着是到郑州的。

“你看这里面都是枣。”林明说着从地上抓了一把，那是从麻袋里漏出来的。

王智拿起枣，在身上一蹭就吃起来：“不好！”车突然震动了一下。他们俩紧张得像《睡美人》里的公主摸了纺槌一样，连眼睛都不会转动了。车停下来几秒钟后，他们赶快奔向车门，轻轻地推开车门后，看清了前后没人才又跳下车。原来，这些货车被挂在火车头上了。

他们得赶快找饭吃，就走到街上找小饭馆，结果，只找到一间脏兮兮的有三张桌子的饭馆。他们要了二两老白干，一个溜肉片，又每人要了六两打卤面。一路上，连惊带吓，又冻又饿，他们要好好地犒劳自己一下。溜肉片端上来，都是大肥肉，他们俩碰了一下杯，祝贺他们前一段的胜利。

林明有点厌倦了这种东藏西躲的回家方式，想要买票回去了。王智对他说："这是考验你的承受力的时候，越觉得不行了，离胜利就越近了。"

林明只好答应，反正又不是只剩他一人。

"老弋，车走了？今天来点什么？"饭馆的伙计招呼着来人。

"来点什么？你这儿就那老三样，还能来点什么，你看着办吧。"老弋穿着扎着竖道道的像新疆人一样的棉袄，棉帽子的两个耳朵不对称地翘着。他大大咧咧地坐在了林明和王智的对面，东张西望地找认识人，可惜一个都没有。他最后把眼光落在林明和王智身上了。"你们是北京的知青吧？"老弋是一个红脸庞，中等身材，三十多岁的人。

"你怎么知道的？"王智笑着反问。

"天津学生和北京学生穿的都不一样，一眼就能看出来。北京学生一般都是蓝卡叽四个兜的棉制服。天津学生是咖啡色条绒衣服银灰色栽绒领子。对不对？我在铁路上看多了。"老弋得意地说。当然，从脸上的气质也可以看出不同。

"您是哪人？"王智讨好地问。

"你看我像哪人？"老弋说着。

"不知道，看不出来。"林明和王智装傻。

"我也是北京人，我家属还在北京呢。"老弋得意地说。

"老乡呀，老乡见老乡两眼泪汪汪。你家在哪儿？"王智来了兴致。

"我家就在闹市口音乐学院附近。"老弋说。

王智坐到老弋的旁边，说："我家在新文化街，咱们两家多近呀。"

弋师傅也来了精神，问："你们家在几号？"

"我们家最好认了，就在那个大黑门里。"王智兴奋地说着。

"我知道了，从我们家到你们家走路也不过五分钟。"弋师傅的饭来了。

王智让伙计又拿了二两酒，林明在桌子下揪了揪他的衣服，他只当没有察觉。他把多一半的酒倒给了弋师傅："在这个地方碰上老乡不容易，我们敬你一杯。"这杯酒一喝，他们的关系就近了许多。

“你们是回北京吧？扒车来着，对吗？”弋师傅让人摸不着头脑地笑着。

王智不敢承认，又不敢否认说：“何以见得？”

“我成天在铁路上，见得多了。没两天过年了，你们大冷的天不去北京去哪儿？看你们轻装，就知道你们要扒车，不然总要带一点土特产。这一身装束，明眼人一看就知道。”弋师傅得意地说。吓得林明在桌下，直揪王智的衣服。

“算你说对了，我们是要回北京，我爸爸病了。”王智直言不讳地说。

“你爸爸是干什么的?”弋师傅问。

“我爸爸是中学老师。”王智说。

“我知道了，你爸爸是教数学的。你妈妈也是同一所中学的会计。”弋师傅说。

“你怎么知道的?”王智奇怪地问。

“你一说你住哪儿，我就想起我有一位中学老师住在那院里，我觉得你的眼睛有点像我老师。你再一说你爸爸是老师，就没错了。我在学校的时候功课不好，也没脸去看老师。你爸爸得什么病了?”弋师傅关心地问。

林明说：“他弟弟和我们一个村插队，今年修水利时被拖拉机给轧死了，他爸爸让他来我们村插队接他弟弟的班。前天接到他们家的信，还不知道他爸爸得了什么病呢。”

“你们不用说了，我知道了。一会儿有一趟车去北京，我送你们上去，到石家庄前你们去厕所把门锁起来。另外，你们最好到北京的前一两站就下车，到北京站就不好出站了。到家帮我问你爸爸好，学生不才，在铁路上当个小职员，你一提一九五八年毕业的，姓弋，他就知道了。你爸爸没少为我下工夫，可我就是不开窍。”弋师傅说着，把剩下的酒一饮而尽。叫过伙计，把钱都付了。王智要付酒钱，他也不说话，手一挥，意思让他们不用管了。

外面天已经黑了，弋师傅带着林明和王智往车站走去。让他们俩在候车室里坐着，弋师傅告诉他们：“八点检票时，我会来，看见我，你们再过去。”林明和王智点头答应。弋师傅一走，他们俩相视大笑。

林明说：“你爸爸可真是桃李满天下呀。”

王智摸摸脑袋，他也没有想到，他父亲这样一位不起眼的中学老师，也有学生会认账。他们俩找了一个没有人坐的地方坐下来。刚坐稳，就看见一个穿得破破烂烂的年轻人从他们面前跑过去，后面有人在叫：“抓小偷”，他们俩张望了一会儿，看见那小偷没有被抓住，就又坐下了。他们腾出一块地方，俩人拿出扑克玩“信不信”。

这时，一群人推着刚才跑过去的年轻人回来了，有人还从后面打他。林明和王智收起牌，也站着看，全候车大厅的人几乎都站了起来，所有的眼睛都聚焦在年轻人身上。一群人把年轻人押到车站办公室去了。周围的人在议论，这个年轻人偷了一个妇女的十五块钱和十斤全国粮票。

突然，人又乱了起来，原来往西的火车来了，人们扛着行李争先恐后地在进站口挤成一疙瘩，孩子哭，大人叫。有个挑扁担的人东西被挤撒了一地，那人蹲下捡东西，后面的人看不见，一齐拥上来，把捡东西的人推倒，后面的人又全摔在捡东西的人身上，打声骂声响成一片。剪票的人终于来了，人们像是赛跑一样地冲向门口奔向站台。

这车就停两分钟，车开走之后，候车大厅安静了许多。

快八点时，人群就在进站口聚集起来。林明和王智也不敢过去，只能坐着，远远地观察。剪票员来了，不是弋师傅，人越来越少了。一会儿剪票口就没有人了，火车也已经进站，就是看不见弋师傅。林明着急地说：“弋师傅是不是骗子呀？”

王智觉得不会，但也不敢肯定。正在他们觉得没有希望的时候，看见弋师傅出来了，从同事手里接过剪票器，站在进站口。他们俩跑步过去。

弋师傅说：“代我问你爸爸好。”

“一定，谢谢。”王智答应着。

站台上已经没有人了，他们俩快步登上车。过了两分钟，火车就开动了。

28

王智和林明到了北京，互相留了地址就分手了。

王智一路上光紧张了，爸爸病的事几乎都忘了。现在，离家越近，爸爸到底得了什么病，使他越来越惦记。到家时，一家人都在，王智才想起，今天是星期天。在农村几个月完全没有了星期天的概念。他看着爸爸，只觉得爸爸瘦了一点儿，并没有什么不好。他知道自己身上很脏，就坐得离开父亲有一段距离。他问爸爸："您怎么啦？什么病呀？"

爸爸说："没什么，还是老毛病，胃溃疡，医生建议我手术。下礼拜三就住院。"

妈妈在外屋叫道："智智，快来洗脸，你那一身脏死了。"

王智走到外屋，妈妈拉着他的胳膊到了门外，小声地跟他说："医生怀疑是胃癌。要尽快手术。"接着就用拂尘使劲地抽打他的全身。

王智的脑子都乱了，他没有想到父亲的病会这么重。王智洗完脸，回到里屋，父亲盯着他的脸仔细地看。父亲说着："晒黑了，身体还行。我们以为你昨天就应该回来呢。等你到很晚。"

王智不好意思地说："信耽误了。爸爸您有过一个姓弋的学生吗？"

王智的父亲说："有，五几年的学生，你怎么知道他？"

王智只能说："回来时，碰见的。他在铁路上工作，让我代问您好。"

王智的父亲笑了："他呀，小时候可够淘气的。人挺聪明。"

妈妈穿好外衣要去买过年的东西，王智说："我跟您去，好帮您拿东西。"

"你还是在家里好好地休息一下吧，刚回来。"妈妈心疼儿子。

"我在车上睡了一夜，不累。"王智坚持着。

妈妈同意了，她有许多话要和儿子说，在家里说又不方便。妈妈让儿子脱下脏罩衣，用父亲的衣服暂时套上，还让儿子带上父亲的厚围巾，两人一起出去了。

"爸的病是怎么发现的？"王智问妈妈。

"十几天前，你爸胃又疼得不行。到了医院，医生给他做了胃镜，看见有些地方像胃癌，就取了一点组织出来。不过还没有完全肯定，要看手术的结果了。他还不知道，以为是胃溃疡呢。从山西回来，他就一直想聪聪，几次半夜哭得浑身发抖，他觉得对不起聪聪，从小关心他太少。我怎么劝也没有用。"妈妈说着也掏出手绢擦眼泪。妈妈在这个家的负担比爸爸大多了，奶奶活着的时候还有点老思想，摆婆婆的威风，不许爸爸帮助妈妈干家务。可是等奶奶死了，爸爸也不习惯干活了。对弟弟，只有妈妈最关心。大权都在奶奶、爸爸手里，弟弟很少能够得到自己想要的东西，哪怕是一毛七一个的木飞机模型。弟弟的死最伤心的当然是妈妈。现在，弟弟的事，爸爸的事，也只有妈妈一人扛着。够妈妈受的。

王智小声地说："妈，别哭了，一会儿脸给吹皴了。这个家还要靠您呢。"妈妈在手绢里使劲地擤鼻涕。

"妹妹她们知道吗？"王智又问。

"她们太小，我怕她们嘴不严，没有告诉她们。"妈妈皱着眉头。

王智从内衣里拿出了剩下的钱给妈妈，妈妈疑惑地看着他。他老实地说："我是扒车回来的，没有买票，好多知青都这么干。我知道家里钱紧，您别告诉爸。”

妈妈接过儿子的钱。确实，丈夫要看病需要钱。有了这些钱，就可以给丈夫增加一点营养了。她也知道丈夫的脾气，这样的事情告诉他，他一定会大发雷霆的，就说：“我不告诉他。你也别再扒车了，咱们人穷可志不能短。”

他们在西单菜市场各站一队买了一斤广东香肠和一些猪下水，还有一些冻豆腐。

回到家里，父亲看见广东香肠说：“买这东西干嘛，挺贵的。”一斤广东香肠可以买几斤猪下水呢。

妈妈说：“儿子回来了嘛，别的都凭本儿。”

父亲也就不再说话。

林明已经没有家了，只能去同学家住，他把全班同学都想了一遍。有个和自己一个院儿长大的外号叫鼻涕的家也许能住，还有就是大头家。小时候，鼻涕是林明的追随者，鼻涕的爸爸是林明父亲的部下。“文革”前鼻涕的爸爸经常带着他们家的孩子来林明家，碰上玩就一起玩，碰上吃就一起吃，从来不客气。那时的人都有点“共产主义”的思想，革命同志的孩子就是自己的孩子。

林明敲开了鼻涕家的门，屋里的灯光晃得他很不适应，鼻涕的妈妈来开的门，她明知故问地说：“你找谁？”林明刚要转身走。

鼻涕走过来，高兴地大叫：“嗨，你从哪冒出来的？”拉着林明就往屋里走。他妈妈一脸的不高兴，鼻涕没有看见。

屋里的八仙桌上放着红烧肉、白菜粉条和一大盘馒头还有棒子面粥。鼻涕拉着林明坐下，鼻涕的爸爸比较有涵养，说：“坐下，吃饭。”鼻涕家里有六个男孩，哥哥去了东北兵团。鼻涕因为功课不好蹲了一班，分配时，鼻涕的妈妈去找老师述说孩子多，经济困难。于是，鼻涕被分在电子管厂。饭桌上坐着八个人，鼻涕妈妈的脸一直吊着。她是个家庭妇女，大院家属委员会的副主任。在老家时，是村里有名的大美人，嫁了一个在城里工作的丈夫，在村里可是得意了。可一到了北京，她就没有什么可得意的了。在城里人的眼睛里，她不仅不美，反而还让人觉得土。她没有文化，又不能工作，比那些上班的女同志矮了一大截。

这顿饭，对于插队的人来说当然是一顿美味佳肴了，可是林明吃得很难受。

吃过饭，鼻涕特有兴趣地让林明给他讲插队的事，鼻涕的妈妈叫鼻涕去洗碗。

鼻涕极神速地洗完碗，就又回来和林明聊天。

林明给鼻涕及他的几个弟弟讲他怎么给老鼠缝豆，他怎么偷玉米……可是把几个秃小子给高兴坏了。

鼻涕的妈妈忍无可忍，大叫："睡觉了，关灯。"

林明和鼻涕挤一个床，虽然只有一条被子，床上褥子薄得可以感觉到木板的坚硬。但是，林明觉得还是比路上和农村好了许多，因为有暖气，屋里至少是舒服的。就是鼻涕的被褥有一股尿骚味，"你小子还尿床呀?"

"没有，我初二就不尿了。"鼻涕委屈地说，为了尿床他不知道受到林明和他们院一伙儿小男孩的多少奚落。

第二天一早，林明就要走。鼻涕依依不舍地送林明出来。他巴结林明："我爸爸进了'三结合'领导班子了，我让我爸问一下你爸爸的事。"

"不用。"林明还有一些尊严，他想事情要是反过来还差不多。

最后，鼻涕掏出被他攥了一个月，单位发的五块钱加班费，他准备不上交妈妈了。他把钱塞在林明的手里，大方地说："有什么需要哥们儿帮忙的，就说话。"

林明从没有想到过，鼻涕有一天会帮助他，说："这钱算我借的，我迟早会还你的。"

"没劲了不是，给你就是给你，以后我出师了请你去莫斯科餐厅。"鼻涕有几分得意地说着。

林明可没有这种气魄了，鼻涕三年出师指日可待，自己在农村呆到什么时候还不知道呢。

他知道大头家困难，可也只能去大头家了。

一进大头家的门，大头就高兴地叫起来了："妈，您看谁来了。"

大头妈妈在床上也很高兴地叫着："林明，你什么时候到的北京。你这孩子怎么还留钱呀，在大妈这儿可不兴这样。谁没有个落难的时候呀。吃饭了没有?"大头的妈妈虽然瘫痪，可是思路清晰，通情达理。

林明说："吃过了。"心头同时涌起一阵冲动，想要流泪，可是他克制住了自己的感情。同样是吃饭，他宁愿在大头家吃棒子面粥，也不愿意在鼻涕家吃红烧肉。

大头拉着林明去他的房间，告诉林明："我要分配工作了，可能是街道工厂。不管怎么说，可以自己养活自己就行了。"

林明也为大头能分配工作而高兴，大头受的苦比自己多多了，他也该有点好事了。

大头又从他的床下拉出了林明放在这儿的书箱，打开给林明看："你看，都在这儿，一本也没有丢。"林明当然是信任大头的。

大头又想起了什么："咱们班的强子回来了，老去什刹海滑冰。"

"什刹海还租冰鞋吗?"林明问。

"租哇。"大头说。

"那咱们哪天也去滑冰。"林明说。

"行，那儿离北京图书馆也不远。"大头满脸笑纹。

"我们是扒车回来的。所以没有带什么东西，这儿是八块钱，你拿着。咱们去买点过年的东西，别告诉你妈妈。"林明把鼻涕的五块钱也都给了大头。

大头说："哎呀，我忘记告诉你了，有几个东北兵团的北京知青向连队要求回北京过春节，领导不批准，他们几个就扒车回来，在火车上都冻死了。他们也不知道东北的冬天有多冷，看见货车是开往北京方向的就上去了，军大衣管什么呀。春节前，东北冷到零下四十多度，车再开起来……真可怜。"

林明被这个消息给震惊了，北京知青年纪轻轻去开发边疆，要求回来过年又不是什么过分的要求。他觉得自己去农村插队要比去兵团的自由多了，农民不管这些事呢。如果公社不让知青回北京，农民就会出来说话，过年都不让人家娃回去，造孽呀。虽然，林明在农村时间不长，但是，他懂得农民了。

有了林明的钱，他们过了一个比较丰富的春节。林明买了五毛钱的小鞭炮，和大头一个一个仔细地放着，点不着和掉捻儿的，他们掰开再放“刺花”。

大头的妈妈说：“林明呀，过日子要细水常流。”

林明对瘫痪在床的大头妈妈说：“农民节省一年，过年都要破费一点儿的。老北京说过年不丰富一点儿，会穷一年的。包饺子还有剩皮剩馅一说呢。”

大头妈妈也笑了：“好，就听你的。可是，平时过日子可不能这样哇。你有没有给家里写信哇，告诉家里别让父母担心。”林明本来懒得写，他不知道李大伟已经把他回北京的事写信告诉了他妈妈。

“知道了。”林明说着。

在大头家，林明有一种自在，大头的妈妈从不强迫人做什么。他们虽然日子过得极其紧张，可是大头妈妈的豁达弥漫在这个家的每个角落里。她让人愉快，他们家没有花，可是大头妈妈用蒜和萝卜头养的小盆景让小屋生机盎然。泡在玻璃瓶里的红皮萝卜只有上半截，上面是葱茏的绿叶，玻璃瓶子用细线绳吊在窗前，犹如一幅和谐的静物画。一个简单的白盘里排着整整齐齐的蒜头，用铁丝串在一起，放在桌子上，使冬日的屋子里充满了生气。大头家的生活简单而有秩序。

大头的姐姐在一家袜厂工作，她人比较内向，喜欢看小说。林明还有点男女界限，所以很少和大头姐姐说话。

过了年，大头对林明说：“我要和我们院英国留学的老头学英文，他不敢教我，说我‘里通外国’的事还没有搞清楚呢，别学什么外语，一点儿好处也没有，还劝我让你也别学。还说干什么也不如当个劳动人民好，又清白又省事。”

林明对大头说：“你知道的，我们在农村看什么书也没有人管，晚上看书做点题还是挺自在的。可是，我老困，一到十点就睁不开眼了。农村的煤油灯也让人困，老是昏昏暗暗的冒烟。每天一起床，鼻孔都是黑的。煤油也不能随便用，要用最小的浆糊瓶，灯暗得刚能看见字。你们家的四十瓦灯泡，在我们那儿就是‘小太阳’了。你知道‘小太阳’吗？”

“知道，不就是北京展览馆上面的那个灯嘛。”大头对所有的新知识都不陌生。

第二天，他们又去了北京图书馆。林明又尝到了徜徉在书海里的快乐，图书馆里的一切都是那么的熟悉。中午，两个人买了四个火烧，就把肚子的问题解决了。明天，他们不能来了，因为大头要去报到，他去的是一个修理自行车的车铺。月工资只有十六块，大头很高兴，林明也为他高兴。

在图书馆关门的时候，他们俩走出了图书馆的大门。林明想去滑冰，大头陪他去什刹海。在湖边，他们每人租了一双冰鞋，大头没有滑过冰，林明为他租了一辆滑冰车。坐在木椅子上他们把冰鞋穿上。冰场里面穿军大衣的、蓝棉衣的中学生多得很。有些滑跑刀的，在外围背着手弯着腰跑着大圈，滑球刀的一般都手持一根球杆，在人多的地方窜来窜去。这时，有人猛的拍了一下林明的肩膀，林明回头一看，大叫：“哎，强子！你什么时候回来的？”

“我十一月就回来了，你呢？”强子问林明。

“我刚回来。”林明喜笑颜开地和强子说着。“快点穿。”他又叫着大头。

“好了。”大头赶快把鞋带系上。

林明推着大头和强子一起进了冰场，两个人还一边说着话。“你们陕西怎么样？”

“穷极了，有的农民穿的比解放前要饭的还破。我们那儿是黄土高原，和诗里说的一样，‘白羊肚手巾红腰带’，你们那儿呢？”

“我们那儿好像比你们那儿强一点，没有人穿那么破，我们那儿产小麦、棉花、油菜。就是井水太深，绞一桶水要五分钟。也没有什么菜，冬天就是胡萝卜、大葱。我们就用油炸辣椒当菜吃。”林明说。

“那你还不知足呀，我们要赶着牛车去下面的村子，来回十五里地才能弄到水呢。我们那儿更没有菜了，连油也没有，就是辣椒。我们就买老乡的羊吃，我在北京根本不吃羊肉，到那儿饿得什么都吃了。”强子倒着在冰上画葫芦。

林明也想学强子的倒滑，就把大头放一边了。强子认真地教着林明。让他稍微蹲下一些，从膝盖往脚尖上使劲儿。大头觉着干坐在那儿没劲，就也颤颤悠悠地自己滑。他滑不了几下就摔了一个大屁蹲。林明和强子赶快过来扶大头。强子说：“你刚学，重心一定要低，摔也不疼。你看我，”强子一边说，一边示范。一会儿重心在左脚，一会儿重心又移到了右脚。一会儿右脚又插在了左脚的左边，绕着圈。大头和林明佩服得五体投地。

大头极其认真地学可是老摔跤。强子发现他的鞋带太松了，又给大头系鞋带。他告诉林明和大头以后租鞋要租小一号，让脚一点不能动才好滑。这天，林明学会了倒滑。远处，一个穿着老羊皮袄的工人模样的小个子在东倒西歪地滑又摔不倒，他的表演吸引了许多目光。强子看了叫起来：“这是醉八仙。”

大头和林明简直看呆了。强子对他们俩说：“你们星期天来，有一对解放军夫妇俩滑得也特棒。”

右边又有一群人在看一个男生和一个女生吵架。林明推着大头和强子也过去看热闹，在女生的棉军帽下，林明看见了一双熟悉的眼睛，这不是去年他认识的女朋友吗。他听了一会儿就冲进了人群，一把揪住那男生的围巾：“你找揍啊，你。”大头和强子一看也赶快挤进人群去帮忙，那人一看人多势众，赶快就溜，嘴里还不认输，嘀嘀咕咕的。

林明看也不看那女生一眼，就推上大头去换鞋。大头和强子都在问林明：“你认识那女生呀？”

林明不耐烦地说：“不认识。”

大头不甘心地说：“我才不信你不认识呢。”他坐在冰车里老是回头看着那姑娘。

强子一看林明的脸色不好看，就推推大头："别说了。"

29

大头一上班，林明就觉得无聊了，他想起应该去看看王智。这天，他找出王智家的地址。一路找到王智的家。进院一问，才知道王智的爸爸今天手术，全家人都去了医院。他问清了医院，马上搭车也去了。

在手术室外边，他找到王智一家。和王智的妈妈打过招呼，就拉着王智问："情况怎么样？"

王智一脸严肃地说："医生刚出来说，取了一些组织去化验，不过基本上可以肯定是癌。结果一出来，就做大面积切除。"

手术室外没有可坐的地方，王智的妈妈和两个妹妹都站着。林明一看这个情况，就去拣了一块瓦楞纸片让王智的妈妈靠墙坐下了。眼看到了中午饭的时候，全家人都没有吃饭的意思。林明就到医院门口的烧饼铺，他没有北京市粮票，就狠心用了全国粮票买了几个烧饼回来。王智全家人正在吃的时候，一个年轻的医生出来说："化验结果出来了，是癌，要做大面积切除。"王智的妈妈有些支持不住了。

王智和林明商量："我让我妹妹陪我妈回家，咱们俩在这等着，行吗？"

"没问题。"林明痛快地答应，他终于有了报答王聪的机会了，他觉得自己应该像王聪一样地照顾他的家人。他们劝了几次，王智的妈妈也不肯走。

下午两点，一个医生端出一大盘从王智爸爸肚里取出的东西，给他们看，他们也看不明白，只是觉得这么多东西从肚子里取出来，病得一定不轻。到了下午四点半时，王智的爸爸被推出来了。

他们跟着车回到病房，帮着医生把王智的爸爸抬上床。王智的爸爸还没有从麻醉中醒来，脸色蜡黄，简直就跟死人差不多。一条管子从被子里通到床下，里面是半瓶血水。一根输血的管子通到左脚上，一根输液的管子通到右手上。医生让他们看着上面的两个瓶子，如果药液快输完了，就叫护士，嘱咐他们不可以给病人喝水吃东西。这时，几个护士轻手轻脚地又是量血压，又是数脉搏。安顿好王智的爸爸，王智的妈妈才和女儿回家。

这时，林明抬头看看周围，一数才知道这间屋里住了十个病人。在他们这边忙的时候，有人把凳子递给他们，他俩已经站得腿发酸了。

王智背后的人捅捅王智的后腰，问他："怎么样？良性还是恶性的。"

王智首先嘱咐那人说："可不能让我爸爸知道，是恶性的。"

这时，全屋开始嘁嘁喳喳地议论开了。其他屋的人，也站在门边往里看。

血很快就输完了。到了快七点的时候，王智的爸爸醒了。他用非常微弱的声音说："我要喝水。"

王智说："医生嘱咐不让喝，我给您擦擦嘴。"他用药棉沾了点水，给他爸爸擦了擦嘴，他爸爸又闭上眼睛睡着了。

到了晚上八点，王智的妹妹用网兜提着两个饭盒来了，里面是热汤面，可是路太远，都凉了。林明和王智已经饿得前心贴后心了，两个人狼吞虎咽地把饭吃完了。王智的妹妹说："林明哥哥，你先回去吧，我和大哥看着就行了。"

王智也说："你累了一天了，快回去吧。"

林明出了医院的门已经是满天星斗，顶着刺骨寒风回到大头家都九点多了。大头全家正在为他着急呢。林明告诉他们，自己一天都在医院，王智的父亲今天手术。大头的妈妈叫女儿赶快给林明热饭，林明说他吃过了。大头笑着说："今天，我第一天上班，妈叫炖了红烧肉。"

炉子上烤的馒头片正散发着香味。一会儿，大头的姐姐就把菜和粥端上来了。

吃完饭，大头和林明回到他们的屋里。林明问大头："怎么样？好干吗？"

大头说："我看了看，就今天干的这活儿，没什么，就是脏点。"说着他把手伸了出来，给林明看：'我已经洗了三遍了，还洗不干净。还有就是补带时太冷了，在冰凉的水盆里检查内胎漏不漏气。几个老师傅倒是挺好的。"

"行呀，你小子算是混出头了。"林明高兴地说。

大头对林明说："我告诉你，我们前面胡同里的一个老初二的去了内蒙古农区，她嫁给了农民，听说她们村里多数女生都嫁给了农民。你们那儿有吗？"

"我们县有，几个不知道。反正，我们村没有。"林明说道。

"听说，内蒙古特穷，好多人娶不上媳妇。也有逼婚的情况，我姐学校有一个女生让她们村的大队干部看上了，非要她嫁给他儿子。女生不愿意就跑回来，不敢回去了。有一个东北的兵团的被强奸的女生，把强奸她的团长给告到了中央。听说，把那个团长给枪毙了。"大头神神秘秘地说。

林明对着大头小声地说："我告诉你一件事，你可不许对别人说呀。我们村有个女生被调到公社去当播音员，没有两个月，公社书记就要那个她，她吓得跑回北京。回来后，再也不去公社了，就是王智的弟弟救了那个女生。你可不能说呀。"

"我不说，我向毛主席保证。"大头认真地说。

"你听说知青分配工作的事没有？"林明比较关心这个问题。

"听说了，不知道是不是真的。说中央同意北京大学、清华大学去年招生了。说今年要开始分配一些在农村表现好的去工厂，可能得是学习毛选的积极分子。"大头说。

林明一听就着急了，北京大学、清华大学招生，他父亲的问题没有解决根本不可能。不过，分配县里工作该有他的分了，可是他一次知青代表会也没有参加过，更不要提什么学习毛选的积极分子了。他真恨不得赶快回村去。

第二天一早，林明去王智家，看见王智正在蒙头大睡呢，便把王智给推醒了。把从大头那儿听来的消息一口气都告诉了王智。最后说："咱们回去吧。"

王智为难地说："我爸爸还没有出院呢，我怎么能回去？你再等一等，我爸爸一出院咱们就回去。"

"行，没问题。"

"哎，你听说了没有？'小小老百姓'陈伯达完蛋了，毛主席说他是假马克思主义者，是野心家，阴谋家，号召全党检举揭发呢。"王智说。林明问他怎么知道的。

王智说："我们同学说的，他爸爸是中央写作班子的成员。"

这以后，他白天在大头屋里看书，晚上就去滑冰。

一天，他心血来潮，想到大头学徒的车铺里去看看，就找人借了一辆车。他把气门芯拔出来，把气放了，然后，把车推进了车铺。一看见大头就朝他挤挤眼睛，和老师傅说："胎没气了，您给看看。"

林明环视了一下屋子，满屋的破自行车堆放得哪儿都是，从房顶吊下的链条在他的眼前晃来晃去，地上有两盆黑黑的水，地也是黑油油的。各种工具放了一地。大头一身劳动布的工作服，棉衣从工作服里露出来，脸上一道一道的黑车油。屋子中间的火炉上又是水壶又是饭盒的，水壶的水已经开了，水壶盖在欢快地跳着。

老师傅头也不抬地说："放那儿吧，明天取。"说着递过一个竹牌。

林明的车是借人家的，当然不能放这儿了。就央求老师傅说："您行行好，我妈病了，我还要去抓药呢。"

老师傅动了恻隐之心说："半小时后，你来拿。"

林明不走，他就是要看大头怎么工作。大头知道林明的把戏，赶快说："师傅，我来吧。"

老师傅还挺认真地说："不行，你弄不好，再耽误了人家孩子抓药。"

老师傅忙了一阵子，没有一点怪罪的意思说："让哪个淘气的孩子把气给放了，要不就是冻的，没事。"

"多少钱呀？师傅"林明小心地问师傅。

"不要钱。"老师傅又去忙他的活儿。

林明觉得折腾了老师傅半天，也不能就这么算了，非要给一毛钱。老师傅说："没补不能收钱，你快去抓药吧。"

林明骑着打足气的车。他觉得自己那么无聊。

一进大头家的门，大头的姐姐拿着一张汇款单递给他。他一看，是爸爸从干校寄来了二十五元钱。晚上，他要给大头十元钱，大头死活不肯要。他说自己挣钱了，还说，他没有去农村，应该支援林明。

终于，王智来找林明了"咱们下礼拜二回去，还是扒车。我在医院听到不少消息，都是北京知青的，有的人参军，有的在工厂，有的去兵团，都有工资，就咱们惨。我爸爸这回病用了不少钱，那点家底都折腾进去了，医院批准的一磅牛奶都订不起，只能订半磅。他妈的，谁买火车票谁孙子。"

林明听他这么一说，也不好提买火车票的事了。

大头下班回来，拉着林明进了他俩的屋，对他说："今天，我发工资，我给咱俩买了半斤糖。"说着他从饭盒里拿出了纸包。

林明一把抓住大头的手，把手背翻过来一看，手面皴得像沙纸，已经有血口子了。大头把手抽回来说："没事，不疼。"

林明说："我又没问你疼不疼，你这是不打自招嘛。"

林明说完，就出门了。一会儿，他拿着一盒光光溜溜的大蛤蜊油回来了，让大头把手洗了，抹上油在火上烤。

大头又提起那个在冰场上看见的女生说："林明，那是不是你的女朋友哇？"

"什么是不是，你说谁呢？"林明假装不知道。

"就是在冰场上你帮着的那个女生。"大头紧追不放。

"她呀，是我去年探家时认识的，后来就吹了。"林明的眼睛不看大头。

“她长得挺不错的。那天，我看见她一直在看你。”大头说着。

“别说了，再说我就跟你急了。”林明瞪大了眼睛说，假装生气，实际上大头说那女孩一直看着他，他还是很高兴的。

“好，好，我不说，行了吧。”大头已经知道了他想知道的事，就不说了。

林明在冰场上又单独见到过那个女生。她对林明说：“我妈妈已经从干校回来了。我也上高中了。”林明觉得那姑娘确实是自己喜欢的类型，可是自己没法和她比，他必须控制自己的感情，再也不去什刹海滑冰了。

在林明要走的前一天晚上，大头对林明说：“我已经工作了，你别再来老八路的那一套了。咱们不拆墙也是一家。”他不让林明再留钱。

林明和王智商量着在西便门火车站扒货车。在那儿他们又碰上了三个在侯马插队的男生，他们也在寻找机会扒车。于是，几个人自然而然地就凑在了一起。王智最大，主意也多，大家都听他的。

这时已是早春，早晚还是很冷的。他们挑好了一辆已经有火车头的到太原的车，就蹲在上面等着开车。晚上八点火车开动了，他们悄悄地欢呼起来。过了一个小时，他们就冷得受不了了。他们在货物上爬来爬去，想找一个能够保暖的地方，用绳子把腰间扎起来已经不管用了。五个小时以后，他们开始盼着停车。在榆次市停车时，林明已经被冻得手脚僵硬，不会走路了，他们互相帮着下了车。

天刚麻麻亮，王智说得找个小旅馆或澡堂子去睡个觉。大家互相搀扶着，往街上走。这时，侯马的知青看见有个早点铺摆出了桌椅，他们几个走过去，求人家赶快做点热的给他们吃。小铺的人一看他们就知道是插队学生，再一听北京口音，也就不敢怠慢。因为，北京学生厉害，打架不要命。外地人对北京也有一种敬畏。一会儿，几碗热腾腾的面片汤就做好了。加上大馒头，几个人犹如饿虎扑食一般把饭吃了进去。林明没有吃几口，王智一摸他的脑袋，说：“不好，得赶快找个地方休息。”王智把他们俩的饭钱放在桌子上，那几个侯马的知青，半天才拿出饭钱，他们是北京的工人子弟，家境都不太好。

这时，天完全亮了。他们问清了旅馆，几个人就搀扶着林明，看见扫街的工人，侯马的知青说："只要让我回北京，就这工作，我都愿意。"大家都有同感。

在旅馆里，他们办手续的时候，那几个侯马的知青和王智说："我们不住了，你们住吧，我们想赶快回村去。"

王智一看就明白了他们怕花钱，就顺水推舟地说："行，咱们后会有期。"王智让林明脱了衣服，向服务员又要了一条被子盖在林明身上。就独自一人来到街上，他直奔药店。可是，药店没有开门。王智等到九点，药店才开，他要买温度计，药店没有。他买了一点阿斯匹林，就回到旅馆。

王智把林明叫起来，让他吃了药又喝了水，林明昏昏沉沉地睡着了。

王智没事就到旅馆外看看。旅馆的服务员也站在门口，问他是不是出差的，他说："我们俩是北京知青，要回村。可他病了，发烧也不知道多少度，这里要买个温度计都没有。"

服务员说："我有一个温度计，可以借你用一下。"

王智接过温度计，回到屋里。使劲地甩了甩，就插在了林明的腋下。他也没有表，只能估计时间，等差不多的时候，他把温度计拿出来一看，呀，三十八度七。他赶快去找服务员。服务员说："我大姨子是大夫，我叫她给看看吧。"

王智说："太谢谢您了。"

等大夫来了，林明的脸烧得通红，大夫说："不要盖这么多被子，怎么散热呀。我给他打一针退烧针，你多给他喝点水。到了晚上温度还不下来，你就用酒精给他搽腋下、胸前、大腿根。"

到了晚上，林明温度到了三十八度二。他说饿了，王智跑到街上，商店、饭馆都关了门，又去敲早上吃饭的小饭铺的门。里面的师傅还认识王智，王智说明了情况，师傅说："火都封了。"王智苦苦地求师傅，师傅也不答应做一碗面。

王智垂头丧气地回到旅馆，借他温度计的服务员也下班了。王智急得直想哭。

他走出旅馆，看见一个老大娘长得慈眉善目的，就和老大娘说明情况，还拿出粮票和钱给老大娘，请她帮忙，老大娘理也不理返身就回去了。“他妈的，知青简直就不是人。有朝一日老子出去了，就再也不回来。”王智在心里骂道。正在他走投无路的时候，看见旅馆服务员在倒垃圾。他像找到救命恩人一样，向他说了林明的情况，服务员二话不说，就带他回家，做了一锅挂面，还在面里放了一大勺醋和一点儿香菜。“真是天无绝人之路。”王智又有了精神。

他端着面回来时，林明又睡着了。王智轻轻问林明：“面好了，你吃吗？”

林明睁开布满血丝的眼睛，慢慢地坐起来。

他们熬过了最艰难的时期。

回村之路变得那么遥远，他们再不敢扒车，老老实实地买了火车票。

快春节的时候，莲香拿着鞋底，来找萧南她们，她阴沉着脸。淑兰拿出自己做的葱油饼递给莲香，她想让莲香夸她做得好吃。莲香接过可是没有兴趣吃，萧南关心地问：“你怎么啦？不舒服？病了？”

莲香没有说话，她不知道怎么说，她爱着的猫娃，因为出身不好，不可能和她结合。并且那个猫娃也定亲了，是邻村一个地主家的女儿，人长得白白细细的，娴静少语，看来他对那女孩子是满意的，莲香既不安又嫉妒。自己的未婚夫家再一次地要求办喜事，这已经是第三次了，她爹对她说，咱不能再拖了。今天，媒人又来了，她就拿着鞋底躲出来。头也不抬地说：“我可能来不了你们这儿几次了。”

女生不懂莲香的心情，以为莲香是因为要结婚而不好意思，好心好意地恭喜她：“你要结婚了。大喜事呀！”她们看见过许多次结婚的队伍从他们村过，穿着新衣服的两个年轻人表情呆呆的，这时无论人们在干什么活儿，大家都停下手里的活儿，看着结婚的队伍。等队伍走出二里地了，老婆们就开始评论这两家人的情况，姑娘小伙儿长得怎么样，要从头到脚地评论一番。

莲香不能和任何人说她爱谁，她不敢和人说这些话，甚至她也不敢对她爱的人说。她内心所承担的痛苦是巨大的，多少次她哭湿了枕头，她奶奶还以为她舍不得离开这个家呢。

她突然问萧南：“你喜欢过什么人没有？”

萧南有点不知所措，她问自己，我爱过谁吗？对李大伟有好感，这能叫爱吗，不知道。她摇摇头说：“没有。”萧南是真的不清楚。可是谭卓娅爱过一个小伙子，那是在北京的时候。淑兰现在和王智很好，她朦朦胧胧地觉得她爱王智。她们的环境比莲香自由得多。农村还存在着包办婚姻的情况。有文化的农村青年，在这种环境中受的痛苦超过物质的匮乏。留在村里的几个女生因为冬闲，学着给自己做鞋，村里的女娃子们也常常来指导。好不容易到了该上鞋面的时候，淑兰和萧南兴奋得一夜没睡，把鞋给做出来了。快天亮的时候，她们才睡。

第二天中午，一起床就试鞋。淑兰的鞋上反了，三个人哭笑不得地看着费了好多工夫才做成的鞋。

快过年了，几个女生商量着该去集上买点蔬菜。她们已经把队里分的胡萝卜吃光了，光吃咸菜也有十几天了。谭卓娅家里寄来的两斤天源酱菜，她们三天就吃光了。萧南怕花钱没有去赶集。淑兰和谭卓娅去吃了过油肉，还带回来一棵白菜和十斤胡萝卜，准备过年。

春节前，莲香出嫁。她穿着一身粉绸子衣裤，脸被绞汗毛的线绞得通红，眼睛也肿肿的。但是，很听话，人家让她干什么，她就机械地去做。在一般人的眼睛里，她是漂亮的，比剧团的角儿还要漂亮。角儿的年龄都偏大，她们的美丽是人工粉饰的。可莲香的美丽没有半点虚假。

莲香和她的新郎一起推着自行车往坡下的一个村走去，跟在后面迎亲的吹鼓手，卖力地吹奏着。萧南听着怎么和莲香妈妈出殡时的曲调差不多，一问才知道红白喜事用同样的音乐。女知青都站在一旁观看，小孩子们跟着跑。新郎和新娘谁也不看谁，好像两个陌路人。

淑兰说：“看来莲香不太高兴。”

谭卓娅非要顶牛地说：“你怎么知道她不高兴，人家高兴也不能露出来呀，要不成傻子了，农村姑娘结婚都得绷着脸。”

萧南帮助淑兰说话，她觉得莲香那天来时情绪有点不对，而且她想起她们看见过几次莲香和猫娃单独在一起的情景，就说：“不知道莲香嫁给一个陌生人是什么感觉？”

淑兰很有感触地说：“那太可怕了，我宁愿一辈子不嫁人。也不能和一个不认识的人过一辈子。”

谭卓娅说：“要按你那样，农村人就绝种了。农村都是包办，我看家家都过得好好的。”

30

莲香出嫁的第三天回娘家，中午到萧南她们屋来。她们问莲香：“婆家对你好吗？”莲香只是笑笑也不说什么。老是发呆走神，往日无忧无虑、开怀大笑的莲香再也见不到了。三个单纯的知青没法了解莲香的痛苦。淑兰知道一点儿，她知道被一个不喜欢的人紧抱着是什么滋味。谭卓娅也能理解一些，她爱过一个男生，可是那男生的妈妈硬是不许他们来往。

林明和王智回到村里，听说县里正在准备招收售货员。林明一听就不愿意去。王智不够条件，淑兰报名了。听说住公社的天津知青最踊跃。萧南自知家庭出身不好，连名都不报，谭卓娅嫌工作不好也没有报名。结果，是住在公社的两个天津女知青当了县里的售货员。一个分在菜站，另一个被分配去卖布。

一天下午，收工时，队长说晚上在大队开全体社员大会，参加的每人记三分。

林明说可能是陈伯达的事，他和王智一回来就把在北京听见的新闻，都告诉了李大伟。

大队部里已经摆好了桌子，两个唱戏时才用的大汽灯也点着了。社员都从家里带来了小板凳，女人们在忙着自己的活儿。三个男生靠墙根坐着，李大伟用眼睛找着萧南。

果然，和他们猜测的差不多。公社来了一个干事，先不干不净地骂了一通，说牲口都指望着苜蓿呢，谁要敢偷苜蓿，就把人带到公社来。然后，传达了关于陈伯达的中央文件。他们三个男生相视笑着。这时，有个平常有几分憨的社员打起了呼噜，坐在他旁边的人把他推醒。他抬起头，口水流在衣服上，眼睛红红的，还不明白出了什么事。

萧南、淑兰和谭卓娅也坐在其中，她们帮着女娃子们纳着鞋底。

女生没有男生的消息灵通，几个人一时反应不过来是怎么回事，这个中央文革小组的理论家怎么回事了。她们看得出男生早知道了。

开完会，谭卓娅不敢问林明，她碰过钉子，就去问王智："你们早就知道陈伯达的事了？"

王智说："在北京时听说的。"

谭卓娅接着说："咱们以后有消息交流一下，今年开始分配工作，不要错过机会。"

王智说："行，好说。"

说这些话的时候，六个男女生站在一起，李大伟装做很随便的样子看着萧南，淑兰也几乎不错眼珠地看着王智。谭卓娅虽然生气也不敢表露，林明东张西望地不知看哪儿好。含有爱意的眼神是不容易掩盖的，王智发现李大伟看萧南的眼神不一般。

一天中午，王智冷不丁地问李大伟："大伟，你是不是喜欢萧南呀？"

林明紧张地看着他表哥，觉得王智太冒失，这样的话怎么能问呢。

可是，李大伟落落大方地说："是的，但是现在没有条件。"

王智也不再追问。

队里让林明去看苜蓿，每天给他记八分，因为看地的活儿轻。他们队的地不像萧南看的地一目了然，他有三块儿也要走来走去不停地看着。有几次，他刚走，几个小孩就来揪苜蓿了。他看得了这头看不了那头。他去供销社要了几个纸盒子，拿回去用墨汁画了一个大骷髅，又写上“已经打药，小心勿食”，用树枝插在地里，旁边还放一个给棉花打药的桶。这一招果然管事，两天没有人敢偷苜蓿了。可是，队长急了。气急败坏地来到男生宿舍来问林明：“你怎么给苜蓿打药了，牲口怎么吃呀？”

林明不慌不忙地说：“我一人看三块地怎么看呀？小孩分头偷。”

队长恼火地说：“那你打药也得请示一下呀！”

林明漫不经心地说：“我没打药请示什么呀，我就是画了几张画，写了几个字。请示什么呀。诸葛亮唱《空城计》，还要请示吗，一请示就唱不成了。你们村里屁大点小事半小时全村都知道了。今天，我和你说了，明天看不住，我可不干了。”

队长乐得合不拢嘴了，他用烟袋指着林明说：“你小子还真有两下子。行，你这书不白念。”

李大伟和王智也没有想到林明有这么两下子。李大伟高兴地摸摸林明的脑袋，林明像吃了蜜似的，嘴角往上翘着。王智也用拳头敲敲林明的前胸。

四月的一天，王智和李大伟、林明正在老中农管的牲口圈里出圈。兔娃跑来了，手举着一封电报，递给王智。王智的心咯噔一下，打开电报一看，上面写着：父病危速归。

王智紧张得不知所措，拿着电报发呆。李大伟看了一下电报，说：“坐明天一早的火车。”

王智点了点头，不好意思地和李大伟说：“你能不能借我一点钱？”

李大伟痛快地说：“没问题，我借给你二十元，够吗？”

王智说：“够了。”

李大伟又说：“还有什么要办的事，别客气。”

王智说：“没有了。”

第二天一早，李大伟和林明把王智送到汽车站。

回来后，发现林明的床上放着一封信，那是林明家来的信。林明爸爸的问题基本查清，没有什么问题。他爸爸找熟人把林明安排在他们干校附近的造纸厂工作，让林明赶快办完手续去上班。

李大伟帮着林明用了三天就把手续都办完了。又帮助林明把行李打好包，装好箱。用自行车把林明带到镇上，送他上了车。

回来的时候，李大伟一个人骑着自行车，一种凄凉的感觉袭上心头。他想写信给父母，又担心他们不放心，宣磊又不在了，心里话和谁说呢。

女生都知道男生那边发生的事，可是林明没有叫她们，连一声再见都没有说就走了。最早靠家里离开农村的知青多数都有点不好意思，觉得自己有点像逃兵，不能坚持走和工农结合的道路。

有人走了，对知青生活是一个很大的触动。谭卓娅开始经常去外公社打听消息，多数知青把离开农村找一个工作，看成是最紧迫的目标。不时听说有知青去外省市工作。有些没有这样门路的就调到离北京近些的农村。知青开始人心惶惶。整个县，整个省，整个中国有知青的地方都在躁动。大家通过信件在传递着消息。

在王聪去世一周年的时候，李大伟来找女生，说要集体去给王聪扫墓。站在王聪的墓前，大家感慨万千，谁也说不准什么时候会离开，只有王聪永远地留在了这里。他们给王聪的坟上培了一层土。

一天，淑兰在间棉花苗的时候，有人告诉她，公社胖书记说了，谁走也不能叫淑兰走。淑兰回来大哭了一场，她恨公社的胖书记，可是没有办法。她把这些事写信告诉了家里和在内蒙古的哥哥。一家人没有了主意。淑兰的奶奶，拍着床哭着说她要死了，看不见淑兰安顿好死不瞑目。家里人没有办法，只好让淑兰先回来，他们想给淑兰介绍一个对象，结婚以后就可以作为两地分居考虑了。

淑兰回北京了。谭卓娅又常去外村，村里经常只有李大伟和萧南两个人。

这天下工，萧南接到淑兰从北京来的一封信，信上说王智的父亲在王聪周年那天也去世了。看来淑兰去了王智的家。当然，他们两家本来就不远。萧南还接到妈妈的信，妈妈说她将在月底回到北京，妈妈还给萧南寄了十五元钱，让她在妈妈回北京后也回来。这一天，萧南心里快乐极了。像她这样的年龄是不太会掩饰的。

萧南觉得应该把王智父亲的事情去告诉李大伟。下工的时候，顺路到了男生住的地方。李大伟正在拉着风箱做饭呢，李大伟的大手和筋骨结实的胳膊，对于女孩子来说非常的性感。萧南看着李大伟的手和胳臂，眼睛都不愿意移开了。

李大伟笑着说："有什么好事吗?"

萧南如梦方醒地说："哦，哦，淑兰来信说王智的父亲在王聪的祭日那天也去世了。"

李大伟停住了拉风箱的手说："太不幸了。怎么会是这样呢。"

李大伟一直想找一个机会和萧南聊一聊，今天机会来了。他问萧南："分配工作你为什么不报名呢?"

萧南阴沉着脸说："我父亲是右派，他到死问题也没有搞清楚。没有可能分配我工作。谁走了我也走不了。"

"不会的。"李大伟像是知道她父亲的问题会解决，又像是在暗示他不会丢下萧南不管。"你吃饭了吗？在这里吃吧。"

萧南不好意思地说："我回去做饭。"

李大伟虽然希望萧南留下。可是，他看见萧南走了，他反而更加喜欢她。他观察着萧南，萧南的皮肤被太阳晒黑了，衣服也被晒得褪了色，但是，她的品质没有变，在她的身上有一种任何环境也改变不了的气质。萧南不是一个随便的姑娘，她很自尊自爱，因此在李大伟的心目中就更加有价值，他觉得他为萧南做什么都值得。

以后的几天，李大伟心情都很好。

谭卓娅走了三天之后又回来了。她去找了县武装部王部长问了分配工作的情况，武装部长说先分服务行业的，再分就是厂矿。谭卓娅还听说今年要招收少数大学生，她把希望都寄托在大学的招生上了。谁都知道是九月开学，招生大概就在不久的将来。谭卓娅兴奋地讲着这一切，萧南只是听，她知道这些和她无缘，内心也很不好受，在学校时，她的功课比谭卓娅好。可是，现在什么都没有她的份了。她当然不服气，暗下决心要加紧自学。

谭卓娅的爸爸已经进了“三结合”领导班子，政审不会有什么问题，现在唯一怕的就是老乡不推荐。她老在外面跑，劳动不多。她决心这一段哪里也不去了，要给老乡们一个好印象。

萧南因为从小父亲就是右派，她有很大的心理承受能力。另外，她正在有计划地学习文化知识。所以，她的心情是比较平静的。谭卓娅可就不同了，她跑惯了。她只要好的出路，她并不想要什么真才实学。

萧南经常是人家下工了，她还在打扫库房。这天她回来时，谭卓娅刚做好饭。谭卓娅两手端着碗，用嘴指着床上的信。

“咱们班去陕北的来信了。她们是怎么搞的?”谭卓娅说着。

“怎么啦?”萧南问。

“你自己看，我也说不清。”谭卓娅说着。

萧南连忙打开信：“真是的，让人不可理解，她们两人怎么会喜欢上同一个农民，还都跟这个农民生了孩子。怎么回事呀?”

谭卓娅一边吃一边说：“可能和她们住在老乡家有关。信上不是说，她们都同情那个人老婆死了吗。”

萧南皱着眉头说：“那也不能两个人喜欢一个人呀。”

信上还写着：“有一次劳动回来，老乡们也不知道为什么都在奔跑，冲过小桥。过去以后，就在对岸着急地叫我们，让我们赶快过去。我们也不明白是怎么一回事，等我们慢腾腾地过了桥，洪水冲了下来，眼看着就把桥给冲垮了。这次真把我们都吓坏了。”

谭卓娅不耐烦地说：“管她们呢，吃饭吧。”

两个人一边吃饭一边议论。兔娃路过她们门口，说：“王智今天回来了，你们知道不。”

她们俩都说不知道。兔娃神秘地她们说：“听说王智的爹去世了。他还戴着孝呢。”

她们商量晚上去看王智，慰问他一下。

到了晚上，她们两人来到男知青住地。李大伟和王智没有点灯，正坐在院子里说话呢，他们讲的是六七年做社会调查的事。王智对李大伟说：“我去门头沟煤矿的时候是十二月，你们呢？”

“我们是从十一月到明年一月。你们在哪个段？”李大伟问王智。

“开拓段，就是开巷道的。每天打炮眼，放炮。我记得最清楚的是坑道里不能用火，用灯泡烤馒头。”王智连说带比划的。

谭卓娅咳嗽了一声，李大伟赶快站起来请她们坐，又去屋里搬出了一个凳子，自己坐在台阶上。萧南和谭卓娅都注意到王智戴着孝。

又是谭卓娅先开口说话：“淑兰来信了，提到你爸爸也是在王聪那天……”

“是，上次回来，我觉得我爸恢复得还不错，吃的也还可以。没有想到这么快就不行了。”

“王聪一周年的时候，李大伟带我们去给王聪扫墓了。”谭卓娅嘴快。

“真谢谢你们了。”王智说着。

“有什么好谢的，他也是我们的好朋友，都是我们应该做的。”李大伟说：“真快呀，都一年了。”

“那你们家的生活有问题吗？”萧南问。

“学校给我两个妹妹每月每人十元，一直到十八岁。”王智说着。

“哦。”大家都点点头。“你妈呢？”

“她还行，不行也没有办法。”王智说着，话里显然带着一种怨气。

他们又聊了很多关于分配的事。各地都有了一些分配的消息，雁北也开始分配了一些知青去当售货员，这是扎根派来信说的。淑兰的哥哥分到包头的一个工厂，王智在北京时淑兰和他说的。谭卓娅还知道，有些分配到电镀车间的工人的工作服，冬天是呢子的，夏天是绸子的。他们和分配在北京的那些人距离越来越大了。

谭卓娅焦急地问：“你们听说招大学生了吗？”

王智说：“有，有些还直接出国呢。现在都几月了，我看今年吹了。”

谭卓娅可不愿意听这话说：“那可不一定。而且，也不一定就要九月一日开学呀，什么都可以改嘛。”

王智说:“这可由不得你。实话告诉你吧,我的一个同学已经去北京工业大学报到了。”

谭卓娅一腔怨气,原以为今年是她在农村的最后一年了,没有想到她还必须呆下去,便不服气地甩了一句:“不是要工农兵上、管、改大学吗。”

萧南问王智:“你看见淑兰了吗?她什么时候回来呀?”

王智说:“她说再过一礼拜,等她奶奶过了生日再回来。”

李大伟说:“你听说美国乒乓球队访问中国的事了吗?这可是不寻常的事呀。我们能够让这个帝国主义超级大国的乒乓球队来中国,这事一定有点来头。”

王智说:“听说美国乒乓球队里有一个叫科恩的和庄则栋交换了纪念品。从《人民日报》的照片上看科恩长头发,比女的头发还长。咱们要是在北京,随便哪个电影院都可以看《新闻简报》,在这里就没有办法了。”

这年,只招收了很少的几名工农兵大学生,他们县最有名的姓蒙的女生被招到北京学医去了。

31

淑兰回来后,对萧南和谭卓娅说:“我回北京的时候,和一批复员兵坐在一起,好家伙,这伙人上下车根本就不走车门,从窗户跳上跳下的。”

谭卓娅说:“你真是少见多怪的,我们大串联的时候,就是从车窗里跳上跳下。那会儿人挤得根本没法动,靠窗户的最方便。哎,你们家给你介绍了个什么人?

“你怎么知道的?”淑兰脸红了。

“你就别管了，我有‘包打听’提供消息。”谭卓娅得意地说。

“干嘛呀?谭卓娅别说了。”萧南为淑兰解围。

淑兰却想说一说：“我妈妈给我介绍了一个钳工，就一米六七，样子傻傻的。你们知道他约我在哪儿见面，在八宝山的公共汽车站!把我奶奶气的，说多不吉利呀，我就写信说我有事去不了，完了，就这么点儿事。”

谭卓娅说：“真没劲，要是我，就约他晚上去，看他敢不敢去。”

淑兰回来的第三天，萧南回北京了。谭卓娅很想跟她一起走，可是为了上学，她必须咬牙坚持住。

十天后，李大伟接到父亲的信，让他马上回中国科学院的招待所。李大伟收到信的第二天就回了北京，他从父亲的信里感觉到了不好的兆头。果然，他妈妈病得很厉害，因为子宫肌瘤大量出血，血色素只有五克多了，人走路都晃，昏倒过好几次。组织上同意让他妈妈回京治病，他爸爸也一同回来了。

李大伟带着今年收完麦子分的钱回到了北京。在招待所最靠西头的一间十四平米的屋子里，妈妈躺在一张木床上，脸色灰暗，面颊凹陷，头发几乎全白了。李大伟坐在妈妈的床前，拉着妈妈的手，真是百感交集。父亲佝偻着身子，也有点儿朝不保夕的样子。王智的父亲刚去世，他不能让自己的父母就这样结束一生。他一定要让父母好好地活下来。

他冒着被抓着的危险，到香山附近的农村去换鸡蛋和买不下蛋的老母鸡给父母补充营养。这是他在以前绝不会干的事，为了救他的父母，他顾不得那么多了。他还想买点豆腐，他知道豆腐是很好的蛋白质，可是那是要副食本的，每家一个月才两斤。当时，鸡蛋、白糖都凭本。他们还没有副食本，所以都买不了。许多生活必需品都要买，钱很快就用光了。

李大伟对父亲说：“我去找所里，让他们增加生活费或者让他们还存折。”

李大伟的父亲说："大伟，我不准你去！我们就是饿死也不去求那些人，你不许再提这事！在中国当知识分子，就要做好受冤枉的准备，历史上这样的事情还少吗?"李大伟的父亲从没有生过这么大的气，把李大伟着实吓了一跳。

一天晚上，李大伟睡得正香，他母亲大叫："我不是特务，不是。我没有反党呀!"李大伟的父亲赶快打开灯，李大伟来到母亲的床前，母亲紧闭双眼，皱着眉头，嘴里还在唠叨。李大伟的父亲用手抚摸着老伴的头，李大伟的母亲渐渐地安静了。李大伟的父亲小声地和李大伟说："你看见了，你妈妈受到很大的精神刺激。医生说，她是抑郁症。"

李大伟开始去买成堆的菜。他甚至做好了拣破烂的准备。因为此时，农村越来越多的人不愿意劳动，反正粮食按人头分，多生几个孩子就够吃了。家庭人口少劳力多的也分不到什么钱，因为欠账的人太多，分值越来越低。今年，他才分到第一年一半的钱。

半个月后，他母亲明显好些了。当然，首先是看见了儿子心情好了许多。她要求到外面走一走，李大伟和父亲搀扶着母亲晒了一会儿太阳。他们三个人坐在一块水泥墩上，新鲜的空气沁人肺腑。

回来的时候，传达室的老头递给李大伟的父亲一张汇款单，是林明妈妈寄来的一百元钱。李大伟才把当年姨妈一家下放没有钱用，他给了姨妈一百元钱的事说了。

这天，李大伟的父亲问他："明明走了，你怎么想?"

李大伟说："都在那儿也没有出路，谁能先走就走吧，我为他能够有工作而高兴。他走时，是我帮助他办的手续，收拾的行李。"

李大伟的父亲说："好孩子，人就是要有这样宽阔的胸怀。永远也不要嫉妒人，嫉妒是最恶劣的品质。你们在农村最不适应的是什么?"

李大伟说："消息的闭塞，北京早就发生的事，我们很晚才知道。"

李大伟的父亲点点头说："我被关起来的时候也有同感，人是需要了解外界信息的。不然，脑子就会变得迟钝，连语言能力都会逐渐丧失。我被关了一两个月就发现了这个问题，我想这样不行，就开始背古诗，背《古文观止》里的文章，还自己和自己唠叨。到了干校一时改不过来，别人总说我，你在说什么呢。你妈妈和几个人住在一起还好一点。”

李大伟说：“林明和王智回北京以后，我就没人可说话了。等他们回来，我也觉得我嘴笨了，有些事情脑子也反应不过来。回到北京，觉得人人都口齿伶俐。而且，语言也在变化，个别词都听不懂了。”

李大伟去西单的旧书店买了一些数学和物理的书。父亲每天给他讲一点，他自己做题。但是不能让妈妈知道，因为她的神经很脆弱。

李大伟的父亲还摸索着用贫乏的材料做出可口的饭菜。一家人每天都享受着天伦之乐。

一天晚上，他们家的老保姆来到小屋，看见他们过着这样艰苦的日子，便流下了眼泪，她要来照顾李大伟的妈妈，李大伟的爸爸怎么也不答应，说：“我们的问题还没有解决呢，这要连累你的。”老保姆离开时，从布兜子里拿出二两香油，硬放下才肯走，李大伟一家只好由她。

一天做挂面，李大伟的父亲倒了几滴香油在面里。吃完打开窗子吹了半天，还是听见楼道里有人说谁家用香油了。吓得一家人一下午也不敢出声。最后，李大伟的父亲说：“大伟，你把这些香油带到农村去吧，别在这儿惹事了。”

李大伟家里，有时晚上会来一两个爸爸的老朋友，他们悄悄地说些小道消息。这些老科学家都是一副落魄的样子，头上戴着破旧的帽子。但是，破旧的衣帽掩盖不住他们的儒雅，他们对于中央开始起用一些人的消息最为津津乐道。大伟的爸爸也在向别人传递着这些消息，他甚至敢在晚上去老朋友家聊天了。他用这种方式，告诉他们，快要解冻了，坚持住。

萧南到家也有一个月了。弟弟因为家庭的关系不许上高中，被分配到了饭馆，当服务员，每月也有十几块钱的学徒工资。他业余时间几乎都用于绘画和木刻。

妈妈同学的女儿被送到南斯拉夫去学习，就因为她的父亲一直在位。妈妈的心里一直不痛快，她不能让自己的孩子落下，就在家里偷着教萧南和弟弟一些英文。

她托人给萧南的弟弟找了一个画家，这个画家是因为“文化大革命”被送到中学当老师的。学生正经课都不学，更不要提绘画了。所以，老师也很闲，是脑子闲，因为不许他创作。老师很喜欢萧南的弟弟，觉得他悟性好。萧南也喜欢绘画，回来后也跟弟弟去听了几次课。画家给好学的孩子讲课也是一种快乐。

妈妈听说有一小部分人恢复工作了，有人偷偷地告诉她，上面有人在追查萧南的爸爸死因，萧南的妈妈不太敢相信。她要替丈夫洗清不白之冤，但是，孩子更重要。

一天晚上，萧南的舅舅突然来了。人瘦多了，牙也掉了几颗。看见原来英俊的舅舅成了这副样子，萧南心里很难受。她和弟弟坐在一边，静静地听着舅舅和妈妈小声说话，他觉得这有点像做地下工作。舅舅说：“林彪和叶群摔死在蒙古了，我在外交部的战友说的，现在还没有公布呢。你们不要出去乱说。”舅舅看着萧南姐弟俩嘱咐着，接着又对萧南的妈妈说：“姐夫的事也有人在过问了。”萧南妈妈沉默了一会儿。

萧南的妈妈问：“你怎么样？还有和好的可能吗？”

萧南的舅舅说：“这次可是看清楚她是个什么样的人了。孩子们如果愿意跟我，我都要。与她复婚是一点可能也没有了。看我的问题快解决了，她来找我说受蒙蔽无罪，她真好意思。我的事情是清楚的，我在外交部的战友给我传话，他说过一旦机会来了，他会提出来的。那几个上海帮正在和总理过不去呢，不能让他太为难。你放心，好好照顾好孩子。这是五十块钱。你还跟我客气什么，我的生活费又涨了。这是我的副食本，我吃食堂用不着，给孩子们买点鸡蛋补补。我也托人给姆妈带了点钱去。要有可能，我想去上海看看姆妈。”舅舅忍不住要把这些好消息告诉萧南的妈妈。说完这些事，他又对着萧南和她弟弟说：“你们都长大了，要照顾好妈妈。”说完他趁着黑夜走了。

这天，萧南一家人几年来第一次有了笑容。妈妈高兴地拿出爸爸的照片，对着照片说：“终于等到这一天了。我一定会把你的事情搞清楚。”说着说着眼泪就流了下来。萧南和弟弟上去把妈妈紧紧地抱住。

李大伟妈妈的病情比较稳定了，他想去看看萧南怎么样了。有几个晚上他都在想萧南。

萧南正在给妈妈和弟弟缝冬天的被子。李大伟敲门，隔壁的阿姨叫着：“萧南，有人找你。”萧南因为父亲的事不和同学来往，想不出会有谁找她。

出来一看是李大伟，有点不好意思，赶快请李大伟进屋。李大伟打量了一下屋子，他觉得萧南的家简单整齐，有一种温馨的气氛。书架上整齐的书籍，桌上萧南弟弟的画，有点淡淡的纸墨香。

“你们家真整齐。”李大伟不知说什么好。

“挺乱的。”萧南是说摊在床上的被子。

“我们家才乱呢，回来没有地方住，就住在招待所里，屋里只有三张床，一张桌子，两把椅子，剩下什么也没有了。也没有厨房，锅碗瓢勺都放在桌子上。这是你画的吗？”李大伟指着桌上的画，他知道萧南喜欢绘画。

“除了那两幅水彩，都是我弟弟的。”萧南有点不好意思地说。

李大伟可以看出萧南画儿的幼稚，但是比一般人强了许多。他指着萧南的画说：“这是村东头吧？”

萧南高兴地说：“你眼力真好，一下子就看出来了。”

李大伟说：“是你画得好，我才能看出来。”

“跟你说一件事，你可是谁也不准告诉。林彪和叶群都摔死在外蒙了。”萧南压低了声音，小声地告诉李大伟。

“你怎么知道的？”李大伟问萧南，萧南笑笑，并不回答。李大伟知道不该问。

萧南问："你父母亲好吗？"

李大伟说："我母亲严重贫血，在干校昏倒了好几次。医生说营养不良。她有子宫肌瘤，可是身体太弱不能手术。我想尽办法给她补身体，好让她尽快手术。可是钱又不够，想买点便宜的豆腐又没有副食本。"

萧南朝着李大伟笑了笑，拿出舅舅放在他们家的副食本说："这个月的还没有买，你拿去吧。"

李大伟客气地说："你们家怎么办？"可心里却是一阵高兴，妈妈有豆腐吃了。

萧南说："这是人家的，我们还有一个本。"

李大伟说："我这几天就还给你。"

萧南说："你把鸡蛋、白糖也买了吧。本上能买的你都去买了。"

"我只买豆腐，明后天我就还给你。"李大伟说。

他们又互相交换了一些小道消息。中午，萧南的妈妈下班回来了，一看家里有人。李大伟赶快站起来叫了一声："伯母。"

"坐，坐，这是……"萧南的妈妈不知道怎么称呼李大伟，看着萧南。

萧南说："这是和我一个村插队的李大伟。"

"哦。你们坐，就在这儿吃午饭吧，我去做饭。"萧南的妈妈显然听萧南说过李大伟，她正盘算着用家里仅有的三个鸡蛋做什么菜。

李大伟站起来了，说："我想下礼拜回村了，你呢？"

萧南看着妈妈，盯着李大伟问："你准备哪天走？"

李大伟说："下礼拜二。"

萧南的妈妈说："南南还要等些天。"

"那我走了。"说着李大伟走了出去，萧南送他到楼梯口。

萧南回来，妈妈盯着女儿，想看出有什么变化，萧南镇静地说："妈妈，你怎么啦？"

萧南的妈妈说："这个李大伟的父母是做什么的？"

萧南说："'文革'前都是中科院的研究人员。现在病了，从干校回来了，他妈妈得了子宫肌瘤，严重的贫血。户口又都不在北京，连买豆腐都没有办法，我把舅舅的副食本借给他了。他父母年纪大了，很晚才生的他。"

萧南的妈妈说："你再等等，看爸爸的事情有没有消息，如果有，看结论怎么写的。"萧南的妈妈对李大伟印象很好，可又不想让萧南马上回去。

过了三天，李大伟把副食本还给萧南。李大伟告诉萧南他准备如期回村。有些社员托她买的东西，萧南请李大伟帮她先带回去。

在李大伟回村的前一天晚上，萧南到了李大伟家住的招待所。在楼道昏暗的灯光下，她找到了李大伟家的门。她轻轻地敲了两下，李大伟出来开门。

萧南看见一个圆头圆脑的老头穿着一件无领短袖大背心，背心染成了花的，一看就知道是个没有干过家务活儿的人。李大伟的妈妈也因为虚弱而躺在床上。全家人的家当，都在桌子上床上。在锅碗瓢勺的旁边摊着高等数学。

李大伟不好意思地站着，他让出凳子给萧南坐以后，他就只能坐在床上了。

李大伟的爸爸倒是大大方方地说："你一定是萧南喽。大伟说过你。请坐，请坐。"

萧南有几分拘束，看看他们家实在不方便就递给李大伟带回村的东西，最后又拿出了副食本塞到李大伟爸爸的手里："我妈妈让我送来的，你们用到十二月，用这个地址挂号寄回来，明年好换新的。"

李大伟的爸爸说："这怎么行，不可以，不可以。"

萧南说："我们家还有一个本。而且，我弟弟在饭馆工作，有时候也分一点油之类的，所以你们放心用。"说完就匆匆地往外走。

李大伟的爸爸赶紧说："恭敬不如从命。滴水之恩，当涌泉相报呀，这可真是雪中送炭。"

虽然，萧南在李大伟家只待了几分钟。可是，萧南的身上带有的信息告诉李大伟的父母，她有很好的家庭教养。虽然只说了几句话，也能说明她的一些品格素质。李大伟的爸爸说："这个姑娘心里压力很大，但是是一个好孩子。"毕竟他们是知识分子，只会用很含蓄的方式表达他们的意思，鼓励儿子去追求萧南。可是，李大伟有自己做人的原则，在自己不能让萧南幸福的时候，绝不奢望爱情，他觉得自己没有资格谈恋爱。

李大伟的父亲这样夸萧南，使得他有些不好意思。同时，他觉得自己可笑，萧南和自己仅仅是在一个村插队而已，有什么可不好意思的呢。

几天后，李大伟回刘张村去了。他知道姨妈全家就要回来了，他们会照顾妈妈的。他早些离开也是为了不使姨妈难堪，他们把林明办走就很不容易了。在一切都要讲究家庭出身的时候，谁也帮不了谁，大家都心照不宣。

这天，淑兰和谭卓娅劳动时，听说莲香回来了，说好晚上去看她。淑兰和谭卓娅做了一点疙瘩汤，泡着干馍，什么菜也没有，只在汤里放了一点盐。

晚上，淑兰和谭卓娅到了莲香家，看见莲香的奶奶正在烧火，灶塘里有几根胡萝卜，莲香的奶奶用铁铲小心地翻着，谭卓娅问："为什么莲香不做饭?"

老奶奶说："她有身子了，不方便。"

于是，两个人又来到莲香住的屋子，屋里为了省油没有点灯，莲香一个人坐在炕上摸黑拐线。看见她们来了，叫她们上炕坐。可是，显然没有了原来的热情。眼睛适应了一会儿，她们才看清，莲香还是穿着当姑娘时的粗布衣服。人家新媳妇都会不停地换新衣服，在她们最光彩照人的年华好好地漂亮漂亮。而莲香竟穿起了旧衣服，显然是有原因的。

老奶奶端来了晚饭，几根剥了皮的胡萝卜拌上一点盐，就算菜。黑黑的馍，和一小碟切得细细的咸菜，咸菜一看就知道是去年的，都有味了。

农民吃得显然没有她们刚下乡时好了，因为国家征收的是麦子，而给农民的“反销粮”是高粱和玉米，这里的人吃不惯，都在骂。

莲香一家人开始吃晚饭，谁也不说话。淑兰和谭卓娅觉得挺尴尬的，就告辞出来了。回来的路上，淑兰说：“莲香怀孕怎么能吃这样的饭呢？营养一定不够，我嫂子也怀孕了，我们家的两斤鸡蛋几乎都给她吃。我奶奶还说那是给她的重孙子吃的，我故意气她说，你怎么知道就是男的呢？”

几天后，干活儿时，听见人们在议论，莲香要离婚，他爹不同意，说莲香给他丢人了，叫她马上回到婆家去。莲香说死也不回去。他爹说这边已经没有她的口粮了，老奶奶说你再逼要出事的，莲香有了身子，不能逼她。莲香的爹才不再说话了。

几个媳妇在一旁又再叽叽咕咕，淑兰离她们近，听见有人给莲香的爹介绍了个对象，他是为了这，才要莲香回去的。

淑兰和谭卓娅议论这事，她们不能相信莲香的爹会为了自己的婚事，而不顾莲香。可是，她们无论如何也想不到农村的“大男子主义”要比城里严重多了。“嫁出去的姑娘泼出去的水”，姑娘再回娘家住，被视为丢人的事。

果然，一天下午，一个已经嫁过六家，四十多岁的中年妇女被带到了莲香家。在地里给棉花锄草的妇女们都议论开了，有的妇女说了些难听的话，把那个女人骂得一无是处。淑兰和谭卓娅觉得她们太过分了，经寻问才知道，那女人是莲香嫂子的表姨，莲香的嫂子今天也来干活了。有个妇女还说：“解放前，咱们这哒有个财主家的寡妇死了，儿子给她立了一块碑，说她怎么守节。刻石碑的师傅知道她不规矩，就在刻石碑的时候做了手脚。把节字后粘上去，没有多久，这个节字就掉了，漏出里面一个女人开门偷看的石刻。”谭卓娅她们都惊叹石匠的聪明。

下工后，女人们一起去莲香家，看看到底来了个什么样的女人。

她们俩来到莲香家，看见一个收拾得整整齐齐的妇女正在帮助莲香的奶奶纺线呢。她确实和村里的妇女们不一样，长得还不错，干净利索，一身洋布衣服，高挑个。线纺得也又细又匀，看来是个能干的女人。看见人也没有半点的不好意思，大大方方地和淑兰、谭卓娅打招呼。谭卓娅和淑兰抱着莲香的侄子玩了一会儿就回去了。看起来莲香家要好好招待这个女人了，因为她们看见莲香的奶奶在摘芹菜呢，这是村里菜地里没有的，必须去镇上才能买到。淑兰和谭卓娅一边做饭一边讨论。她俩觉得村里人太封建，认为莲香的父亲和那女人是很好的一对。

第二天，传出下月莲香的爹要和那女人领结婚证的消息。

32

萧南在北京又等了十几天，父亲单位仍没有什么消息，也就只好回村了。

没有几天，莲香的爹悄悄地把那个女人娶回家了。因为，她已经结过婚，所以只买了两身衣服就把事办了。

今年，没有莲香和她后妈的口粮，莲香家的粮食变得格外紧张。他们家用麦子换了一部分玉米和高粱，为了多一些粮食。别人家中午都是白面条，他们家是黑的馍和汤。莲香的爹和后妈开始指桑骂槐地说莲香是白吃饭的闲人。莲香没有想到爹结婚后像变了一个人。莲香是个好强的姑娘，她不想挨人家说，就拼命帮助家里做鞋、纺线，为了让爹和后妈少说两句。后妈更是一个好吃懒做的人，成天打扮得整整齐齐，站在门口厚颜无耻地和从他家门前过的人打招呼。把莲香奶奶气得肺都要炸了，说："我还是早点死吧，这是作的什么孽呀？"

秋收刚完，莲香的嫂子就抱上孩子，去了莲香哥哥那儿。嫂子虽然不满莲香在家，可是她们毕竟在一个屋檐下住了几年，还能说上一些心里话。嫂子一走，莲香就更难了。莲香也不去找女知青，知青都是一些不食人间烟火的人。虽然，她们同住在一个村子里，可是，她们生活在完全不同的世界里，女知青可以自由的恋爱，农村的女青年却不能。

那时，基本上没有逃婚的，莲香已经是最勇敢的反抗者了。

村里的习惯是女娃不能在娘家生孩子，婆家几次三番地接她，她都不回去，最后快生了，实在没有办法才回了婆家。

冬闲了，集市也多了，莲香的后妈又闹着要上集。农民没有非要买的东西是不上集的。一来耽误工夫，二来上集总要花几个钱。莲香的爹狠狠心把喂的猪卖了。于是，莲香的后妈，就隔三岔五地骑上莲香爹的自行车去赶集。

全村的人，背地里都在骂莲香的后妈是祸水。女知青当初还替那女人抱不平，现在看来还是农民说得对。

第二批分配的消息来了，是水泥厂和化肥厂，要男生多。虽然这两种工作都是比较重的体力活儿，但是报名的人却很踊跃。大队找李大伟谈话，让他报名。李大伟说："我政审不合格，去了也会被退回来。"他有很强的自尊心，不愿意被告之政审通不过。王智因为下乡不到两年，没有资格报名。

女知青只有淑兰报名。但是，连工厂的人来公社都没有通知她。淑兰特别生气，她猜到是胖书记在作梗。萧南安慰她："这次的工作并不适合你，所以人家才不通知你的，你不要胡思乱想。"

晚上，福娃媳妇来到女生宿舍，坐在床上纳鞋底。她一边在头上划着针，一边用眼睛斜着她们几个说："你们老这么着，也不嫁人哪？我给你们说个好人家，生个娃就三年不用下地了，过三年再生上一个。你们这么跟男人似的，干到什么时候是头呀？姑娘大了就不好嫁了，好人家都让人挑完了。你们看咱这儿十四五就定亲了，虚岁十八就嫁人了。你们都二十大几的也不知道着急。”

三个女生知道福娃媳妇是好心，可她是用农民的眼光来替知青想。知青虽然不想嫁人在农村待一辈子，可她们也不知道自己能不能被选拔上去，在一种悬而未定的心情中挣扎。自从林明走后，知青中就开始蔓延着不安定的情绪。

第二天一早，萧南要去给社员们发油，发现库房的木窗户破了一个大洞，显然有人进来过了。萧南焦急地查看了墙角的一囤小米和刚榨出来的棉籽油。这些东西拿十几斤根本就看不出来，把萧南急得转了几个圈儿，也没有想出名堂。最后，把门锁上，赶到队长家，队长已经去干活了。她又追到地里，找到队长，队长马上叫上民兵队长跟他扛上锄头大步流星地赶回库房。萧南把门打开，几个人进去左看右看也看不出名堂，又把老保管找来，老保管说，这些都要做点记号，比如应该在油桶外面画上记号，囤到了第几圈都要记清楚。萧南听着心里别提多窝囊了，她在当上保管以后曾向他请教过，可这些关键地方他根本没有对萧南说。

到了吃饭的时候，全村都知道萧南看守的库房丢了东西，有说丢了四十斤油的，有说丢了一百多斤小米的。萧南气得不得了，好像因为她当保管才丢了东西。

队里大小是个头的都来看过了，谁也没有学过侦破，当然也看不出什么名堂。下午，队长叫上萧南和民兵队长。把他家厨房水缸上的木板掀开，房门关上。屋里一下子黑了下来，队长让一个四五岁的小孩站在小凳上，往水缸里面看。民兵队长在一边向萧南解释说：“小孩在黑暗中可以看见水缸里的偷东西的人像，小孩看得准。”萧南当然知道这是一种迷信，但也不好反对。小孩看了半天，也没有看出来什么，队长一个劲儿地问小孩：“水缸里有没有人影，像咱村谁。”小孩都说：“看不清。”队长也只好放了孩子。

晚上，淑兰在嘀咕自己会不会被公社胖书记永远迫害，走不了啦，这也是哑巴吃黄连有苦说不出的事。谭卓娅也在气愤，为什么县武装部长没有告诉她今年大学招生，是再等下去呢，还是先分配个工作。萧南知道她们的烦恼，也知道父亲没有结论，她永远没有出头的一天。

谭卓娅说："咱们找男生去吧，看看他们有什么消息。"淑兰和萧南不反对，也跟着谭卓娅一起去找男生。

男生的院门已经插上了，谭卓娅使劲儿地敲着门。里面王智大声地问："谁呀？"

谭卓娅说："我，萧南和关淑兰。"

王智大声地回答："等等啊，马上就来。"原来王智已经脱了衣服，他赶快把衣服穿起来。李大伟把晶体管收音机关掉，请几个女生进了他们的屋子。男生屋里一股特有的臭鞋味，让几个女生有点拘束。

王智笑着说："萧南，你看的库房丢东西了吧，你知道是谁偷的吗？"

萧南一脸迷惑地说："不知道。你知道？"

王智说："就你不知道，全村都知道了。"

"真的？"三个女生都惊奇地睁大了眼睛。

"就是前巷的老套子，从小就偷。到了太原工作又偷，让工厂给开除了。有一回，看见人家要盖房子，木料放在院子里，他就趁人家都去看戏，把木料搬回家。木料又不能藏，让人家一找一个准，给要了回来。现在，大家都没有什么油了，就等着分这油呢，他们家今天炸油坨，你说不是他还有谁。同在一个村里住，你家的东墙就是我家的西墙，谁家吃什么都瞒不了人。一年下来，你家炸了几次油坨，大家一算就清楚了。但是，谁也不说，怕惹这个麻烦。这就是农民，他们要几辈子住在一起，所以顾虑特别多。"王智要在女生面前显示一下自己的消息灵通。其实，这些事都是大队长儿子和兔娃他们来告诉李大伟的，他们跟李大伟比跟王智熟得多。

"那怎么不去老套子家搜呢。"淑兰问。

"你又没有抓到人家，你怎么能说人家有点油就是偷的呢。"王智说。

“他过一阵就要干一回这事，不偷他手就痒。”李大伟说。

萧南心里好受多了。原来别人早知道了。

“不过，我觉得你最好别再干保管了。”王智说。

“为什么？”女生们又不明白了。

“你们也不研究一下，农村的房门一抬就抬起来了，什么锁也白锁。还有那锁，你怎么知道别人没有钥匙呢。农民家的锁随便拿根棍就能捅开。原来看电影《李双双》里面把喜旺给锁在外面。现在，才知道那个破锁根本不管用。农民锁门就是告诉你家里没人，什么用也没有。你们一个女生在的时候，要特别小心。”李大伟说。

“啊？！”三个女生眼睛都直了。

淑兰还想着她招工的事，说：“工厂来人，公社通知都不通知我。”

王智说：“这次的工作不好，你不去也罢了。水泥厂容易得矽肺，化肥厂也有污染。”

谭卓娅说：“大学招生为什么不招插队的？”

李大伟说：“我知道兵团和工厂都有人上大学了。为什么不到咱们这儿招就不知道了。”

王智又想起了什么，说：“现在有一种说法，插队落户是‘变相劳改’，问题越来越多了。陕西知青打群架，内蒙古牧区的女知青，有些嫁给了牧民。咱们山西也出了一件事，在山区插队的一对老初二的男女生，因为生活太苦，出门就爬山，男生经常帮助女生，两人就有了感情，他们要结婚，互相照顾起来方便一点。女的家里是高干，看不起男的家是普通人，不同意他们结婚。结果男的跳崖了，女的也疯了。现在，女的妈妈后悔得不得了。”

谭卓娅说：“我们同学来信说，虎林农场的森林大火，一次就烧死了十几位兵团战士。”

“853 农场的草甸子着火，烧死了两名女生，有个叫李小军的脸烧得像一个黑面具，手上的皮都掉下来了，就像一副手套套在指尖上。惨不忍睹。”李大伟说着同学的来信。

知青都有自己的消息来源，或多或少地听说知青在各地出现的一些问题。

王智问谭卓娅：“听说你认识县武装部长？给咱打听打听，公社副主任跟‘公检法’有没有关系？”

谭卓娅疑惑地问：“干嘛呀？”

李大伟帮王智解释说：“王聪是公社副主任的儿子给轧死的，他不是拖拉机手，没有资格开拖拉机。所以，可以告他。但是，如果副主任和‘公检法’有什么同学、亲戚关系就不好办了。”

谭卓娅说：“就我所知，他们这些人经常在一起开会，不可能不认识。就算不认识也可以找到关系，都是一个县的，不是同学、同事就是战友。我认为最好的办法是，利用这点威胁他，让他赶快分你工作，这样比较现实一点。不然，事情办不成，还会惹出麻烦。”

第二天分油，谭卓娅提着她们的油罐准备去领油，发现油罐子的底上有个洞。她和淑兰想了半天，觉得用泥太脏，干了也会裂的。用蜡不会裂，两个人用蜡烛油把洞给补上了，装上水一试，确实滴水不漏。两个人颇为得意地把她们的几斤油领了回来。

晚上，她们好好地炸了一碗油辣子，夹着馍美美地吃了一顿。第二天一早，淑兰进了厨房说：“昨天炸油辣子的味，今天还有呢。”可她再一看她们的油罐子，里面连一滴油都没有了。她在厨房大声地叫着：“不得了啦，快来呀。”

萧南和谭卓娅赶快跑到厨房去看。“咱们的油也让人偷了。”淑兰说着，提起油罐给她们俩看。她们俩也傻了。萧南镇静下来，拿起罐子仔细观察，发现底上有个洞，再一看放的地方，她明白了：“这个罐子是漏的，你们看，灶台上都是漏下去的油，让灶火烤得还挺香。”原来，她们按照当地的习惯，把油罐子放在灶台边上，为用着方便。淑兰和谭卓娅这才恍然大悟，她们补的补丁让灶火烤化了，油当然就漏光了。她们懊恼自己的粗心。早就没有油了，好不容易挨到了发油的时候，油又都漏走了。

福娃媳妇拿着鞋底子路过她们门口，进来看一看。听她们把事情的原委一讲，也跟着可惜了半天。福娃媳妇走了没有多久，队长就来了。他跟萧南说：“再去拿三斤油，先吃着，不够再说。”

这回她们可是老老实实地用玻璃瓶把油装回来，昨天的十来斤油就剩下三斤了。但是，她们的心情好多了，油流走了，当然很心疼，可是，队长这么替她们想，二话不说就又给她们三斤油。她们也实实在在地感觉到队里对她们的礼遇。

萧南按照男生的主意把保管给辞了。老保管接过钥匙时那副高兴的样子，让萧南都怀疑是他唆使老套子偷的油。

莲香的后妈才嫁过来没有几个月就要离婚，她就靠这样的手段骗了不少东西。在农村像她这样年纪的妇女都穿黑粗布的衣服，可是，她还像刚结婚不久的姑娘一样，成天穿着洋布的花衣裳。她把卖猪的钱用光了，就闹离婚。莲香的爹和奶奶愁得整天唉声叹气，没有几天，莲香的奶奶就病得起不来了。

莲香过了满月抱着孩子又回来了。她照顾奶奶，照顾这个家，才使这个家不至于没饭吃。

谭卓娅看看今年没有分配的希望了，就收拾收拾回北京去了。

淑兰不死心还要等一等。她怕回去了，耽误了分配工作。

冬天天短，农活少。这天，萧南和淑兰早早就吃了晚饭。福娃媳妇又拿着线拐子来了

福娃媳妇没有什么心眼，一点也不顾忌地问：“萧南，你们家是资本家？”

萧南摇摇头。

她不甘心，又问：“那你们家是地主？”

萧南又摇摇头。

她盯着萧南说：“那咋说你成分有问题？”

萧南也不知道怎么回答福娃媳妇。

淑兰帮助萧南说话：“萧南是可教育好子女，应该重在个人表

现。萧南这几年干得咋样，你们不都看见了吗？”

福娃媳妇倒是看出来了，萧南和淑兰都有点不高兴，就收拾活计回去了。

萧南知道淑兰在帮助她说话，可这话怎么听着那么别扭。

33

王智这些天总在琢磨，他觉得父亲是受不了弟弟死的打击才病故的。所以，他和公社副主任有不共戴天之仇。

其实，王智父亲早就患了胃癌，那是“文革”挨斗引起的。他父亲一生好强又好面子。让他那样斯文扫地，他实在受不了。弟弟的死使他的病加速发展。真正的诱因是往他头上倒墨汁，挂大牌子斗他。他怎么也想不通自己一辈子老老实实、勤勤恳恳做人，最后竟会被人整成这样。让大儿子也去插队是他好强性格的又一次表现，他要让别人看看，他对于毛主席革命路线是怎样的忠诚。

王智正在想着用什么办法报仇。突然，队长儿子在门外大声叫着：“大伟哥，王智，快出来！”接着，就听“咣”一声。然后，满院子的鸡飞狗跳的声音。王智赶快从床上跳起来，冲出屋子。只见队长儿子拿着一把大扫帚，东扑西打的，一只野兔在拼命逃跑。王智首先过去把大门插上，也顺手抄起一把铁锹跟着扑打起来。李大伟拿了一个筐，随时准备扣过去。兔子连惊带吓，都哆嗦了，两只大眼睛恐怖地看着他们。队长儿子举着大扫帚，又一次进攻。在他们院子里觅食的鸡被吓得飞上了房。几番折腾后，兔子实在没力气了，被李大伟用筐给扣住。王智揪住兔子耳朵，把兔子拎了出来，兔子的腿还在不停地蹬着。他们的心也在狂跳。

这天晚上，李大伟和王智有一顿兔肉吃了，队长的儿子因为从小不大吃肉，所以没有什么兴趣。

王智喝了一些酒之后，开始问李大伟："你说怎么整治那个公社副主任?"

李大伟也想过这个问题，可他们就像被人看管的囚犯，没有可以说理的地方。李大伟说："你听说了没有，有些地方的知青和社队领导说理而被吊打。咱们千万要想清楚，好汉不吃眼前亏。我认为最好的办法是，明年你待够两年的时候，能够分配你到一个较好的工厂。你父亲不在了，你要是有工作，能够减轻你母亲的负担，就是看着王聪的面子，也应该分配你了。小不忍则乱大谋，大丈夫报仇十年不晚。"

王智认为李大伟看得比较长远，他怎么就忘记自己是长子，父亲和弟弟不在了，自己应该协助母亲支撑起这个家，他仿佛觉得在冥冥之中父亲和弟弟也希望他能够这样做。李大伟在他心目中又高大了一截。

县里通知让一名知青去听"毛选讲用团"的报告，大队决定让萧南去。

萧南到了县招待所。每屋里住四个人，有个老红卫兵，萧南一向不太理这种人，另一个小职员子弟成天围着那个老红卫兵转。跟农民结婚的女知青也住这间屋子。两天来吃住在一起，大家都熟悉了。别人休息的时候，那个女生拿出鞋底像一个农村妇女一样地纳起来，别的知青都在偷偷地笑话她，可萧南从不笑话她，有时还帮助她。

每天去听"讲用会"都是那一套，会上做报告的人挺带劲地讲着，有时还声泪俱下的。下面的人在聊天织毛衣，会场里乱哄哄的。

午饭后，大家都出去了，那个女生一边纳鞋底一边问萧南："你怎么也不去活动活动，你看其他屋的人都在找人打听分配的消息呢。"

萧南说："我爸爸是右派，已经去世了。分配也轮不到我。"

那个女生很同情萧南，萧南讲出自己的父亲是右派，对她已经很坦白了，是一个可以信任的人。她踌躇了一下，就讲起自己的经历："你比我好多了。我五岁父亲就死了。妈妈在家做一点糊纸盒的工作。我七岁的时候，我妈妈又和一个工人结了婚。我到了十三四岁的时候，我的继父老趁我妈妈不在要和我做那事，我害怕极了。一听说可以插队，我赶快报了名，赶快脱离那个家。别人到农村也许是被迫的，可我是自愿来的。插队到了村里，老乡对我们很好。我的丈夫老来帮助我们知青做事，他还上了两年高中呢，婆婆对我也很好。我在这儿才有了一种正常人的生活，只要我继父在，我不想回北京的那个家了。"

原来，这个女知青在北京有那么一段不堪回首的往事。萧南完全忘了自己的不幸，很同情地问那个女生："你也不想看看你妈妈吗？"

那个女生说："当然想了。我想等我妈妈退休以后让她来我这里，我好好地伺候她一段。"

萧南也没有想到她竟然这样善良，人生还有许多她不知道的事情，她突然觉得自己并不是最不幸的人。

会议结束在下午，那个嫁给农民的女知青着急回家，萧南请那个女生有空到她们村玩。那个女生受够了知青们的白眼，很高兴有能理解她的人。但是，她是不会去萧南村的，她太知道其他知青会怎样看她。她热情地对萧南说："还是你来我们村吧，你看见我们那位你就明白了。"

正好村里有车来，职员子弟就跟车回去了。萧南只能多住一晚上，屋里只剩下老红卫兵和她。萧南对这种人是有戒心的，她觉得她们做事太过分，人也太狂，说起话来盛气凌人。所以，萧南是不会主动理这种人的。但是，只剩她们俩了，萧南也只好叫她一起去吃饭。这个老红卫兵看见萧南对那个嫁给农民的女知青那么好，跟她有说有笑的，心里有些醋意，说："你认识你们学校的谭卓娅吗？她串联的时候和我们在一起。"

“她和我一个村插队。”萧南并不想多谈谭卓娅。

“谭卓娅太狂，到哪儿都要显得她能，总想拔尖。”老红卫兵评价着谭卓娅。

这却让萧南没有想到，“你们红卫兵不都挺狂的吗?”萧南顺口就溜出来了，她觉得这都不像自己说的话。

“我们以为那就是革命。现在，想起来是被利用了。我的一个哥哥，特别聪明，老高三的，去四川参加武斗被流弹打死了。现在，我们一家六个人六个地方。我爸爸是三四年参加革命的，他打仗时候受过伤，在身上还有子弹呢。他都快六十了，还让他去劳动。我妈妈是三八年参加革命的，她的胃病也很厉害，我在家时，她有一次胃出血，一吐就是一盆底儿，也去干校两年多了。”老红卫兵不管萧南听不听，一个劲儿地把自己家的事都说给萧南听。

萧南很知道这些人，他们在一起总比谁的父亲参加革命早，谁的父亲官大，他们总是把自己的家庭挂在嘴边上。萧南虽然有些看不上他们这样，但是，对老革命的摧残她还是同情的，“那你们不会反映反映?”

“你不知道，中央的斗争很厉害。不反映还好，一反映让他们知道你在哪儿了，或者想起你来了就更糟糕。有的干部子弟还被抓起来了呢。”老红卫兵悄声地说着。

萧南跟这些人来往不多，只听谭卓娅说，显然她知道的没有这个老红卫兵这么多。她也想多知道一些消息，就跟着老红卫兵去逛大街。街上商店都关门了，只有几个卖石榴的老婆挎着篮子，用粗布手巾盖着。这东西在村里都不要钱，想吃了，去谁家要一个就行了。农民等石榴熟了，也会主动送给知青。在路的尽头，她们看见一个卖向日葵的。四毛钱买了两个。葵花子还是潮的，她们一人手托着一个向日葵盘往回走。

回到了招待所，她们已经亲密多了。一边抠着葵花子一边磕着。

老红卫兵很有心计地问萧南：“你觉得贫下中农都是好人吗?”

“当然啦，向贫下中农学习嘛。”萧南天真地说。

“我告诉你，你可不许对别人说。”老红卫兵压低了声音说着，“去年，我到镇上去领我的粮食。八十斤呢，我一个人怎么弄回去呀？我正在着急，去我们村那个方向的一辆大车要回去，我就请他帮我把粮食拉回去，他答应了。我还挺有警惕性的，问他什么成分，他说是贫农，我还以为碰上好人了呢。天慢慢地黑了，车越走越慢，那人好像不着急回家似的。我以为是牲口累了，又是搭人家的车，不好意思催。你猜怎么着。他让我躺下，我以为他好心呢。我还客气地说：‘谢谢，我不累。’他说了好几次让我躺下。后来他跳到我身边，把我压在身体下，就想侮辱我。我大声地叫：‘我们是毛主席的红卫兵，老子不怕你，混蛋，王八蛋，×你妈……’我破口大骂，什么难听话我都骂了。我乱踢乱抓，一脚也不知道踢到他哪儿了，他就倒下去。我趁机跳下大车，为了给自己壮胆又大声骂了半天。那人赶着大车飞跑，我的八十斤粮食被他给拉跑了。我骂够了，车也不知道跑到哪儿去了，我浑身无力，嗓子也疼。别以为贫下中农都是好人。我特生气，给我妈妈写信说，你告诉我贫下中农是我学习的榜样，他们竟然干出这样的事。你为什么不告诉我贫下中农里什么人都有呢。我那个老妈也不知道贫下中农会干出这种事。”

萧南听了直为这个老红卫兵感到后怕。她想到自己一个人住在村里的时候，如果有人想干什么坏事的话，那可是太危险了。

萧南已经和老红卫兵熟悉些了，就和她讲起：“我妈妈一直做外语工作，和她很好的一个同事是日本人，她和在日本留学的中国学生结婚后，就随丈夫来到了中国。文革开始，她丈夫被关了起来，她和我妈妈商量，孩子在学校里总是受欺负，中国最可爱的人不是解放军吗？解放军在各个单位执行毛主席的指示，我想把孩子送给解放军，行吗？”

老红卫兵叫起来：“这怎么可能，谁敢要她的孩子呀！”

“我妈妈也这样说，而且她就一个孩子，我妈妈还担心她把孩子送人了，自己就去自杀了。有个孩子，她还不会走到那一步。”萧南说。

第二天一早，她们就各自回村。

走的人越多，剩下的知青情绪越不安定。谭卓娅的妈妈来信说大弟弟通过了验兵的体检。谭卓娅迫不及待地回了北京。

秋天，李大伟也要回北京，他不放心他妈妈。从爸爸的信里他感到家里会有什么事，因为爸爸不再给他讲数学。李大伟知道一定是爸爸没有时间给他写数学方面的信，他要李大伟放心，李大伟就越不放心。所以，李大伟决定农活儿少一点的时候就回北京。

王智不准备回北京了，一来父亲不在了，家里生活困难。二来他要赶快在农村待够两年，好参加分配工作。

收过棉柴和白薯。淑兰收到小哥的信，他被分配到包头的工厂当翻砂工了，粮食定量很高，工资也比普通工种高，就是累，累得回宿舍连脱鞋的劲儿都没有。

萧南也接到妈妈的信说爸爸的问题有可能解决，要她赶快回北京。萧南心里暗自高兴，不过她并没有告诉淑兰，她已经懂得不能把还没有确定的事情告诉别人。

李大伟、萧南和淑兰一起回了北京。王智托淑兰给他们家送去刚分的棉花。

在火车上，李大伟坐在萧南和淑兰的对面。他没有这样近地观察过萧南。

过石家庄的时候，天已经有些亮了，李大伟刚刚醒来，他动动有些发僵的身体。萧南和淑兰还都在熟睡，李大伟仔细地看着她们俩人。自从在去山西的车上看见萧南到现在，她已经变多了，皮肤黑了也粗糙了，眼角有一条浅浅的鱼尾纹，手上都是倒刺，指甲里也是黑的，总之，一副饱经风霜的样子。萧南的眉头微皱，胸脯起伏。淑兰张着嘴巴，靠在萧南的肩上，轻轻地打鼾。李大伟觉得自己是爱上萧南了，他知道萧南的家事以后，真想把萧南搂在怀里，让她休息片刻，他想与她共担压力。可是不行，他自己家里的问题都没有解决，父母也需要照顾。他即使想帮助萧南分担压力也是一句空话。李大伟无奈地把脸转向窗外。

快到北京的时候，李大伟叫醒了萧南和淑兰。她们俩都有点不好意思，当着不认识的人她们会坦然得多。可是，当着李大伟她们担心自己的睡态不雅。

萧南和淑兰约好，三天后，萧南去找淑兰。三个人一出北京站就各奔东西了。

34

谭卓娅的大弟弟长高了好几寸，部队发的一身崭新的军装已经被同院的小孩借去照相了，男孩子对于军装的热爱是空前绝后的。他淘气的小脸从严肃的军装里伸出来真有几分滑稽。不过，家里还是洋溢着快乐的气氛。那时，家里有一个当兵的就等于说这家人都是可以信任的，真是参军光荣。一个军人是一家人的保护伞，甚至于是亲戚的保护伞。

谭卓娅看见大弟弟参军虽然高兴。可是，在她心里造成的反差太大了，她更加担心自己的命运，她已经在农村待了三年多了。爸爸妈妈正处在儿子当兵的快乐之中，没有太多地考虑到她的处境。而且，绝大多数的知青仍旧在农村。他们当然也心疼女儿，尤其是听说个别女知青遭到强暴，有的死于非命，他们一样睡不着觉，私下也议论过大儿子和女儿的处境，可是没有任何结果。

来看大弟弟的小伙伴走了一拨，又来一拨。男孩子羡慕的眼神丝毫不加以掩饰，他们用皴裂的小黑手摸着没有帽徽领章的绿军装，连那绿色尼龙加丝的袜子都让人羡慕，所有的军用品他们都崇拜。

大弟弟走的一天终于到了。一大清早大弟弟要去人武部集合，妈妈啰啰嗦嗦地嘱咐个没完，大弟弟不耐烦地说："知道，知道啦。"妈妈还想塞点东西在他的挎包里，弟弟一个劲儿地躲，就是不要。弟弟觉得到部队就是去锻炼，当然不能带一点糖果之类的东西。大弟弟急于离开家，他又不想让家人知道。走前他对着爸爸妈妈和全家一个立正，正正规规地敬了一个礼，返身走了。

全家一片混乱之后，妈妈、小弟弟和谭卓娅还是去了火车站。火车站的外面站着许多没有帽徽、领章的新兵，和少数戴着帽徽、领章穿着四个兜军装的老兵，部队首长衣服的颜色显然与新兵不同。他们的面孔也比那些稚嫩的新兵要成熟和老练。娃娃兵没有发育成熟的体态和他们身上的军装极不协调。拉练、忆苦饭、急行军已经在等待他们了。

"咣当，咣当"，一列闷罐车驶进了车站，集合的口令此起彼伏，新战士们用眼睛在人群中寻找着亲人，他们将在几年之内再也看不见父母兄弟姐妹和朋友了。再淘气的孩子这时候也懂得了服从。带兵的连排级干部尽量扯开嗓子带着各地的口音叫着口令，使他们的脸憋得通红，他们动作之快之标准，就好像在接受检阅，他们要给首都人民留下一个威武军人的印象。新兵被带到了站里，火车不知道什么时候开走了，人们渐渐地散去。谭卓娅和妈妈及小弟再也看不见大弟的影子，也只好回家了。

大弟走了，谭卓娅家安静了许多。她又在思考自己的问题，别人都有了前途，我怎么办？还要在农村待多久？光阴就这样流失了，人说十八就是大姑娘了，我都已经二十一了。

这天，她来到附近的商店想买一毛钱一块的山楂糕。两个售货员正在柜台里面聊得高兴。谭卓娅这几天本来就气不顺，心想是哪条胡同里出来的小丫头，赶上好时候分到北京工作就成了这样子。她大声地喊着："给我拿块山楂糕！"

两个售货员转过头，像看阶级敌人一样的瞪着她，其中一个小丫头伶牙俐齿地说："我们又不聋，你这么大声音干什么？"

谭卓娅一看半个商店的人都把目光转向这里，她真希望有个经理、支部书记之类的人在场，没有领导最好有一个爱打小报告的也行，就有意地损她们："我看你们上班时间聊得过分了吧？"

"你买东西就买东西，发什么火呀？"那个厉害的丫头大声地吵着，那年头厉害是一种本事，很多人都学会了。

"谁火了？给我拿一块山楂糕！"谭卓娅气愤地想，老子当红卫兵的时候，你们还不知道在哪儿穿开裆裤呢，和我较量你们还小了点。

一块扁扁的山楂糕飞到了柜台上，谭卓娅更火了"你这是什么态度，你这是为人民服务吗？叫你们的头儿出来。"

整个商店里的人的目光都投向了这边。一个四十多岁的老售货员赶快过来劝解。"都少说两句吧，您要什么？"她对着谭卓娅问。

谭卓娅急了，眼睛瞪着，脖子也梗着。"不行，找你们领导去。"谭卓娅不依不饶地说。

"领导开会去了，您有什么意见，跟我说吧。"老售货员点头哈腰地说着。

"好好教育教育她们，上班时间聊天，还把山楂糕扔到柜台上，顾客是买东西，还是买气受呢？好好学习学习《为人民服务》吧。"谭卓娅周围围了一大圈人。

"行，您也少说两句吧。"老售货员一边说一边用一小张黄纸托着一块山楂糕递到谭卓娅的手里。

谭卓娅走出了商店，感觉到所有的人都看着她，她出了一口恶气心里好受多了。

快到家的时候，一个男生骑着一辆自行车在她的面前停下来说："交个朋友吧。"

谭卓娅有点害怕又有点高兴，她早就听说北京有"拍婆子"的。可是，她就没有碰上过。她仔细打量着对方，一身蓝中山装，一顶栽绒帽子，穿戴倒是挺标准的，她再一看脸：“哎，你不是那谁吗?”她一时想不起对方的名字了，这就是那个和她们一起去兰州吃拉面吃出名的男生。

“你是谭卓娅吧。”男生先想起了谭卓娅的名字。

“你去哪儿了?”男生问谭卓娅。

“山西。你呢?”谭卓娅反问对方。

“我去了陕西。我们班有个同学也去了山西，他叫林明。”男生答着。

“巧了，林明和我一个村插队。我家就在前面，来坐一会儿。”谭卓娅邀请着。

他们回谭卓娅家。两个人说起插队，真是有许多话，他们抢着告诉对方自己村里的事情。好玩的事情说完了，话题又不约而同地转到分配工作和升学上。有一些幸运儿已经脱离了农村，去了大厂矿，上了大学甚至出国。可是，多数人还像他们俩一样留在农村。他们知道的消息越多，越为自己的命运焦虑。为了忘掉这些不愉快，他们相约明天一起去看电影。

第二天，电影院黑下来的时候，强子拉住了谭卓娅的手，谭卓娅的心嘭嘭地跳，连电影也看不下去了。在电影结束的时候，电灯大亮，谭卓娅和强子都有点不敢正视对方的眼睛。他们俩谁也没有说话，就走到了街上。华灯通明，街上的人都在寒风中急促地走着，他们却慢慢地散步。他们已经二十一岁，到了情窦初开的年龄。强子和谭卓娅一样没有离开农村，家庭也差不多，谭卓娅需要有一个人来爱她，否则就好像她没有价值了。他们就这样慢慢悠悠地走了好几站路，快到谭卓娅家的时候，强子费了好大力气才说出来：“你愿意做我的女朋友吗?”谭卓娅已经迫不及待了，认为强子早就该讲这句话了，于是点了点头。强子高兴地盯着她说：“明天早上我再来找你。”

谭卓娅一个晚上都没有睡好，脸像一朵要绽开的鲜花，微笑一直挂在脸上。在黑暗中，她幸福地盼望着天亮。

以后几周他们一起滑冰，看电影，聊天。强子还为谭卓娅借了高尔基的小说。谭卓娅也变得文雅多了。男孩多的家庭，女孩都有点像男孩，女孩多的家庭，男孩都有点女性化。谭卓娅家里只有她一个女孩，所以她有些粗粗拉拉的。强子请谭卓娅吃酸奶，谭卓娅假装优雅地将小指翘得老高地捏着吸管。

这天，强子骑着自行车带着谭卓娅去滑冰。出来时发现自行车不见了，他们俩人找了半天也没有，急得脑袋都冒汗了。谭卓娅想问强子怎么办，强子说："偷，你帮我，给我放哨，我去偷。"

"那让人抓着怎么办？"谭卓娅问。

"不会的，有人来你就学猫叫。"强子说。

"我这个猫叫出来都是颤音。"谭卓娅开玩笑地说。

一辆自行车一百多元呢，他们要几年才能挣够这么多钱呀。而且，买自行车还要票，在北京工作的人，几年也得不到一张票。他们约定当天晚上去偷车。

这天，月光很亮。谭卓娅和家里说去看电影。等到十一点多，街上没有人了。两个人来到一个单元楼下，看了看楼道放的车，都太破旧，就又换了一个单元，里面有一辆和强子丢的是一个牌子，新旧程度差不多的，两人决定偷这辆车。他们把车子连拖带抬地拉到一个没人处，强子用石头砸锁，谭卓娅在一旁放哨。夜里很安静，他们砸锁的声音传得很远。刚要砸开锁时，这个院家属委员会的人出现了。谭卓娅还来不及学猫叫，他们俩就被送去派出所了。

谭卓娅一晚上没有回家。她的父母都没有睡，天一亮，妈妈就出去找。谭卓娅的爸爸上班去了，没有一会儿的工夫，派出所的电话打到了她爸爸的办公室。

谭卓娅早已经哭成了泪人。她写了检查，要求派出所千万别把这事放在她的档案里，这样会影响她的分配。谭卓娅的父亲来接她的时候，她把事情和她父亲说了。父亲马上想到她的前途，就对派出所的人讲是强子威胁他女儿，硬要她帮忙的。派出所让她爸爸在家里好好教育女儿，以后别再帮助坏人了，就让她爸爸把她接出去了。

强子就不同了，他不仅偷盗还威胁恐吓，派出所把他的检查寄到了他所在的县，还把他关了几个月。

谭卓娅的父母不许谭卓娅再出去惹事，谭卓娅只好乖乖地在家。

谭卓娅的父母商量了之后，父母亲觉得夜长梦多，还是让谭卓娅回到村里比较安全。已经到了知青分配的关键时刻，谭卓娅应该给贫下中农留一个好印象。这天晚上，谭卓娅的爸爸和妈妈趁小弟弟跟学校去拉练，把谭卓娅叫来，准备好好地和谭卓娅谈一次话。

“卓娅，今年已经二十一岁了，对吧。你不能再这样糊糊涂涂地活着了。你看你不辨是非惹下这么大的祸，这要影响你的一生，你知不知道。”谭卓娅的爸爸严肃地看着谭卓娅。谭卓娅自知理亏，低着头，一声不响。

“现在，又是一个关键时刻，知识青年都面临着分配。我们的问题好不容易解决了，你也已经插队三四年，一切条件都具备了。如果因为偷一辆自行车而影响了你的一辈子，你冤不冤呀。”妈妈接着说。

“下礼拜你就回到村里去，好好复习功课，你的学业也荒废五六年了。好好劳动，这次招生是要有贫下中农推荐的，争取今年能上大学。机不可失，时不再来，你在农村注意点影响。武装部的那个王叔叔，你去送他两瓶酒，就说爸爸妈妈谢谢他照顾你这么多年。大队的人也送几条烟，就说你弟弟当兵，请请大家。现在，村里的知青都不在，最好了。”谭卓娅的爸爸嘱咐着。

“还有一个王智在村里。”谭卓娅说。

“那你不会避开他吗。”妈妈教着谭卓娅。

几天后，淑兰和萧南来找谭卓娅，才知道她已经回村去了。

谭卓娅回到了县里，等到天黑，找到武装部王部长家。王部长家里正在准备过年，桌上地上都放着蒸好的馍，洗干净的菜。看见谭卓娅进来，王部长招呼谭卓娅坐在椅子上，又挥着手把几个孩子赶进里屋。

“回来啦，咋不在北京过了年呢？”王部长说。

“我爸爸妈妈让我早点回来，复习复习功课，争取今年上大学。

他们特别感谢您这么些年照顾我，这是他们的一点心意。”谭卓娅说着把两瓶白酒放到了桌子上。

王部长在县里很少看见这么好的酒，高兴地说：“不行，不行，拿回去。照顾是应该的，东西不能要。”

谭卓娅说：“我千里迢迢地带来，您不能不收。我又不会喝，您就收下吧。”谭卓娅说的时候，心里还发虚，她从没有干过这种事，真怕王部长不要，她的脸都没地方放了。

王部长大方地说：“那好吧，以后可不能这样了。”他认为这是谭卓娅的父母看得起自己。

谭卓娅告辞时浑身轻松。

送队长和书记的那两条烟就更容易了，农民几年也不会抽这么多的纸烟，这可是一份厚礼呀。当天晚上，队长儿子就把这事告诉了王智。王智明白谭卓娅的做法是针对明年招生的。

谭卓娅利用冬天劳动少，除了用萧南的书做点题，还三天两头地往队长家跑。不是帮助队长老婆纺线，就是帮助队长的母亲做鞋。家里也开始为了她的前途，常常给她寄点东西。她自己省着不吃，拿去给队长家。没有多久，她就成了队长家的熟客。队长媳妇老在队长面前夸谭卓娅：“人家爸是大官，可人家娃没有一点儿架子。有了工厂招工，你快叫娃走吧。”

队长上火地说：“去年，来招工，她就是不报名，也不知道人家想啥？”

“我问问她，她是嫌离家远了？还是有啥想法？”队长媳妇一边摇着纺车一边和队长唠叨着。

队长也不搭话，蹲在椅子上抽烟。

“你们不明白，谭卓娅是想上大学。”队长儿子在院子里说，他正在修理自行车。

“你咋知道的？”队长媳妇感兴趣地问。

“谁不知道？这几个学生里，想上大学的有李大伟、谭卓娅，还有萧南。可是，李大伟和萧南成分不行，这里面就谭卓娅有点希望。”队长儿子说着。

队长和他媳妇觉得这是想都不敢想的事，能当工人已经很不错了。要能把他们儿子招了工或当上兵，他们就乐死了。到底是城里人，想法都不一样。

35

李大伟回到家，看见父母亲干燥枯黄的头发、凹陷多褶的脸，心里已经没有那么难受了，人是很容易适应的。他拿出今年分到的十几块钱，交给母亲。本来，他想买双布鞋的。现在他打定主意花两三毛钱把那双破回力鞋补一补，再穿一年。他希望有出卖劳动力就可以赚钱的地方，哪怕去扛麻袋。他放着浑身的力气，却只能看着父母受苦，实在心里不安。

屋里更加拥挤了，因为抄家抄走的一些家具还了回来，他们每天侧身其间，非常的不便。这些家具有些被损坏了，一些重要的文件找不回来了，比如李大伟父母的毕业证书和许多照片。里面有李大伟父母交朋友时互换的照片，结婚时的照片，还有李大伟父亲戴着硕士帽的照片，李大伟父亲和他导师的照片……

晚上，李大伟的妈妈睡下了。李大伟的爸爸带他离开房间，站在昏暗的路灯下，爸爸对大伟说：“大伟，妈妈关在牛棚的时候有几次神经出现问题，大喊大叫说自己不是特务，她受不了这么大刺激。现在，又赶上更年期，情绪很不稳定。你要有点思想准备。她的血色素已经恢复到了九克，下周进医院，大约一个礼拜后做子宫切除手术。”

大伟点点头，他希望妈妈在他们的问题解决后会痊愈。

“爸爸，东西已还回来，是不是要解决你们的问题了？”李大伟问父亲。

“不要把事情想得太好，也许是没有地方放了，才还回来的。总之，我们问心无愧，没有做什么对不起祖国和人民的事。事情多往坏处想，失望会少一点。很多人还在干校没有回来呢，我们已经算好的了。”爸爸是做好了长期打算的。

李大伟的妈妈住进了医院。李大伟又到农村去，求人家卖给他不下蛋的老母鸡。终于，在妈妈手术前李大伟搞到了两只老母鸡，鸡虽然不大，可毕竟是鸡呀。

手术的那天一大早，李大伟和父亲就赶到医院。手术进行到一半的时候，医生拿着一个弯盘出来了。他指给李大伟他们看：“这是子宫，你们看这个肌瘤都这么大了。一侧卵巢也出现囊肿，我们也都给切除了。这些要做活检，如果没有癌细胞就可以缝合了。”其实，医院的老医生都在基层劳动，只有年轻医生开刀。手术的医生一时找不到子宫和卵巢在哪儿，肚子上的口子越开越大。把肠子都拉出来才找到子宫和卵巢。这样，病人的恢复就慢多了，不多活动还会肠粘连。

两个小时以后，李大伟的妈妈被推回病房。她好像很累的样子。李大伟怕父亲累坏了，让父亲先回去休息，自己在病房陪母亲。

傍晚时，母亲醒来，李大伟轻声地问母亲哪儿不舒服。母亲说肩头有些冷，李大伟把早准备好的暖水袋灌上开水，放在母亲的肩下，母亲又昏昏沉沉地睡了过去。李大伟也坐在椅子上，本想坚持到天亮，可不知不觉地睡着了。

不知过了多久，“哼，哼……大伟，大伟。”母亲轻声地叫着。

李大伟突然惊醒，看见母亲正在看着自己，他不好意思地揉揉眼睛说：“对不起，我睡着了。您哪儿难受？”

“请护士帮我打一针止疼针，我的肚子上像放了一个大火盆一样，烧极了。”母亲小声说着，怕影响屋里的其他病人的休息。

李大伟赶快到护士休息的房间轻轻地敲着门，护士也是刚睡下，不耐烦地说：“几床？怎么啦？九点时去给她打针，你说不用，半夜了，挺不住了吧。”

九点时，护士要给母亲打止疼针。可是，李大伟看见母亲睡得正香，不忍心打搅她，就没有让护士打。现在，只好低声下气地求护士：“您帮帮忙，她年纪大了。”

护士手脚麻利地准备好，李大伟快步走在前面。他轻轻地跟母亲说：“护士来了。”护士进屋就把灯给拉开，病人全都惊醒了。李大伟很不好意思，对着其他病人直道“对不起”。

护士指挥着李大伟：“把人侧过去，这是怎么啦？你看看，你把病人都烫出了水泡，快把暖水袋拿走。”李大伟仔细一看，也发现母亲的肩头被烫出了蚕豆大的水泡，他赶快用凉毛巾敷在上面。

妈妈肚子上的疼比肩上的水泡疼得多，所以她感觉不出水泡的疼，李大伟真恨自己怎么那么粗心。

护士打完针，关灯走了。其他病人也都翻翻身，叨唠着：“遭罪呀。”

李大伟再也不敢睡了。半小时过去，药力在母亲身上发挥了作用，母亲又睡着了。

第三天早上八点，手术的医生来查房，对李大伟的妈妈说：“下地，每天走几圈。”医生怕会肠粘连。

下午，李大伟的妈妈咬着牙下地，刚走了几步，腿软得直往地上瘫。李大伟和父亲把妈妈抬上床，妈妈连说话的劲儿都没有了。足足过了半小时才说出话：“我真不想活了。”

李大伟和父亲安慰她：“手术了，慢慢就好了。”

以后的每天，李大伟和父亲架着母亲练习，母亲的肚子上还缝着线，真是痛苦不堪。李大伟为了让父亲休息好，晚上陪床都是他。母亲，有几晚也像在家里一样，大叫：“我不是特务，我没有反毛主席。”吓得全屋的病人都醒了。李大伟赶快叫醒母亲，她才不喊了。刚开始大家还同情，以后就变成了不耐烦。

七天后，李大伟的妈妈拆了线，医院说床位紧张，让李大伟的妈妈马上出院。医院的电梯坏了，街上没有出租汽车和三轮车。医院离家好几站路怎么办呢？妈妈的伤口又在肚子上，也不能背。

在其他病人的指点下，李大伟叫了一辆三轮机动车，借了其他病人的轮椅把妈妈推到一楼。在车里铺上褥子，李大伟托着妈妈，怕妈妈受到太大的震动。就这样，在零下十几度的寒冬里，李大伟妈妈的小腿还是悬在车外面，没有办法关上车门。到了招待所，李大伟让妈妈先坐在一张椅子上，又去请另一个黑帮的儿子帮忙才把妈妈抬回家。妈妈躺在床上，腿都冻僵了。

李大伟的小姨来了，她放下一些蛋糕，只坐了十分钟，就又急急忙忙地走了。她有心照顾姐姐，可她不敢请假，怕党组织说她和姐姐姐夫划不清界限。李大伟的妈妈本来盼望妹妹来了能说一会儿话，可她的盼望落空了。

第二天早上，林明提着水果来看望姨妈。他戴着皮帽子，穿着裤线笔直的哔叽裤子，让人觉得有点不协调。林明见到表哥还是挺亲的，他给表哥介绍他们工厂的情况，说那边的人没意思，不过生活方便多了，有电灯，有食堂。还说当地没有什么好买的，工资花不完攒了一点钱，非要请李大伟出去吃饭。李大伟推辞说不去，林明不答应硬把李大伟拉走了。林明还多点了两个菜让李大伟带回家给姨妈和姨父。李大伟看见墙角的馄饨锅里，一半猪骨头，一半白汤，就让林明帮他叫了一碗馄饨。吃饭时，林明很熟练地抽着大前门烟，李大伟虽然看不惯，也没有说什么。林明说张河生回北京探亲刚走，他去给王聪的妈妈送去了五十元钱，现在已经是副排长了。

淑兰的家里可是热闹了，新嫂子生下儿子，他一咧嘴一皱眉都牵动着全家。淑兰刚回来时，还挺喜欢小侄子的，没几天，她就嫉妒起小侄子了。小侄子已经取代了她的位置，成了全家的中心。这天，看见嫂子和妈妈不停地在说小侄子拉稀的事，淑兰忍无可忍地大声说："拉稀有什么好说的，都说了一个小时了，烦不烦呀。"

嫂子看看小姑那张黑脸，就抱起儿子回自己屋了。"你这个妹妹可真够厉害的，眼珠子都要瞪出来了。”

大哥憨厚地说：“她心里不痛快，分配工作老没她的份儿。他们那儿都走了几拨了。”

大嫂也理解：“我弟弟病退回北京，好几个月了，还没有分配，也是一天到晚气不顺，经常和我妈妈顶嘴。”

大哥接着说：“本想给她介绍个对象，结了婚再说，她还不要。我们家出身又不好，也没有什么亲戚可以帮忙。不然，调近一点的地方也行呀。女孩子，总是让人不放心。”

大嫂突然想起：“我有个叔叔在廊坊工作，要不看看他有什么办法，把淑兰调到廊坊去。这事得送多少礼呀？”

大哥说：“这你放心，你只要能办成，老太太把她的私房钱都掏出来她也干。我爸爸也宝贝我这个妹妹，他们会出这钱的。”

大嫂说：“那好，我就去问问，明天星期天，让咱妈帮着看一下孩子。我明天去一趟。”

大哥感激地说：“你要把这事办成了，你可为我们家立了一大功。”

大嫂也想把这事办成，提高一下自己在这家里的地位。晚上，和淑兰的母亲一说，淑兰的母亲马上拿出十块钱来。

那个年代，有些平时没有什么权力的工人可能会当上“工宣队”。原来有权有势的大干部可能正在哪里劳动改造呢。淑兰大嫂的叔叔原来就是个普通工人，现在是工宣队队员了。

萧南一直想去淑兰家看看，利用星期天去找淑兰。淑兰看见萧南高兴得脸都放光，她拉着萧南给奶奶介绍，又带着萧南去看她的小侄子，萧南有礼貌地和他们家的每一个人打招呼。她朝着婴儿拍拍手，小婴儿竟然伸手要她抱。萧南抱着软软暖暖、浑身奶香的小婴儿回到桌子旁。看见桌子上摊着各色的豆子，淑兰奶奶戴着老花镜一粒一粒地挑，她猜想可能是挑种子。

“你们家腊八怎么过呀？”淑兰奶奶笑着问萧南。她喜欢这个姑娘，依她多年的经验，一看就知道这是一个好孩子，不轻浮，奶奶认为女孩子最要紧的是庄重。

“我们家从来不过腊八。”萧南不好意思地回答。

“那你今天就在我们家喝腊八粥吧。”淑兰高兴地说。

“你奶奶怎么没有裹脚呀?”萧南惊奇地看着淑兰奶奶的一双大脚，小声地问淑兰。

淑兰毫不避讳地说：“我们满族人不裹脚。”

淑兰奶奶笑着说：“夏天街上有人穿百折裙，淑兰还当什么新鲜呢，我们老年间就有。那会儿结婚，新媳妇穿绣着花的红洋皱的百折裙，裙子一直到脚面，一双小脚从里面露出来，别提多可人疼了。新媳妇下轿，脸什么样看不见，因为有个红盖头。大家都盯着脚看，那会儿女孩子的脚比脸还重要，我小时候最羡慕人家的小脚了，好几次和我妈妈说我也要裹脚。尤其是木头底坡跟的鞋，走着还‘啪哒，啪哒’的响。我妈妈说过咱和汉人不一样，不能裹脚。过门的时候我都不敢露脚，走着极小的碎步。现在好了，大脚吃香了，人家还以为我从小思想进步呢。”说完，淑兰奶奶爽朗地笑了。

萧南喜欢这个老人，觉得和她在一起会有着说不尽的故事。

这时，淑兰发现她小侄子的脸通红，眼睛也直了，就赶快从萧南的怀里抱起小侄子，大叫：“妈，妈，快来呀！你孙子又干好事了。”

萧南家的保姆，比淑兰的奶奶年纪小好几岁，是小脚，每次洗脚，费劲儿极了。裹脚布很长，洗过脚后，还要修脚，因为脚底下都是鸡眼。有几次，萧南看见修完的那双脚，都流血了。除了大拇趾，折在脚心的几个脚趾头，样子真可怕。

萧南还没有听够奶奶讲的小脚的事，就央求淑兰奶奶说：“您再讲一点以前的事。”

淑兰奶奶一看萧南这么喜欢听，就故意说：“老年间的事有什么好说的，现在新社会不兴说这些了。”

淑兰很想满足萧南，就拉着奶奶的胳臂晃悠着说：“奶奶，再讲一点吧。”

淑兰奶奶心软了，说：“别晃了，我这把老骨头都要被你给晃散了。说吧，想听什么。”

“还说小脚。”淑兰得意地说。

“你们知道哪里的小脚最有名吗？大同的小脚最有名。什么样的小脚为好？那要三个标准：肥、软、秀。小脚还有几种样子：莲瓣、新月、和弓、竹萌、菱角。而且，南方的翘，北方的垂。那会儿为了裹脚，姑娘们受多大罪呀。要用皮硝、指甲花籽、石榴皮各五钱煎水泡脚，让骨头软了再裹。有些还要肉烂，认为这样裹能好看，受老罪了。”淑兰奶奶说着。

萧南和淑兰原来为好玩，听完才知道中国的妇女竟受这样的罪，其残酷如同上刑。她们再也不觉得有什么好玩，只在暗自庆幸没有生在那个年代。

“什么时候才不让裹脚了。”萧南问淑兰奶奶。

“慈禧太后下过诏书，可是很少有人听。到了民国，裹脚的渐渐地少了。日本人也不让裹脚。”淑兰奶奶回忆着。

“日本人有那么好吗？”淑兰表示怀疑。

“告诉你们吧，老年间，不仅女人裹脚，男人也裹。”淑兰奶奶说。

“啊，不会吧，男人的脚不都挺大的吗？”淑兰说。

“男人裹脚不叫裹脚，叫打脚，是为了脚规矩好看。也有裹脚布，但不是长的，是方的。”淑兰朝着萧南伸了伸舌头。

“我们满族女人戴大拉翅。”淑兰奶奶又说。

淑兰怕萧南不懂，就在自己的头上比划说：“你看过批判电影《清宫秘史》吧，那里的女人头上戴的，有点像磬的，那就叫大拉翅。”

奶奶又说：“我们还行鬓角礼。和解放军的敬礼有点像，不过要慢一些，手要垂一些，每回要行三个。”

萧南问：“奶奶，您姓什么呀？”

淑兰奶奶说：“我们是瓜尔佳哈拉。”

萧南忍不住地笑，哈拉不就是油坏了吗，可她又不能说出来。

淑兰知道萧南笑什么，就说：“哈拉是姓的意思。瓜尔佳现在姓关了，三个字太麻烦。”

“我嫁到你们关家时才虚岁十八，周岁十六。你太奶奶可厉害了，我成天挨说。手放得太低了也挨说，可我手长得长，一忘了就被说一顿。”奶奶又开始带劲儿地说以前的事。萧南和淑兰很感兴趣地听着。

“有一回送客人，我没看见，把我婆婆的鞋给踩掉了，回来又挨一顿说。你爷爷他们都说是你太奶奶欺负我，我可不这么觉得，我觉得那是在教育我。我是你们老关家的大儿媳，不能让我把老关家牌子摔了呀。”淑兰奶奶说这些的时候一点也不笑，可是萧南和淑兰笑得前仰后合。

“还有一回吃饭，我坐在了你叔爷边上。吃完饭，又是一顿说，说叔嫂不能坐一起。好些事呢，我都记不起来了。”萧南和淑兰笑得气都喘不上来了。

“您再说点别的。”萧南央求道。

“说什么呀？旧社会有什么可说的，那都是该批判的。”淑兰奶奶还挺跟得上形势。淑兰的哥哥听见这屋这么热闹也过来了：“你们高兴什么呢，乐得跟母鸡似的，咯咯，咯。咯咯，咯。”

萧南看看天不早了，起身要回家。淑兰不让她走，想让她尝尝腊八粥。萧南知道粮食来之不易，不想在淑兰家吃饭，再说和淑兰一家人也不熟，挺别扭的。

第二天一早，淑兰的嫂子买了几斤苹果和橘子，坐上长途车。车里人挤人站也站不稳，脚被冻得像冰块儿。好不容易到了叔叔家，一问她婶婶才知道，叔叔在一所小学里当“工宣队”。她把来意告诉婶子，希望婶子和叔叔说一下。婶子看见水果满口答应，淑兰的嫂子知道没有什么希望。回来的路上，她觉得这趟去得真亏，赔了几块钱，还搭上一个星期天。

回来后，淑兰的妈妈抱着小孙子来听消息。淑兰的嫂子把事情一讲，淑兰的哥哥、妈妈都明白希望不大。淑兰的妈妈说：“你好好歇会儿，别叫她知道。”说着指指隔壁。她把孙子交给儿子抱。

淑兰的嫂子双手不停地在火上搓着。看来她是冻得够呛。

淑兰的妈妈一会儿就端来一碗热气腾腾的八宝粥，放在桌子上对儿媳妇说：“快来趁热吃，暖和暖和。”

淑兰的嫂子还不好意思地说：“昨晚上都喝过了，给奶奶、淑兰留着吧。”说着掏出剩下的钱，交给婆婆。

淑兰妈妈说：“你就别管了，吃你的。”

到了晚饭的时候，淑兰找不着八宝粥了，在饭桌上直问：“八宝粥哪儿去了？中午还有呢。”

淑兰的妈妈打岔，说：“没有了，剩下那一点儿我给喝了。”

淑兰的嫂子像是干了什么错事似的，脸都红了。淑兰想一定是因为嫂子要喂奶，妈妈偏心都给她了，还是疼孙子呀。自己在农村受苦受累，到了家也没人疼了。

淑兰的嫂子饭也没有吃好，回到他们屋里对着淑兰的哥哥，直埋怨淑兰的妈妈：“我说不喝，你妈非要我喝，这下好了，看奶奶和淑兰的眼神。我为谁呀。”说着开始抹眼泪。

淑兰的大哥抚摩着她的后背，笨嘴拙舌地反复说着：“你别理她。”

淑兰的家人不是不帮她，他们实在能力有限，帮不了什么忙。

淑兰一家正在准备过年，淑兰舅妈的邻居来通知淑兰的妈妈，说她的傻侄子住院了。妈妈带着淑兰赶往医院的时候，傻侄子已经被推往太平间。淑兰的妈妈劝着痛哭不止的嫂子，陪她走回家。淑兰的姥姥一人在家里正不知如何是好，看见她们回来，立刻就明白了，老人呆呆地坐着叹气。邻居们这个进那个出，都过来劝上几句，有些不会说话的站在院子里议论：“有什么可哭的，这下大家都解脱了。”

傻孙子是淑兰姥姥的唯一寄托，孙子死了，老人就不吃不喝。淑兰的舅妈一个人也劝不了，就把淑兰的妈妈请来，淑兰没有陪着去，她受不了姥姥家的气氛。淑兰的妈妈每天下班就去娘家，也就是三十晚上回来了一下，她一直住在娘家帮助照顾母亲。二十多年不住在一起，淑兰的妈妈也弄不清她自己母亲的一些习惯。老人的精神垮了，营养又跟不上。终于，因天气太冷感染了肺炎，在孙子去世后不久，也随他而去。淑兰的家人办完了丧事，淑兰的妈妈累得浑身疼，好久都缓不过来。淑兰主动照顾妈妈，日子过得飞快。萧南来找淑兰的时候，她才想起来，已经回来一个多月了，该回村了。她还没有把王智的棉花给他们家送去呢。

第二天晚上，淑兰提着王智的棉花来到王智的家。王智的妈妈看见她戴着孝，赶快给她倒了一杯水，小心地问："你们家出什么事了？"

淑兰眼泪在眼圈里直打转，说："我姥姥和表哥相继去世了。所以，我没有给您送棉花。耽误您用吧。"

"没事，不耽误。事都办完了？"王智的妈妈关心地问。

淑兰点点头："把我妈给累坏了。阿姨，您要给王智带什么东西吗？我们过几天就走。"

"哎，我想想，给他带双鞋吧。"王智的妈妈琢磨着儿子会需要什么。

萧南在家里待了这么长时间，也没有等到给父亲定性的消息，妈妈很着急，找了几次她哥哥也没有什么办法。那时候，能保住自己已经很不容易了，帮助别人几乎没有可能。萧南的舅舅问题基本上清楚了，回到机关做一些普通工作。他很想帮助解决妹夫的问题，使两个孩子不再受到株连。他的大孩子上高中了，他正在和他爱人办理离婚手续。那时的遗留问题多得根本就解决不过来。

萧南和妈妈说："没关系，我在农村也会学习的，您放心吧。"看着别人的孩子开始返回北京，不管是因为病退还是困退，或者上学，当老师，分工厂，妈妈心里总觉得对不起孩子们，萧南一个女孩子已经去了农村那么多年，再不解决，可怎么办呀？

36

谭卓娅抓紧复习功课，不会的地方常常拉着萧南一起做，萧南也愿意做难题。因为点煤油的时间长，每天都弄得两个鼻孔黑黑的，两个人说起题来还特有兴致。萧南嘴上不说，在心里企盼着，父亲的问题能在今年招生以前解决，所以也积极准备考试。

淑兰不知道萧南的心情，看不惯谭卓娅说：“你别老拉着萧南陪考了。”

“你管得着吗？萧南都没有说什么。”谭卓娅反唇相讥。

萧南笑着，对淑兰说：“我喜欢做难题。”萧南虽然这样说，但心里还是有些隐痛的。如果谭卓娅和淑兰实现她们的愿望，村里就只剩下她一个人了，那将是一种多么可怕的情景呀。

下地干活的时候，谭卓娅对萧南说：“你知道淑兰嫌咱俩什么？”

萧南说：“不知道。”

“她嫌咱俩费油，这个小市民。”谭卓娅使劲地撇了一下嘴。

“那咱们自己买油，不用她的钱，不就得了。”萧南和谭卓娅商量。

“无所谓。胡同里的小市民就是这样。咱俩买就咱俩买，那你也别借她小说看。”谭卓娅撇着嘴，不屑一顾地说。

“那不行。”萧南觉得谭卓娅有点过分。

“看小说就不用灯了？你真是的，这也想不清楚。”谭卓娅嫌萧南木讷。萧南觉得谭卓娅太尖刻。

这一年，分配工作的指标终于在五月份下达了，其中，有榆次的纺织厂，有解州的水泵厂。王智最想去的是榆次的纺织厂，因为这样可以离家近一大截，回家的路费可以省掉一些。淑兰也想去榆次这个厂。可是，这个厂在县里只招十五个人，而解州的厂要六十几个人。全县一千多名学生，这是要打破头的呀。淑兰急得没有办法，就去找王智，两个人的想法不谋而合。王智说：“我和李大伟商量商量，你先别急。”听了王智的话，淑兰心里好受了一些。

“你说这事该怎么办？我还差几个月才够两年。淑兰刚才找过我，她也想去。”王智看着李大伟说。

李大伟说：“别急，让我想一想。要是我能借给你几个月就好了，我多余的时间也没有用……有了，你不能单算你插队的时间，你要和王聪一起算，他因公牺牲，你才来接他的班的，这得照顾你。就这么跟公社说，说不定他们会同意呢。”

“那淑兰呢，她也想去。”王智觉得李大伟的脑子真好用，这确实是个好思路。

“她呀，就算你的未婚妻，让他们一块儿照顾。”李大伟也不知道，怎么会顺嘴溜出了这么一句话。

“哎呀，真有你的。行，可是不知道，淑兰愿意不愿意。”虽然，王智和淑兰的关系没到这一步，可他并不反对用这种方式，帮助淑兰。

“走，找她们去，看看女生怎么说。”李大伟建议。

俩人往女生宿舍走去，还离开有一段距离，就听见淑兰说：“你别小看人，别以为你爸爸是大官，你就可以盛气凌人了，我早就看不惯你了。你为什么不过春节就回来，要想人不知，除非己莫为。”

“你们都少说两句。”萧南劝解着。

谭卓娅本来想让淑兰下不来台，说她和萧南买煤油，但不让淑兰看小说。淑兰家虽然不如谭卓娅家有钱，可这几个钱还是拿得出来的。再说她最受不了的是谭卓娅竟然想限制她的自由，不让她看小说。她在家里几乎是说一不二的。事情也巧了，审谭卓娅他们的警察，就住在淑兰家的院里，和淑兰活灵活现地讲过谭卓娅的事，淑兰觉得这不是什么光彩的事，就没有和任何人说。现在，谭卓娅张狂地想管自己了，淑兰当然不再给谭卓娅留什么面子。

两人正在怒目相对时，李大伟和王智进来了。他们装做什么也没看见，说：“你们知道今年工厂招工的情况吗？”

谭卓娅最怕她在男生面前丢脸了，马上装做没事儿一样地说：“知道了，一个是榆次，一个是解州。”

淑兰脾气大，头一低就走出了屋子。

“你们报不报呀？”李大伟问。

“淑兰想去榆次那个厂，可是榆次那个厂要的人太少。”萧南替淑兰说。

谭卓娅对淑兰还耿耿于怀，说：“还挑肥拣瘦的，有个厂就不错了。”言外之意，是淑兰不配挑。

李大伟和王智对谭卓娅的印象都不好，她恨人有，笑人无，觉得自己比谁都强。可是，她不知道男生都看不上她。其实，男生觉得淑兰人不错，比较朴实，虽然有点小脾气，人的本质比谭卓娅好多了。

李大伟说："王智来了快两年了，可是他的插队时间不能和普通人一样算，他的插队时间应该加上王聪的插队时间。"

萧南和谭卓娅都同意："对呀，不能让王聪白死了。"

队长儿子从女生门前过，他平常一个人不敢进女生屋，现在看见李大伟和王智都在，也就进来了。

李大伟又把刚才说的跟队长的儿子又说了一遍，队长儿子原来和王聪关系很好，现在和王智也不错，当然同意这种说法："没错，这事我和我爹说去，让他去公社说说。"

李大伟本来没有想到要队长去，队长儿子反而提醒他了，可他怕队长看见当官的害怕说不清，就说："我和你爹一块去。"

王智问："我用去吗？"

李大伟说："你最好别去，外人替你说好一点。你一去，好像是你让我们这样说的。"王智觉得有理。

李大伟又想起什么，说："对了，咱们知青联名写一封信，把这些意思讲清楚，大家签名。你们看怎么样？"

萧南说："行呀。"她看看谭卓娅，谭卓娅可是不太同意，谁知道公社会怎么看这事，这时候多一事不如少一事。

王智没有想到谭卓娅会不说话，觉得很没有面子，就和李大伟说："咱们走吧。"

路上，王智看见队长儿子还跟在身边，就小声问李大伟："你怎么不说淑兰的事啦？"

李大伟也小声告诉他："等你的这事办成再说也不晚，八字还没一撇呢。"王智想想也对。

队长听李大伟说完，琢磨着，队里实在有对不住娃的地方，上面发的钱也没有给学生们盖房。王聪那么好一个娃，说死就死了，咱也为人父，养大一个孩子多不易呀，就说："行，咱明个就去公社，把这个情况反映一下。队里没啥问题，就看人家公社咋说啦。你们城里娃，来咱这哒，不易呀，村里人不能挡你们的路，来了这么些年了，该叫娃工作啦。”他说。

李大伟在队长面前很有面子。队长知道他爹妈是大科学家，又是从外国回来的。李大伟平时又要求自己比较严格。虽然，李大伟的父母还没有解放，可农民有他们自己的标准，不受领导旨意的影响。再说儿子又是李大伟的好朋友，晚上经常泡在李大伟他们屋里，常常对他爹吹李大伟会做微积分，那都是大学的课程。

到了公社所在的村，李大伟先去卫生院找了令狐医生。他对令狐医生说：“你和公社的人熟，跟我们走一趟，就一会儿。”

令狐医生答应了。

在公社办公室里，胖书记热情地和令狐医生打着招呼。李大伟先让队长说，队长怕讲不好，还是让李大伟说。李大伟也怕队长说不到点子上，就不客气了：“您还记得您到我们村给一名知青开追悼会的事吗？”

“怎么不记得？我去了几次处理这事。有两年了吧？”胖书记夸张地说，其实他就去了两次。

“牺牲的知青叫王聪，他哥哥接他的班到我们村插队。他父亲去年因为太伤心，在王聪一周年的时候也去世了。他妈妈身体也不好，家里生活很困难。”李大伟尽量把事情说得清楚一点。

“呀，呀，我们去年到北京慰问知青家长时，他爸出院了，看着还行，怎么就死了呢？”胖书记还挺同情。他不知道王聪就是那天搅了他好事的那个知青。

“马上就开始招工了，希望领导能够考虑他们家的困难照顾王智。王智在村里虽然不到两年，可是如果加上王聪插队时间早就超过两年了。而且，他们不能和别人一样算，王智是来接王聪的班的，所以应该连续算。特殊情况特殊处理嘛，王聪又是因工牺牲的。而且，轧死王聪的也不是正式的拖拉机手。”李大伟不紧不慢地地讲着，他最后还把王聪是怎么死的也点了一下。

胖书记觉得这小伙子说得挺有理，而且他不慌不忙地说，没有硬要领导怎么样，也不卑躬屈膝地求领导，只是摆事实讲道理。胖书记弄不清李大伟知道不知道是公社副主任儿子轧死的王聪，可他知道这是要负刑事责任的。这次招工指标上面指定是给知青的，别人一律不许占用。给谁也是给。让他走了，公社副主任的儿子就会安全些，如果安排不好，知青急了，把这事捅出来，大家都得吃不了兜着走。“行，照顾他也是应该的。”胖书记挺痛快地答应了。

“还有一件事。他在这里谈恋爱了，也是知青，来了已经四年了，也够分配条件。这女生还是少数民族。他们俩想去一个厂——榆次纺织厂。”李大伟试探性地说。

“能行，你去王秘书那儿去拿两张表。这事可别再对外人说，名额有限，照顾不过来，知道吗。”胖书记嘱咐着。

“您放心吧，我们绝不会对任何人说。”李大伟保证。

走出公社，到了吃饭的时候，李大伟请令狐医生和队长进了饭馆，点了四样菜。

在回来的路上，队长问李大伟：“王智这小子和谁谈恋爱了？”

李大伟说：“那是我瞎编的，主要是借着东风，想帮助关淑兰。好几次招工都没有她。我就这么一说，他照顾就照顾，不照顾算我没说。”

“真有你的。他俩不是真好？”队长感兴趣地问。

李大伟认真地说：“你回去可是不能跟任何人说。不然，人家关淑兰可要不干了。你就说公社给了两张表，队里决定给他俩。”

“能行，给你们谁都一样。”队长对他们几个都不错，他最喜欢的还是李大伟。这小子有水平，为别人办事诚心诚意。

李大伟问令狐医生说：“你知道咱们这里为什么每家的孩子都不多吗？”确实村里每家都是两三个孩子，很少有五六个的。而北京就不同了，两三个孩子是少的，四五个为多，六七个的也有。

令狐医生说：“咱们这里的人吃棉籽油，棉籽油里有一种物质叫棉酚，是做避孕药的主要成分。知道了吧，每天吃棉籽油就避孕了。”

李大伟真不知道棉籽油有这样的作用，真该大力推广一下棉籽油，让中国的人口不要增长得太快。

淑兰把谭卓娅在北京偷自行车的事，和萧南说了，萧南对谭卓娅的态度马上变了。本来，谭卓娅不对班里人说萧南爸爸是右派的事，萧南对她还是心怀感激。后来，听谭卓娅说，爸爸掩护过她父亲，她父亲还是把爸爸给打成了右派，就再也没有感激之情了。不过，在村里就三个女生再闹矛盾谁也不好过，能过得去也就算了。现在，听说谭卓娅竟然干这种事，萧南对谭卓娅也有些看法了。

谭卓娅猜到淑兰对萧南说了什么，恨死了淑兰，本来她就看不起淑兰，想要孤立淑兰。没有想到反让淑兰把她给孤立了。几天了，淑兰得意洋洋地填表送表，幻想着上了班怎么样。谭卓娅气得咬牙切齿，决定去给淑兰捣乱。

谭卓娅买了两条烟，找到县武装部王部长，说一定不能让一个叫关淑兰去榆次纺织厂，说淑兰当广播员的时候，和公社书记关系不正当。王部长听说过他们公社书记搞过几个广播员。不知道这个关淑兰又是怎么回事，就答应想办法不让她被招走。

谭卓娅洋洋得意地回到村里。淑兰完全被蒙在鼓里。

王智为了这次招工也去了县里，找到知青办公室。在知青办公室里，他看见他弟弟的一个同学，是从村里借来帮忙的，已经好几个月了。两个人一见面就说起了王聪的事。“真可惜，王聪在我们班里数学是数一数二的。听说你父亲也……哎，真是祸不单行呀。你有什么事吗？”

“这次招工，我想去榆次那个厂。公社答应为王聪的事照顾我。”王智说。

“那就没问题了。”王聪的同学鼓励他。

“可是，我和你说，你可是不能告诉别人。一次，王聪看见我们公社的书记要调戏我们村一个叫关淑兰的女生，就救了她。我父亲去世前，让我接着照顾她，我想这次把她一起带走。”

“榆次名额太少，如果你们要一起走，我看还是换成解州水泵厂把握大点儿，你知道知青全都盯着榆次那个厂呢，你先和解州把名额定下来。榆次就要那几个，等人家定完了，这伙人就要都奔解州这个厂了。我们分配好几次了，有些人盯着这个那个的，最后哪儿也没去成。”王聪的老同学说。

“好吧，就听你的。你给帮帮忙。”王智答应着。

王聪的同学马上把王智和淑兰的表放到了解州厂的档案袋里。晚上，王聪的同学又带王智去找解州水泵厂招工的人，水泵厂的人很同情王智。再看王智人高马大的，就问他会不会打篮球。王智说："我上中学时是校队的，打中锋。我们学校还得过北京市第五名呢。"招工的人已经在心里内定了王智。因为，每次地区比赛篮球他们厂的名次都上不去，要是招了王智看来就有希望拿上名次了。

王部长找到知青办负责人，可是在榆次厂的档案袋里根本就没有找到关淑兰的表，心里在嘀咕谭卓娅这孩子做事真不靠谱。

正在谭卓娅等着淑兰被刷下的时候，淑兰和王智同时拿到了解州水泵厂的报到通知。淑兰一跳老高，也不在乎是榆次还是解州了。谭卓娅暗自恨自己，为什么不让王部长把这次所有招工的表都看一下，这下人家一改辙，她就没有办法了。

淑兰和王智高兴地收拾行李，去公社办理各种手续。谭卓娅躲到了外村，她实在受不了淑兰兴高采烈的样子。

淑兰和王智在离开刘张村的前一晚，老乡们这个提着四个煮鸡蛋，那个拿着一点豆子，有送大红枣的，有送柿饼的……老乡们憨厚老实不会说什么，只是看见娃有了好去处而为他们高兴。

乱乱哄哄的人走光了，淑兰才想起萧南，很替她难过。萧南还开玩笑似地说："你记得咱们来时在火车上，我和你说，你走了我也走不了的话吗。"

淑兰点点头，说："我们离这里也就几十里地，放假我会回来看你的。你放心，我奶奶说会笑的后笑，你以后一定比我好。咱们去看看莲香。"淑兰还拿了一些老乡们送的东西。

她们来到莲香家，屋里只有莲香的爹和奶奶。莲香爹的新媳妇，花完卖猪的钱，就一去不复返了，农村也不那么正规，离婚不离婚也没有人计较。老奶奶在不停地纺线。看见她们进来热情地请她们上炕，淑兰问："莲香去哪儿了？"听见这屋有动静，莲香的嫂子领着儿子也过来了。

"她带着娃回去了。"莲香嫂子说。

"来，拿着。"淑兰把人家送她的东西，递给莲香的侄子。小孩不好意思拿，又想要，头在他妈妈腿上不停地蹭，莲香的嫂子接过去给了孩子，小孩背过身去吃。淑兰把剩下的东西放在炕桌上。

“淑兰招上工了，吃上国家粮，这就好。”莲香的爹说，话里有羡慕，还有点儿别的内容——你们终究都要走的。

淑兰和萧南坐了一会儿，就出来了。莲香的嫂子出来送她们。

萧南和淑兰感叹不已，莲香家已经是一副萧条的样子。

在离开刘张村的一大早，王智一人到了王聪的墓上，轻轻地说：“我走了，不能在这儿陪你了，我离这里不远，会回来看你的。”他给弟弟的墓培了一些土，又把草拔掉。他觉得弟弟在和他说：“哥，你放心地去吧，好好照顾淑兰。”弟弟还像在家里一样让着自己，这使得王智心里很不是滋味。

队里套车，送淑兰和王智去解州水泵厂报到。常到他们宿舍去的小伙子们也都到村口去送。王智和淑兰对大伙说：“到解州时，一定来找我们。”

这个晚上，萧南在只有一个人的屋里，她哭了。

37

淑兰他们走了没有几天，全国大学招生的通知下来了。中央人民广播电台新闻联播节目称：“要推荐思想好，身体好，具有三年以上实践经验，年龄在二十岁左右，相当于初中以上文化程度的工人、贫下中农、解放军战士和青年干部上大学。有丰富实践的工人、贫下中农不受年龄和文化程度限制。还要注意招收上山下乡、回乡知识青年上大学。”

这次全县只招收二十几个大学生，其中还包括当地的知识青年，竞争的激烈可想而知。谭卓娅早就去县里活动了，武装部王部长还带她见了招生办主任。

谭卓娅兴高采烈地回来了，这次她比较有把握。她还听说艺术系要招一名学生，就回来告诉萧南，让她报名考艺术系的绘画专业。

萧南也很高兴。不过，她一再提醒自己，千万不要抱幻想，否则失望会更大。艺术系提前在县文化馆考试，萧南准备用自己的绘画打动招生老师。在文化馆里等待考试的有二十几个人，画的是几种蔬菜。萧南认真地画着，要在二十几个人里脱颖而出可是不容易呀。她首先在纸上偏右的位置勾画好了静物的轮廓，又用 HB 铅笔轻轻地把静物描出来，最后用 2B 的笔把细部明暗都描好，使物体有立体感。过去了两个多小时。萧南觉得肩膀酸了，脖子硬了，可总算画完了，她再抬头一看，屋里只剩下五个考生了，考试老师和文化馆的馆员正在她背后看她画呢。萧南又修改了几处她认为不太满意的地方，用手捏着笔，使笔基本上躺着，在背光部又画了一些阴影，然后，把画举起来眯着眼端详，她觉得对这幅画再也没有什么可做的了，就在右下角签上自己的名字。她刚站起来要交画，监考的老师伸手把画接了过去，萧南看他的样子对自己的画还是满意的。老师仔细地看了一下她的签名，问："你叫萧南？"

萧南点点头。老师又问："是北京知青吗？"

萧南小声地说："是。"

老师看着萧南的眼睛说："回去等通知吧。"

萧南从考场出来，看见许多人趴在窗外往屋里看。这时，考试时间到，老师不客气地把剩下的几幅画也收了。萧南虽然看不清楚别人的画，可从物体在纸上的位置和大小，就可以看出他们没有学过素描。先交画的那些人里有没有高手可就不清楚了。老师对大家说都回去等通知吧。

萧南在县里碰到她们一个中学的同学，也是为上大学的事去的县里。她对萧南说，谭卓娅原来想给淑兰使坏，可是弄错了工厂，没有坏成淑兰的事。萧南将信将疑地说："有这种事？不可能吧。"

那同学说："你爱信不信。前半个多月，她到我们村，喝醉酒时，她自己说的。"

看来，是真的了。幸亏她弄错了工厂，不然淑兰要被她害苦了。

萧南一回到村里，谭卓娅就兴致很高地问萧南："怎么样？难不难？"

萧南虽然对谭卓娅不满，可是这次考试还是谭卓娅告诉她的，也不好不给谭卓娅面子，就说："就是画静物，一些蔬菜。"

谭卓娅又问："你画得怎么样？"

萧南说："可能中等吧，前面交卷的有二十个我都没看见，后面的四个我看见了，都不太行，有一个人还把纸都擦破了，有的人比例没找对。"

谭卓娅说："等着吧。说不定过几天就通知你呢。"

萧南说："我可不敢做美梦。"

晚上，萧南躺在床上，看着窗外的月光，想着老师说的"回去等通知吧"是什么意思，是会通知我吗，还是和别人一样等通知呢，她想不明白。她太累了，为了去考试她今天骑车一百多里地。在梦里，她和许多人都回到了原来的中学，老师在点名，最后也没有她的名字，别人都进了教室，她一人在院里。学校的工友要关校门，把她赶了出去，她委屈地站在校门前哭起来。萧南被自己的抽泣惊醒了。在她的潜意识里一直盼望去上学，她最怕的是只剩下她一个人。

她转过头看见谭卓娅正睡眼惺忪地看着自己，不好意思地撒谎说："我梦见了我爸爸。"

第三天下午，萧南被叫到县里去复试，在县中学的一间教室里，萧南看见只有四名考生在等着复试。考试的老师把人一个一个地叫进去，大家的脸上都有些紧张。轮到萧南时，老师问了萧南在哪里学过画，有几年了，喜欢不喜欢画画等。最后，招生老师问到萧南的家庭情况，萧南诚实地说："我父亲是摘帽右派，已经去世了。"老师看着萧南，脸色马上变了，笑容不见了，脸部的肌肉都发紧，眼睛也瞪圆了，露出一副阶级斗争的样子来，说："政审不合格的我们不能收，回去等消息吧。"

十几天过去了，什么消息也没有。萧南一直在想，可能不应该说父亲是右派，反正已经摘帽了。她又想如果不说让人家调查出来更不好，档案里都有。再后来，她听说坡上一个公社书记的儿子上了艺术系，还听说县工商局局长是那个考生的舅舅。

谭卓娅又去了几次县里，打听招生的情况。到他们县招生的只有三所大学，山西的一所工学院，北京的一所师范学院，还有山西的一所医学院。谭卓娅为了回北京，当然首选北京的师范学院了。上工学院她考虑自己学理工科太吃力，上医学院呢，她怕过不了解剖这一关。唯有师范学院可能不太难念又能回北京，一举两得。

在县武装部长的保驾下，谭卓娅终于得到了回北京上大学的通知书。

临走的前一天晚上，老乡们欢送谭卓娅，有提石榴的，有拿煮鸡蛋的。谭卓娅把所有的工具都送给了队里的老乡，有些破旧的衣服也给了人。总之，在农村需要的一切，她都不要了，她要脱胎换骨重新做个城里人。

萧南看着来来往往的人群，自己都奇怪，怎么可以做到这么平静，她不羡慕吗？不嫉妒吗？好像都没有。通过一段自学，她觉得没有老师，只要有书，自己一样可以学习。谭卓娅坐在公共汽车上想，李大伟可以不喜欢我，现在我要让你和萧南羡慕我了。

几天后，县文化馆通知萧南去县里帮忙，县里要办一个“学大寨”的展览，让她去画画。她背着简单的行李和书籍去了县上，在那里她享受着在电灯下学习和不用做饭的轻松。

只剩李大伟一个人在村里了。他心里有一种难以抑制的凄凉、空虚，他知道萧南还会回来，但不知道她要去多久。李大伟耙完一天的地，腿都软了，这是全靠腿力和腰力的活儿，来农村的几年，基本上的农活他全都会干了。

李大伟漫无目的地走到老中农的槽头上，老中农不停地筛草、加料。他用棍搅着麦草和干苜蓿。老中农忙完了一段，从腰后拿出烟袋，抽起烟来。俩人坐下来，有几分钟谁也没有说话。在这个村里，李大伟只佩服老中农，他有眼界，心态平和。老中农抽够了烟，又喝了杯水，才说："人的一生说长也长，说短也短。谁也不会一辈子老倒霉，也不会一辈子走运。我看这形势要变，能变成啥样还不好说。中国的文人在哪朝哪代都有挨整的，尤其是正派的人，顺顺利利过一生的太少了。你看历史上哪个大文人不是被贬到这儿贬到那儿的。包括武将在内，多少功臣被贬被杀。可是，历史和人民是公正的，会在他们的身后传颂他们。"

李大伟说："难道就没有一个公正的统治者？"

老中农说："只要权力集于一人，就没有公正可言啦。你看这杯子，你只能看见对着你的一面，背着你的你就看不见了。国家大了看不清的地方多了。谁也不可能全能。"

李大伟叹服老中农的见识，他要好好地琢磨琢磨老中农的话，就起身告辞。

这时的中美关系正在悄悄地发生着变化。李大伟父亲的美国同学，通过随同尼克松访华跟来的记者打听李大伟父亲的情况。科学院开始抓紧解决李大伟父亲的问题，去外调了几次，也没有发现任何美国特务的证据。反倒是，他父亲在美国时积极宣传抗日的情况被披露出来了。

1972 年底，李大伟的父亲回研究所资料室上班。科学院应李大伟父亲的要求给李大伟所在的县和公社去函，说明经查实李大伟的父母没有重大历史的和现行的问题。公社马上发展李大伟入党，李大伟自己有点奇怪，他并没有入党的要求。大队书记总是催他快点写申请书，那时知青能入党的很少。他在父亲问题解决的第三个月，他就成了预备党员。

这天，队长对李大伟说："大伟呀，你在咱这儿也有几年了，你文化高，现在又是预备党员了，队里开会商量决定让你当生产队长，你看咋样？"

李大伟觉得有点突然，说："队长，我来村里是有几年了，可是我还是不太懂农活儿，这么多人要吃饭，吃饱饭，我怕做不好。"

队长说："有贫协和老人们帮着你，你不用担心。你小队的队长得了病，你队没有人。也不能像萧南他们队那样，一年换一个队长呀。”

李大伟一听更不想当这个队长了，他想队长总不能一年换一个，那到底还要在这里干几年呢，便说：“我妈妈身体很不好，刚做了手术，只有我一个孩子。要是在农忙时，她病重了，我到底是顾哪头呢。这边是几百口人的生计，那头又是我亲生母亲。队长您别难为我了。”

队长明白，这些学生是留不住的，就说：“大伟，你先做着，我们再找人，今年咱村能从部队上回来两个娃。”他也知道这些当兵的，如果能够留在县里镇上，是没有人愿意当什么生产队长的。

李大伟说：“队长，您让我考虑几天。”

晚上，李大伟又来到老中农的牲口棚。老中农正在忙着，他把在院子里拴着的牲口拉回槽头，牲口干完活儿会出一身汗，需要休息一会儿，让汗干了，才可以吃草喝水。否则，对牲口的身体不利。李大伟帮助老中农拉牲口。待牲口都吃上草料了，他们俩人坐在炕上，李大伟对老中农说：“我们小队长病了，队长让我当这个小队长。”

老中农点上长烟袋，好像没有听见。过了好一阵子才说：“公社化以后，没有合作化那会儿活份了。可也有过得好的，有过得差的。全看小队长的安排了。人家坡下一个队，从口外弄回了十几头毛驴，一转手就赚了几百元。公社街上那个队长就更厉害了，他们那儿没有人敢偷粮食、棉花，人人都服他。你是在咱这儿呆不长的。七个人就丢下你和萧南两个，迟早你们都是要走的。”

李大伟说不想干，可是他确实也很矛盾。这天，他没有睡好觉，一觉醒来，看着破旧的房屋。开始琢磨电影《李双双》和《蚕花姑娘》里的农民生活好像很幸福。这里的农民确实太苦了。李大伟想我要不要为他们做些什么呢？现在，机会来了，我没有把握住，我会不会后悔呢？

晚上，队长又找了一次李大伟：“大伟，我知道你们都是呆不长的，咱也不能耽误你，明年有上学招工，我绝不挡你，队里首先推荐你，成不？这队长你当着，我们再寻人。”

李大伟看队长说得很诚恳，也就答应下来了。

李大伟在农村呆了几年，当然明白农村的一些症结在哪里。比如，出工不出力；管理差，丰产不丰收；品种单一，基本没有副业等等。他确实也想把农民的生活水平提高一点。

于是，他每天晚上都去老农民家，向他们请教。渐渐地，他心里有了一点儿数。

他知道他们这里旱，保墒很重要，就带着队里的人多锄两次麦地。他自己处处带头，别人虽然也觉得累，可也说不出什么。到了麦子抽穗的时候，他们队的麦子看得出来比其它队的穗子大，社员们也就高兴了。

李大伟把菜地都安排在池泊边上，隔几天派一头牛拉水浇菜地。他们这里的人从来没有浇地的习惯，刚开始饲养员说牲口紧张，磨面拉碾子，牲口分不过来。李大伟规定磨面一律用电磨，不能用集体的牲口。这才解决了牲口不够用的问题。浇了水的菜长得壮，吸引了全村的人。分菜的时候，就更让外队羡慕，大伙儿这才服了李大伟。

在麦收前，李大伟又叫人把队里的库房全修了一遍，把老鼠洞都放上药堵死了。麦子准备收了，李大伟找来了队长儿子和兔娃他们说："我有事请各位帮忙，你们帮不帮？"

几个小伙子从没有被人这样看重过，以为李大伟碰上什么难事了，都仗义地说："你的事就是我们的事，有话尽管讲。"

李大伟开始说了："咱队的人，今年跟着我比别队吃苦多，现在吃的苦已经有了效果，肯定咱们队比外队产量要高点儿。但是，咱队人分的粮食能不能比别队多，可就不一定了。你们都知道，有人偷呀。再有几天麦子就熟了，要人看地、看场。你们几个分两班，我每天给你们记十五分。可是，有一样，要是我查着谁没有尽职睡觉了。我要罚一天十分。行不行？"

几个小伙子说："大伟哥，你看得起我们，又是为大家办事。不就是这十几天吗？我们一定看好，这你放心。"

李大伟马上就把他们分成了两个班，第二天就开始看地看场。

麦子入库那天，他拿出了早准备好的新锁，把麦子锁了起来。直到分完麦子，把库里剩下的麦子过完秤才把钥匙给了保管。他们队比别队每人多分了二十多斤麦子，外队都羡慕他们队。实际上，李大伟还留了一些麦子，准备到春节前再发给大家，那就只发面粉，为了留下麦麸给队里的猪场用。

麦收后，李大伟又安排多种几亩白薯、萝卜。李大伟又带上兽医去镇上，先请兽医吃了过油肉，再请兽医帮助挑了几头大母猪。秋天收的白薯，配上白薯秧子萝卜叶子还有麦麸，喂得母猪滚圆。下的猪仔又多又大，出了满月就把小猪都卖了，不仅把买猪的钱全赚了回来，还多出一百多块。

李大伟听说口外卖毛驴便宜，就和队长的儿子商量，想让他和兔娃去一趟，说好每天补助他们五毛钱，队里再给他们每天记二十个工分。去时坐火车，回来就要赶着毛驴回来了。队长儿子和兔娃很高兴有这样的美差，他们从没有出过县，坐上火车，这下可就要见世面了。李大伟嘱咐他们在外面，绝不能让人知道他们带着钱，一路上可能出的问题都替他们想到了，两个人高兴地上了路。

他们走后，李大伟每天睡不好觉，害怕出事，万一出事。他后悔不如自己去，两个没有出过门的人碰到问题处理得了吗？

一个月后，队长儿子和兔娃又黑又瘦地赶着十头毛驴回来了。李大伟这才长出了一口气，放下了心。

这天，李大伟到了有财家，自从还了有财的拐以后，就再也没有去过他家。一进门，看见有财一家人正围着炉子在吃饭。有财问他："吃了吗？"

李大伟赶快说："吃了。"

他对有财说，要是给队里的驴卖了好价钱，就给他记三十分。有财知道周围几个集的行情，又最懂生意经。李大伟带着有财去坡上卖了六头驴，本钱赚回来了，剩下的四头驴等于没花钱，留在队里使用。以后，各家磨面，拉碾子用牲口也不紧张了。到年终每家还多分了些钱。可李大伟为了队里的事情，累得瘦了十几斤。牲口棚又多了几头驴，草料也成问题。无奈，他去其它队里借麦草，说好明年还。

他有些担心还不了这些麦草，又开始琢磨着明年把荒地都种点苜蓿，解决一点草料问题。最后，他下决心把一头光会吃草，干不了活儿的老黄牛给杀了，肉分给各家。农民有个不成文的规矩，牲口不到站不起来是不杀的。

李大伟让人把还能站着的牲口给杀了，还倒买倒卖，说他拉帮结派给自己人多记工分，有人告到了公社。公社派人来调查，这件事传遍了全公社。

李大伟躺在床上，一肚子的委屈，这是他第一次不出工。为了全队人过得好一点，他操心受累，到头来还有人去告他。他还不知道人间的险恶，其实这是很平常的事。

“大伟，你在吗?”院子里有人在大声叫。李大伟一时没有反应过来。他正站起来往门外张望的时候，王智满脸笑容地进来了，身后跟着淑兰和萧南。李大伟没有想到他们会一起来，而且在这个时候来。最使他想不到的是萧南也来了，他已经好久没有看见萧南了，萧南好久没有下地，白了许多。

他忙给大家让座。王智说：“你的胡萝卜和白薯都放蔫了，怎么也不放到窖里呀。”

李大伟说：“我哪里顾得上。每天都忙得脚打后脑勺的。”

王智说：“我和大伟把胡萝卜、白薯放到窖里去，你们两人做饭。”

淑兰说：“行，萧南来。”“哎呀，这锅里是什么呀?”

李大伟和王智出来一看，锅底的面条都锈了，李大伟才想起他已经两天没有生火了：“这面条别扔了，留在盆里，一会拿去喂猪。”

王智看了说：“伙计，你每天吃什么啦?”

“瞎凑合呗。”李大伟不以为然地说。

王智想起刚来时，李大伟每天有饭有菜地照顾他，他还觉得这不好吃那不好吃的，李大伟对自己竟然这样。

这时，队长儿子和兔娃来找李大伟。他们一看李大伟没有出工想他可能是病了，干活的人都在骂：“哪个没良心的，去告人家学生娃，有种你别分肉呀。大伟这娃，这阵子都累成啥样子了。兔娃，你们快看看去吧，别是病了吧。”

看见李大伟的胡萝卜和白薯都放成这样，他俩赶快帮着把胡萝卜、白薯放到窖里。进屋看见淑兰和萧南也在，两个人不好意思再留下。李大伟把队长儿子叫到一边，塞给他一块钱让他去找点鸡蛋。王智说：“不用，我们带了一些吃的。”

他们把桌子抬出来，靠着炕，每人占一面，宴会开始了。李大伟说：“你们今天怎么凑到一起了？”

淑兰说：“萧南给我写信说，她在县上的工作结束了，今天回村。我就和王智商量，倒了两天休，也回村看看。在村里时老想离开，真离开了，还真想这里的。”

大家又东拉西扯地说着各种各样的消息。李大伟虽然一上午没有上工，心里其实还有些不放心。吃完饭，他让王智他们休息，自己又去上工了。

王智利用下午的时间，去弟弟的坟上培了培土。队长儿子和兔娃下工早，来找王智聊天，把李大伟这一年做的事，受的委屈全都告诉了王智，王智也为李大伟愤愤不平。王智对队长儿子说：“李大伟可没有对不起咱村的地方，你和你爹说，咱村也得对得起人家李大伟，有大学可得推荐人家。”

队长儿子说：“那没得说，大伟哥上不了大学，光让谭卓娅上，那也太对不住大伟哥了，大伟哥要上，还得上得比她好。”

淑兰帮助萧南收拾完屋子，又过来做晚饭，一人一碗面条刚吃上，村里医生打发人给李大伟送电报来了。电报要他赶快回家。他感觉到家里出了大事。

李大伟一晚上没有睡好，琢磨着可能一时回不来。就把冬天应该做的事全写在了纸上，让队长儿子按照这些去做。队长儿子佩服李大伟的能力，也愿意当会儿临时领导。李大伟考虑一来队长儿子人还聪明，二来他虽然年轻，压不住人，可是有个队长爹在身后，调皮捣蛋的也要看看队长的面子。还有就是他对自己从来言听计从，所以自己的计划大概不会完全泡汤。如果，队长儿子在这一段显示出组织能力，不就是自己的接班人吗。李大伟出于这些考虑，决定让队长儿子代替自己一段时间。

第二天，李大伟和王智、淑兰一起走了。李大伟最不放心的是萧南一个女孩子留在村里。

李大伟回到北京才知道，母亲因为抑郁症自杀了。李大伟的妈妈性格太柔弱。所以，当她碰到“文化大革命”，从精神上首先垮掉了。父亲很难过，李大伟更是悲痛。他清楚地记得自己小时候生病，妈妈总是用她温柔的手抚摩他的头，还给他讲故事。妈妈代表着温暖、慈爱，母亲在他心里的地位是什么也代替不了的。父亲曾经说过：“我没有孝顺成母亲，是我一生最大的遗憾。”李大伟怎么也想不到，同样的事情会发生在自己身上。母亲这样一个善良的人，从来不和任何人争。连这样的人也要受尽折磨。这个“文化大革命”到底好在哪儿？看看周围的人，从宣磊到王聪；从萧南的爸爸到自己的妈妈。哪个人不是因“文化大革命”而死，这些不幸的生命，善良的人，如果没有“文化大革命”他们会有一个多么好的一生呀！李大伟痛恨这场残酷的革命，痛恨当政的江青、张春桥、王洪文、姚文元，他有一股无处发泄的怨气。

李大伟的父亲反而比较平静，他已经为老伴揪了二十多年的心。解放后的各次运动老伴都不能够适应。有些领导的乱指挥让她无所适从，年轻的研究生在运动中的过激言论，也让她心惊肉跳。她永远学不会骂人、侮辱人的那套革命方式，她总是运动的落后分子。她一退再退，被逼到角落还不行，又说她是美国特务。李大伟的父亲觉得老伴如坐针毡的时间太长了，终于崩溃了。本来他们的情况已经比较清楚了，军宣队的动作再快一点，也许老伴就不至于自杀，说什么都太晚了。他把老伴的骨灰放在自己家里，他觉得只有这样老伴才有安全感。每天，他都和在骨灰盒里的老伴说一会儿话。

所里觉得解决李大伟父母亲问题太慢，才出现李大伟母亲自杀的事情，所以，赶快又落实了一些政策，把他们原来的房子还给了他们。李大伟和父亲搬回了原来的家，李大伟父亲的工资也照发了，老保姆又回到他家帮忙。李大伟在家里陪了父亲两个月，实在不放心队里。就请老保姆好好照顾父亲，又回村去了。

38

李大伟回到刘张村，打开自己的房门，里面积满了灰尘，一种凄凉、破败的感觉强烈。

他走到牲口棚，牲口都出去干活儿了，地上是刚换上的新土。老中农正躺在炕上盖着老棉袄打盹。饲养员是晚上都不睡，牲口不吃夜草不肥，一晚上要不停地添草添料。草相当于饭。各种粮食和苜蓿相当于菜。不能把草料一次放满，否则牲口就不爱吃了。草料要一点点放，还要不时地搅。所以，饲养员晚上很辛苦，白天睡觉是常有的事。

李大伟刚要走，老中农醒了，叫住了李大伟。他知道李大伟想问什么，说："你的那个代理队长干得不错，肥都起了，也都上到了地里。以前，队里不好管的就是这帮小青年，他俩一带头儿没有不听话的。他俩看着冬天活儿不多，就把后沟也开出来了。"

李大伟听得高兴，问："后沟能下去人吗?"

老中农说："咋不能，跑日本那会儿，都是躲在后沟。那地还不错呢，一下雨，把肥都冲到沟里了，沟里的地水气也大，不像上面那么旱。"

李大伟没有想到黄河故道还是一块宝地，可他来了这么多年，队里从没有开发过。他坐不住了，抬腿就走，直奔后沟。在那里，他看见犁得松松的土地，心里别提多高兴了。

李大伟回到宿舍，等在那儿的队长儿子说："我爹说，你刚回来啥也没有，让你上我家吃去。"李大伟下到窖里拿出一篮子胡萝卜，他知道到了春天，家家菜都紧张。

队长家的小炕桌已经摆好。队长说："听说你回来了，人又不在。"

李大伟说："我去了后沟，干得真不错。"队长儿子听见夸奖还有点不好意思。"这是谁想出来的？"

"跑日本的那个时候，有人在那里种过萝卜，我看见有回起的萝卜一个就有十几斤呢。"队长用手比划着，足有暖水瓶那么大。

队长老婆把一小碟咸菜、一小碗油辣子、几个黑馍放在桌上。李大伟刚要伸手拿馍，队长说："等等。"

李大伟说："那咱就种萝卜，人吃猪吃都行。"队长老婆给每人端来一碗热气腾腾、白白宽宽的面条。

队长问李大伟："你家里咋样？"

李大伟如实告诉大队长说："我母亲去世了。我怕父亲受不了，陪我父亲多住了一阵子。"

队长说："应该，应该。"全家人的脸都阴沉了下来。

队长老婆说："大伟呀，你老是冷锅冷灶的，那阵子，你都瘦成啥样了。以后，就在咱家吃。咱家没有什么好的，可是总比你强，热饭热菜总有。"

队长儿子说："干脆你就搬过来和我住一屋。"

李大伟一想，虽然自己的粮食比他家多，可是没有时间磨面做饭，常常吃不好，干脆都给他们，倒也省心，就答应了。

吃过饭，队长儿子就用车把李大伟的行李、粮食都拉回了家。李大伟让他挑了一篮子胡萝卜，说要送人。在春天有这么多粮食蔬菜，可是够让人羡慕的。村里人都在悄悄地议论。

下午，他拿上一篮子胡萝卜去看萧南。一进屋，李大伟就把胡萝卜倒到墙角，又递给萧南一个包，是萧南妈妈给她带的东西。

萧南问李大伟家里到底出了什么事，李大伟告诉萧南他母亲自杀了。

萧南半天也没有说话，她联想到了自己的父亲。她说了一句："时间长了会好的。你爸爸怎么样？"

李大伟说："他很坚强，我家的老保姆又回来照顾他了。"

萧南问："你父亲彻底平反了吗？"

李大伟说："算是吧，工资都照发了。"他反问萧南："你父亲的问题怎么样了？"

萧南说："没有任何消息。"在李大伟回北京的时候，她暗自盼望他回来，现在他回来了，带来的是他可能很快就要离开的暗示。有李大伟在村里她就觉得踏实，她不知道如果李大伟走了，剩下自己一人会是什么样。李大伟看萧南半天也不说话，就起身告辞。那时，家庭受到不白之冤的人，一旦父母获得解放，那种高兴是无法掩饰的。是一种整个身心的解放。就像被捆绑后的松绑一样，带着酸痛的舒服。可是，没有得到这一切的人心里就更加地恐慌。

一天，李大伟带着队里的人在锄地，从东北方有一股高达几十丈的尘埃翻滚着就过来了。李大伟大喊："快跑。"顿时，狂风大作，两米之外就看不见人了，飞沙打在脸上生疼。大家四散奔逃，李大伟突然觉得一个熟悉的身影从他身边跑过。他马上反应过来是萧南。他一把抓住了萧南，带着她往崖边跑去，他记得那里有一个小土窝。果然，他眯着眼睛找到了那个小土窝，这大概是躲日本鬼子时挖的。他和萧南躲了进去。

"真可怕，这是什么天气呀？"萧南坐在地上说。

土窝太小，李大伟若是坐下，两个人就挨在一起了，李大伟只好贴墙站着，他连脖子也伸不直。他问萧南："你记得北京春天也有过黄天，太阳都变得白白的？"

萧南点点头："这和那种天一样吗？"

"也许差不多吧。"李大伟也不敢肯定。

两个人一时没话。萧南看李大伟站得那么难受，就说："你也坐下吧，这个土窝太矮了。"

李大伟紧贴着墙坐下。但是，他的腿还是碰到萧南的腿。萧南敏感地往外挪了一下腿。李大伟的全身充满了一种从未有过的感觉，他觉得自己脸都红了，嘴也干了，身体在膨胀。他真想把萧南搂在胸前，告诉她，当看见她的第一眼他就爱上了她。不，他不能这么说，他费劲儿地说："萧南，你别害怕，我不会留下你一人的。"

萧南也有点吃惊，李大伟的话等于说"我爱你"。萧南也感到周身的热血往脸上涌，这是她盼望已久的。她知道谭卓娅也爱李大伟，从谭卓娅的眼神里就可以看出来。当时，她还说服自己，如果李大伟爱谭卓娅，就说明李大伟也不可爱。现在，李大伟终于表明了态度，她真的很高兴。可是，她是一个很有自尊的人，她说："我不想影响任何人。"

几分钟之后，她说："风停了，回去吧。"

天上的悬浮物还很多，地上有一层细细的黄土，太阳还没有十五的月亮明。两个人一路走回村，连一句话也没有。但是，他们心里的距离拉近了一大截。

时光荏苒，转眼到了麦收季节。李大伟在队长儿子的协助下，把各种工作安排得有条不紊，他们队麦子的亩产又是全村最高的。

麦子分过，招收大学生的通知就下来了。今年，是要考试的。李大伟对自己的功课是有信心的，贫下中农推荐也没有大问题，插队年限他也早就超过了。

为了推荐知青上大学，大队为此专门开了全村大会。结果一致同意推荐李大伟和萧南上大学。李大伟和萧南是贫下中农认为表现最好的，但贫下中农推荐他们并不是因为他们劳动好，更多的是同情他们远离亲人。队长没有食言，他放李大伟走。因为，他儿子的助理队长也得到大伙儿的认可了。

李大伟和萧南都领到了推荐表。萧南认为去年她在县里工作了好几个月，知青办公室的人应该记得她，会帮她说几句好话吧。她还是把事情想得太简单了。农民可是把这些名额看得很重，他们调动所有的关系，尽量把自己的孩子推荐上大学，哪怕是地区的卫生学校，这可是变成非农户口最好的途径。

考试临近了，萧南有时去李大伟宿舍问他一些难题。

当时，全中国的知青有半数都在准备考试，而有幸能够进考场的就没有多少了。录取的概率就更低了。

李大伟和萧南是幸运的，他们都参加了县里的考试。考场的座位按公社大队分，刚好李大伟坐在萧南的后边。

语文很容易，基本就是一些毛主席语录。数学对于李大伟来说当然没什么问题，对于萧南来说就稍有难度了。李大伟估计萧南最后一道题可能费点劲，就把答案悄悄地递给了萧南。然后，第一个交卷走出了考场。

县中学的操场上有几个知青已经出来了，正聚在一起，争论最后一道题的解法，李大伟就站在后面听。一个老高三的男生胸有成竹地在讲，其他人都听不明白。李大伟忍不住挤进去给他们讲起来，还在地上用小棍画着图。还没有听李大伟讲完，那个老高三的男生就跑开了。他做错了最后一道十五分的题。

萧南出了考场，和李大伟对了一下答案，只错了一道小题。如果不是李大伟送她的那一道大题，她自己是做不出来的。萧南对李大伟的感激之情就不用说了。

三天后成绩出来了，李大伟是全县第二名，被好几个大学的招生老师看上了。萧南也处于前三十名左右的位置，她不能希望上重点大学，只要有大学要她，她就很满足了。

这时，报纸上登出了张铁生事情。顿时，考好的知青都有了一种危机感。他们在劳动的空隙时间学出的成绩要被这个“白卷先生”化为乌有了。幸而，老师总是喜欢成绩好的学生。

在县城的大街小巷里都是知青，他们互相转告着各种小道消息。招生老师都住在县招待所里，他们的身边总围着许多知青，这些老师当然是想招知识青年。可是当地的领导也在不停地找他们，让他们招收自己的孩子或者亲戚的孩子，并暗示招生老师，如果不招他们的孩子，是不会放知青的。老师们都很为难，他们的孩子或者同事朋友的孩子和这些知青有同样的命运，他们同情知青，感情上倾向知青是必然的。但是也不能得罪当地的领导，否则就有歧视劳动人民的嫌疑。

李大伟想上的大学被县委书记的侄子看上了。李大伟很着急，知道没有办法和这些有权有势的人争。他找了招生老师好几次，招生老师只要有办法一定会招收他的，可老师们也确实有为难之处。所以，说话都闪烁其词。

这时，传来坡上一名知青上吊自杀的消息。他已经三年没有回过家，一直在农村坚持劳动。去年，他的名额就被公社领导的儿子挤掉了。今年，他的名额又让人做了手脚。他气疯了，写了一份绝命书，以死来抗争。

这件事在全县的知青里传开了。两天后，省里打电话过问此事。县里开了紧急会议，会上以北京为首的高校老师和县领导吵了起来。县领导怕事情闹大，只好做了一些妥协。

李大伟终于收到梦寐以求的通知书。他带着萧南找招生老师，他认为只要老师想要，就有办法，实在不行就先上中专。萧南政审通不过，成绩再好也没有用。

李大伟赶快回村办完手续，辞别了乡亲和老中农，就要回北京。那时，谁都怕夜长梦多。李大伟在心里想，最坏的情况就是到我毕业，萧南还没有分配，我就和她结婚，无论如何也要把她办回北京，但现在还不是说的时候。萧南送李大伟上火车，李大伟对萧南说："等着我的来信。"看着渐渐远去的火车，萧南的眼泪不由自主地流了下来，只有她被留在了刘张村。

萧南对李大伟非常失望。她原以为李大伟会等到她的事情定下来再走，不管有没有学上。可是，李大伟却这样快地一个人走了。李大伟怕有变化，他认为到学校报了到，就不会再变了。可是萧南觉得李大伟都拿到了通知书，就不用着急了。萧南认为李大伟帮助了王智和淑兰，更应该帮助自己，因为她是留下的最后一个人了。而且，李大伟的妈妈和自己的父亲都去世了，他应该可以理解自己。李大伟没有像萧南期望的那样。

她处的位置和李大伟截然不同。她的家庭是谁都可以指责的，重在表现只是表面文章。在这种你抢我夺的时候，就没有人考虑表现了，谁的势力大谁就能争到名额。萧南当然是最没有势力的，也是最没有竞争力的。

萧南终于在看不见任何希望的时候回到村里。

淑兰回来看过她，她也高兴不起来。李大伟来过几封信，她没有回。一种被遗弃的感觉一直萦绕着她。知青离开农村像是逃难，大家都自顾不暇，对别人无能为力是很自然的。萧南能够理解，可是留自己一人在农村终归是一件痛苦的事。每次回北京她谁家也不去，不见任何人，觉得和有工作的知青比相形见绌。

李大伟回北京时，选了雁北那条路。他要去看看张晶，不放心她。宣磊当年那么信任自己，把张晶托付给他。虽然，他对张晶的事无能为力，但看看她总是应该的。

张晶在每年的清明都去宣磊埋葬的地方，给他献上一些野花。在那里坐一会儿，对宣磊叙述自己一年来都做了什么。她也知道宣磊已经渐渐远去了，她适应了没有宣磊的日子。她不像前些年那样常常在心里和宣磊说话了。但是，屋里没有人的时候，她还会拿出宣磊的照片看看。

李大伟来到张晶村里的时候，村里的知青也走了多一半，剩下的一个女生嫁给了当地人有几年了。张晶做了村里小学的教员，不用下地干重活儿。李大伟放心许多。他必须告诉张晶他要回北京上大学的事，说的时候，他觉得这对张晶简直有点残酷。张晶只是简单地说："祝贺你。"

一九七六年打倒了"四人帮"，萧南以为知青回城的问题都应该解决了。可是，她又一次失望了。她的心渐渐地麻木，她劝告自己，反正也习惯了，农民可以几辈子在这里，我为什么不能，我是谁，不是和他们一样的人吗。

萧南的妈妈和舅舅为了萧南的事着急。可是，萧南父亲的问题不解决，他们也没有办法。那时，活人的问题都解决不过来，死去的只好往后拖。

39

萧南的妈妈刚到办公室，就被人事处叫去。她充满希望地来到处长办公室。人事处长是一个胖子，客气地让萧南的妈妈坐在对面。萧南的妈妈坚信是萧南爸爸的问题有结论了。可是，处长一开口，却问："老萧同志在美国是不是有个哥哥？"

萧南的妈妈一听处长称老萧同志这个久违的称呼，就有股暖流涌上胸腔。再往下听像是海外关系又要有什么影响了，她虽然害怕会有什么不好的影响，可是，她还是老实地说："是的，可是从解放到现在我们都没有来往。"

人事处长说："他哥哥随美国代表团来中国，现在就在北京，他提出要见你，组织上同意了。但是，你要注意内外有别，要注意维护国家的尊严。现在，你回家去准备一下，下午到北京饭店去见他。"

萧南的妈妈本来想不见，谁知道见了是凶是吉呢？又一想，领导的决定不服从也会有麻烦，只好硬着头皮回家准备。她脱下三寸布票买一尺的混纺衣裤，找出"文革前的衣服穿起来，觉得那么别扭。去干校那年没有顾得上放卫生球，衣服已经被虫子蛀了几个洞。

下午，萧南妈妈怀着忐忑不安的心情来到北京饭店。当她轻轻地敲门时，萧南的大伯仿佛就在门边，门马上就开了。萧南的大伯伸手握住萧南妈妈的手，萧南妈妈的眼睛潮湿了，她强忍着。

“那时，弟弟带你来的时候，你还是个小姑娘呢，我们全家都叫你上海小姐。”萧南大伯无拘无束地讲着。

萧南的妈妈心里想，这些话要是让“造反派”听到又会贴出多少大字报呀。萧南大伯一席话，使她又回忆起许多在萧家的事情。那时，萧家在北京的东城有一座中等规模的四合院，那里春天有藤萝，秋天有菊花。萧南的大伯和二伯当时已经工作，只有萧南的爸爸最小，在家里最受父母宠爱。星期天，萧南的父亲常常带着她回家吃饭，全家人对他们都很好。萧南的奶奶最宠小儿子，到了星期天都要做小儿子喜欢吃的菜等他们回来。一看见他们俩进门，马上就吩咐老妈子送去酸梅汤。这些在萧南妈妈深埋的记忆里，真像上个世纪的事了。

萧南的大伯拿出在美国家人的照片，萧南的妈妈看见他们一大家人去野餐的照片，婆婆还穿着中式的衣服；公公穿着短裤运动衫；大嫂正在给大家分食物；二嫂是个金发碧眼的洋人。大哥在烤肉；二哥在往地上铺毯子；大哥的几个孩子也都健康活泼。照片透露出他们很自由。大哥几个孩子脸上无忧无虑的笑容对萧南妈妈是很大的刺激。萧南的妈妈想到自己的孩子，他们精神负担太重，脸上很少有笑容。

萧南大伯小心地问：“你们过得怎么样？”

萧南妈妈再也忍不住，眼泪扑簌簌地落下来，她艰难地说：“老萧已经不在六年了，大女儿去农村八年多了。小的是男孩，在西城的饭馆里端盘子，也有好几年了。”

萧南的大伯轻轻地拍着萧南妈妈的肩膀，说：“我知道，我知道。昨天，我见了父亲的学生，他告诉我弟弟的事情。我能不能去你家看看？”

萧南妈妈全身紧张，她没有办法请示领导。有几秒钟，她不知道怎么答复萧南的大伯。

萧南的大伯似乎明白她的处境，说：“今天，我还有事，下次吧。我很想见见我的侄子、侄女。昨天，我在街上看见卖烧饼油条的，刚出锅的，多年没有吃到了，我就去排队。到我了，售货员向我要粮票，我没有，就说给你加一倍的钱行不行，售货员说不行。”

萧南的妈妈大松一口气。她拿出一张50年代的全家福照片，那时老萧刚从苏联回来。萧南的大伯看着当时幸福的一家，问：“我可以拿回去吗？”

“当然。”萧南的妈妈觉得这张照片是一个最好的交代。她又从钱夹子里拿出一斤北京市粮票和一斤全国粮票给萧南的大伯。

大伯告诉萧南的妈妈：“父亲因肺癌已经去世三年，他最不放心的就是弟弟，要我们一定要找到弟弟。母亲也是越老越想弟弟，她后悔当初没有把他一起带出来。这里是一千元人民币，我昨天才换的，你无论如何也要收下。”他这几天在路上看到老百姓的穿戴都很简单，街上饭馆也很少，物资匮乏是明显的。

萧南的妈妈为难地收下了这些钱。

第二天一早，萧南的妈妈就把钱交到人事处处长手里，并把见萧南大伯的经过也汇报了。

两个月后，人事处处长把萧南的妈妈叫去，说：“这钱你拿回去，以后有国外的亲戚来，就说我们这里很好，不要让他们再给钱了，这有失国体。”萧南妈妈像被人打了一巴掌，血直往脸上冲，收下这些钱，她好像做了什么丢人的事。

萧南的大伯回到美国，第一件事就是给大弟打电话。他说明了二弟一家的处境，两人统一口径瞒着母亲。萧南的奶奶几次三番地问大伯找到弟弟了没有。他都说太忙了，不好找，托人去找了。

老太太一点也不糊涂，她觉出家里人的表情都不对。这天，全家人都来给她过生日，老太太突然问：“你们要我活，还是要我死。”

一家人都愣了。

老太太又说：“我盼儿子盼了三十年。一个母亲的心情你们总可以理解吧，你们现在也为人父母了。让你回国时去找二弟，你们可是手足之情呀。你回来也不和我说清楚，你是怎么找的，都见到了谁，听到了什么。我知道不是好消息，我只求你告诉我实话。你这样折磨我，让我吃不好睡不好，这样的日子你们还要我过多久！”

“妈，您老别生气，都怪我不好……弟弟他已经不在了。”萧南大伯艰难地说着，一家人都悲痛地落泪。萧南的大伯拿出萧南一家的照片，双手递给母亲。

“是什么时候？”老太太看着儿子全家十几年前的照片，忍住悲痛问。

“已经六年了，他们说他是自杀。”萧南的大伯哽咽了。

老太太大怒：“他自杀，我养的儿子，我知道。谁自杀，我的儿子也不会自杀。你们两个小时候醒来就哭，他是一醒来就笑。让他们去查清楚，把凶手抓出来。你爸爸的那个学生不是当部长了吗，我给他写信，你们去想法子，先把我那个孙子孙女给办出来，这是咱们家的头等大事。”

一年后，萧南的大伯寄来了语言学校的所有入学手续。萧南看了无数的冷面孔后，才办好了出国手续。那时的工作人员看见有人可以出国是很嫉妒的。

要离开村子的时候，乡亲们都来看望她，有人把没有熟的石榴摘下来，也有人把家里仅有的鸡蛋都煮了。这家一点儿豆子，那家一点儿小米，萧南知道现在是家家口粮都不够吃的时候，他们送来的是最好的东西了。

萧南离开了她呆了近十年的村庄。坐在破旧的长途汽车上，她努力地要记住窗外的一切。她将很久再也看不到这块留下她青春的地方。在这地方有爱有恨，有她重要的一段生活。

在北京，她一个同学也没有看望。她不知道还会出什么意外。

妈妈带她去买了三对景泰蓝花瓶，景泰蓝是要送给奶奶和伯伯们的。

在萧南离开北京的最后一个晚上。妈妈看着萧南，似乎要把女儿印在脑子里。她说：“孩子，你爸爸的冤案一天不平，我是一天不会罢休的。我绝不相信他会自杀，他对我说过，如果我死了，你不要相信我是自杀，我一定是被人害死的。适当的时候，我会把写的材料上报的。”

萧南心疼地看着妈妈，这么多年的重压已经使妈妈变得苍老了许多。萧南知道自己无力帮助妈妈把爸爸冤死的事弄清楚。但是，她到了美国可以继续学业，拿到学位，那就帮妈妈移开了压在她心头的大石头。现在，她不能对妈妈许愿，她会拼全力做的。

萧南穿着一身新的蓝涤卡衣裤，一双方口布鞋，坐在候机室等待登机。候机大厅里乱哄哄的，各种香水的味儿直冲鼻子。

离别的时候到了，萧南和妈妈都忍不住流下泪来，弟弟帮她提着行李。萧南从弟弟手里接过手提箱，对弟弟说："好好照顾妈妈，我一定会努力。"

萧南第一次坐飞机，发动机的声音让她害怕，空乘小姐让乘客系紧安全带的时候，萧南的呼吸都不均匀了。飞机升上天空，她觉得好多了。她透过舷窗，看着下面渐渐变小的房屋。

在上海虹桥机场办完出关手续，重新回到飞机上，萧南看了一会儿画报，再看窗外时，那里变成了蓝蓝的海洋。她很清楚自己已经离开了祖国，她的眼泪控制不住地流了下来。

40

李大伟在回到北京之后，给萧南写过几封信，有的信里夹着给老中农的信。在他给萧南的信里把国务院召开的全国知识青年上山下乡工作会议的统筹解决办法都列上了：一、加强领导，县以上党委成立上山下乡领导小组和办事机构，知识青年上山下乡要派干部带队。二、规定病残的、身边只有一个子女的华裔外国人子女，不动员上山下乡。矿山井下、野外勘探、森林采伐等行业实行子女顶替，或在本单位的职工子女中招工。

三、从1973年起，提高上山下乡经费标准，全国平均每人补助将近五百元，到高寒地区的另发四十元冬装费，到边远地区的补助两次探亲路费。以前插队的青年，生活不能自给的补助一百元，没有建房的补助二百元。四、知识青年插队头一年或当年秋粮分配前，仍吃商品粮；参加集体分配后，吃粮水平不低于当地单身整劳力，当地口粮过低的国家给予补助。要给插队青年同社员同等数量、质量的自留地（自留畜）。五、适当安排上山下乡青年的学习。

李大伟告诉萧南可以向队里要自留地和建房补助，因为，村里从来没有给他们盖过房，只买了三样简单的生产工具和灶具。他在信里向萧南说了他最不好开口的事。

“我在咱们一上火车时就注意到你了，你在我心里站有一个谁都不可能占据的位置，你要有信心，最坏的情况，就是我到毕业时，你还没有上学，我会用解决两地分居的政策，把你调回来。”

可是，他都没有接到萧南的回信。他觉得自己回到北京，萧南的事情就没有问题了。他一定会尽自己最大的努力让她也回来的。最后什么办法都不行的话，他会用结婚的办法，用两地分居排队，他也要把萧南办回北京。他计划着毕业后，回山西去看萧南。他早在心里把萧南当成他的家里人了。

李大伟是太不懂萧南了，萧南虽然不说什么，内心里却是十分高傲的。她绝不会靠李大伟回到北京，更不会利用结婚等手段回北京。她自尊，要靠自己的努力。虽然，有可教育好子女这样一条政策。但是，落实到她身上的可能微乎其微。

李大伟骑着抄家还回来的破自行车，穿着插队时的衣服回到家里。父亲正在等着他，李大伟坐在被老保姆补好的破沙发上，父亲满脸笑容地对他说：“我们单位传达了中央文件，毛主席让邓小平出来工作了，让他进中央政治局，还说他人才难得呢。这下好了，总理也有个帮手了……”

一开门，谭卓娅觉得家里有了一些变化。仔细一看，原来电话又装上了。妈妈正满脸笑容地盛饭：“快去洗手，等会儿有话和你说。”

一家人坐下来，妈妈观察着女儿。女儿不再梳插队时的小辫子了，而是剪成运动头。在城里细米白面吃的，脸也不像在农村时又黑又粗。谭卓娅的爸爸问："卓娅，你们学校干什么呢？"

"正在学习《红旗》杂志的文章《孔丘其人》。"谭卓娅夹了一大块红烧肉。

"大家反映怎么样呀？"她爸爸又问。

谭卓娅心思根本就不在这上面，应付说："大家都烦透了，就那几个干部装模作样地，谁也不好好地学，就是磨时间。每礼拜的两个下午全当休息了。爸，你得关心一下我的分配了。"

"你们分配的去向都是哪里呀？"谭卓娅的爸爸说话老有一种官腔。

"师范学院还能干什么，教书呗。爸，你帮我想想办法，别把我分到郊区去。"谭卓娅把肉皮和肥肉都留在了桌子上。

她妈妈不高兴地说："你别浪费，想想你哥哥还在云南，想吃还吃不上呢。你弟弟在部队，肉也很少。"

谭卓娅不情愿地把肉皮和肥肉夹回碗里。

吃完饭，妈妈拉着女儿去里屋，问："卓娅，你最近没有谈恋爱吧？"

"没有哇。干嘛？"谭卓娅上了大学以后，没有断了交男朋友。其实，她正和一个外系的男生交往，可是她不愿意让妈妈知道。

"我跟你说呀，张阿姨介绍了一个将军的儿子，叫李建国，党员，刚从部队回来。分配到一个部的保卫处。他们家住一个独门独院，有车，有警卫员。还有四个孩子也都在部队，有两个也和你一样是工农兵大学生。我看他们家条件挺好的。这是他的照片，张阿姨说明天带你去。"妈妈等了好几天的话，一下子都倒了出来。

谭卓娅大方地说："行。"

谭卓娅的妈妈高兴地向她爸爸汇报去了。谭卓娅的爸爸正在听中央人民广播电台的晚八点的新闻联播，用手制止她妈妈说话。听到播音员说："这次新闻节目播送完了。"才满脸笑容地说："这回咱们进联合国没问题了。"

谭卓娅的妈妈看见他正在兴头上就说："卓娅答应去见了。"

谭卓娅的爸爸高兴地点点头。

四个月后，李建国在莫斯科餐厅等着谭卓娅。他一身八成新的军装，一米七八的个儿，一看就知道小时候营养不错。他长相一般，但是谁看了也不会认为他是出自普通家庭。

谭卓娅早就盼望着见到李建国了。她喜欢和他一起骑车时，别人羡慕的眼光，也喜欢在他们家里议论国家大事，每个人的口气都好像自己是师长军长似的。谭卓娅在他们家里感觉真好，只是李建国的姐姐妹妹有点看不上谭卓娅，觉得她爸爸级别低了点，长得也不漂亮。可是谭卓娅上了大学，李建国只有初中文化，也就不说什么了。谭卓娅不在乎他姐姐怎么想，心里有自己的小算盘，他姐姐春节就结婚，俗话说"嫁出来的姑娘泼出去的水"，到时候，她就是这个家的大儿媳妇。

谭卓娅走进高大华丽的莫斯科餐厅，看见李建国已经在靠窗的位置等她了，就微笑着走过去。

李建国问她吃什么，谭卓娅说："和上次一样吧。"

李建国点完菜，对谭卓娅说："陈毅去逝了。好多老爷子们到我们家都哭了，大骂江青、张春桥他们。老爷子接到通知，十号去开追悼会，他都好久不出门了，这回他非要去不可，我姐姐陪他去。"

"你怎么不陪呀？真笨！"谭卓娅喝着奶油鸡蓉汤，怨道。

李建国有点委屈地说："我当然想去了。可是，我姐姐是老大，她说她去，我就不好说了。"

"你是你们家的老大，人家排行只算男的，根本没有女孩什么事。"谭卓娅一边用餐刀往面包上抹着黄油一边说。

星期六下午，学校里没有什么人在走动，按照规定今天下午政治学习。谭卓娅把一本《水浒》夹在报纸里，到了男生宿舍。组长在大声地念着梁效的文章，碰到有古文部分就哼哼叽叽地简直念不下去了。于是，大家传看了一下，也还是念不出来，就跳过去了。

每人念一段，全文念完了讨论。谭卓娅看着《水浒》，根本不听梁效的文章。

谭卓娅先知先觉地告诉大家："听说周总理住院了？"

"是吗？什么病呀？"大家也都不想讨论《人民日报》的文章，对小道消息更感兴趣。

谭卓娅其实不知道周总理是什么病，只是从几个高干子弟那儿听到一点儿消息，就说："保密，不能说。"

两个女生把手拢在耳朵上，凑上去说："小声说，我绝对不外传。"

谭卓娅卖着关子："不能说，就是不能说。"

组长是个农村的男生，一心想留在城里工作。所以，从上学的第一天开始，就表现积极，因此当上小组长。他现在的目标就是在毕业前入党，他知道他们组里的党员们正在考察他。虽然，他也想听小道消息，可是，他知道前途更重要，便严肃地说："别说了，大家抓紧讨论梁效的文章。"

谁也不说话。组长只好自己带头发言："《林彪与孔孟之道》说的现代大儒和周公是谁，大家要深入地想一想，更进一步地揭批。"

"哎，组长，我插一句。学了半天，我也不明白。咱们文化水平低，能不能让他们写清楚点。"一个小男生插嘴道。

一名党员站了起来，大义凛然地说："用马列主义毛泽东思想去想就没有什么不明白的。"

"谁让咱们不是党员，水平低呢，那你水平高，给咱们讲讲。孔老二那会儿没有毛泽东思想，犯错误难免。林彪成天学毛泽东思想怎么也犯错误呀？他带着问题学，不理解也要执行，最后，还是走向反毛泽东的路。没有毛泽东思想不行，有了也不行。不学不行，学了也不行……"

"《儒法斗争史》是什么呀？谁是现代的儒？吕后和武则天有什么好的，我爷爷说：'武则天有好多面首，吕后杀人也狠着呢。'这又是怎么回事呀?”有个同学在发言。

“休息，休息。”他们听见走廊里有人拍篮球。小男生一下子就蹿出了宿舍。

十分钟的课间，变得无限长。操场上都是打篮球和排球的人，女生在路上打羽毛球。一直打到天黑，人们才陆续去食堂打饭。

淑兰和王智在北京选购他们的结婚用品，床单和被面，淑兰的妈妈和奶奶给她做了一件绸子红棉袄。淑兰的父亲也从兰州回来了。两家人在王智家里吃了一顿饭，喜事就算办了。淑兰和王智买了五斤杂拌糖和五斤水果糖混合在一起，准备回去分给车间的同事。因为，车间每个人给他们凑了一元钱的份子。

几个月后，谭卓娅到西城区的一所中学报到，她被分配做政治老师。他们班有些同学分配到郊区中学，每天上下班就要四五个小时。谭卓娅的父亲是走了很多关系才把她留在城里的。她每天骑车去学校也不过二十分钟。

1976年新年，天寒地冻。一月八日，周恩来总理逝世了。王府井中国照相馆门前人们静静地排队买周总理的照片；商店里卖布的柜台前也站着买黑布的队伍；工艺美术商店里的黄色白色的绢花很快就脱销了。谭卓娅和李建国下班戴着自制的黑箍和小白花，到了天安门。人民英雄纪念碑周围的小柏树上都是北京市民一家一户做的小白花，把小柏树装点得像是覆盖了一层白雪。人们不断地拥来，有些人甚至失声痛哭。

三月八日一早，谭卓娅就和同事们议论开了：“吉林省下了一场陨石雨，散落范围大约有五百多平方公里呢。”

“这可是个凶兆呀。”一个男老师说。

谭卓娅说：“你还挺迷信的。”

四月四日，天安门广场上人山人海，人民英雄纪念碑周围堆满了花圈，把汉白玉的栏杆都盖住了，像一座巨大的白色坟墓。谭卓娅和李建国到了天安门，在那里他们碰到了李大伟，谭卓娅告诉李大伟她现在中学教书。因为都有各自的同学和朋友，也就没说什么话。夜里，这些花圈被运走烧毁了。

第二天，来的人更多了，有的人慷慨激昂地演说，还有人异常气愤地带头喊出了“还我花圈，还我战友”的口号，得到许多群众的响应。这时，从中山公园和劳动人民文化宫分别冲出手拿棍棒的民兵和公安人员，还有卫戍部队的战士。他们见人就打。

几天后，谭卓娅和李建国在西单吃包子，李建国压低了声音对谭卓娅说：“老爷子今天听传达，中央根据毛主席的提议通过了《中共中央关于华国锋同志任中共中央第一副主席、国务院总理的决定》，同时做出了《关于撤销邓小平党内外一切职务的决议》。”

谭卓娅着急地说：“怎么办呀？你爸爸他们这些老爷子们干脆重新上山打游击吧。”

“一个分到工厂的战友说，有人给打人的民兵开了庆功会，还给他们每人戴红花呢。说四号让他们不要回家，都在中山公园，没想到是打群众，他说他心里很不是滋味。”李建国小声地说着。

两个人吃完饭，谭卓娅对李建国说：“我们学校正在追查谁去了天安门，谁传了总理遗言。我们办公室的人还不错，谁也不说话。”

“咱们那天碰上的你们插队的同学会不会揭发你呀？”李建国谨慎地问。

谭卓娅十分有把握地说：“不可能，他不是那种人。再说，他也不知道我在哪个学校教书。”

七月六日早晨，李大伟在广播里听到朱德委员长逝世的消息。在食堂他碰见宣磊的弟弟，他们两个人经常利用吃饭的时间交换点消息。宣磊的弟弟告诉李大伟：“朱德很不高兴‘文化大革命’整那么多的老同志。毛主席知道了，就对他说：‘我还不是你老朱身上的一根毛哇。’我们要去唐山实习一个月，过一个礼拜就走。你们去哪儿？”

“我们去保定学军，二十多天吧。”李大伟觉得宣磊的弟弟和宣磊很像，只是没有宣磊个头大。如果说宣磊做个军人合适，他弟弟更像个知识分子。

七月二十八日半夜，李大伟在保定的军营里被强烈的震动晃醒了。他一边跳下床穿上衣服，一边叫着营房里的同学："快起来，地震了！"大家乱哄哄地跑到操场上，有的人只穿一条短裤，有的人还光着脚。

几天后，他们得知唐山发生了七点八级地震，所在部队调去救灾。同学们都向学校坚决要求参加救灾，学校也在等候通知。去年，海城地震成功地预报了，没有什么伤亡。又过了几天，传来消息说，宣磊弟弟他们班去实习的人死了一半，宣磊的弟弟也被砸断了腿。

李大伟他们回到北京，就开始分配了。因为李大伟是独生子，被分配到远郊区的一个科研所。他们班里一个同学母亲有病，哥哥弱智，却被分到河南省，找了几次校领导都没有用，他找到李大伟哭了几次。李大伟也帮他找了老师，没有结果。李大伟看同学家实在困难，就和父亲商量用自己的名额把这个同学换回北京。父亲说："我同意你的做法，做人要雪中送炭，不要锦上添花。但是，你要记得别人很快就会忘记你所做的一切。你以后绝不后悔才可以去做这事，否则，你就不要做。"

李大伟知道父亲在"文革"中的感受，坚定地对父亲说："您放心，我不会后悔的。我只是有点担心您。"

"我，你不用担心，老保姆照顾我，不会有事的。你到了外地，我可以要求人事部门把你调回来，因为我身边无子女。不过时间就很难说了。"父亲是绝不会为了自己而要求儿子什么的。

李大伟在心里感激父亲，他知道父亲等他回来已经多年，尤其是妈妈不在了以后。马上就要团聚了，却同意他把北京名额让给别人。

八月，李大伟到河南报到。他原计划到了以后先请假去看萧南和老中农。可是，领导对他们几个刚分配来的大学生说："国家多年没有分配大学生给我们厂了，交给我们厂的任务很重，技术人员极缺，你们要尽快熟悉业务。领导决定让你们下礼拜到我国技术比较先进的上海同行那里学习两个月，把先进的技术学回来。厂里对你们寄予很大希望呀。”李大伟在这时是什么要求都不能提了。有了五年在农村的经历，他知道一个大学生每年要用掉农民多少钱。他马上借回资料没日没夜地看，生怕辜负了领导的期望。

九月九日，全国人民又在收音机里听到更加震惊的消息——毛泽东逝世了。连日来，单位不断地得到去人民大会堂瞻仰毛泽东仪容的名额。人民大会堂排队的人从早到晚都不停，电视里每天播出的都是瞻仰的人流。十八日，在天安门举行百万群众的追悼大会，巨幅黑底白字的横幅使老百姓的心中更加阴沉。“四人帮”终于等到了这一天，政权就要被他们掌握了。华国锋致悼词，他几次把手放到嘴里去蘸口水来翻稿纸的镜头被全国的电视观众看见。江青送了一个插有文官果的花圈，大家都在猜她又在耍什么花招。

十月七日晚上，李建国来到谭卓娅家。神秘而兴奋地告诉大家：“‘四人帮’被抓起来了。叶剑英和一些老将军干得太漂亮啦。”

谭卓娅家一片欢呼声，谭卓娅的爸爸一反常态地叫着：“老婆子，拿酒来，再炒两个菜。”

第二天，多数北京人都知道了这个令人振奋的消息，人们的高兴是发自内心的。西单菜场里“三公一母”的螃蟹卖得特别快，人们不要求公平，而要解气。过了多年苦日子的人们要破费一下，那些天酒也卖得特别快。

第二年，李大伟刚刚听到收音机里传出，教育部在北京召开全国高等学校招生工作会议。这次会议确定并经国务院批准，从1977年起，对高等学校招生制度进行改革，采取统一考试择优录取的办法，还决定同时招收研究生。李大伟的父亲来信叫李大伟抓紧时间复习功课，准备考研究生。

这年，淑兰生了一个儿子。她把所有精力和时间都放在了照顾儿子身上，王智有些不高兴地说：“儿子一出生，我就没有地位了。”

淑兰笑笑说："还不是你的儿子，他又不姓关，你还吃你儿子的醋呀。"

王智连续几年被评为先进，他已经是班组长了。"文革"后第一年给部分人涨工资时就给王智涨了一级，虽然只有六块钱，王智已经非常满足了。家也有了，儿子也生了，自己正平步青云。淑兰是没有什么野心的人，她能够过上城市普通人的日子就满意了，有了儿子以后，她的心思都在儿子身上。

这时，林明提着排了几个小时队才买到的数理化复习材料来找李大伟。他通过关系开了肝炎病假条，到李大伟这里，请他帮助自己复习功课。李大伟又要上班，又要自己复习功课，还要挤出时间帮助林明。李大伟再也没有时间去山西了。

但是，到了春节探家的时候，李大伟猜想萧南也一定会回家过年。他到了萧南家没有想到碰了锁，这天萧南和妈妈弟弟都到舅舅家去了，因为，外婆病危，舅舅马上要去上海。李大伟把为萧南买的复习材料放在邻居家就走了。

在路过西单商场那采光很差的新华书店门前，看见许多人在排队。李大伟过去一问，原来在卖上海科学技术出版社再版的数理化教材。李大伟想到应该给张晶寄一套，也排进了队伍。

李大伟收到研究生录取通知书，在工厂办完所有的手续兴冲冲地坐上火车回到离开了几年的刘张村，在那里他没有看见萧南。乡亲们告诉他，两个月之前，萧南回了北京，听说要去外国。李大伟在老中农的牲口棚里呆了一天，老中农明显地衰老了，他说他明年不干了，干不动了。老中农劝李大伟把精力放在事业上，做出一些成绩，这才是人生最大的乐趣。

1979 年 2 月 17 日到 3 月 16 日，在历时二十八天的战斗中，张河生光荣负伤，荣立二等功。当时那里到处是地雷。他们连长命令他们在前面走，炸死炸伤的战士太多了，为了不让战友的尸体留在异国他乡，他们就两人抬一个。张河生命大，他那时已经是排长，不该走前面，可他还是走在前面。他走过时，没有踩上地雷，但后面的战士踩上了，把他的背炸伤了，医生说只差半厘米他将终生截瘫。他在后方医院治疗的时候思考人生的意义，绝对不是互相残杀，全世界人民都有权过和平的日子。

林明最后被北京的学校录取，虽然专业不太满意，但是在这种年代有学上就很不错了。他的好朋友大头上了合肥科技大学。

41

萧南到美国以后，和在那里的亲戚热闹了好几天。大家对她和在北京的家人表示了极大的关心，使萧南感到亲人的温暖。奶奶叫大伯母带萧南去买衣服，在商店里都是流行的喇叭裤，萧南无奈地挑了几条喇叭口小点的。大伯母还要她放开辫子，让头发像瀑布一样地垂下来，她虽然不习惯，也只好照办。不久，她上了语言学校。在这所学校里有从世界各国来的新移民，老师特别亲切，总是夸奖学生聪明。萧南本来就是憋足了劲儿要学习的，被夸奖了几次，学习的兴趣更大了。她像一块十年没有沾过水的海绵，拼命地吸着知识。几个月后，她已经可以听懂别人的对话了。大伯帮她申请了包括伯克利加州大学在内的几所大学。当她收到伯克利加州大学的录取通知时，心都快从嗓子眼里跳出来了。当晚，奶奶拿出私房钱请全家去吃饭。饭后她在房间里给妈妈写信，她能够想象得出妈妈和弟弟看信的神情。大伯给了萧南一个大红包，二伯家远，也打来电话祝贺。

萧南在语言学校知道了许多美国的规矩。在美国十八岁就成人了，高中生无论家境如何，多数人都打工……而大陆的习惯是只要父母有能力，一般支持孩子到自立。萧南已经离家多年，养成了自立的习惯，她不愿意成为别人的负担，所以，她一来美国就开始打工了。对于她在美国的这些亲戚，她是心存感激的。可是，她也看得出来，大伯母看不起她，有时，大伯母像是关心似地小声告诉她“别把手放在裤袋里”，“小口一点儿吃”，实际上的潜台词是，别一副老土样子。萧南被近十年的劳动改变得太多了。劳动的时候戴手套就没法干活儿，天寒地冻的只能把手放在裤袋里取暖。劳动回来肚子饿瘪了，还要赶时间做饭，吃起来当然不可能斯文，狼吞虎咽能够把饭吃进去就不错了。这些大伯母怎么会知道。母亲出身的家庭比大伯母家有钱，可是母亲一直工作抚养她和弟弟还有外婆，经受了那么多的苦难，都坚强地挺过来了，萧南更觉得妈妈了不起。她有一个强烈愿望就是赶快自立，学成后可以养母亲，让弟弟也有机会上学。

在校园里，有个中国同学问她：“你是不是从大陆来的？”她一听是台湾口音。

萧南点点头。那人又说：“我叫梅明，我们一些中国同学，有香港的；有台湾的；还有在美国的第二代组织了“国是研究会”，在这个地址开会，希望你能来参加。这是我们的刊物，也请你看一下。”

萧南的脑子飞快地转开了，她紧张地想，他们都是什么人？对我的历史会不会有影响。经过“文化大革命”的人可能都有点神经质。虽然，她已经远离祖国，像一只断了线的风筝。可是，对于“文化大革命”的恐惧还在。在上语言学校时，她收到过国民党的宣传品，那里面把共产党说成是“共匪”。她不禁想到在大陆时，《人民日报》上也常常用“蒋匪帮”来形容国民党。是的，在反右派和“文化大革命”中父亲是受到不公正的对待，但是萧南是绝不会因此而投靠国民党的，父亲在天之灵也不会答应的。所以，她最先的反应是不要招惹是非。

中午，她还是忍不住翻开了那本36开只有40页的小杂志《柏城青苗》，内容全部是手工写了复印的。映入她眼帘的都是痛骂国民党的黑暗统治，赞赏大陆的文章。写文章的人对于国民党的痛恨比大陆人还要强烈。这些人的文章很多是联系到国民党现行统治的。萧南觉得新鲜，又觉得惭愧，自己长在红旗下，还没有这些生长在台湾和港澳的同学关心国家。她决定去看看。

在学校南边学生会斜对面的房子里，她看见几十个中国同学，他们热情地请她进去。墙上一边是世界地图，另一边是中国地图，那是台湾出版的中国地图，因为有外蒙古的一百五十六万平方公里的土地，中国这只大公鸡的背拱了起来。这不就是胸怀祖国，放眼世界嘛。会议讨论的议题是如何统一祖国。这么大的题目！萧南真觉得有点吃惊。讨论一开始就非常热烈，请她来的梅明对她笑了笑。

首先，发言的是一个瘦瘦的台湾同学："我们这一团，这次到大陆参观了大庆大寨和几个大城市包括北京上海等。在那里我们看到大陆虽然很穷，但是大家的热情很高，不计回报忘我地工作。在大庆有个叫王进喜的工人，他在冬天跳到没有搅拌机的冰水里用他的身体搅拌。那可是在北纬50度左右的地方呀！这在任何国家都是不可想象的，有这样的人大陆有什么做不到的呢。我们走到哪里，都听到为人民服务的声音。还有《台湾同胞我的骨肉兄弟》的歌，唱得我们热泪在眼眶里直转，女同学可以说热泪滚滚了。大陆的生活水平和台湾还是有很大的差距，如果以这样的经济水平，台湾人民是不会愿意统一的。台湾也是穷怕了，刚刚过上一点好日子，又要和大陆拉平，那是谁也不愿意的。但是，我们这些人学习了美国的先进技术，我们大家都回到大陆去参加建设。并且，利用我们在台湾的同学和社会关系做工作，祖国统一之日就不会太远了。这次，我们拍了许多的幻灯片，等洗出来，再放给大家看。"热烈的掌声充满了屋子。

下面是其他人的发言，坐在萧南旁边的是一位漂亮的女士，看得出她出身于一个优越的家庭。她也站起来发言，说到对大陆的向往和对国民党的批判，使萧南觉得他们都比自己的觉悟还高，爱国热情更强。不知不觉已经到了深夜。一位中等个子的组织者老晁突然对大家说:“FBI 在我家的电话上装了窃听器，请同学们打电话时小心。”

一个女生大声地问:“你怎么知道的?”

老晁说:“你们回去也都注意一下，在接听电话时，声音突然变小了和有杂音都有可能是被监听了。最近，国民党的特务学生对我们很注意，请大家不要大意，散会。”

大家都意犹未尽，走出去的时候还在不停地讨论着。

刚刚发过言的女同学对萧南说:“我叫易贝，这是我的电话，有空，欢迎你到我家来玩。”

几天后，萧南在一家新换的餐馆里洗盘子，她已经做过好几种工作了。换班时间一到，萧南换了衣服出来，走在路上，她觉得腰都有点僵了。这时候，易贝开车停在她身边，热情地邀她去家里坐坐。萧南不好意思推脱，也就随她回家。易贝家里有点乱，她热了排骨莲藕汤给萧南。萧南刚刚干完活真有点饿了，就不客气地接过碗。

萧南对于易贝他们这些人为何搞进步运动很有兴趣，就问易贝:“你是怎么想到参加这些活动的?”

易贝为了坐得舒服一点，把双腿都放在沙发上:“我从小和全家人到了台湾，父亲是一个大学校长。我从小学到大学都念的是好学校，又从台湾最好的大学台大毕业。那时，我们都认为自己是社会的精英，对工人农民没有什么概念。我刚毕业时，碰上一个 MIT 的博士，那人既是科学家又开工厂，钱多得不得了。碰上我就拼命追。”萧南喝完了碗里的汤。

“可我不愿意结婚，觉得刚刚毕业，还小呢。这个博士就硬追了一年，我父母和周围的人都要我嫁给他，他们都是从很实际的方面考虑。这个博士还说要带我去周游世界，那时还小嘛，觉得周游世界倒是很有吸引力的。我就嫁给了他。”

萧南忙问:“他带你去周游世界了吗?”

“他真带我去环游了世界，去了，也就那么一回事。婚后，我们一起来了美国，住在一个大房子里。几年后，生了三个小孩。我先生在 NASA 工作，计算从地球到月球的轨道，手下有一些中国人。这些人每周都聚会，聚会的时候，男人就打麻将谈股票，女人就讲丈夫孩子，或者交流怎么做豆腐发豆芽。我觉得很无聊很苦闷，就看小说。那时是六七年中国无产阶级“文化大革命”最厉害的时候，竟然没有一个人说“文化大革命”。所以，我对“文化大革命”也一无所知。其实，世界上很多人就是这样活着的。你有空给我们讲讲“文化大革命”吧。我可以在《国是研究会》里给你安排一个专题。”

萧南忙说：“千万不要，快要考试了，我没有时间。你接着说吧。”

“你知道那时，世界上许多国家的学生都效仿大陆组织了红卫兵，搞学生运动。一九六九年，我们家搬到洛杉矶。那年是反越战最高潮的一年。我就请人看着孩子，自己又去念书。七一年的一天，学校里贴着一张海报，说我们学校的一个乒乓球运动员去了中国，要开一个关于中国大陆的演讲会。我那时一说中国就以为是台湾，对中国大陆一点概念都没有。在台湾上学时，参观有关中国大陆的展览，农民的锁骨里拴着铁链子还在耕田。所以，以前一说大陆共产党就吓得不得了。”

萧南说：“我们宣传国民党倒没有那么可怕。我们说台湾同胞还处在水深火热之中，吃香蕉皮。我到美国听到台湾学生说大陆同胞苦得吃白薯皮。香蕉和白薯都哪儿去了，怎么会光剩皮了呢。一说大家才明白两边的宣传都有不实之处。但是，台湾的宣传更可怕。”

“说到哪儿了？”易贝问。

“演讲会。”萧南提示她。

“对了。我就去听，一看一屋子都是人，我们的那个校友的介绍还是蛮正面的，说中国非常的军事化，很有秩序，虽然还不富裕，但人民生活很安定。当时，有人就问：‘让你住在中国，你愿意吗？’那个学生说：‘如果像这次我在中国那样，我愿意。’还有人问：‘中国有自由吗？’有个印度学生说：‘你管什么叫自由，你有生产资料才有自由。’那次，对我的冲击太大了。后来有个女同学叫我去参加一个台湾学生办的董事会，说以后要回台湾去开工厂，改造台湾社会，在那里我才第一次看见一个美国人介绍马克思的书，在这以前我根本不知道马克思是谁。第二次开会，就有人从普林斯顿大学来宣读‘保卫钓鱼台岛宣言’。会后，有人说，有个地方在放电影《东方红》，我们都去了。去的时候每个人还带本杂志，如果场内一亮灯，用杂志把脸挡起来，怕国民党的特务学生打报告。我是第一次看中国大陆的电影，觉得里面的音乐太好听了。你记得吧，里面主要说国共两党斗争的事，我竟然没有注意到。后来，我们的董事会上有人说：‘回台湾去开工厂是剥削。’我又大吃一惊。那时，台湾学生的思想非常活跃。我们在台湾受到的教育就是，好看的、有知识的、有教养的就和洋人画等号。中国就是丑陋的、贫穷的、落后的。我们在美国的时候，美国人很看不起中国。尼克松访华以后，一些记者写了一些正面的报道，我才进一步地了解了中国。”

“1971 年，我第一次来到大陆。当时大陆确实还很穷，到处都写着‘自力更生，奋发图强’，我觉得真有气魄。在上海，我在旅馆里，看见每一样东西都是大陆自己生产的，也觉得实在了不起，台湾都做不到。在美国很习惯给小费，我给服务员小费，服务员说：‘我们不收小费，我们是为人民服务。’我真是从来没有听过这样的话，没想到一个服务员思想境界这么高。吃饭的碗上也印着为‘为人民服务’。从北京机场一出来，就看见‘我们的朋友来自五湖四海’，真有泱泱大国的气魄。从此，我就走上了进步运动的道路。我背叛了家庭，像娜拉一样出走了。我和一个志同道合的朋友重组了家庭。”

萧南问：“那孩子呢？也不要了。”

“没有办法呀，他不放。我和现在的丈夫到了旧金山，也不上学了，两个人卖包子，从唐人街买回包子在校门口卖，一上午就可以卖完。然后，就去搞运动。那时，美国几乎每个学校都有学生办的杂志。我这个先生也是个大狗头。”

“你说什么大狗头？”萧南不解地问。

易贝笑着说：“哦，你没有听说过，Doctor 就是大狗头嘛。”萧南也大笑起来，她真不知道这些学生用这样藐视的词，说她那么崇敬的学位。

易贝接着说："他父亲还是国民党的将军呢。在我们包子摊旁边摆摊的洋人也是博士。那时的美国学生为了追求真理，也是什么都做。你想不到吧。咱们这些同学里面有许多家里都是国民党的大官，他们不顾家人的反对，都积极地参加'保钓'和'统运'。"萧南不知道什么叫"保钓"，又插不上话问。

易贝接着说："1975 年 4 月 5 日，蒋介石在台湾去世。接着传来他儿子蒋经国继位的消息。'国是研究会'组织游行，抗议这种封建世袭。那天我们游行的计划被旧金山警察局批准，我们动员了尽可能多的人参加。不知道国民党的人怎么知道了，在旧金山国民党党部里，聚集了一些打手。等我们的队伍一到唐人街的国民党党部前，打手就挥舞着大棒冲出来，见人就打。他们打伤了许多人，其中物理系的一个博士生小田头部被打，昏迷了十八个小时呢，还有那次开会说到大庆和大寨的，他博士快毕业了。现在，《柏城青苗》就是他在编。他也被打了，他和小田还去东部，告那些国民党的打手。可能律师请得不好，后来，也没有什么结果。"

萧南从心底里佩服这些台湾同学。在大陆时，她许多运动没有资格参加，她也不是一个赶潮流的人。但是，在美国她认为自己必须爱国，要参加这些活动。她没想到，原来祖国在自己心中有这么重要的位置。

萧南从此常参加"国是研究会"的活动。"国是研究会"的活动还有很多，开办中文广播；上街游行；编杂志；放大陆电影；演话剧；唱革命歌曲……因为，这些活动已经开展好久了，都有专人负责。萧南能够参加的就是做横幅，唱革命歌曲。和这些同学在一起又是一种完全不同的感受。

萧南第一次听"国是研究会"的"中国青年之声"的中文广播，那是一个星期六的晚上七点，开始曲是歌剧《白毛女》的《北风吹》，结束曲是电影《上甘岭》的插曲《我的祖国》。在美国的电台听到这些熟悉的音乐，萧南不知道为什么眼睛都潮湿了。这次播音讲的是一个美国兵在朝鲜战场被俘之后，要求留在大陆。后来，他被安排到山东工作，在那里他过得很幸福，还结了婚。虽然，播音员的普通话有点儿台湾味，可还是让萧南感动了好一阵子。后来在活动中，她见到了这位播音员小芯和协助她的小其，小其是从香港来的，从没有踏上过大陆的土地。在伯克利大学学生合唱团里，萧南和大家一起唱歌，这些歌曲她太熟悉了。她不是爱唱歌的人，可是在大家的感召下，也大着胆子唱起来了。教唱这些歌曲的是一位数学家的太太，她原来专修音乐。

“国是研究会”的剧团组织演出《日出》和《将军族》。有几次，一头卷毛的导演老戈动员她参加演出，萧南知道自己实在没有这方面的才能拒绝了。有个计算机的博士老方对演戏着了迷，他认为这个职业最符合他的顽童本性，成天和学导演的老戈一起切磋技艺。

一次，“国是研究会”开会，老晁宣布，周末去露营。易贝邀请萧南和她住一个帐篷：“我老公去联合国工作了，我想你没有帐篷吧，正好和我住一起。”萧南很乐意。易贝说好到时候去接她。

在露营地，同学们搭着帐篷，唱着《钓鱼岛战歌》，那是威斯康辛的同学几年前做的，“滚滚狂涛，东海之遥，屹立着一群美丽的小岛……”

在篝火旁，小其翻着烤肉。梅明坐在萧南的身边，“什么叫‘保钓’？”萧南怯怯地问地，她为自己的无知而不好意思。

“‘保钓’就是保卫钓鱼台列岛。一九七零年七月，国民党允许美国高富石油公司在钓鱼台列岛探测石油。八月十二日美国大使馆发言人说：‘台湾附近的尖阁群岛（钓鱼台列岛），被认为是琉球群岛的一部分，决定于一九七二年归还日本。’气人吧。这不是美日联合要霸占中国领土吗？！有点良知的中国人当然要起来抗议，世界上许多有中国学生的地方都纷纷起来开会抗议，发表文章。那么大的运动你在大陆一定听说了。”

萧南很不好意思，当时国内报道并不多。她知道这是一个必须弄清楚的问题：“‘钓鱼台列岛’在哪里呀？”

“钓鱼台列岛在台湾东北，距基隆一百多海里，由八个无人岛组成。远在明永乐元年，已经出现在我国的文献里了。并且，一向是我国渔民的作业场所。这关系到国土，也关系到我国渔民的生计呀。首先是香港同学起来，然后，是台湾同学。再后来，遍布全美国，其实还有欧洲和澳洲、日本、加拿大的同学也都参加了。为此，我们开了无数次会，写了大量的文章。那时的运动，真可以用风起云涌来形容。”他接着说：“到现在钓鱼台列岛的问题还没有解决。”

他问萧南：“我借给你那本陈若曦的《尹县长》，你看了吗?”看见萧南点头，又问：“说实话，你觉得她写的真实吗?”

萧南以自己的经历，说：“我认为写的还是真实的。”

没有想到一二十个同学都围过来和她辩论，大家七嘴八舌，让萧南听不清他们都在说什么，只好不说话。让萧南大吃一惊的是，他们以为大陆是个理想国，简直不允许萧南说一句大陆不好，“文化大革命”不好。萧南觉得大受侮辱，她是爱大陆，才恨大陆的不好。但是，她有口难辩。这些人都没有在大陆长期住过，虽然有人回去过，可都是官方接待，他们不可能深入了解真正的大陆民间。她没有办法和这么多人辩论，就站起来走向树林。

梅明追过来，还有几个同学也追来了。梅明通过萧南几次参加活动，认为她是爱国的。但是，她说出这样的话，难道其中有什么原因吗？跟过来的几个同学不甘心地问：“晶晶、小红那样四岁的孩子会说什么反动话？童言无忌嘛。真让人不能相信。”“你遇到过“查户口？这种事吗?”“真的会有任秀兰那样的老革命被逼跳粪池的事情吗……”“陈若曦简直是反共!”

萧南好一阵子没有讲话，梅明也不善言辞。萧南憋了一肚子的气，也不管他能不能听进去就说：“‘文化大革命’没有你们想的那么好。死了那么多人，从国家主席开国元帅到普通百姓。我父亲就是被人打死的。他解放前参加革命，他的全家都来到美国，只有他一人不肯走。结果是什么下场。我在探家时，碰到国庆节，就遇到查户口的事。我们楼里有一个小女孩，她看见一条反动标语要去报告，她的家人不让她去，她说着毛主席的语录‘斗私批修’就去了。结果，家属委员会非说是她写的，让她跪在毛主席像前请罪。她几乎疯掉。你们要我讲实话，这就是实话!”萧南忍不住大滴的眼泪落在衣服上。弄得大家都没趣。

还有才追过来的同学问：“大陆在批资产阶级法权，有资产阶级法权就有无产阶级法权，什么是无产阶级法权?”

萧南没有回答。

此后，有好长一段时间，萧南没有去参加“国是研究会”的活动。她觉得自己功课很忙，“国是研究会”的人对她又不理解，大家在一起挺别扭的。

抓住“四人帮”的消息传到美国。同学中有些人对大陆全盘否定，认为自己搞这些进步运动属于上当受骗。有些人更加坚定了自己的信仰，打点行装准备回国作贡献。一天下课，梅明来找萧南向她道歉说:“你说得对，我们不可能知道那么多国内的情况。易贝要去纽约了，她丈夫已经在那里买了房子。周末，大家在易贝家聚一聚，每人带一个菜，她请你也去。”萧南答应了。

过了一段时间，萧南接到妈妈的信说:“爸爸的问题已经搞清楚了，所有的罪状都是不实之词。人事处的人当着我的面，把整你爸爸所有的案卷都烧了，就是这些案卷要了你爸爸的命。可是，人死了是不能复生的，这一切都太晚了。谭卓娅的父亲还来道歉，说他那时太左了，对不起老萧同志。还说你爸爸当年掩护过他。以后，有什么困难可以找他。我给他留了面子，接受了他的道歉。他爱人说了一句实话，右派是有一定比例的，言外之意就是不把你父亲打成右派，他就有可能成为右派。当年，让你爸爸当右派的就是他，‘文化大革命’整你爸爸还是他。现在，他进了领导班子。我不太相信会彻底改变。打你爸爸致死的那个造反派已经去了日本。最近，机关传达了文件:‘对于原来错划成右派的人，要坚持有反必肃，有错必纠的原则，做好改正工作。’虽然说是改正，不是彻底平反，但我们还能要求什么呢。”

萧南把妈妈的信给奶奶和大伯看了，奶奶看完信，一句话不说，就返身回到自己的房间。萧南也不好打搅她老人家。

几天后的一个早晨，大伯母在楼下大声叫大伯，萧南也赶快下楼。大伯母说:“奶奶不行了，我已经打电话叫救护车来了。”萧南拉着奶奶渐渐变冷的手，大声地喊着想叫醒她。她知道奶奶是为爸爸而犯病的。救护车一来，大家七手八脚地把奶奶抬上担架，医生对大伯摇摇头。

大伯和大伯母及萧南都上了大伯的车，紧跟在救护车的后面也到了医院。刚把奶奶抬下车，就有医生来翻看了一下眼睛，又摸摸脉搏。然后，请大伯去签字，奶奶死于心脏病。萧南和大伯大伯母把奶奶送进了太平间，这是她第二次来到这样的地方。

奶奶去世还不到一个月，大伯母就下了逐客令，请萧南搬出去住，说这房子要出租。萧南赶忙托“国是研究会”的朋友帮助找房子。梅明告诉她，在他租房的附近有房出租，离学校也很近。萧南搬家的时候，他开车来帮助萧南。

42

萧南仰头看着电梯的楼层显示，她怕电梯又停下来。本来，她早起是为了有时间看看北京。可是，上班的车流把出租车堵了十几分钟。眼看就要开会了，她想象着老板眼睛要瞪出来的样子就更急。电梯里的人刚下来她就一步跨入电梯。

门刚关上，就听见有人叫她的名字，她在挤得像沙丁鱼罐头一样的人堆里寻找，突然认出来了：“李大伟。”

“刚才，我看见你着急的样子就没有叫你。进来后，看你按了十五层，才敢和你说话。”李大伟笑着说。他在电梯前猛然看见萧南也很吃惊，真是梦里寻她千百度……从山西回到北京上学后，他给萧南写过几封信，可是萧南都没有回。他还去过村里找她，可那时她已经走了。萧南一人被留在村里，这是他最无奈的一件事情。他在早该大学毕业的年龄才有机会上大学，他没有勇气放弃这个机会。他想过多少次萧南重要，还是上大学重要，他不是没有在心里比较过，他还是认为上大学更重要。在他的婚姻出现问题的时候，他暗中在想，是他对不住萧南受到惩罚了。他看见萧南之后，吃惊了两秒钟。萧南一副知识妇女的样子，脸上没有脂粉，仅用了薄薄一点口红，口红的颜色和衣服很相配。虽然，已经四十多岁，可是她有一种内在气质，她比插队时多了一份自信。这使他想起他们坐火车去插队的第一天，在车厢里他看见的萧南。如果说那时的萧南还有一些稚气茫然，现在的萧南可以让人隐约感觉到一些自负。李大伟觉得萧南永远可望不可及。这使他的心在疼，那么多年，他以为自己的心早已经烧成了灰烬，没有想到这种感觉会这样容易被唤醒。

萧南看见李大伟有些发胖的身体，下垂的眼袋，一身裁剪合适的西装，有点紧张地想，我的变化也会叫他吃惊吧。在美国受教育高的人是不染发的，可是在中国染发的人太多了，七八十岁的人都染发。她担心地想，我的头发一定使我很显老。萧南希望她在李大伟的眼睛里还是那样青春。萧南看看快到十五层了，就说："我马上要开会，下午五点半结束，我的房间号是1516，晚上再谈。你知道别人的情况吗?"

"知道一点，你在北京呆多久?"李大伟问。

"还有两天，大后天一早的飞机。"萧南说。

"开完会，等着我。"李大伟在电梯里说。

萧南一边答应着，一边加快步伐，她进屋取了放文件的夹子，就赶去楼下会议室。

进了会议室，她环视一下四周，老板还没来，心里一下子踏实了。她拿出文件看着，今天的会议主要是老板发言，不过可能有些数据老板记不清会问她一下。所以，她也不会太轻松。可是，她的脑子怎么也集中不起来，插队同学的面孔轮番出现在她眼前。她真希望取消今天的会议。没有办法，她用荧光笔把重要的数据画上道，省得到时候找不到。

她注意到老板和中方的专家互相开着玩笑坐下了。萧南在本子上写着插队同学的名字，在李大伟的名字上她画了一些阴影，他结婚了吗？和谁？萧南希望听到的是李大伟没有结婚。可是，即使他还没结婚，萧南自己也早已结婚，孩子都上中学了。她想如果李大伟没有结婚，我也没有结婚，我会嫁给他吗？她笑自己想得太多了。这一天，她老是在看表，时间过得真慢呀。

会议终于结束，老板也没有让萧南留下帮助翻译，中方专家和老板聊得很开心。萧南对老板说，今天晚上有人来找她，她就不去吃饭了。老板是拉丁血统，性格外向，生起气来很可怕，高兴起来又什么都忘了。他开玩笑地说："是老情人吗？可是难得一见呀。"

萧南一边往外走，一边想着老板的话，李大伟算自己的老情人吗？自己喜欢过他，也怨恨过他。作为情人我们什么情人的事也没做过。不算情人吧，又确实有感情。不然，自己怎么会神不守舍呢。她知道他们勉强算中国的情人，但是绝对算不上美国那种情人。

萧南回到自己的房间，拿了衣服就进浴室。她把头发小心地罩起来，快速地冲洗。正在擦身的时候门铃响了。她一边叫着请等一下，一边把衣服穿上，等她把罩在头上的塑料罩拿开，一手拿着梳子，一手去开门时，李大伟已经站在门前了。

"请进。"萧南顺手要把门关上。谭卓娅一下出现在她的眼前，接着是关淑兰。最后进来的人她认不出来。

"我认识你吗？"萧南握着那人的手。

"我和你一个村插过队。"那人说。

谭卓娅说："别说你不认识了，我们俩也认了半天呢。他是张河生。"

萧南努力想找到一点儿张河生二十多年前的样子。他们本来就不在一个学校，张河生又在村里没有呆几天，她实在想不起来他原来什么样子了。萧南目测着张河生的腰，她估计可能有一米粗。张河生夹着个小包，一副大款样。

"林明呢？"萧南兴奋地看着每一个人的变化。

"他去美国许多年了，你不知道？李大伟中午给我打电话，我下午就开车找淑兰。"谭卓娅还没变，什么都要她抢先。可是，她纹过的眉毛眼线让人看起来有点儿别扭，两只耳环还在不停地晃动。她的头发染成时髦的棕红色，她口红的边画得太暗了。萧南注意到谭卓娅身上穿的手里提的都是名牌，一只手拿着车钥匙，显示她已经有车了。

萧南赶快打开冰箱拿出几罐饮料，递给每人一罐又过去拉着淑兰的手问："你结婚了吗？有孩子吗？"

谭卓娅又抢着说："她和王智最早结婚，他们的儿子都上大学了。"

萧南问谭卓娅："你呢？"

谭卓娅说："我都快离婚了，我有一个儿子，在郊区上高中。"

萧南不解地问："为什么在郊区呀？"

淑兰说："人家有钱，上的是贵族学校。"

谭卓娅说："不是有没有钱的事。他功课不好，考不上城里的好学校。他要像你的孩子，我也愿意让他在城里，天天回家。人家淑兰的孩子上了清华了。"

淑兰说："还是你有钱，往学校一交就十万，把我卖了也凑不够这数。"

"你们不知道，我那孩子有多淘。他上小学的时候，他奶奶得癌症死了。他爷爷反而身体越来越好了，老上我们家附近的一小公园去跳舞，认识了一个原来在文工团当演员的老太太，俩人特有的说。你们猜怎么着，我儿子有一天假装那老太太给他爷爷打电话，约他在我们吃饭的时候去公园门口见面。弄得老爷子早早吃了饭，穿上他儿子给他买的紫红色丝绸夹克，又让保姆把皮鞋擦了，就去公园门口等着。过了半小时，我们家的宝贝才让保姆去叫他爷爷。你们说，这小子，他那么小就会干这事。"大家笑得气都喘不上来了。"好玩的时候是真好玩，可是他要气起人来比阶级敌人还可恨。"

萧南假装平静地问："李大伟，你的孩子多大了？"

李大伟笑着说："我没有孩子。"

大家又转向张河生问："你的孩子呢，有多大？"

张河生说："第一个孩子是女儿，让我前老婆给带走了。和现在老婆的孩子才五岁，上幼儿园呢。"

大伙七嘴八舌地说："干嘛离婚呀？对孩子多不好。现在的老婆是不是特漂亮？"

“我那个前老婆是在部队认识的。在部队时，也看不出来她那么爱打扮。到了地方，分到一个区文化馆，她那个描眉画眼呀，让她出去散散步，没有半个小时走不了。她让女儿去参加什么各种各样的演出，弄得孩子心特浮。我们俩老是为这些吵，我说你都结婚了，我又没有嫌你老，你成天的把自己弄成这样干什么，她说要把失去的时光补回来。后来，她更加变本加厉了。一天，我看见她两眼都包着纱布，还以为她撞车了呢，一问才知道她们单位发了年终奖，她去割了双眼皮。人家都恭维她说漂亮多了，她就又挖了酒窝，还垫鼻子，完全变成另外一个人。你们说这日子还怎么过？我可能是因为在部队大院呆惯了，院里的阿姨们都不怎么打扮，部队原来只有文工团的才打扮。我那个老婆家里是工人，她妈每天都去扭秧歌，把自己画得和媒婆似的。现在，我女儿在一个酒店里当服务员。我那个前老婆以为和我离了很快会找到一个老公，结果到现在也没有找到。我现在的老婆呢，结婚前我就和她说好了，我就看不惯描眉画眼的，你受不了就别结，要不就一辈子也不许画。她倒是不画，可我们的年龄差十几岁，我说什么她都很难理解。看在她给我生了个儿子的份上，就这么过吧。”张河生可找到了一群可以理解他苦衷的人。

他的一席话说得谭卓娅浑身不自在。大家看张河生说得挺沉重，就把矛头转向了萧南：“说说你，过得怎么样？”

萧南说：“我认为在这个世界上好的婚姻不多。要一个好婚姻需要几个条件。第一要门当户对，不仅两个家庭要门当户对，两个人受到的教育也要差不多，思想水平也差不多，结婚后需要磨合的地方少，互相才好适应。第二最好有共同的爱好。一起去看球赛，看歌剧，回来讨论乐趣无穷。第三最好互相欣赏，你欣赏他的学问，他欣赏你的才干。第四要有同样的消费观、价值观。第五要有同样的世界观、人生观。最后，还要夫妻共同进步、共同经营这份感情，不然结婚时很好，以后差距越来越大，也会产生裂痕。只有这样才能够维持一个好的婚姻状况。”

她说完这些话，没有人接她的话，大家都用她的话在检验自己的婚姻。李大伟没有想到萧南对婚姻会有这么多的道理，看来有许多经验是从她自己的婚姻中得出来的。

萧南在心里盘算了一下，已经到了吃饭的时间，大家都是来看她的，应该她请客。就说：“走吧，今天，我请客。”说这话的时候，她还在想需要到楼下换点人民币。

谭卓娅说：“我是地主，不能让你这个客人请客。”

萧南一边把门带上，一边说：“我怎么成了客人了，我还是北京人呀。”

淑兰说：“你也是乡音未改鬓发衰了。”

萧南摸着自己的头发说：“我有好多白头发了。”

淑兰说：“我都染了好几年了。牙也掉了两颗，都成了老掉牙了。”

大家哈哈地笑着走到饭店门口。谭卓娅和张河生去开车，萧南问淑兰：“谭卓娅现在做什么呀？”

淑兰说：“她做什么，当太太呗。他老公是大款，有的是钱，她早就不上班了。”

这时，谭卓娅开着一辆皇冠，熟练地停在他们身边，淑兰和萧南上了谭卓娅的车。李大伟上了后面张河生的车。

大家坐好后，谭卓娅也不问要去哪儿，开车就走。萧南问：“咱们去哪儿呀？”

谭卓娅说：“客随主便，你就别问了。”

萧南一路上不停地感慨北京变化太大了。她说：“我都能感觉到北京欣欣向荣蓬勃发展的脉搏。我记得北京人五几年的时候，有人穿着裤子还穿裙子，样子很土。现在，北京人比美国人穿得都好。”

淑兰和谭卓娅都不相信：“真的吗？你这是第几次回中国？”

萧南说：“我说的你们还不信。我这几年经常回国。北京的变化每次都让我吃惊。好多地方都认不出来了。”

淑兰说：“别说你了。我爸爸住院那会儿，我几个月没有上街，就不认识了。”

谭卓娅也接着说：“你们别说，张河生的车，得五六十万。”

萧南说：“这么贵呀，他的车在美国也就三万多美元。”

“你不知道汽车的关税有多少。等入了关贸就好了。”谭卓娅对车的行情非常清楚。“你和你弟弟都在那边，你妈妈怎么不和你们住在美国呀。我看见她老和一帮老干部唱歌。”

“她过一阵去一下，在这里有老干部旅游，还有老年大学。她喜欢这边。你的爸爸妈妈怎么样呀？”萧南问。

“我爸爸前几年肺癌去世了。我妈妈和她几十年前的老同学结婚了，他们在学校时就好。后来，我妈妈参加了革命，那人去了美国。他老伴去世后，他来找我妈妈。我妈妈马上就同意了，可过了一年多，俩人又离婚了。俩人的生活习惯差得太远。”谭卓娅什么也不回避。

到了一家饭店，谭卓娅带着他们一行人来到中餐厅。看谭卓娅和服务小姐熟识的样子，就知道她是这里的常客。谭卓娅也不问别人就点菜，最后才问萧南：“你在美国最想吃什么？”

萧南说：“刚去时，就想咱们村的油辣子和擀面，还有羊肉泡馍。后来，在美国时间长了，味觉都坏了。有时也吃那些垃圾食品，省事嘛，孩子要吃。”

谭卓娅把菜单还给服务小姐时，又扬手和坐得很远的一个朋友打招呼。萧南要去卫生间，谭卓娅站起来陪她一起去。在洗手时，萧南问谭卓娅：“你在哪里工作？”

谭卓娅说：“大学毕业时分配我去一所中学教书。后来，可以成立私营公司，我就去了私企。你猜我去的公司是什么公司？就是我去抄过的上海大资本家开的公司。”

萧南瞪圆了眼睛说：“你就不怕人家知道呀？”

谭卓娅得意地说：“我不说谁知道？再说抄他们家的时候，他也不在家。”

萧南想天下怎么会有这样的事情。当初去抄了人家的家，为了多挣点钱，竟又去人家的公司工作。

萧南想知道谭卓娅所有的事情：“你老公做什么买卖？”

谭卓娅说：“什么都做，什么挣钱做什么。”她看看四周没人，就用身子挡着，伸出右手，攥起后面的三个指头。

萧南马上明白了，谭卓娅说的是武器，她问：“这也让做吗？”

谭卓娅说：“只要想做没有做不了的。淑兰和王智离婚好几年了，我得告诉你一声，要不，你一会儿……”

萧南早在美国听说国内走私很厉害，她总在心里打点折扣，认为是对中国有偏见的人在故意丑化中国。她没有想到这种事就真的存在。

菜上来了，萧南实在惊叹谭卓娅的大手笔，燕窝鱼翅她都点了。她在美国可绝不敢这样地挥霍，虽然她和先生孩子每周也出去吃一两次饭，那只是小吃一下，三口人不过点两三个菜，还把剩下的都带回家。

萧南不好意思地说：“咱们 AA 制吧。”

谭卓娅看见大家赞叹她点的菜，十分得意，说萧南：“你还用咱们在农村的原始共产主义那一套呢，今天我请，谁也别管了。说说你的先生吧，是个什么样的人。”

萧南说：“我在旧金山上伯克利加大时，他已经在读博士了。那时，他们一大群同学搞进步活动，找人参加，我是大陆去的，当然就被找去了。后来，我们接触多了，我也老得再不嫁就没人要了，只好嫁给他了。”萧南故意不看李大伟，但是她感觉得到李大伟有点不自然，这话她是说给李大伟听的。

谭卓娅和淑兰高兴地议论着：“你也会开玩笑了，美国没白去呀。”

李大伟问：“你们那些搞进步活动的朋友，都在做什么？”

“导过《日出》和《将军族》的老戈，是在美国读导演的一个大胡子，后来因肝病死在香港。办过《柏城青苗》的语言学博士，他念完以后就申请回国工作，得到批准后就一人带着女儿回国了，为此他老婆也和他离婚了。回国后，因为工作太拼命，几年前病死在北京。他去世后，女儿回到美国，学建筑，都快毕业了。那些没有被批准回来的，有人继续申请了好多年呢。对了，你们一定不知道，在我们学校里有个小广场，我们叫它天安门广场，还有一个人民公园，经常有人在那里集会，学校想盖楼，群众不同意就抗议。政府就出动警察，闹得很僵，有一个黑人青年还被打死了，这个事件就画在人民公园边的墙上。你们有机会可以去看看。最后，学校让步了。这么多年也没有敢盖楼。所以，那才是真正的人民公园呢。我们学校在全美国反对越战是有名的，思想前卫，带领全美学生运动。我刚到这个学校吃惊极了，教授留着长发大胡子，学生穿着大喇叭裤。还有人在学校里裸体晒太阳。我们这些人有个头儿，为了搞运动博士都没拿到。还有一个物理博士，父亲是南洋的华侨，抗战时，回国参战，是飞行员，在和日本人的空战中牺牲了。一听祖国要搞四个现代化，非要回国不可，他母亲年纪大了，要求他保留美国籍，为的是随时可以回美国看她。前些年他放弃了美国籍，现在是中科院的院士了。回来的这些人里有好几个院士呢。还有个学水利的，是加州理工学院毕业的博士，比我们都大。他在带全家回国前，带着一儿一女在旧金山的海边看日落。他和孩子们说：‘看见了吗，太阳落下的地方，就是我们的祖国。’”

“怎么是看日落呀？”淑兰不解地问。

“咱们在太平洋的西边，他们在太平洋的东边。我们看日出，他们就只能看日落了。在美国只能在东海岸看日出，那是大西洋的日出。”

大家都觉得萧南变得能说了。她在美国的工作，常常需要讲课，那是用英语，现在用中文说起话来舒服多了。另外，在美国没有了政治压力，她的性格也改变了一些。

萧南喝了一口果汁，“他们一家为了回中国，在美国就练习洗冷水澡。八十年代末走了一些人，他们有些一上飞机就哭了。”

“快吃，菜都凉了。”谭卓娅给萧南夹菜。“萧南你觉得中国比美国差多少？是不是觉得中国特穷？”

萧南说：“中国并不穷，原来中国不能和美国直接做生意，都是由香港做转口贸易，你知道香港亿万富翁的密度在全世界也是少有的。这些亿万富翁都是大陆造就的。现在，中国的贪污太厉害，国家的钱都被那些贪污犯给弄到国外去了。我有一次去洛杉矶，朋友问我你们大陆来的怎么那么有钱呀，在富人区买房子，人家要五十万，他付五十五万。一次性的付款是有折扣的，哪里有反而多给的，你说这钱会是他自己的吗。洛杉矶的富人区的房子，好多都被大陆人给买走了。如果国家把贪污给整治好了，国家富了，人民的生活会更好。”

张河生激动地说：“你说得太对了。”

李大伟接着说：“我们的一些留学生和你的那些朋友比起来就差多了，这些年派出去多少留学生呀，回来的有多少呢？”

张河生说：“你不是拿了博士就回来了吗？”

李大伟说:“其实，在美国留下来的那些人，也不是都从事中国没有设备条件的工作。很多人就是想要过美国的日子，他们不知道什么是最宝贵的。我有个朋友说得好，到了咱们这把岁数，就像考试要收卷的前十分钟了，你要在这个世界留下什么，已经到了该交卷的时候了。他们还在那里交什么房屋分期付款呢。在美国，我看见过党委书记给人家扫地的，不会英语呀。研究所的副所长给人当管家，年纪大了没人要他工作了。多了，这些人出国时都是代表团团长副团长一类的人物，到哪里都是代表国家的。可能他们都有点运动恐惧症，我承认是“文化大革命”使很多人受到了不公正的对待。其实，美国也有麦卡锡时代，也冤枉了许多人，把无辜的人投入监狱。可是，许多从国外回来的老专家在“文革”中也受了不少罪，对外面回来的老朋友一个字不说，一直为国家工作到死。”李大伟说这些是有根据的，他父亲和许多朋友都是这样。

谭卓娅说:“那多傻呀，要是我，早就走了，才不管什么国家不国家呢。林明去哪里了？听说他也自费去美国了。”

大家听了谭卓娅的话都不奇怪，她还是她，几十年了，也变不了了。

张河生说:“他呀，倒卖旧衣服呢。”

李大伟说:“我去的时候，他已经在美国了。他拿到了硕士学位，可是他学的那个专业不好找工作。我回国时，他让我带了几封信，我也没有多想就给他带了。有一天，我竟然在电视里看到了到我家来取信的人。”

淑兰说:“是什么大人物吧，人家没有告诉你。”

李大伟说:“像你说的就好了。那人被查出卖国外的旧衣服，全部衣服都被查抄烧掉。要是张河生不说，我真是不想说。咱们插队时有两种人，能吃苦的和不能吃苦的，现在也有两种人，贪的和不贪的。”

张河生说:“林明怎么变成这样了？有几次他往深圳给我打电话，要我帮他卖旧衣服，我没有答应。这事能干吗？谁知道里面有什么病菌呀。那时，中国的服装还有点落后。现在美国穿的还不如咱们好了。我前年去美国，看他们穿的非常随便，质量也不怎么样。夏天，除了穿制服的和要见客人的职员，街上人人都是一件大T恤和一条大短裤，都是这么穿。”

李大伟说：“他是我表弟，我们从小在一起的时候很多。我对他多少有点了解。他有个好朋友外号叫大头，来咱们村住过，后来分去修自行车。大头人很踏实，七七年没上大学直接考上了研究生。一年后，被送到德国念了博士。回来后，科学院很重视，让他牵头做实验室主任。林明虽说和他很好，也念了个教育学院的政治系，可他心里很不平衡。从小，大头除了比他聪明，剩下的都不如他。于是，林明也非要出国争口气不可。可是，他出去的时候年龄太大了，学语言有困难，既要念书又要打工。好不容易念出来了，又找不到工作。他就动歪脑筋。”

“我想起来了，大头说他有一次在国外看见人家修自行车，笨手笨脚的，不禁手痒痒就去帮人家修。老板没想到他修得那么好，非要给他钱，大头不要，老板硬给，他没有办法就收下了。老板还来了劲儿，说他去打工工钱从优，他也不知道大头在对面大学读博士。后来，大头脑力劳动累了，就去帮着修车，一次修的车就是他做助教班里学生的。学生来取车时，他的身份才穿帮了。德国老头儿直跟他道歉：‘我还以为你是亚洲的难民呢’”张河生说着。

淑兰说：“林明再差也不会比咱们插队时差吧？美国挣钱不是很容易吗？”

李大伟说：“可不是咱们在农村时的那种感觉。当年，去农村，是全国中学生都去，心理压力不大。到了美国可就成了举目无亲、孤军奋战了。中国人对外国人怎么都有点客气，礼仪之邦嘛。在外国，可是等不到谁会照顾你。要想在那儿混下去，首先你要语言过关。其次，还要有一个好找工作的专业，才能过普通人的日子。我在美国欧洲看见能够按照自己的爱好工作学习的中国人很少。首先要解决活下去的问题，极少数人能够想怎么活就怎么活。有些人黑在那里中国都回不了。”

谭卓娅问：“林明有身份吗？”

李大伟说：“有，他已经是美国人了。可能河生也知道。为了身份，他和一个外国女人结婚。他们结婚，我还去了。他不说那女人有多大，可是我一看就大着有十多岁。他拿到了绿卡，没多久俩人就离婚了。”

“现在不行了，美国知道许多人都是为了拿绿卡假结婚，就修改了移民法，现在拿绿卡可是没有那么容易了。移民局的人还会去你家问话，看看你们是不是真住在一起。中国偷渡的人在纽约最多。”萧南朝着李大伟说：“纽约的血泪工厂你去过没有？”

李大伟说：“我在纽约听说过。有朋友接我去新泽西路过曼哈顿时，指给我看那片工厂，其中有许多工人就是从中国偷渡去的沿海农民。老板因为他们没有身份怕警察抓，就压他们的工资。这些人因为没有身份连挣的一点儿钱都没有办法存银行，在美国存钱是要社会保障号的。钱又不能放宿舍里，就缝在身上，衣服像个硬壳都咔啦咔啦地响，去欧洲各国的偷渡者也一样。有人说现在全世界的小偷都抢中国人，都知道中国人身上有现金。很多人出去后很后悔，以为国外多好，其实如果在中国好好干，挣钱的机会比美国多。而且，偷渡船上的条件和当年贩卖黑奴去美洲差不多，偷渡的成功率越来越低了，有些人死在了船上，报纸上经常报道。偷渡过去的，有些人当妓女，在报上登广告，美国的中文报纸《世界日报》的 G10 版，就常常登‘俏佳人’、‘私家妹’、‘小公主’、‘忘不了’等色情广告。”

淑兰和谭卓娅都没有看过这样的报纸，便一个劲儿地问，都写什么。

李大伟只好说下去：“我刚从大陆来美，年轻貌美，温柔，环境舒适，专为高尚人士做一流服务，只限一人，欢迎来电。这不是妓女广告是什么。”

淑兰说：“这些人还不在家老实呆着，丢人都丢到美国去了。”

萧南说：“有些是宣传上的错觉，很多人以为美国有多好。其实，以我的感觉，美国挺没有传统没有文化的。在美国有个电视节目介绍古董，一八几几年的就叫什么古董。我心想，在北京西安洛阳等古城每个胡同都能找出许多古董。美国的什么公园就是圈一块地，矗几个雕像就是公园了。哪里有像我们这样的皇家园林、苏州园林、广式园林这种公园呀，桥都是汉白玉的。我去的那个时候，中国买什么都要本、要票，美国比中国在物质上好很多。现在我回来一看，物质上没有什么差距了。反倒是中国人要注意营养过剩，别得心血管病了。”大家指着张河生笑。“在北京电视上，我看见有个主持人问一个嫁给中国人的洋人：‘你在中国能习惯吗?’我听了气坏了，她有什么不习惯的，中国的饮食比他们先进没有一千年，也有几百年。在中国多享福，不适应的是我们。”

谭卓娅说：“可是，美国家家都有汽车呀。”谭卓娅最崇洋，她听萧南讲这些有点不舒服。

萧南一字一板地说：“那是因为汽车工业是美国的三大支柱产业之一。所以，它不发展公共交通。只有在纽约，地铁和公共汽车多一点，剩下的哪个城市都没有像中国这么发达的公共交通。可是，中国不发展自己的优势也学着发展私车，我真不理解。社会主义有它好的地方，不能一味地学西方。如果我住的城市有公共交通可以上班我就不开车，在公车上还可以休息一下呢。在旧金山就有一个规定，在最快的车道开车，车上一定要有两个人以上，我女儿就老说，我真想买个假人放在旁边。经常是一人一部车，你说有多浪费。”

谭卓娅不服气地又说：“你们住房一定很大。”

“美国有一个故事，讲的是三只小猪，长大了离开家去闯世界。第一只猪看见卖稻草的就买了一些稻草建房子；第二只小猪看见卖树枝的就买了一些树枝建房子；第三只小猪看见卖砖头的就买了一些砖头建房子。三只小猪的房子都建好了也搬进去了。来了一只饥饿的狼，狼很容易地进了第一只小猪的房子里，第一只小猪吓得就跑到第二只小猪的家；狼又来到第二只小猪的房子前，几乎要进了第二只小猪的房子，两只小猪就跑到第三只小猪的家；狼跟到第三只小猪的家，它没有办法进入第三只小猪的家。美国的房子基本都是第二只小猪的房子，都是汤姆叔叔的小木屋。中国人都住的是第三只小猪的砖瓦房子。美国的房子连瓦都没有，就是钉一些塑胶片。他们也知道砖瓦房好，就做一些类似砖头墙面的塑胶片钉在小木屋上。只有最有钱的人才能住砖瓦房，中国人从住房上看都是有钱人。”萧南耐心地解释着。

谭卓娅打破沉寂问：“张河生，你什么时候回的北京?”

张河生说："打完仗，我负伤了，然后就转业回的北京。"

淑兰说："今天不是李大伟把你带来，可能住在一个城市几十年也碰不上。也许碰上了几次没有认出来呢。"大伙又笑了起来。

张河生说："我分配工作没有几年，就去了珠海。"

谭卓娅说："珠海挣钱多吧？"

张河生说："不是为了挣钱，是我在北京实在看不惯。我们在前方流血牺牲，死了多少人，你们去看看那些坟墓，看一眼就让你们终生难忘。可是，我们单位的有些领导却在搞女人，想尽办法贪污。再干下去，我都想找把枪，把那些人都打死。后来，我的战友在珠海那边做建筑，要我去，我考虑了一个月就办了停薪留职。刚开始我们住的地方都可以看见星星。"

"现在呢，成了多大款了？"谭卓娅感兴趣地问。

"没有多大，反正你们要去玩，吃住交通我包了。"张河生憨厚地笑着。

谭卓娅猜想他可能比自己的老公挣钱还多，心里有点不痛快。

谭卓娅这时说："萧南你入美国籍了吗？"看见萧南点头，就说："那你收养我的孩子吧。"

萧南说："收养要在十六岁以前，还要和这个孩子一起住过半年以上。你的孩子多大了？"

谭卓娅说："早就过了。不管了，我就想把孩子送到美国。萧南，你给我想想办法。钱不是问题。"

萧南说："你要是把孩子送到美国，那就真是白给美国了，你就别想他像在北京长大的孩子那样和家里亲了。我妈妈去了美国之后说，美国养孩子，怎么像养狗一样呀，在地毯上爬。谁有时间老抱着呀，中国孩子太宝贝了。你要是不怕，就送到美国来。我劝你呀，还是叫他中国心长结实了再来。来上研究生，这样最好。"

谭卓娅说："他大学考上考不上，还是一回事呢，研究生我根本就没敢想。"

萧南看着李大伟说："你们还记得张小云吗？她和我一个城，嫁给了一个老美。"

这几个人都见过张小云，只有张河生没有见过。于是，大家都来了兴趣。谭卓娅问："她是我老公公部队的，听说她和一个学习毛选的积极分子结婚了，在军内挺有名的。怎么又嫁洋人了。"

萧南说："你说是在国内的事。她一九七零年就入党了，她和原来的丈夫是在学习毛选的经验交流会上认识的。一九七三年，她被部队送到军事外院学习。复员后，在外贸部门工作，认识了这个客户，当时那老美还有老婆孩子，她也没有离婚，俩人就好上了。那老美把她办到美国。她和丈夫办离婚，她丈夫把她打得鼻青脸肿的，揪着她的头发往墙上撞。她去了美国几年后，把孩子也办到了美国。我看见她的时候，她还没有和那老美结婚呢，在一个旅行社工作。我妈妈去探亲，我给我妈妈登记去尼亚加拉瀑布的旅行时，看见她的，还是她先认出我的。前几年，那老美的老婆才同意离婚，分走了一大笔钱和房子。张小云现在也不工作了，成天就在家里伺候那老美。我看那老美快有七十了。"

"啊？那么老，干嘛非嫁他，想什么呢？"大伙说。

"他有钱呀。现在，我听说国内的年轻小姐不也要傍大款吗？"萧南笑着说。

"那倒是，可是谁能想到学习毛选的积极分子也傍洋大款，这就新鲜了。"淑兰一脸不解地说，大伙儿笑得声音更大了。别桌的人都往他们桌看。

萧南说："她还入了教会。每个礼拜都去，又做饭又组织活动，可积极了。"萧南没有把张小云入白人教会，经常去做什么见证的事都说出来。

大家都转向李大伟问："她原来怎样呀？怎么会变化这么大？"

李大伟说："她呀，就我的分析，她没有什么自己的想法，就是一味地追求时髦。她在小学就是大队长，初中时是大队委，总之一直是老师的红人。可是，'文革'时候，斗老师斗校长，她都带头，她还打过我们校长大嘴巴，把发展她入团的老师剃成阴阳头，都是她干的，在我们学校可是有名的人物了。学毛选时髦她就学毛选，出国时髦她就出国，嫁洋人时髦她就嫁洋人。"

萧南说："她女儿和她关系可紧张了。很多人为了去美国把孩子先留在中国，给孩子的心理造成难以估量的伤害，等孩子去了以后与孩子间的关系要好多年磨合。"

李大伟说："你们记得和宣磊一个村的那个坚决扎根派吗？就是参观完大寨来咱们村的。"

大家都有点记不清了，只有一点儿模糊的印象。

李大伟说："他去了日本，竟被台湾的情报机关拉入。回国时，被我们的公安部门抓起来了，判了刑。"

大家都不说话了，没有想到这个扎根派竟会干出这种事。

"我还碰见过一个和宣磊一起去缅甸的人，他在缅甸真受了不少苦，坐过监狱，还险些让蟒蛇给吃了，活下来很不容易。最后，他去泰国做买卖，也很辛苦，挣到一点儿钱，二十几年了才回家，母亲也早就去世了。"李大伟讲着只有一起插队的同学，才可以理解的事。

谭卓娅也说："你们还记得咱们县最有名的那个姓蒙的知青吧？她大学分配想留在北京，在实习的时候，和她男朋友做假现场，让他男朋友把她捆起来，好像她被人强暴过的样子。北京市非常重视，作为大案来办，很快发现是他们自己作的案，判了刑送回咱们县监外执行。她觉得没有前途了，喝了一次敌敌畏，被救活了，又一次自杀才死成。"

"她当时做那些事，不是为了贫下中农，不过是为了她自己。那么小，她就有这份心计呀。"大家议论着。

萧南实在忍不住说："李大伟，你说你自己吧。"

"我在八十年代结过一次婚，她趁我在国外的时候和原来的男朋友继续来往，我和她说，他们只要一刀两断，我会既往不咎的。可是，他们还是来往，我只能离婚了。现在的妻子和我同行，前年得了乳腺癌，已经扩散了。医生说顶多还能活半年。"李大伟平静地说着，看来他已经把最坏的情况都想清楚了。

萧南怎么也想不到是这样。她问："你父亲好吗？"

"他很好，谢谢。有时他还说起你呢。"李大伟说。

这时，餐厅里的人不多了。谭卓娅举手要服务员过来买单，张河生说："走吧，我已经交了。"大家都没有发现张河生什么时候离开过桌子。工薪阶层的李大伟和张河生不能比，就由他去付账了。

谭卓娅说："李大伟，给咱们组织一次回乡吧，我真想回去看看咱们村变成什么样了。明年，就是咱们下乡三十周年了。"

"我还没有去给王聪扫过墓呢。"张河生也同意。

萧南和淑兰没有说话，在那里留下了她们太多的痛苦。

可是，当年的知青谁又能说，这样的磨砺对每个人的一生没有帮助呢。多少人从中受益，他们变得坚忍不拔，对困难也无所畏惧。

43

1998年11月，李大伟用E-mail通知萧南、林明和张河生回村的日期及日程安排。大家将在他们当年下乡的前一天到地区，在回村的路上参观关帝庙和莺莺塔，下午到村里。第二天，也就是他们当年到村里的日子，安排了孩子们拉粪、绞水，还有让孩子们使用煤油灯和纺车。在村里住两个晚上，第三天回地区的路上再参观一下永乐宫。这个安排太诱人了，既圆了回乡梦，又可以参观当地名胜古迹。几天后，萧南回E-mail说她将用圣诞节的假期带女儿回来，并告诉李大伟飞机到京的时间。回村的日子临近了，才接到林明的E-mail，说他也带儿子回来。李大伟号召大家捐点钱给村里买农业书籍，他找到在农业出版社工作的朋友要来了书目，用很低的折扣订了许多适合当地农村的科普书籍，希望村里人致富。他也想到乡亲们的娱乐，还购了一些文学书籍。李大伟有个好朋友在加拿大的一家出版社工作，知道这事后，无偿送了他们一些书。萧南和林明表示要捐一台彩色电视机和录像机给村里。车票的事张河生负责了。李大伟安排人拉书捆书，他还去刻了一枚“知青书库”的图章，并不厌其烦地在每本书上都盖上章子，光书就装了十几个纸箱。

兔娃已经是北京某部干休所的所长，他爱人也是刘张村的，随军多年了。他们俩人也分别向单位请假准备和知青们一同回去。

到了萧南和林明回来的那天，兔娃开来一辆中型面包车，载上所有的人去飞机场，他爱人还带了两把鲜花。淑兰和王智假装没事儿似地坐在一起。王智的头发白了多一半，一副老工人的模样。俩人商量带上儿子回村去让他受点教育。

林明比萧南的飞机早到两个小时。飞机降落时，大家都拥到出口处。行李还没有转出来，林明已经到出口处转了一圈。他首先看见李大伟，隔着玻璃和大家挥挥手，站在他身边的儿子比他还高，也礼貌地和大家招呼了一下。

林明推着行李出来，张河生首先和他拥抱了一下。李大伟搂了一下林明的肩膀，就转向林明的儿子：“还记得我吗？”

林明儿子大方地说：“你是大伟伯伯。”

林明儿子长得白白嫩嫩的，两只漂亮的大眼睛，使人想到他妈妈一定是个美人。

林明指着各位让儿子一个一个地叫：“张伯伯，刘叔叔，王伯伯，兔娃叔叔。”

他儿子用英文问他：“Rabbit？”

“对，就是兔宝宝叔叔。谭阿姨，关阿姨，这位是……”林明接过兔娃爱人递上的鲜花，可不知道兔娃的爱人姓什么。

张河生既对林明说，又对他儿子说：“这也是咱村的，住在后巷，你不记得了？叫范阿姨。”

林明儿子像个大人似地和每一个人握手，毫无忸怩和不自然。

李大伟看见林明的后脑部分已经秃了一块，眼角的鱼尾纹也很深，太阳穴地方甚至长了一块老年斑，对林明的一点儿怨恨又都变成了心疼，林明也是吃了不少苦，活得也很不容易呀。

王智看着自动告示板，告诉大家萧南的飞机晚点半个多小时。于是，大家来到二楼，这里有些座位。李大伟去买了一些饮料发给大家。坐下后，多年不见的朋友用眼睛互相打量着，一时不知从何说起。大家把注意力转向林明的儿子，问："你会说中文吗？上几年级了？"

林明得意地看着儿子跟大家说："我儿子上一个私立学校，得过州的数学竞赛大奖，还是他们学校棒球队的主力。中文会听会说，就是不会写和看了。给他爷爷奶奶写中文信，会写成我没有了，他要说的是我没有课了，我放假了。偏旁部首都是乱来的。"

大家笑着看着林明的儿子。林明的儿子不习惯被人这样地盯着，和他父亲小声地说了几句，就一人走开了。林明冲他儿子大声嘱咐："Michael，四十分钟后必须回来。"儿子朝他父亲点了一下头。

李大伟看见他们父子间默契的动作大受感动，这种血浓于水的亲情，可能他一辈子也体会不到了。

大家东拉西扯，时间过得很快。到了萧南乘坐的飞机落地的时间，出口处已经挤满了人。人都出来了大半，萧南才出来，站在她旁边的女儿亭亭玉立。

淑兰和谭卓娅上去和萧南拥抱，大家帮忙把行李提上了车。

天刚有点亮，淑兰就起来了，她轻手轻脚地刷完牙洗了脸，就坐在车窗前看着窗外的景色。这些她路过多次的大地，既熟悉又陌生，熟悉的是那光秃无垠的土地，陌生的是那些新房。列车也快了许多。

天大亮，大家都从卧铺上起来，挤坐在一起。谭卓娅唱起当年在村里学过的歌，知青们尽情地加入进来，几个孩子在一旁笑着这些返老还童的父母，路过他们铺位的人也好奇地看着这些老知青。谭卓娅和淑兰都把自己的儿子带来了，虽然还没有期末考试，可她们都认为这是一次难得的受教育的机会。林明的儿子和淑兰的儿子坐在卧铺对面的小凳上聊了起来，林明的儿子佩服这个大哥哥，在中国的 MIT 念书。淑兰的儿子想试试自己的口语和听力，两人聊得很带劲儿。

萧南女儿耳朵上一直戴着耳机，有时小声地跟着唱。因为戴着耳机，所以唱得有些走调。谭卓娅的儿子老想和这个美国来的姑娘搭讪，就不停地递上自己的 CD 给萧南的女儿。谭卓娅的儿子一身名牌，鞋花哨得不得了。萧南虽然不喜欢谭卓娅的儿子，但也不便管。谭卓娅很高兴地和萧南说：“你女儿和我儿子还挺谈得来。”

大伙儿一路上聊着当年在村里的事情，谭卓娅首先想起林明治老鼠的那件事，说得大伙儿都乐了。林明的儿子直往他们这边看，不知这些人在笑他爸爸什么。王智告诉他，他爸爸插队时很淘气。林明赶快说：“你们都给我穿帮了，我在儿子面前可是很有威信的。”

淑兰说：“你记不记得，有次该你做饭，你懒得做，跑到外队去偷老玉米，还穿着新雨靴，让人家的队长找来，要不是老队长，看你怎么办？”几个男孩子也竖着耳朵听大人们说话。

林明说：“又不是我一个人吃的，你们也都吃了。大家一块办呗。”又是哄堂大笑。这些事情好像就发生在昨天，大家除了都老了一点，性格都没有什么变化。

淑兰非让萧南讲一下她一个人留在村里的情况，这也是李大伟最关心的。萧南说：“我因为那次考画画，被县文化馆看上，他们一有展览就叫我去帮忙。没有事的时候，我就在村里劳动。莲香奶奶好心，看我一人要绞水，回来又要做饭，就让我去她家住。在我走前的半年，莲香奶奶病了，可能得了卵巢癌，每天都要洗裤子，冬天又干不了，就在土炉子边上烤，上面做饭，旁边就烤她的裤子。知青一年比一年少，我父亲因为已经去世，所以单位一直顾不上解决他的问题。我大伯从美国来北京才知道我们的情况，回去和我奶奶说了，我奶奶让大伯无论如何也要把我办到美国。我从到公社办手续到上飞机只用了十天。刚到的时候，我醒来常常要想一会儿才知道我在哪儿。”萧南的女儿也从另外的铺位探过头来听，她妈妈没有和她说过这些，在农村劳动的事情她知道，但是这些细节她就不清楚了。

李大伟听萧南说得很平淡，但他能够想象其中包含的内容。他最关心为什么萧南没有考大学：“一九七七年，可以考大学，你为什么没有考呢？”

“我去了，镇上到县里的车走到一半抛锚了，我们许多人都没有赶上考试。”萧南无奈地说到第一年考大学。

列车越临近终点，大家越兴奋，这个在梦里回过多次的地方，马上就要到了。列车刚刚停稳，兔娃就告诉大家村里有人来接他们了。大家一看这些村里人穿着西装，都有点儿愣。在他们的印象中，农民在这个季节都是穿着黑粗布棉袄顶着白毛巾，怎么都成了农民企业家的打扮。

林明认出了牛娃，俩人敲着对方的肩膀。兔娃介绍着村支书，大家都不认识，一问才知道，知青在村里的时候，他还在小学念书呢。

村里订了一辆大轿车，村里人帮助老知青和他们的孩子拿行李。火车站外，一尊关公骑马拿大刀的塑像威风凛凛地立在那里。大家惊奇地看着面目全非的城市，过去的影子一点儿也找不到了，新楼房、宽敞的街道，这里已经是地级市了。他们先去了关帝庙，“桃园三结义”里的关云长是中国唯一被封为帝的武将，这里是他的故乡。在他们插队的时候，这里被保护起来了，不让人看。真没有想到他们插队的地方还有这么好的古迹。在中午休息时，大家吃到了三十年没有再吃过的羊肉泡馍。

下午，他们去了《西厢记》的发生地莺莺塔，在后院看见墙头挂着一个牌子上面写着“张生跳墙处”，也不知道张生真在这里跳过墙，还是为了吸引游客。这些地方虽然离他们村只有几十里，当年他们都没有来过。最后，来到了黄河边上，看了前几年挖出的唐朝铁人铁牛，那些人还是几个民族的呢，穿衣、发式各不相同。原来古时这里有一座浮桥，用许多小船托着，黄河岸两边都用铁人铁牛镇住固定浮桥的绳子。不知什么时候发大水将这些铁人铁牛埋了起来，据说刚挖出来的时候每个人都光光亮亮的。如今泡在水里已经锈迹斑斑的铁人铁牛，大家都觉得可惜，萧南一个劲儿地感慨中国文物就这样被糟蹋了。

离村越近，知青们越熟悉，他们已经可以叫出路过的村名。当年的土路变成了柏油路，带着他们回到了村里。

一到村口，就看见满巷子都是人，比他们记忆里春节的人还多，简直就是人挤人。老乡们找着自己熟悉的知青，双方的手握在一起的时候，眼睛都潮湿了。大队部里鼓乐齐鸣，萧南的女儿小声地和她妈妈说：“你们就像歌星一样的受欢迎。”萧南怎么也想不到女儿会这样评价他们，到底是两代人。老知青看见自己住过的房子已经破败不堪，聚拢在门前照了一张合影。从县里和地区赶来的电视记者都在抢拍这难得的一瞬。林明和张河生也拿出自己的家用摄像机拍摄。

晚上，兔娃家里摆上了四桌丰盛的酒席，院子里拉上了电灯。当年的队干部都来到兔娃家。兔娃爹说，咱们村当年穷，没有请你们吃过席，这回专门请你们。萧南小声地问兔娃媳妇，那高到房顶的粮囤里面都是粮食吗？兔娃媳妇说都是麦子，这些麦子几年也吃不完。老知青清楚地记得当年队里分完粮食，留在库房的麦子也没有这么多。面黄肌瘦的农民吃着黑馍的情景历历在目。兔娃家真是诚心诚意地招待老知青，请了厨师，做了十几道菜。竟然，还用上了一次性的桌布。可是，最让老知青感兴趣的还是馍夹油辣子和擀面。

兔娃还买了些花炮，因为北京已经几年不让放炮竹了。五彩的烟花冲上天空，乐坏了全村的老乡和孩子。刘张村真是洋溢在一片喜庆当中。

淑兰她们休息的屋里，跟来了一屋子的老乡，说说笑笑真像多年不见的亲戚。有人找来了纺棉花的车，因为多年没人使用，上边都是土。谭卓娅和淑兰抢着要纺，可是老断线。老乡帮她们起了头，她们才记起那好久以前学会的手艺。萧南想让女儿也体验一下，可女儿一脸茫然，笨手笨脚地两只手根本配合不起来。老乡们哈哈地笑着就像又看见了当年的知青。这时，有人找来了煤油灯，说是找了好几家才找到的。煤油灯点起来了，电灯被关上，屋里顿时漆黑一片。煤油灯忽忽悠悠地冒着黑烟，豆大的光亮，照不清屋里的人脸。萧南的女儿直用手扇飘过来的黑烟。萧南对女儿说：“妈妈和阿姨就是在这样的灯下学习的，你知道吗？”

客人都走了，躺在久违了温热的炕上，盖着粗布棉被，一切都仿佛在梦中。

知青们虽然已经离开了三十年，可是就像刚走了没几天。农民们的穿戴变了，生活富裕了，可性格没有变。

第二天一早，大家聚到书记家。书记带他们去看自家的苹果窖，储藏的苹果有几吨。老知青们才知道，他们县已经是全国数一数二的苹果大县。村里家家都种苹果，苹果多得都卖不出去。张河生答应到珠海那边想想办法，可路程太遥远，运输成本会很高。

书记老婆拉着风箱做饭，孩子们看着都觉得新鲜。吃早饭的时候，一拨又一拨的老乡来看望知青，还送来了猪娃鞋，那丢失的记忆又回来了，几个孩子也很喜欢这些民间工艺品。在饭桌上，大家情不自禁地唱着当地的眉户剧。

知青们在村里寻找当年的遗迹，村里新房多了，可是卫生差了。以前由队里统一派人打扫的街道，现在看起来像没有人管。牛也拴在门外，这些是他们在时绝对看不见的。知青们也发现村里贫富差距拉大了，家里有在外打工挣钱的，日子就很好。老弱病残基本上吃穿没有问题，但生活质量就差些。

大队部里挤满了人，老知青在人堆里寻找熟悉的面孔，没有几个认识的。这些第二代第三代没有一个穿着粗布衣服，有个别老人穿着中式棉袄，但也已经不是粗布。当年的痕迹越来越少了，他们再也看不见他们记忆里的刘张村了。

老知青带回来的书象征性地放了几摞在桌子上，用红绸带系着。萧南和林明买的彩色电视机和录像机也摆在了桌前。桌子后面的墙上红纸金字写着“热烈欢迎知青返乡探亲”。乡里的干部也在桌子后面就坐。桌子上放着当地产的富士苹果，知青拿给身边的孩子，没有一个孩子伸手接。萧南带回来的开心果和巧克力大受欢迎。

乡里的书记大声说：“当年知青来到咱这黄土高原……三十年了，知识青年没有忘记咱这哒，不仅回来探望亲人，还把知识送回来。”

李大伟代表大家发言：“感谢老乡们手把手地教会我们这些城里娃学会庄稼活儿，在那种年月很多知青家里受到冲击，你们没有歧视我们。……我们在这里找到了人生的零坐标。在以后的岁月里，无论碰到什么困难我们都能够克服。我代表全体知青感谢你们。”这时，知青全都站起来给乡亲们深深地鞠躬。老知青一个一个站起来介绍自己的经历。说到动情处，眼泪止不住地往下掉。

大会开过，在大队部外边，两辆装满粪土的车在等着孩子们。淑兰的孩子带头拉起了车，孩子们没有嫌脏，都觉得挺有意思，两人一辆，一个推一个拉，往坡上跑去。老知青欣慰地看着这些孩子，仿佛看到了自己当年的身影。他们只可惜当年绞水的井已经被填了，那可真该作为文物保留起来。

下午，知青来到王聪的墓前。王聪的墓上杂草丛生，那种凄楚的感觉，让在场的人都不禁流下泪来。王智把从北京带来的酒，倒在杯子里。全体知青举着杯子说：“王聪，我们看你来了，你好好地安息吧。”说完，都把酒洒在王聪的坟上，眼泪跟着掉到地上。在村口，知青们还对着天祭奠了那些不在人世的乡亲们。

晚上，知青们去看望自己熟悉的老乡。萧南、淑兰和谭卓娅来到莲香家，莲香患癌症在几年前去世了。她爹和她奶奶也死了多年了，只有她的哥哥嫂子外甥还在。莲香的嫂子拿出几块自己以前织的粗布送给萧南她们。几个以前一起干过活儿的老婆婆，拉着萧南她们的手说：“咱们也就见这一回了，以后再也见不着了。”

萧南说：“不会的，不会的。”但是，什么时候再回来，她自己也说不清。那些一起干活儿的姑娘们早已嫁到了外乡，多数都当奶奶了。几个嫁在本村的姑娘也都抱着孙子。老婆婆们还像当年送她们时一样，煮了鸡蛋，送上土特产。

老队长还健在，队长儿子去外地打工了。看见李大伟和王智、张河生来看他，高兴地把知青让到了他孙子的新房里。这屋里没有炕，只有一张大床，上面铺着图案鲜艳的毛毯。屋角是一组转角沙发，五颜六色的射灯照得家里像卡拉 OK 厅，彩电音响放在组合柜里。老队长让儿媳妇洗了一大盘苹果，柿饼花生摆了一桌子。知青们吃着青脆的富士苹果都说味道不错。老队长说：“你们爱吃给你们一人带上一箱，村里的孩子吃得太多，都不爱吃了。”

老队长拉着王智说：“你知道吗？轧死你弟的公社主任的儿子恶有恶报，出车祸死了。他跑运输，在过铁道时熄火了。他爹急得也得了肝癌，没有两年也死了。老天有眼呀。”

这时，老队长的曾孙子说：“太爷，你看，电视里放咱村呢。”李大伟他们也回头看，县电视台播放的正是他们昨晚下车时和乡亲们见面的情景。

第三天，吃早饭的时候，一拨一拨的老乡来和知青告别。等知青

们走到停车的地方，送他们的人比接他们的人还多。大喇叭里播放着高亢的秦腔，老乡们依依不舍地拉着知青的手。离别的时间到了，还有人在给知青送东西。大轿车上放了许多箱苹果和柿饼，这是乡亲们送老知青的。轿车缓缓地开动了，车上车下的人眼睛都潮湿了，孩子们跟在车后面跑。